M

The Three-C[o] & Ca[p]

Spanish Fiction Alarc.P

Alarcon, Pedro Antonio
de, 1833-1891.
The three-cornered hat ;
&, Captain Poison = El
sombrero de tres picos ;

El sombr[e] & El C[...]

A Dual-[Language Book]

Pedro A[nt]onio de Alarcón

Edited and Translated by
STANLEY APPELBAUM

DOVER PUBLICATIONS, INC.
Mineola, New York

EVANSTON PUBLIC LIBRARY
1703 ORRINGTON AVENUE
EVANSTON, ILLINOIS 60201

APR 1 8 2002

Copyright

English translations, Introduction, and footnotes copyright © 2002 by Dover Publications, Inc.

All rights reserved under Pan American and International Copyright Conventions.

Published in Canada by General Publishing Company, Ltd., 895 Don Mills Road, 400-2 Park Centre, Toronto, Ontario M3C 1W3.

Published in the United Kingdom by David & Charles, Brunel House, Forde Close, Newton Abbot, Devon TQ12 4PU.

Bibliographical Note

This Dover edition, first published in 2002, includes the full Spanish text of *El Sombrero de tres picos* and *El Capitán Veneno* (reprinted from standard editions; see Introduction for further bibliographical data), accompanied by new English translations by Stanley Appelbaum, who also wrote the Introduction and footnotes.

Library of Congress Cataloging-in-Publication Data

Alarcón, Pedro Antonio de, 1833–1891.
   [Sombrero de tres picos. English & Spanish]
   The three-cornered hat ; & Captain Poison : a dual-language book / Pedro Antonio de Alarcón ; edited and translated by Stanley Appelbaum = El sombrero de tres picos ; &, El capitán Veneno / Pedro Antonio de Alarcón.
      p. cm.
   Includes bibliographical references.
   ISBN 0-486-41943-6 (pbk.)
   I. Title: Three-cornered hat ; & Captain Poison. II. Title: Sombrero de tres picos ; & El capitán Veneno. III. Appelbaum, Stanley. IV. Alarcón, Pedro Antonio de, 1833–1891. Capitán Veneno. English & Spanish. V. Title: Capitán Veneno. VI. Title.

PQ6502 .A25 2002
863'.5—dc21

                                                                    2001028751

Manufactured in the United States of America
Dover Publications, Inc., 31 East 2nd Street, Mineola, N.Y. 11501

Contents

Introduction

El Capitán Veneno / Captain Poison

Parte primera: Heridas en el cuerpo / Part One: Physical Wounds

Contents

INTRODUCTION

The Author

Pedro Antonio de Alarcón y Ariza was born in 1833 in the city of Guadix, in the province of Granada, about thirty miles from the city of Granada. His family belonged to the local minor nobility, but had been impoverished by the war against Napoleon in 1808–1814. Alarcón harbored a lingering resentment against the French occupiers, which was reflected in a number of his stories.[1]

His legal training in Granada began when he was fourteen, but lasted only a few months before he switched to divinity school. There he remained until the beginning of 1853, and there he acquired the scraps of Latin that he sprinkled into his later works, and probably also the pro-clerical bent he would sometimes deny in the heat of youth, but reaffirm subsequently. During these school days, he began writing, especially plays that were produced by local amateur societies.

In 1853, he made forays to Madrid, Cádiz, and Granada. In this provincial capital he joined a closely knit bohemian coterie of intellectuals and continued to edit a literary magazine he had cofounded in 1852. Now he began to publish short stories. (He continued to write notable short stories through the 1850s and beyond, but all were published ephemerally; they will be mentioned again below on the occasion of their publication in volumes in the 1880s.)

During the liberal uprising of 1854 incited by General Leopoldo O'Donnell, who had founded the Unión Liberal party the previous year, Alarcón took an active personal part in Granada with both pen and sword. A *persona non grata* locally after the revolt had been quelled, he moved to Madrid, where he became a member of the lively Granada "colony." There, in 1855, his editorial attacks on Queen Isabella (Isabel) II led to a duel, which would almost certainly have

---

1. The final section of the Introduction will elucidate various events in 19th-century Spanish history to the extent that they affect Alarcón's life and the two works included in this volume.

ended with his death, had his chivalrous opponent, a superior marks-
man, not fired his own shot into the air. This incident marked the end
of Alarcón's rebelliousness; he had had a good scare, it's true, but he
seems also to have been reverting naturally to a basic conservatism of
character.

In 1856 he published his first novel, which he had begun years earlier, while still a teenager. Called *El final de Norma* (The Last Act of
Norma), it had an improbable, ultra-Romantic plot about ardent love
and exotic travel to the far north of Europe. The resounding failure of
a play in 1857 made Alarcón withdraw permanently from dramatic attempts, though his playwriting instincts are much in evidence in some
of his later fiction.

Shortly after General O'Donnell became prime minister in 1859,
he launched the country on a war in Morocco (the "African War") that
continued into 1860. Alarcón enlisted and fought, was wounded and
decorated. But the major result of the war for him was the picturesque, jingoistic record of it that he published in 1860: *Diario de
un testigo de la guerra de África* (Journal of an Eyewitness of the
African War). This was his breakthrough work, bringing him fame
and, for the first time, enough money to indulge his eagerness to
travel. He set out almost at once, and in 1861 he published his im-
pressions in the book *De Madrid a Nápoles* (From Madrid to Naples).

Oddly enough, that was his last significant literary effort for some
twelve years. In 1862 he entered politics, riding on O'Donnell's coat-
tails, and served in several public offices at the national level. He
wrote plenty of articles, speeches, and pamphlets, and a considerable
amount of mostly negligible poetry, but no further novels during this
long period. He married in 1865. In 1866 he was forced into a very
brief exile when he fell afoul of a political strongman opposed to
O'Donnell, General Ramón María Narváez; his grudge against
Narváez apparently still rankled when he wrote *Captain Poison* in
1881.

Alarcón renewed his authorship of long prose works in 1873 with
some nonfiction, including travel accounts. By now, his was largely a
conservative, pro-clerical voice. In 1874 he wrote and published the
humorous short novel *The Three-Cornered Hat*, which immediately
became his best-loved work, and has remained so; it is discussed in its
own section of the Introduction, below.

In 1875 he published the first serious novel of his maturity, *El escándalo* (The Scandal). A young Madrid aristocrat, a notorious wom-
anizer, finally finds a young woman whom he really loves, one who can

"redeem" him, but he is falsely accused of an adulterous liaison of which he is this time innocent. After a duel, he is determined to become a missionary. Eventually he wins the hand of the young woman he loves.

In 1877 Alarcón was elected as a member of the Spanish Royal Academy, though there was some grumbling about his subject matter and the alleged "incorrectness" of his Spanish style.

The novel *El Niño de la Bola* (The Child with the Globe) followed in 1880. In a small town in Andalusia, a simple country priest raises an orphan boy who adores the image of the Infant Jesus holding the world globe. When grown up, the lad discovers that the young woman he wishes to marry has been forced by her father (a usurer who had ruined the lad's father) to wed another. The hero becomes a hard man and intends to kill the intrusive husband, but his protective priest convinces him to leave town. In the Epilogue (Alarcón was fond of epilogues that sometimes reroute his plot with a jolt), the hero kills his beloved and is killed by her husband. (Hugo Wolf began an opera, *Manuel Venegas*, based on this novel.)

Captain Poison, of 1881, will be discussed in its own section of the Introduction. In this same year and the next, Alarcón brought out three collections of the short stories that he had been writing since adolescence and early manhood (though some were more recent). *Cuentos amatorios* (Love Stories; 1881) includes two of his most highly regarded stories, "La comendadora" (The Nun [of a specific order]), about a spoiled little boy's bizarrely erotic *idée fixe*, and "El clavo" (The Nail [tool]), which is reminiscent of Poe as a tale of reasoned detection. The other 1881 collection, *Historietas nacionales* (Stories from Spanish History), includes a number of worthwhile stories that take place during the war against Napoleon, and that contain a number of pre-echoes of themes in *The Three-Cornered Hat* (French-sympathizers in Guadix, French officers smoking in church, a mayor's tasseled baton of office). Furthermore, the story "¡Buena pesca!" (Good Fishing!) concerns a love triangle of a fisherman, his good-looking, coquettish wife, and their amorous neighbor, a feudal lord; this story, which Alarcón dates as being written in 1854, ends in a flamboyantly tragic manner. The 1882 short-story collection, *Narraciones inverosímiles* (Improbable Narratives), includes some supernatural and horror tales. All in all, Alarcón's corpus of short stories was a notable contribution to Spanish literature, and they are today often valued as second only to *The Three-Cornered Hat* among his works.

Alarcón's final novel, another serious work, appeared in 1882. Called *La pródiga* (The Prodigal Woman), it concerns a courtesan (similar to the Lady of the Camellias of Dumas *fils*) who retires to her country estate for a period of contemplation. There she meets for the first time the only man she has ever really loved, but, fearing that her sordid past will hurt his political career if he marries her, she kills herself. This novel, which seemed like a relic from an older generation, was poorly received, and Alarcón swore off novel writing, convinced that he was being persecuted or made the victim of a conspiracy of silence.

This bitter attitude is reflected in the self-serving, not fully trustworthy, *Historia de mis libros* (History of My Books) that Alarcón published in 1884. Some of his statements are so drenched in irony that they have been taken two different ways by different literary historians, though the safest approach is to take nothing in the *Historia* at its face value, especially when Alarcón is cynically claiming to be chiefly interested in his profits from his books and sarcastically disavowing some of the best of them precisely because they pleased the critics!

His last story was published in 1887, after which he maintained silence. Of course, he was also very ill in his last years, suffering a number of paralytic strokes, one of which killed him in 1891.

Despite his stated anti-French bias, Alarcón was greatly influenced as a writer by Balzac, Sand, Dumas *fils,* and Hugo, to name just the most important, as well as by such other world-class novelists as Cervantes, Quevedo, Goethe, Scott, and Dickens. Within Spanish literary history, he is sometimes viewed as an uneasy hinge figure between the older Romanticism and the newer Realism; sometimes, as a diehard Realist who was submerged by the more recent wave of Naturalism. He has also been called a Regionalist (*costumbrista*), but other critics point to the psychology and depth in his works that transcend ethnographical Regionalism. He has been faulted for the cumbersome presence of moral theses in his novels, and for the sometimes slapdash plotting and unpolished phrasing that are seen as unwelcome legacies from his decades of journalistic and installment-plan writing; and he always did compose very quickly, if perhaps not quite at the record speed he sometimes claimed.

Though still not as highly rated as his contemporary novelists and story writers Juan Valera, Emilia Pardo Bazán, and Benito Pérez Galdós, he was assuredly a born storyteller who achieved several outstanding successes, and whose oeuvre is still being reevaluated.

The Three-Cornered Hat

Though there is still no consensus as to the merits of Alarcón's "weighty," big novels, the longer of his two humorous novelettes has always won him his greatest fame.

El sombrero de tres picos (The Three-Cornered Hat) was written quickly in the summer of 1874 (Alarcón said, in six days) and was first published in five installments in the Madrid *Revista Europea* (Year I, issues of August 2, 9, 16, and 30, and September 6, 1874). It was then published in volume form in the same year by Medina y Navarro, Madrid (the publishers of the *Revista*), with the subtitle: *Historia verdadera de un sucedido que anda en romances, escrita ahora tal y como pasó* (True story of an event that is recounted in ballads, now set down exactly as it happened). Alarcón revised the novelette for its 1881 publication in the first edition of his complete works; it is this 1881 text that is reprinted here. (The manuscript is preserved at the Spanish Royal Academy in Madrid.)

The most complicated aspect of the study of *The Three-Cornered Hat* is the nature of its sources. In the preface as published in the volume edition[2] (which was abridged from the preface as published in the August 2, 1874 issue of the *Revista Europea*), Alarcón relates how he first heard the main plot of the story from the goatherd Repela, and how he subsequently read it in various ballad collections, especially that of Durán. In the longer version of the preface, he mentions some of these other ballad versions more specifically, including one he had heard recited by the famous dramatist and poet Juan Eugenio Hartzenbusch. Various scholars have also indicated as possible sources a story from Boccaccio's *Decameron* (Day 8, Story 8), a story from the medieval collection of exemplary tales known as *Sendebar* (translated into Spanish from Hebrew or Arabic in 1253), and even a then-recent Spanish comedy of 1862; but none of these three potential sources is really close enough to Alarcón's plot to count. The ballads are much more so.

In the ballad published by Durán in 1851, the miller is not so much a peasant as a capitalist in a small way; the seducer of his wife is an inspector of those government granaries which stored grain to be distributed to the needy in time of famine; both couples consummate their adulteries, and all four spouses breakfast together gaily in the morning; there is no period setting. In fact, sex really occurs in every

---

2. Included in this Dover edition, with a footnote on Durán.

known published precursor of Alarcón's novelette; the purity of everything but intention, which involves drastic manipulation of the plot,
was his own contribution, for which a French author gently chided
him. Durán's version takes place at Arcos de la Frontera (some thirty
miles northeast of Cádiz), Hartzenbusch's at Jerez de la Frontera. In
the fuller version of the preface, Alarcón reports that a number of the
versions he knew were from the province of Extremadura and took
place in such local cities as Plasencia and Cáceres; he adds that, since
the goatherd Repela (who didn't specify a locale) was from the
province of Granada, he himself will set the story there. In the definitive 1881 text, Granada is no longer mentioned, merely Andalusia in
general, but there is much evidence to indicate that the city Alarcón
had in mind was precisely his hometown of Guadix.

Without wishing to complicate further the vexed question of
sources, this translator would like to mention Story 3 in the French
collection *Les cent nouvelles nouvelles* (ca. 1465), in which a wily
miller in Burgundy takes revenge on the local knight who has seduced
his wife (a very dumb woman in this version); this miller even owns a
fishpond, like the one in Alarcón's novelette—but there is no ex-
change of clothing, as in Durán's ballad. This late-medieval French
collection was published in Paris in 1858, and Alarcón, who was
clearly in touch with literary developments in France, could possibly
have been aware of it. (The magistrate's difficulty in having his identity acknowledged while he wears the miller's clothes is also reminiscent of the tribulations of a naked Roman emperor in the well-known
Latin-language story collection *Gesta Romanorum* of ca. 1300
[Story 59].)

In the longer version of his preface, Alarcón also reports that,
before he took it upon himself to base a literary work on the Repela–
Durán–*et al.* plot, he offered it to two other writers, one of whom was
the highly popular dramatist José Zorrilla. After he determined to
write it himself, he adds, he initially intended to submit it to a weekly
magazine in Cuba that had requested some contribution from him,
but he eventually decided to publish it in Madrid.

One eminent Spanish scholar, well aware of Alarcón's theatrical in-
clinations, considered *The Three-Cornered Hat* to have a five-act-play
structure: the exposition in Chapters 1–7, an intensification in 8–14,
the crisis in 15–21, a slackening in 22–28, and the denouement in
29–35. This interesting interpretation, which has been criticized by
others, obviously omits the Epilogue, in which Alarcón springs some
of his usual surprises.

Alarcón wove many of his own memories, and his somewhat ironic longing for the good old days, into the story, along with reminiscences of Spanish history (the war against Napoleon, the Constitution of 1837, and the flurry of dates in the very last paragraph). The positive role played by the bishop, whom everyone sincerely reveres, is seen as a sign of the author's burgeoning pro-clericalism, a major feature in some of his later novels—but not every ecclesiastic in *The Three-Cornered Hat* is a model of perfection! There are also a number of literary reminiscences, especially the slapstick brawl in Chapter XXVII caused by mistaken identity, which was clearly inspired by Don Quixote's fight in the inn with the lover of Maritornes (Part I, Chapter 16).

Although Alarcón wrote his novelette very quickly, and the haste shows in a handful of places (the teeth of a toothless man chatter; the miller's wife appears in a fresh wardrobe at the magistrate's residence, but the story hasn't allowed her any time in which to change; . . .), on the whole the intricate plotting is magnificent, and there is an extensive network of leitmotifs that are both functional and amusing. Here there is room to indicate only two of the most important structural-motivic elements: clothing and time.

Obviously, the magistrate's clothes are highly important, not only because they will constitute the miller's disguise, but because they symbolize the absolutism of the ancien régime; the three-cornered hat and ample cape that had apparently fascinated Alarcón since his childhood had in real life belonged to his grandfather, who had lost the family fortune through his resistance to the French occupational forces in Napoleon's day (Alarcón mentions these particular garments in his 1861 travel account *De Madrid a Nápoles*). Furthermore, it is largely Frasquita's northern-style, un-Andalusian, revealing wardrobe that makes her so provocative, thus setting off the chain of events.

With regard to time: (1) The entire plot plays out in about twelve hours on a very specific day, and the reader is kept informed of the hour of the day all along the way. (2) A continuous contrast is established and maintained between the way people lived at the time of the events and at the time of writing the novelette. (3) The plot features virtuoso handling of time, with much backtracking to elucidate mysterious situations in the story's "present," and with events that really happened simultaneously recounted from different viewpoints many chapters apart. (4) The time-related details even feature a parrot that can tell time!

Alarcón's language in *The Three-Cornered Hat* is colloquial and idiomatic, with a few Andalusianisms. He makes liberal use of spoken

dialogue, perfectly adapted to the respective speakers. Readers of the Spanish text should be particularly alert to the variety of Spanish words that had to be rendered in English as "you"; the specific Spanish word indicates the speaker's feelings and/or social rank perfectly in every individual instance. (Incidentally, "Frasquita" is a pet name for Francisca.)

Many Spanish critics have found this novelette to be particularly typical of their native land, and to reflect at least some of their national characteristics with flawless fidelity.

The Three-Cornered Hat soon became internationally popular as well. A Portuguese translation appeared as early as 1877. In 1878 the book was translated into French and German; in 1879, into Italian. By 1881 there were already English, Russian, and Rumanian translations.

The book has also lent itself to numerous musical adaptations, only a few of which will be cited here. By 1884, two operettas had been based on it, one in France and one in Belgium; in 1893, there was one in Spain. The eminent Austrian composer Hugo Wolf used Alarcón's work as the basis of his 1896 opera *Der Corregidor.* But the outstanding musical version is the ballet by the Spanish composer Manuel de Falla, first produced in London in 1919, as *Le tricorne,* by Diaghilev's troupe, with choreography by Massine and sets and costumes by Picasso; this work is equally well known in the concert hall.

At least two films have been based on *The Three-Cornered Hat,* an Italian film in 1934 and a Spanish one in 1954.

Captain Poison

Humor was decidedly Alarcón's forte, because his only longer work of fiction, other than *The Three-Cornered Hat,* that was unreservedly acclaimed by critics on its appearance, and subsequently, is the light-hearted, witty, satirical novelette *El Capitán Veneno.*

Written quickly (in eight days, according to the author), it was first published in biweekly installments in the Madrid magazine *Revista Hispano-Americana* from August to October of 1881, and published in volume form, before that year ended, by the Madrid firm of Gaspar y Roig. Alarcón later claimed that he was disappointed by the universal critical praise, since he felt that the critics were so inimical to him that they would only praise a work if it were trivial and inconsequential.

Literary scholars, aware that Alarcón was inclined to borrow plots from elsewhere, have suggested an array of possible sources, but none

of them appears particularly cogent or convincing in the long run. Looking on *Captain Poison* as a taming-of-the-shrew story with a reversal of sexual roles, some critics have pointed to Shakespeare's play and to some of its medieval precursors, especially Story 35 in Juan Manuel's collection of exemplary tales *El Conde Lucanor* (ca. 1335), but the parallels are very strained. The same can be said of the alleged parallel with the famous 1652 play *El desdén con el desdén* ([Fighting] Disdain with Disdain) by Agustín Moreto, in which a young man wins the heart of a man-scorning beauty by pretending to scorn *her*. None of these "sources" provides the real situation or plot elements of *Captain Poison*. Why not credit Alarcón with this simple plot, which is so closely connected with current events of his own lifetime? (His statement in the final chapter that the story was told to him by a friend is a transparent fiction.)[3]

The plot unfolds in a much more elementary way than that of *The Three-Cornered Hat*. Only one chapter, "A Backward Glance," is an instance of backtracking in time, and a not particularly skillful instance. It is mainly the verb tenses that make it clear that the doings in this chapter, which interrupt two immediately connected events, actually occurred in a period earlier than either of them.

Again, the novelette is very reminiscent of a play that needs only a single set. Certain crucial chapters are just like confrontational stage scenes, with the characters' "business" meticulously described, and the spoken dialogue is abundant throughout, one chapter even being typographically set up like a play script.

Spanish history enters the story in the form of the Madrid uprising of 1848 and the First Carlist War of 1833–1839, in which Doña Teresa's husband fought on the side of the pretender.

Actual locales in Madrid figure prominently in the book. The Puerta del Sol is a central square, between the Royal Palace and the Prado; many major thoroughfares converge at the square. The Calle de Preciados ends at the square, coming from the northwest. The Calle de Peregrinos no longer exists. The Plaza de Santo Domingo is to the northwest of the Puerta del Sol, closer to the Palace. The church of Nuestra Señora del Buen Suceso was still located in the Puerta del Sol square in 1848, when the story takes place, but its building was demolished when the square was widened, and a new

---

3. This final chapter contains an unfortunate flaw. The nameless friend, who was away from Madrid for a year and a half, might very well have remained unaware of Captain Poison's new station in life, but *not* of the change in his personal relations, which had begun four years earlier.

structure built for it elsewhere (opened 1868). The Carrera de San Francisco is very slightly to the south of the Royal Palace. The Plaza Mayor is slightly to the southwest of the Puerta del Sol. The Calle Mayor ends at the Puerta del Sol, coming from the southwest. The Buen Retiro is a large park, east of the Prado. The Calle de los Tudescos lies to the northeast of the Palace.

Events in 19th-Century Spain

This section includes only those events that are referred to in the brief biography of Alarcón given above, or in the two works contained in this volume; thus, the relative amount of detail in each case depends on the necessity to clarify the details that Alarcón himself mentioned. The approach here is systematic and chronological, with a view toward better understanding of the individual events. (Events predating the 1790s are elucidated by footnotes wherever they occur in the text.)

At the opening of the century, Spain, ruled by the absolute monarch Charles (Carlos) IV, of the same Bourbon family as the last five kings of France, was an uneasy ally of the Revolutionary French, who had decapitated Louis XVI. Spain had been pressured into that alliance after losing the war of 1793–1795, launched by France on the grounds that Spain was actively opposing the Revolution, and fought chiefly in and around the Pyrenees. The alliance proved extremely costly to Spain; for one thing, after Napoleon crowned himself emperor in 1804 and the French war against England heated up again, the Spanish fleet was destroyed by Nelson at Trafalgar in 1805. But even worse was to come.

By a secret agreement, Spain allowed French troops to enter its territory in 1807 on their way to the conquest of Portugal. In 1808 the French in Spain seized major cities and laid claim to extensive Spanish territory. Charles IV abdicated in favor of his son Ferdinand (Fernando) VII, but both of them were exiled to the Côte Basque. The famous popular uprising in Madrid on May 2 initiated the war (lasting till 1814) that the British refer to merely as the Peninsular War, but which rings in Spanish hearts as the War of Independence (after the Madrid events, Napoleon placed his brother Joseph Bonaparte on the Spanish throne). This bitterly fought war, immortalized in paintings and prints by Goya, involved not only pitched battles (in which the outstanding general was the head of the British,

then of the allied British and "free Spanish," troops, Arthur Wellesley, who was created Duke of Wellington for his services in this war) but also widespread activity by Spanish guerrillas (the word entered English at this time). To loyal Spaniards (the emergency national government was in Cádiz) the term *afrancesado* ("given to French ways," "Frenchified") now meant a French-sympathizer, an equivalent of the terms "collaborator" and "quisling" in World War II.

With the defeat of Napoleon in 1814, absolutism returned to Spain in the person of Ferdinand VII, who abrogated the liberal Constitution of 1812 that had been promulgated in Cádiz. He was compelled to grant a new Constitution in 1820, but in 1823 absolutism was reimposed under pressure from the Holy Alliance, whose reactionary views prevailed in Europe. During the 1820s Spain was further impoverished by the loss of most of her colonies (Captain Poison fought in the New World as a youngster).

The death of Ferdinand VII in 1833 (the year of Alarcón's birth) was a very mixed blessing for the country. With only a daughter to succeed him, in 1830 he had revoked the Salic law of succession to the throne (banning succession of females or in the female line) that, contrary to age-old Spanish custom, had been instituted by the first Spanish Bourbon, Philip (Felipe) V, in 1713. Thus, the next official ruler was Isabella (Isabel) II, whose long reign (till 1868) was a highly troubled one (for its first few years, her mother, Marie Christine [María Cristina de Borbón], was regent). There was an endless succession of new constitutions, among which the one of 1837 was epoch-making, providing for a bicameral legislature though still restricting the franchise to noble and moneyed classes. Popular politicians, generally war heroes, frequently used their office of prime minister to become virtual dictators, and party strife was often bitter and physical.

But the problem that was both most immediate in 1833 and the most long-lasting (until 1876) was the Carlist question. Ferdinand's brother Charles (Carlos), displeased with the new law of succession that barred him from the throne, declared himself to be the legitimate king, Charles V (later his son and grandson called themselves Charles VI and Charles VII, respectively; the power of all three lay in the far north of the country, where they had shifting headquarters and "courts"). The First Carlist War lasted from 1833 to 1839 (or 1840, by some interpretations; the Spanish call it a seven-years' war). In 1839 fighting was ended by an agreement signed at Vergara (located between Bilbao and San Sebastián, but somewhat to the south of a line between those two cities) by the leader of Isabella's forces, Baldomero

Espartero (later a prominent politician) and the leader of Charles's forces, Rafael Morota. Since Isabella remained on the throne, many Carlists believed that Morota had betrayed their cause. The question of granting government pensions to Carlist widows and orphans, and recognizing their Carlist titles of nobility, was left to further negotiation, though a clear promise of this was held out.

In 1848, the Parisian liberal uprising in February sent shock waves throughout Europe. On March 26, street fighting broke out in Madrid. It was severely repressed by General Ramón María Narváez, who was then the prime minister and minister of war. A recrudescence in May led to harsh reprisals.

In 1854, an uprising was led by General Leopoldo O'Donnell, who had created a new political party, the Unión Liberal, the year before. The government remained unshaken, but the general's future political career wasn't seriously compromised, either. Alarcón was personally involved both in this uprising and in the African War of 1859–1860. Spain had long held territory in northern Morocco; when native freedom fighters attacked Spanish merchants in 1859, O'Donnell, now prime minister and faced with vexing problems at home, turned the Moroccan situation into a popular "anti-Moorish" crusade, in which Spanish national honor was at stake. The Spanish won, and the war was extremely popular at home. The sumptuous campaign tent of the Moroccan chieftain Muley-el-Abbas was placed on display in the Army Museum in Madrid.

A revolution in 1868 (la Gloriosa) finally succeeded in ousting Isabella. In 1870 Amedeo of Savoy became king of Spain, and the last Carlist war erupted in 1872. In 1873 Amedeo departed, and Spain had its first republican government, though it lasted only about a year. In 1874, Alfonso XII, son of Isabella, was finally able to claim his throne in normal succession. The Carlist wars finally ended with the defeat of "Charles VII" in 1876, when yet another constitution came into effect. Alfonso died in 1885; during the minority of his son, Alfonso XIII, born posthumously in 1886, his widow, another Marie Christine (María Cristina de Habsburgo), was regent. In 1902, Alfonso XIII became king in his own right, and reigned until 1931, when the ill-fated republic began.

El sombrero de tres picos

The Three-Cornered Hat

Dedico esta obra al señor don José Salvador de Salvador.

P. A. DE ALARCÓN
Año de 1874

Prefacio del Autor

Pocos españoles, aun contando a los menos sabidos y leídos, desconocerán la historieta vulgar que sirve de fundamento a la presente obrilla.

Un zafio pastor de cabras, que nunca había salido de la escondida Cortijada en que nació, fue el primero a quien nosotros se la oímos referir. Era el tal uno de aquellos rústicos sin ningunas letras, pero naturalmente ladinos y bufones, que tanto papel hacen en nuestra literatura nacional con el dictado de *pícaros*. Siempre que en la Cortijada había fiesta, con motivo de boda o bautizo, o de solemne visita de los amos, tocábale a él poner los juegos de chasco y pantomima, hacer las payasadas y recitar los *Romances y Relaciones;* y precisamente en una ocasión de éstas (hace ya casi toda una vida . . . , es decir, hace ya más de treinta y cinco años) tuvo a bien deslumbrar y embelesar cierta noche nuestra inocencia (relativa) con el cuento en verso de EL CORREGIDOR Y LA MOLINERA o sea de EL MOLINERO Y LA CORREGIDORA, que hoy ofrecemos nosotros al público bajo el nombre más trascendental y filosófico (pues así lo requiere la gravedad de estos tiempos) de EL SOMBRERO DE TRES PICOS.

Recordamos, por señas, que cuando el pastor nos dio tan buen rato, las muchachas casaderas allí reunidas se pusieron muy coloradas, de

I dedicate this work to José Salvador de Salvador.[1]

P. A. DE ALARCÓN
1874

Author's Preface

Few Spaniards, even including those less knowledgeable and less well-read, will be unfamiliar with the commonplace little story that serves as the basis for this brief book.

An uncouth goatherd, who had never left the remote farm on which he was born, was the first person by whom we heard it related. This man was one of those rural folk who are totally uneducated but are slyly comical by nature and play such a great role in our national literature under the name of *pícaros,* or "rogues." Whenever there was a party in the farmhouse to celebrate a wedding or a baptism, or on the occasion of a formal visit by the proprietor and his family, it was up to him to arrange the entertainments and pantomimes, to play the clown, and to recite ballads and stories. And it was on just such an occasion (a whole lifetime has gone by since then—that is, more than thirty-five years) that he chose to dazzle and enchant our (relative) innocence one night with the verse tale of "The Magistrate and the Miller's Wife," or "The Miller and the Magistrate's Wife," which we offer to the public today with the more significant and philosophical title (since that is what the seriousness of the present day calls for) "The Three-Cornered Hat."

More specifically, we recall that, when the goatherd gave us such a good time, the marriageable girls who had gathered there turned very

---

1. A poet, and an old friend of Alarcón's from his days in Granada.

3

donde sus madres dedujeron que la historia era algo verde, por lo cual pusieron ellas al pastor de oro y azul; pero el pobre *Repela* (así se llamaba el pastor) no se mordió la lengua, y contestó diciendo: que no había por qué escandalizarse de aquel modo, pues nada resultaba de su *Relación* que no supiesen hasta las monjas y hasta las niñas de cuatro años . . .

—Y si no, vamos a ver (preguntó el cabrero): ¿qué se saca en claro de la historia de EL CORREGIDOR Y LA MOLINERA? ¡Que los casados duermen juntos, y que a ningún marido le acomoda que otro hombre duerma con su mujer! ¡Me parece que la noticia! . . .

—¡Pues es verdad!—respondieron las madres, oyendo las carcajadas de sus hijas.

—La prueba de que el tío *Repela* tiene razón (observó en esto el padre del novio), es que todos los chicos y grandes aquí presentes se han enterado ya de que esta noche, así que se acabe el baile, Juanete y Manolilla estrenarán esa hermosa cama de matrimonio que la tía Gabriela acaba de enseñar a nuestras hijas para que admiren los bordados de los almohadones . . .

—¡Hay más! (dijo el abuelo de la novia): hasta en el libro de la Doctrina y en los mismos Sermones se habla a los niños de todas estas cosas tan naturales, al ponerlos al corriente de la larga esterilidad de Nuestra Señora Santa Ana, de la virtud del casto José, de la estratagema de Judith, y de otros muchos milagros que no recuerdo ahora. Por consiguiente, señores . . .

—¡Nada, nada, tío *Repela!* (exclamaron valerosamente las muchachas). ¡Diga usted otra vez su *Relación;* que es muy divertida!

—¡Y hasta muy decente! (continuó el abuelo). Pues en ella no se aconseja a nadie que sea malo; ni se le enseña a serlo; ni queda sin castigo el que lo es . . .

—¡Vaya, repítala usted!—dijeron al fin consistorialmente las madres de familia.

El tío *Repela* volvió entonces a recitar el *Romance;* y, considerado ya su texto por todos a la luz de aquella crítica tan ingenua, hallaron que no había *pero* que ponerle; lo cual equivale a decir que le concedieron *las licencias necesarias.*

o   o   o

Andando los años, hemos oído muchas y muy diversas versiones de aquella misma aventura de EL MOLINERO Y LA CORREGIDORA, siempre de labios de *graciosos* de aldea y de cortijo, por el orden del ya difunto *Repela,* y además la hemos leído en letras de molde en

red, which led their mothers to deduce that the story was a little "blue," so that they rebuked the goatherd for being off-color. But poor Repela (that was the goatherd's name) didn't hold his tongue, but said in reply that there was no reason to be so shocked, since there was nothing revealed by his story that even nuns or four-year-old girls were ignorant of. . . .

"If that's not so, let's see," the goatherd asked: "What do we learn from the story of the magistrate and the miller's wife? That married people share the same bed, and that no husband is happy to have another man sleeping with his wife! I don't find that to be startling news! . . ."

"That's true!" the mothers replied, hearing their daughters' guffaws.

"The proof that 'Uncle' Repela is right," the father of the groom remarked at that point, "is that everyone here, big or small, has already found out that, when the dancing is over tonight, Juanete and Manolilla will make the first use of that beautiful double bed which 'Aunt' Gabriela has just shown to our daughters so they could admire the embroidery on the big pillows. . . ."

"Not only that!" said the bride's grandfather. "Even in the catechism manual and in the very sermons, children are told about all these quite natural things, when they're informed of the long-lasting barrenness of Our Lady Saint Anne, the virtue of chaste Joseph, Judith's stratagem, and many other miracles I won't mention now. And so, ladies and gentlemen . . ."

"Forget it, forget it, 'Uncle' Repela!" the girls bravely exclaimed. "Tell your story over again, because it's very amusing!"

"And, in fact, very decent!" the grandfather continued. "Because there's nothing in it that advises anyone to act wickedly, or teaches anyone how to be wicked; whereas the one who *is* doesn't go unpunished. . . ."

"Come on, tell it again!" the mothers finally said in council.

Then "Uncle" Repela recited the ballad again; and now that everyone thought about its text in the light of that very naïve critique, they found there was no reason to object to it—which is tantamount to saying that they gave it their "imprimatur."

✧   ✧   ✧

As years went by, we heard many different versions of that same adventure of "The Miller and the Magistrate's Wife," always from the lips of village and farmyard humorists on the order of Repela, who was dead by then; and, in addition, we read it in print in various collections

diferentes *Romances de ciego* y hasta en el famoso *Romancero* del inolvidable don Agustín Durán.

El fondo del asunto resulta idéntico: tragicómico, zumbón y terriblemente epigramático, como todas las lecciones dramáticas de moral de que se enamora nuestro pueblo; pero la forma, el mecanismo accidental, los procedimientos casuales, difieren mucho, muchísimo, del relato de nuestro pastor, tanto, que éste no hubiera podido recitar en la Cortijada ninguna de dichas versiones, ni aun aquellas que corren impresas, sin que antes se tapasen los oídos las muchachas en estado honesto, o sin exponerse a que sus madres les sacaran los ojos. ¡A tal punto han extremado y pervertido los groseros patanes de otras provincias el caso tradicional que tan sabroso, discreto y pulcro resultaba en la versión del clásico *Repela!*

Hace, pues, mucho tiempo que concebimos el propósito de restablecer la verdad de las cosas, devolviendo a la peregrina historia de que se trata, su primitivo carácter, que nunca dudamos fuera aquel en que salía mejor librado el decoro. Ni ¿cómo dudarlo? Esta clase de *Relaciones,* al rodar por las manos del vulgo, nunca se desnaturalizan para hacerse más bellas, delicadas y decentes, sino para estropearse y percudirse al contacto de la ordinariez y la chabacanería.

Tal es la historia del presente libro . . . Conque metámonos ya en harina; quiero decir, demos comienzo a la *Relación* de EL CORREGIDOR Y LA MOLINERA, no sin esperar de tu sano juicio (¡oh, respetable público!) que "después de haberla leído y héchote más cruces que si hubieras visto al demonio" (como dijo ESTEBANILLO GONZÁLEZ al principiar la suya), "la tendrás por digna y merecedora de haber salido a luz".

Julio de 1874.

I: De cuándo sucedió la cosa

Comenzaba este largo siglo, que ya va de vencida. No se sabe fijamente el año: sólo consta que era después del de 4 y antes del de 8.

of ballads as sung by blind beggars, and even in the well-known ballad collection by the unforgettable Agustín Durán.[2]

The heart of the subject remains the same: tragicomic, teasing, and terribly epigrammatic, like all the dramatic moral lessons that our nation loves; but its form, the machinery of the plot, the specific incidents differ greatly, very greatly, from our goatherd's version, to the extent that he wouldn't have been able to recite any of those versions, even those in print, in the farmhouse without having the respectable girls cover their ears first, or running the risk of having their mothers fly into a wild fury.[3] To such a degree have the vulgar yokels of other provinces exaggerated and perverted the traditional plot that was so delicious, discreet, and pretty in Repela's classical version!

So, for some time we have been planning to reestablish the truth of the matter, restoring the original nature of the singular story in question, which we have no doubt was the one in which decency came off most unscathed. How can it be doubted? When this type of tale is handled by the vulgar, it never becomes more beautiful, delicate, and decent as it loses its nature, but becomes warped and filthy in contact with commonness and tastelessness.

Such is the background of this book. . . . And so, let us now "put our hands in the flour" and get to work—I mean, let's begin the story of the magistrate and the miller's wife, not without expecting from your healthy judgment, my respected reader, that "after reading it and crossing yourself more often than if you had seen the Devil," as Estebanillo González[4] says when beginning to tell *his* story, "you will find it worthy and deserving of having been published."

July 1874.

I: When the Events Occurred

This long century, which is nearly over, was just beginning. The specific year isn't known: I can only say that it was after 1804 and earlier than 1808.[5]

---

2. Durán's five-volume collection, the *Romancero general,* was published between 1828 and 1832; he was a leading figure of the Romantic era in Spain.   3. Literally: "scratch their eyes out."   4. The (anti)hero of the anonymous picaresque novel *La vida de Estebanillo González* (1646).   5. See the Introduction for an outline of the historical background.

Reinaba, pues, todavía en España, don Carlos IV de Borbón; *por la gracia de Dios,* según las monedas, y por olvido o gracia especial de Bonaparte, según los boletines franceses. Los demás soberanos europeos descendientes de Luis XIV habían perdido ya la corona (y el jefe de ellos la cabeza) en la deshecha borrasca que corría esta envejecida parte del mundo desde 1789.

Ni paraba aquí la singularidad de nuestra patria en aquellos tiempos. El Soldado de la Revolución, el hijo de un oscuro abogado corso, el vencedor en Rivoli, en las Pirámides, en Marengo y en otras cien batallas, acababa de ceñirse la corona de Carlo Magno y de transfigurar completamente la Europa, creando y suprimiendo naciones, borrando fronteras, inventando dinastías y haciendo mudar de forma, de nombre, de sitio, de costumbres y hasta de traje a los pueblos por donde pasaba en su corcel de guerra como un terremoto animado, o como el *"Antecristo",* que le llamaban las Potencias del Norte . . . Sin embargo, nuestros padres (Dios los tenga en su santa Gloria), lejos de odiarlo o de temerle, complacíanse aún en ponderar sus descomunales hazañas, como si se tratase del héroe de un Libro de Caballerías, o de cosas que sucedían en otro planeta, sin que ni por asomo recelasen que pensara nunca en venir por acá a intentar las atrocidades que había hecho en Francia, Italia, Alemania y otros países. Una vez por semana (y dos a lo sumo) llegaba el correo de Madrid a la mayor parte de las poblaciones importantes de la Península, llevando algún número de la *Gaceta* (que tampoco era diaria), y por ella sabían las personas principales (suponiendo que la *Gaceta* hablase del particular) si existía un Estado más o menos allende el Pirineo, si se había reñido otra batalla en que peleasen seis u ocho Reyes y Emperadores y si Napoleón se hallaba en Milán, en Bruselas o en Varsovia . . . Por lo demás, nuestros mayores seguían viviendo a la antigua española, sumamente despacio, apegados a sus rancias costumbres, en paz y en gracia de Dios, con su Inquisición y sus Frailes, con su pintoresca desigualdad ante la Ley, con sus privilegios, fueros y exenciones personales, con su carencia de toda libertad municipal o política, gobernados simultáneamente por insignes Obispos y poderosos Corregidores (cuyas respectivas potestades no era muy fácil deslindar, pues unos y otros se metían en lo temporal y en lo eterno), y pagando diezmos, primicias, alcabalas, subsidios, mandas y limosnas forzosas, rentas, rentillas, capitaciones, tercias reales, gabelas, frutos-civiles, y hasta cincuenta tributos más, cuya nomenclatura no viene a cuento ahora.

And so, Charles IV of the house of Bourbon was still reigning in Spain, "by the grace of God" as his coins said, or through the forgetfulness or the special grace of Bonaparte, as the French bulletins said. All the other European sovereigns who were descended from Louis XIV had already lost their crowns (and the chief of them had lost his head) in the violent storm that had swept over this aged part of the world since 1789.

Nor was that the only peculiar thing about our country in those days. The Soldier of the Revolution, son of an obscure Corsican lawyer, the victor of Rivoli, the Pyramids, Marengo, and a hundred other battles, had just put on Charlemagne's crown and completely transformed Europe, creating and putting an end to nations, wiping away borders, inventing dynasties, and changing the form, name, place, customs, and even clothing of the peoples among whom he passed on his martial steed like a living earthquake, or like the "Antichrist," as the powers of northern Europe called him. . . . Nevertheless, our fathers (may they rest in peace), far from hating or fearing him, were actually pleased to meditate on his extraordinary exploits, as if he were the hero of a book of chivalry, and those events were occurring on another planet; they had not the least fear that he would ever think of coming here to try out the atrocities he had committed in France, Italy, Germany, and other countries. Once a week (twice at the outside) mail arrived from Madrid in most of the major towns of the Peninsula, bringing some issue of the *Gazette*[6] (which wasn't a daily, either), and through it the leading citizens learned (if the *Gazette* mentioned the specific case) whether one country more or less existed on the far side of the Pyrenees, whether another battle had been fought in which six or eight kings and emperors took part, or whether Napoleon was now in Milan, Brussels, or Warsaw. . . . For the rest, our ancestors went on living in the traditional Spanish way, very slowly, devoted to their old-fashioned ways, in the peace and grace of God, with their Inquisition and friars, with their picturesque lack of equality before the law, with their privileges, special laws, and personal exemptions, with their lack of all municipal or political freedom, while they were governed by a combination of illustrious bishops and powerful magistrates (whose respective powers it wasn't very easy to distinguish, since both groups interfered in both secular and religious issues), while paying tithes, firstfruits, sales taxes, grants, compulsory bequests and alms, income taxes, duties, poll taxes, the king's share of tithes, imposts, taxes on unearned income, and up to fifty more taxes the titles of which are irrelevant at the moment.

---

6. The *Gaceta de Madrid,* a government organ.

Y aquí termina todo lo que la presente historia tiene que ver con la militar y política de aquella época; pues nuestro único objeto, al referir lo que entonces sucedía en el mundo, ha sido venir a parar a que el año de que se trata (supongamos que el de 1805) imperaba todavía en España el *antiguo régimen* en todas las esferas de la vida pública y particular, como si, en medio de tantas novedades y trastornos, el Pirineo se hubiese convertido en otra muralla de la China.

II: De cómo vivía entonces la gente

En Andalucía por ejemplo (pues precisamente aconteció en una ciudad de Andalucía lo que vais a oír), las personas de *suposición* continuaban levantándose muy temprano; yendo a la Catedral a *Misa de prima:* aunque no fuese *día de precepto:* almorzando, a las nueve, un huevo frito y una jícara de chocolate con picatostes; comiendo, de una a dos de la tarde, puchero y principio, si había caza, y, si no, puchero solo; durmiendo la siesta después de comer; paseando luego por el campo; yendo al rosario, entre dos luces, a su respectiva parroquia; tomando otro chocolate a la oración (éste con bizcochos); asistiendo los muy encopetados a la tertulia del Corregidor, del Deán, o del Título que residía en el pueblo; retirándose a casa a las Ánimas; cerrando el portón antes del toque de la *queda;* cenando ensalada y *guisado* por antonomasia, si no *habían entrado* boquerones frescos, y acostándose *in continenti* con su señora (los que la tenían), no sin hacerse calentar primero la cama durante nueve meses del año . . .

¡Dichosísimo tiempo aquel en que nuestra tierra seguía en quieta y pacífica posesión de todas las telarañas, de todo el polvo, de toda la polilla, de todos los respetos, de todas las creencias, de todas las tradiciones, de todos los usos y de todos los abusos santificados por los siglos! ¡Dichosísimo tiempo aquel en que había en la sociedad humana variedad de clases, de afectos y de costumbres! ¡Dichosísimo tiempo, digo . . . , para los poetas especialmente, que encontraban un entremés, un sainete, una comedia, un drama, un auto sacramental o una epopeya detrás de cada esquina, en vez de esta prosaica uniformidad y desabrido realismo que nos legó al cabo la Revolución Francesa! ¡Dichosísimo tiempo, sí! . . .

And that is the end of all of this story's concern with the military and political history of that era, since our sole purpose in relating what was going on in the world at that time has been to establish that in the year in question (let's say it was 1805) the *ancien régime* was still in force in Spain in every sphere of public and private life, as if, in the midst of so many changes and upsets, the Pyrenees had been transformed into a second Wall of China.

II: How People Lived at the Time

In Andalusia, for example (for what you are going to hear took place specifically in a city in Andalusia), people of importance continued to rise very early; they went to the cathedral to hear Mass at Prime, even though it wasn't a day of obligation; they breakfasted at nine on a fried egg and a cup of chocolate with rounds of fried bread; between one and two P.M. they ate a stew and an entrée, if they had shot game, otherwise just stew; they took a nap after eating, then strolled in the countryside; at twilight they attended the Rosary of Our Lady at their own parish churches; they drank another cup of chocolate at Angelus (this one with biscuits); those of the real upper class would join the conversation circle of the magistrate-mayor, of the dean, or the local nobleman; they'd go back home at the evening bell;[7] they'd lock their entrance door before curfew rang; they'd sup on salad and boiled meat (which was what people meant when they just said "cooked food") unless fresh anchovies had showed up in the market; and they'd go right to bed with their wives (if they were married), but not without having the bed warmed first for nine months out of the year. . . .

What a very fortunate time that was, when our land remained in peaceful and undisturbed possession of all the spiderwebs, all the dust, all the moths, all the forms of respect, all the beliefs, all the traditions, all the practices, good and bad, hallowed by the centuries! What a very fortunate time that was, when human society had a variety of classes, likings, and customs! A very fortunate time, I say . . . especially for the poets, who discovered material for an interlude, a skit, a comedy, a drama, a religious play, or an epic poem behind every corner, instead of this prosaic uniformity and insipid realism that the French Revolution bequeathed to us in the end! Yes, a very fortunate time! . . .

---

7. Literally: "the souls." This bell was rung to remind people to pray for the souls in Purgatory.

Pero esto es volver a las andadas. Basta ya de generalidades y de circunloquios, y entremos resueltamente en la historia del *Sombrero de tres picos.*

III: *Do ut des*

En aquel tiempo, pues, había cerca de la ciudad de °°° un famoso molino harinero (que ya no existe), situado como a un cuarto de legua de la población, entre el pie de suave colina poblada de guindos y cerezos y una fertilísima huerta que servía de margen (y algunas veces de lecho) al titular intermitente y traicionero río.

Por varias y diversas razones, hacía ya algún tiempo que aquel molino era el predilecto punto de llegada y descanso de los paseantes más caracterizados de la mencionada ciudad . . . Primeramente, conducía a él un camino carretero, menos intransitable que los restantes de aquellos contornos. En segundo lugar, delante del molino había una plazoletilla empedrada, cubierta por un parral enorme, debajo del cual se tomaba muy bien el fresco en el verano y el sol en el invierno, merced a la alternada ida y venida de los pámpanos . . . En tercer lugar, el Molinero era un hombre muy respetuoso, muy discreto, muy fino, que tenía lo que se llama don de gentes, y que obsequiaba a los señorones que solían honrarlo con su tertulia vespertina, ofreciéndoles . . . lo que daba el tiempo, ora habas verdes, ora cerezas y guindas, ora lechugas en rama y sin sazonar (que están muy buenas cuando se las acompaña de macarros de pan de aceite; macarros que se encargaban de enviar por delante sus señorías), ora melones, ora uvas de aquella misma parra que les servía de dosel, ora *rosetas* de maíz, si era invierno, y castañas asadas, y almendras, y nueces, y de vez en cuando, en las tardes muy frías, un trago de vino de pulso (dentro ya de la casa y al amor de la lumbre), a lo que por Pascuas se solía añadir algún pestiño, algún mantecado, algún rosco o alguna lonja de jamón alpujarreño.

—¿Tan rico era el Molinero, o tan imprudentes sus tertulianos? —exclamaréis interrumpiéndome.

Ni lo uno ni lo otro. El Molinero sólo tenía un pasar, y aquellos caballeros eran la delicadeza y el orgullo personificados. Pero en unos tiempos en que se pagaban cincuenta y tantas contribuciones

But this is going back to old ways. Enough now with generalities and circumlocutions! Let's really begin the story of the three-cornered hat!

III: *Do ut des*[8]

And so, in those days, near the city of °°° there was a well-known flour mill (which is no longer there), located somewhat less than a mile from town, between the foot of a gently sloping hill covered with sour-cherry and cherry trees and a very fertile range of vegetable gardens that acted as the bank (and sometimes the bed) of the treacherous river, which would rise and subside, and that gave the mill its name.

For a great variety of reasons, for some time that mill was the favorite destination and resting place of the most distinguished wayfarers from the above-mentioned city. . . . First of all, it was located on a carriage road that was less rough than any other in that vicinity. Secondly, in front of the mill there was a tiny paved forecourt shaded by an enormous grape arbor, beneath which it was very cool in summer and very sunny in winter, thanks to the coming and going of the vine leaves in seasonal alternation. . . . Thirdly, the miller was a very respectful, very discreet, and very shrewd man, who possessed what is called a way with people, and who gave a treat to the fine gentlemen who were accustomed to honor him with their company in the evening, offering them . . . what the season furnished: now green broad beans, now cherries and sour cherries, now lettuce, raw and unseasoned (very tasty when accompanied by buns baked with oil, buns which the gentlemen took care to send in advance), now melons, now grapes from the very arbor that shaded them, now popcorn, in the winter, and roast chestnuts, and almonds, and walnuts, and occasionally, on very cold afternoons, a little wine drunk as it streamed from the long-spouted jug (this was inside the house, by the fireside), to which was generally added, at Easter, pancakes with honey, buns, doughnuts, or slices of ham from the Alpujarras.

"Was the miller that wealthy, or his guests that thoughtless?" you will exclaim, interrupting me.

No, neither one nor the other. The miller made only a passable living, and those gentlemen were delicacy and pride personified. But in

---

8. "One hand washes the other." The literal translation of this Latin expression is: "I give [something to you] so that you will give [something in return to me]."

diferentes a la Iglesia y al Estado, poco arriesgaba un rústico de tan claras luces como aquél en tenerse ganada la voluntad de Regidores, Canónigos, Frailes, Escribanos y demás personas de campanillas. Así es que no faltaba quien dijese que el tío Lucas (tal era el nombre del Molinero) se ahorraba un dineral al año a fuerza de agasajar a todo el mundo.

—"Vuestra Merced me va a dar una puertecilla vieja de la casa que ha derribado", decíale a uno. "Vuestra Señoría (decíale a otro) va a mandar que me rebajen el subsidio, o la alcabala, o la contribución de frutos-civiles." "Vuestra Reverencia me va a dejar coger en la huerta del convento una poca hoja para mis gusanos de seda." "Vuestra Ilustrísima me va a dar permiso para traer una poca leña del monte X." "Vuestra Paternidad me va a poner dos letras para que me permitan cortar una poca madera en el pinar H." "Es menester que me haga usarcé una escriturilla que no me cueste nada." "Este año no puedo pagar el censo." "Espero que el pleito se falle a mi favor." "Hoy le he dado de bofetadas a uno, y creo que debe ir a la cárcel por haberme provocado." "¿Tendría su Merced tal cosa de sobra?" "¿Le sirve a usted de algo tal otra?" "¿Me puede prestar la mula?" "¿Tiene ocupado mañana el carro?" "¿Le parece que envíe por el burro? . . ."

Y estas canciones se repetían a todas horas, obteniendo siempre por contestación un generoso y desinteresado . . . *"Como se pide"*.

Conque ya veis que el tío Lucas no estaba en camino de arruinarse.

IV: Una mujer vista por fuera

La última y acaso la más poderosa razón que tenía el *señorío* de la ciudad para frecuentar por las tardes el molino del tío Lucas, era . . . que, así los clérigos como los seglares, empezando por el señor Obispo y el señor Corregidor, podían contemplar allí a sus anchas una de las obras más bellas, graciosas y admirables que hayan salido jamás de las manos de Dios, llamado entonces el *Ser Supremo* por Jovellanos y toda la escuela afrancesada de nuestro país . . .

Esta obra . . . se denominaba "la señá Frasquita".

Empiezo por responderos de que la señá Frasquita, legítima esposa

an era when fifty or more different taxes were paid to the Church and the state, a rural fellow as intelligent as this one risked very little by winning the good will of town councillors, canons, friars, civil servants, and other people of importance. And so, there was no lack of people who said that "Uncle" Lucas (that was the miller's name) saved a fortune every year by entertaining everyone.

"Your Honor will surely give me an old little door from the house he's demolished," he'd say to one of them. "Your Lordship," he'd say to another, "will surely arrange for a reduction in my grant, or sales tax, or unearned-income tax." "Your Reverence will surely allow me to gather a few leaves for my silkworms in the monastery garden." "Your Grace will surely give me permission to bring home a little firewood from Mount X." "Father, you'll surely write me a note allowing me to cut down a tree or two in the H— pine forest." "I need for you to write me a little document that won't cost me anything." "This year I can't pay anything on my lease." "I hope that the lawsuit will be decided in my favor." "Today I slapped a man, and I think he should go to jail for provoking me." "Does Your Honor have this or that he doesn't need?" "Can you make any use of this?" "Can you lend me the mule?" "Is your wagon available tomorrow?" "Do you think I should send for the burro?" . . .

And these songs were repeated at all hours, always receiving for an answer a generous and unselfish "Just as you wish."

And so, by now you can see that "Uncle" Lucas wasn't on the road to ruin.

IV: A Woman Seen from the Outside

The final, and perhaps the most cogent reason the gentlemen of the city had for frequenting "Uncle" Lucas's mill of an afternoon was that . . . all of them, both the churchmen and the laymen, beginning with the bishop and the magistrate, could there contemplate to their heart's content one of the most beautiful, glorious, and admirable works that ever came from the hands of God (who at the time was called "the Supreme Being" by Jovellanos[9] and the whole French-sympathizing school of our country). . . .

That piece of work . . . was called "Mis' Frasquita."

Let me first assure you that Mis' Frasquita, "Uncle" Lucas's lawful

---

9. Gaspar Melchor de Jovellanos (1744–1811), a leading statesman and poet of the Spanish Enlightenment.

del tío Lucas, era una mujer de bien, y de que así lo sabían todos los ilustres visitantes del molino. Digo más: ninguno de éstos daba muestras de considerarla con ojos de varón ni con trastienda pecaminosa. Admirábanla, sí, y requebrábanla en ocasiones (delante de su marido, por supuesto), lo mismo los frailes que los caballeros, los canónigos que los golillas, como un prodigio de belleza que honraba a su Creador, y como una diablesa de travesura y coquetería, que alegraba inocentemente los espíritus más melancólicos. "Es un *hermoso animal*", solía decir el virtuosísimo Prelado. "Es una estatua de la antigüedad helénica", observaba un Abogado muy erudito, Académico correspondiente de la Historia. "Es la propia estampa de Eva", prorrumpía el Prior de los Franciscanos. "Es una real moza", exclamaba el Coronel de milicias. "Es una sierpe, una sirena, ¡un demonio!", añadía el Corregidor. "Pero es una buena mujer, es un ángel, es una criatura, es una chiquilla de cuatro años", acababan por decir todos, al regresar del molino atiborrados de uvas o de nueces, en busca de sus tétricos y metódicos hogares.

La chiquilla de cuatro años, esto es, la señá Frasquita, frisaría en los treinta. Tenía más de dos varas de estatura, y era recia a proporción, o quizás más gruesa todavía de lo correspondiente a su arrogante talla. Parecía una Niobe colosal, y eso que no había tenido hijos: parecía un Hércules . . . hembra; parecía una matrona romana de las que aún hay ejemplares en el Trastevere. Pero lo más notable en ella era la movilidad, la ligereza, la animación, la gracia de su respetable mole. Para ser una estatua, como pretendía el académico, le faltaba el reposo monumental. Se cimbraba como un junco, giraba como una veleta, bailaba como una peonza. Su rostro era más movible todavía, y, por lo tanto, menos escultural. Avivábanlo donosamente hasta cinco hoyuelos: dos en una mejilla; otro en otra, otro, muy chico, cerca de la comisura izquierda de sus rientes labios, y el último, muy grande, en medio de su redonda barba. Añadid a esto los picarescos mohínes, los graciosos guiños y las varias posturas de cabeza que amenizaban su conversación, y formaréis idea de aquella cara llena de sal y de hermosura y radiante siempre de salud y alegría.

Ni la señá Frasquita ni el tío Lucas eran andaluces: ella era navarra y él murciano. Él había ido a la ciudad de °°°, a la edad de quince años, como medio paje, medio criado del Obispo anterior al que

wedded wife, was a respectable woman, and that all the distinguished visitors to the mill knew this. Furthermore, none of them showed signs of looking at her with lustful eyes or sinful hidden thoughts. They admired her, yes, and at times they sang her praises (in front of her husband, of course), both the friars and the gentlemen, the canons and the stuffed shirts, as being a marvel of beauty who did honor to her Creator, and as a she-devil of mischief and coquettishness who innocently cheered up the most melancholy spirits. "She's a handsome animal," the very virtuous bishop would say. "She's an ancient Greek statue," remarked a very learned lawyer, a corresponding member of the Academy of History. "She's the very image of Eve," proclaimed the Franciscan prior. "She's a royal lass!" exclaimed the militia colonel. "She's a serpent, a siren, a demon!" the magistrate added. "But she's a good woman, an angel, an infant, like a four-year-old girl," they all concluded as they returned from the mill stuffed with grapes or walnuts, headed for their gloomy, methodical homes.

The four-year-old girl—that is, Mis' Frasquita—would be about thirty. She was over five and a half feet tall and was stocky in proportion, but perhaps not as hefty as her great height would indicate. She resembled a colossal Niobe,[10] despite the fact that she had never had children. She resembled a—female—Hercules. She resembled a Roman matron of a type still to be found in the Trastevere.[11] But the most notable thing about her was her mobility, lightness, and animation, the grace of her considerable bulk. To be a statue, as the Academy member claimed, she lacked the monumental repose. She walked with the graceful sway of a reed, she whirled like a weathervane, she danced like a spinning top. Her face was more mobile yet, and thus less sculptural. It was charmingly enlivened by no fewer than five dimples: two in one cheek, one in the other, one very small one near the left corner of her laughing lips, and the last one, very large, in the middle of her rounded chin. Add to that her roguish grimaces, her humorous winks, and the various poses of her head that lent grace to her conversation, and you'll have an idea of that face filled with spirit and beauty and always beaming with health and happiness.

Neither Mis' Frasquita nor "Uncle" Lucas was a native of Andalusia: she was from Navarre and he was from Murcia. He had come to the city of °°° at the age of fifteen as part-page, part-servant,

---

10. Portrayed in Greek statuary as a stately matron weeping for the loss of her children.   11. A folksy area of Rome across the Tiber from the more monumental part of the city.

entonces gobernaba aquella iglesia. Educábalo su protector para clérigo, y tal vez con esta mira y para que no careciese de *congrua*, dejóle en su testamento el molino; pero el tío Lucas, que a la muerte de Su Ilustrísima no estaba ordenado más que de *menores* ahorcó los hábitos en aquel punto y hora, y sentó plaza de soldado, más ganoso de ver mundo y correr aventuras que de decir misa o de moler trigo. En 1793 hizo la campaña de los Pirineos Occidentales, como Ordenanza del valiente General don Ventura Caro; asistió al asalto de Castillo Piñón, y permaneció luego largo tiempo en las provincias del Norte, donde tomó la licencia absoluta. En Estella conoció a la señá Frasquita, que entonces sólo se llamaba *Frasquita;* la enamoró; se casó con ella, y se la llevó a Andalucía en busca de aquel molino que había de verlos tan pacíficos y dichosos durante el resto de su peregrinación por este valle de lágrimas y risas.

La señá Frasquita, pues, trasladada de Navarra a aquella soledad, no había adquirido ningún hábito andaluz, y se diferenciaba mucho de las mujeres campesinas de los contornos. Vestía con más sencillez, desenfado y elegancia que ellas; lavaba más sus carnes, y permitía al sol y al aire acariciar sus arremangados brazos y su descubierta garganta. Usaba, hasta cierto punto, el traje de las señoras de aquella época, el traje de las mujeres de Goya, el traje de la reina María Luisa: si no falda de medio paso, falda de un paso solo, sumamente corta, que dejaba ver sus menudos pies y el arranque de su soberana pierna: llevaba el escote redondo y bajo, al estilo de Madrid, donde se detuvo dos meses con su Lucas al trasladarse de Navarra a Andalucía; todo el pelo recogido en lo alto de la coronilla, lo cual dejaba campear la gallardía de su cabeza y de su cuello; sendas arracadas en las diminutas orejas, y muchas sortijas en los afilados dedos de sus duras pero limpias manos. Por último: la voz de la señá Frasquita tenía todos los tonos del más extenso y melodioso instrumento, y su carcajada era tan alegre y argentina, que parecía un repique de Sábado de Gloria.

Retratemos ahora al tío Lucas.

of the bishop who had preceded the one then ruling that church. His patron groomed him for the priesthood, and perhaps with that aim, and so that he wouldn't lack a benefice, he had left him the mill in his will. But "Uncle" Lucas, who had taken only minor orders by the time His Grace died, hung up his habits at that very moment and enlisted as a soldier, more eager to see the world and have adventures than to say Mass or grind grain. In 1793[12] he participated in the campaign of the Western Pyrenees as orderly to the brave general Ventura Caro; he was present at the attack on Château-Pignon and then remained for some time in the northern provinces, where he obtained his discharge. In Estella[13] he met Mis' Frasquita, who at the time was called simply Frasquita; he won her heart; he married her and took her with him to Andalusia to live in that mill which was to see them so peaceful and fortunate for the rest of their pilgrimage through this vale of tears and laughter.

So, then, Mis' Frasquita, transferred from Navarre to that lonely spot, hadn't acquired any Andalusian habits, and she was very different from the rural women in the vicinity. She dressed more simply, with more self-assurance and elegance, than they did; she washed herself more often and allowed the sun and air to caress her bare arms and exposed throat. Up to a certain point she wore the costume of the ladies of that era, the costume of Goya's women, the costume of Queen María Luisa. Though her skirt wasn't so tight that she could only take half a step, it only allowed her to take one full step, and it was very short, so that you could see her tiny feet and the lowest part of her magnificent legs. Her neckline was round and low, in Madrid fashion; she had spent two months there with her Lucas on the way from Navarre to Andalusia. All her hair was piled up on the top of her head, and this allowed the elegance of her head and neck to shine forth. An earring hung from each of her small ears, and she wore many rings on the slender fingers of her hard but clean hands. Lastly: Mis' Frasquita's voice possessed every note of the most extensive and melodious instrument, and her peal of laughter was so merry and silvery that it sounded like church bells on Easter Saturday.

Now let's paint the portrait of "Uncle" Lucas.

---

12. Absolutist Spain waged war against revolutionary France from 1793 to 1795; Spain was successful only in the first year.   13. A town in Navarre. The pretender "Charles VII" held court there during the last Carlist War (ended 1876).

V: Un hombre visto por fuera y por dentro

El tío Lucas era más feo que Picio. Lo había sido toda su vida, y ya tenía cerca de cuarenta años. Sin embargo, pocos hombres tan simpáticos y agradables habrá echado Dios al mundo. Prendado de su viveza, de su ingenio y de su gracia, el difunto Obispo se lo pidió a sus padres, que eran pastores, no de almas, sino de verdaderas ovejas. Muerto su Ilustrísima, y dejado que hubo el mozo el Seminario por el Cuartel, distinguiólo entre todo su Ejército el General Caro, y lo hizo su Ordenanza más íntimo, su verdadero criado de campaña. Cumplido, en fin, el empeño militar, fuéle tan fácil al tío Lucas rendir el corazón de la señá Frasquita, como fácil le había sido captarse el aprecio del General y del Prelado. La navarra, que tenía a la sazón veinte abriles, y era el ojo derecho de todos los mozos de Estella, algunos de ellos bastante ricos, no pudo resistir a los continuos donaires, a las chistosas ocurrencias, a los ojillos de enamorado mono y a la bufona y constante sonrisa, llena de malicia, pero también de dulzura, de aquel murciano tan atrevido, tan locuaz, tan avisado, tan dispuesto, tan valiente y tan gracioso, que acabó por trastornar el juicio, no sólo a la codiciada beldad, sino también a su padre y a su madre.

Lucas era en aquel entonces, y seguía siendo en la fecha a que nos referimos, de pequeña estatura (a lo menos con relación a su mujer), un poco cargado de espaldas, muy moreno, barbilampiño, narigón, orejudo y picado de viruelas. En cambio, su boca era regular y su dentadura inmejorable. Dijérase que sólo la corteza de aquel hombre era tosca y fea; que tan pronto como empezaba a penetrarse dentro de él aparecían sus perfecciones, y que estas perfecciones principiaban en los dientes. Luego venía la voz, vibrante, elástica, atractiva; varonil y grave algunas veces, dulce y melosa cuando pedía algo, y siempre difícil de resistir. Llegaba después lo que aquella voz decía: todo oportuno, discreto, ingenioso, persuasivo . . . Y, por último, en el alma del tío Lucas había valor, lealtad, honradez, sentido común, deseo de saber y conocimientos instintivos o empíricos de muchas cosas, profundo desdén a los necios, cualquiera que fuese su categoría social, y cierto espíritu de ironía, de burla y de sarcasmo, que le hacían pasar, a los ojos del Académico, por un don Francisco de Quevedo en bruto.

Tal era por dentro y por fuera el tío Lucas.

V: A Man Seen from Outside and Inside

"Uncle" Lucas was uglier than sin. He had been, all his life, and he was now close to forty. All the same, God can't have placed many men in the world who were that likeable and pleasant. Charmed by his vivacity, intelligence, and wit, the deceased bishop had asked his parents for him; they were shepherds, not of souls but of real sheep. After His Grace's death, when the lad abandoned the seminary for the barracks, General Caro showed a preference for him out of his whole army, making him his closest orderly, his true servant in the field. Finally, when his military service was over, it was as easy for "Uncle" Lucas to conquer Mis' Frasquita's heart as it had been to win the favor of the general and the prelate. The woman from Navarre, who was twenty-six at the time and was courted by all the young men in Estella, some of them quite wealthy, was unable to resist the inexhaustible elegance, the witty jokes, the lovesick-monkey leers, and the constant, comical smile—full of mischief, but also of tenderness—of that man from Murcia who was so bold, so talkative, so wise, so clever, so brave, and so witty that he finally overcame the better judgment not only of the beauty he desired, but also her father's and mother's.

At that time, and still at the date of our story, Lucas was short (at least, compared to his wife), a little round-shouldered, very swarthy, and beardless; he had a big nose and ears, and he was pockmarked. On the other hand, his mouth was regularly shaped and his teeth were impeccable. You might say that only the outer bark of that man was rough and ugly; that, as soon as you started to look inside him his good points appeared, these good points beginning with his teeth. Next came his voice, vibrant, flexible, attractive, manly and serious at times, gentle and honeyed when he was making a request, and always hard to resist. Then came what that voice was saying: everything was opportune, discreet, intelligent, persuasive. . . . Lastly, "Uncle" Lucas's soul possessed valor, loyalty, uprightness, common sense, a desire to learn and either instinctive or practical knowledge of many things, an enormous disdain for fools, no matter what their rank in society, and a certain spirit of irony, mockery, and sarcasm that made him appear to the member of the Academy like a Francisco Quevedo[14] in the rough.

Such was "Uncle" Lucas inside and outside.

---

14. One of the great writers of the Spanish Golden Age, a notable satirist (1580–1645).

VI: Habilidades de los dos cónyuges

Amaba, pues, locamente la señá Frasquita al tío Lucas, y considerábase la mujer más feliz del mundo al verse adorada por él. No tenían hijos, según que ya sabemos, y habíase consagrado cada uno a cuidar y mimar al otro con esmero indecible, pero sin que aquella tierna solicitud ostentase el carácter sentimental y empalagoso, por lo zalamero, de casi todos los matrimonios sin sucesión. Al contrario, tratábanse con una llaneza, una alegría, una broma y una confianza semejantes a las de aquellos niños, camaradas de juegos y de diversiones, que se quieren con toda el alma sin decírselo jamás, ni darse a sí mismos cuenta de lo que sienten.

¡Imposible que haya habido sobre la Tierra, molinero mejor peinado, mejor vestido, más regalado en la mesa, rodeado de más comodidades en su casa, que el tío Lucas! ¡Imposible que ninguna molinera ni ninguna reina haya sido objeto de tantas atenciones, de tantos agasajos, de tantas finezas como la señá Frasquita! ¡Imposible también que ningún molino haya encerrado tantas cosas necesarias, útiles, agradables, recreativas y hasta superfluas, como el que va a servir de teatro a casi toda la presente historia!

Contribuía mucho a ello que la señá Frasquita, la pulcra, hacendosa, fuerte y saludable navarra, sabía, quería y podía guisar, coser, bordar, barrer, hacer dulce, lavar, planchar, blanquear la casa, fregar el cobre, amasar, tejer, hacer media, cantar, bailar, tocar la guitarra y los palillos, jugar a la brisca y al tute, y otras muchísimas cosas cuya relación fuera interminable. Y contribuía no menos al mismo resultado el que el tío Lucas sabía, quería y podía dirigir la molienda, cultivar el campo, cazar, pescar, trabajar de carpintero, de herrero y de albañil, ayudar a su mujer en todos los quehaceres de la casa, leer, escribir, contar, etcétera, etcétera.

Y esto sin hacer mención de los ramos de lujo, o sea de sus habilidades extraordinarias.

Por ejemplo: el tío Lucas adoraba las flores (lo mismo que su mujer), y era floricultor tan consumado, que había conseguido producir *ejemplares* nuevos, por medio de laboriosas combinaciones. Tenía algo de Ingeniero natural, y lo había demostrado construyendo una presa, un sifón y un acueducto que triplicaron el agua del molino. Había enseñado a bailar a un perro, domesticado una culebra, y hecho que un loro diese la hora por medio de gritos, según las iba marcando un reloj de sol que el molinero había trazado en una pared; de cuyas

VI: The Talents of Husband and Wife

So, then, Mis' Frasquita loved "Uncle" Lucas madly, and she considered herself the happiest woman in the world when she saw how he adored her. They had no children, as we already know, and each of them had devoted himself or herself to looking after and coddling the other with unheard-of care, though those tender pains lacked the sentimental nature, mawkish because it's so fawning, of nearly every childless couple. On the contrary, they behaved to each other with a frankness, cheerfulness, good humor, and trust similar to those exhibited by those children who are playmates, who share their fun, and who love one another with all their soul without ever telling one another so, or even realizing the depth of their own feelings.

There couldn't possibly have existed on earth a miller who was better combed, better dressed, better fed at mealtimes, or surrounded with more ease at home, than "Uncle" Lucas! No miller's wife or queen could possibly have been the object of so many attentions, so many treats, so much thoughtfulness, as Mis' Frasquita! Nor could any mill have possibly contained so many necessary, useful, pleasant, entertaining, and even superfluous things as the one that will be the scene of nearly all of this story!

This was largely due to the fact that Mis' Frasquita, the neat, busy, strong, and healthy woman from Navarre, knew how, was able, and was glad to cook, sew, embroider, sweep, make preserves, wash clothes, iron, whitewash the house, scrub the pots and pans, knead dough, weave, knit, sing, dance, play the guitar and castanets, play pinochle and bezique, and do many, many other things, the list of which would go on forever. And the happy result was due no less to "Uncle" Lucas's knowledge, ability, and desire to oversee the grinding, till the field, hunt, fish, do carpentry, blacksmithing, and masonry, help his wife with all her domestic chores, read, write, do arithmetic, etc., etc.

And I haven't mentioned his special qualifications or unusual talents.

For example: "Uncle" Lucas loved flowers (as did his wife), and was such a perfect gardener that he had succeeded in producing new varieties by means of painstaking hybridization. He was somewhat of a natural engineer, and he had given proofs of this by building a flume, a U-band trap, and an aqueduct that tripled the amount of water that powered his mill. He had taught a dog how to dance, tamed a snake, and trained a parrot to announce the time by squawking, as each hour was progressively shown by a sundial the miller had drawn on a wall;

resultas, el loro daba ya la hora con toda precisión, hasta en los días nublados y durante la noche.

Finalmente: en el molino había una huerta, que producía toda clase de frutas y legumbres; un estanque encerrado en una especie de quiosco de jazmines, donde se bañaban en verano el tío Lucas y la señá Frasquita; un jardín; una estufa o invernadero para las plantas exóticas; una fuente de agua potable; dos burras en que el matrimonio iba a la ciudad o a los pueblos de las cercanías; gallinero, palomar, pajarera, criadero de peces, criadero de gusanos de seda; colmenas, cuyas abejas libaban en los jazmines; jaraíz o lagar, con su bodega correspondiente, ambas cosas en miniatura; horno, telar, fragua, taller de carpintería, etcétera, etc., todo ello reducido a una casa de ocho habitaciones y a dos fanegas de tierra, y tasado en la cantidad de diez mil reales.

VII: El fondo de la felicidad

Adorábanse, sí, locamente el molinero y la molinera, y aún se hubiera creído que ella lo quería más a él que él a ella, no obstante ser él tan feo y ella tan hermosa. Dígolo porque la señá Frasquita solía tener celos y pedirle cuentas al tío Lucas cuando éste tardaba mucho en regresar de la ciudad o de los pueblos adonde iba por grano, mientras que el tío Lucas veía hasta con gusto las atenciones de que era objeto la señá Frasquita por parte de los señores que frecuentaban el molino; se ufanaba y regocijaba de que a todos les agradase tanto como a él; y, aunque comprendía que en el fondo del corazón se la envidiaban algunos de ellos, la codiciaban como simples mortales y hubieran dado cualquier cosa porque fuera menos mujer de bien, la dejaba sola días enteros sin el menor cuidado, y nunca le preguntaba luego qué había hecho ni quién había estado allí durante su ausencia . . .

No consistía aquello, sin embargo, en que el amor del tío Lucas fuese menos vivo que el de la señá Frasquita. Consistía en que él tenía más confianza en la virtud de ella que ella en la de él; consistía en que él la aventajaba en penetración, y sabía hasta qué punto era amado y cuánto se respetaba su mujer a sí misma; y consistía principalmente en que el tío Lucas era todo un hombre: un hombre como el de Shakespeare, de pocos e indivisibles sentimientos; incapaz de dudas; que creía o moría; que amaba o mataba; que no admitía gradación ni tránsito entre la suprema felicidad y el exterminio de su dicha.

Era, en fin, un *Otelo* de Murcia, con alpargatas y montera, en el primer acto de una tragedia posible . . .

as a result, by now the parrot was announcing the time with perfect accuracy, even on cloudy days and at night.

Lastly: the mill possessed a kitchen garden that produced all sorts of fruits and vegetables; a pool, enclosed by a sort of kiosk of jasmines, in which "Uncle" Lucas and Mis' Frasquita bathed in the summertime; a flower garden; a hothouse or winter garden for exotic plants; a fountain with drinkable water; two she-burros on which the married couple rode into town or to nearby villages; a henhouse, a dovecote, an aviary, a fishpond, a silkworm shed; hives, whose bees fed on the jasmines; a wine press with its corresponding wine cellar, both on a small scale; a kiln, a loom, a forge, a carpentry shop, etc., all contained within an eight-room house and about a thousand square yards of land, assessed at 2,500 *pesetas*.

VII: The Basis of Happiness

Yes, the miller and his wife loved each other madly, and you might even have thought that she loved him more than he did her, even though he was so ugly and she was so beautiful. I say this because Mis' Frasquita used to be jealous and ask "Uncle" Lucas for explanations when he was very late getting back from town or from the villages where he went for grain; whereas "Uncle" Lucas was even pleased to see the attention paid to Mis' Frasquita by the gentlemen who frequented the mill. He was proud and overjoyed that everyone liked her as much as he did; and though he understood that, at the bottom of their heart, some of them envied him the possession of her, desired her like simple mortals, and would have given anything if she were a less respectable woman, he would leave her there alone for whole days without the least worry, and he never asked her afterward what she had done or who had been there while he was away. . . .

Nonetheless, this was not because "Uncle" Lucas's love was less strong than Mis' Frasquita's. It was because he had greater trust in her virtue than she did in his; it was because he was her superior in insight, and he knew how greatly he was loved and how much self-respect his wife had. But mainly it was because "Uncle" Lucas was a real man: a man like Shakespeare's, of few but unshakable feelings; incapable of doubts; one who trusted or died; who loved or killed; who admitted no gradation or nuances between supreme happiness and the extermination of his good fortune.

In short, he was an Othello from Murcia, in sandals and a peasant's cap, in the first act of a potential tragedy. . . .

Pero ¿a qué estas notas lúgubres en una tonadilla alegre? ¿A qué estos relámpagos fatídicos en una atmósfera tan serena? ¿A qué estas actitudes melodramáticas en un cuadro *de género?*

Vais a saberlo inmediatamente.

VIII: El hombre del sombrero de tres picos

Eran las dos de una tarde de octubre.

El esquilón de la catedral tocaba a vísperas, lo cual equivale a decir que ya habían comido todas las personas principales de la ciudad.

Los canónigos se dirigían al coro, y los seglares a sus alcobas a dormir la siesta, sobre todo aquellos que, por razón de oficio, v. gr., las autoridades, habían pasado la mañana entera trabajando.

Era, pues, muy de extrañar que a aquella hora, impropia además para dar un paseo, pues todavía hacía demasiado calor, saliese de la ciudad, a pie, y seguido de un solo alguacil, el ilustre señor Corregidor de la misma, a quien no podía confundirse con ninguna otra persona, ni de día ni de noche, así por la enormidad de su sombrero de tres picos y por lo vistoso de su capa de grana, como por lo particularísimo de su grotesco donaire . . .

De la capa de grana y del sombrero de tres picos, son muchas todavía las personas que pudieran hablar con pleno conocimiento de causa. Nosotros entre ellas, lo mismo que todos los nacidos en aquella ciudad en las postrimerías del reinado del señor don Fernando VII, recordamos haber visto colgados de un clavo, único adorno de desmantelada pared, en la ruinosa torre de la casa que habitó Su Señoría (torre destinada a la sazón a los infantiles juegos de sus nietos), aquellas dos anticuadas prendas, aquella capa y aquel sombrero —el negro sombrero encima, y la roja capa debajo—, formando una especie de espectro del Absolutismo, una especie de sudario del Corregidor, una especie de caricatura retrospectiva de su poder, pintada con carbón y almagre, como tantas otras, por los párvulos *constitucionales de la de 1837* que allí nos reuníamos: una especie, en fin, de *espanta-pájaros,* que en otro tiempo había sido *espanta-hombres,* y que hoy me da miedo de haber contribuido a escarnecer, paseándolo por aquella histórica ciudad, en días de Carnestolendas, en lo alto de un deshollinador, o sirviendo de disfraz irrisorio al idiota que más hacía reír a la

But why these funereal notes in a cheerful musical comedy? Why these premonitory lightning flashes from such a clear sky? Why these melodramatic posturings in a genre painting?

You'll find out why at once.

VIII: The Man in the Three-Cornered Hat

It was two on an October afternoon.

The cathedral's big bell was ringing for Vespers, which is tantamount to saying that all the important persons in town had already dined.

The canons were on their way to the choir, and the laymen on the way to their bedrooms to take a nap, especially those, such as the authorities, whose jobs had kept them working all morning.

And so it was very surprising that, at that hour, which was also unsuitable for a stroll because it was still too hot, there issued from the city, on foot, and followed by only one constable, the illustrious magistrate-mayor of the city, who couldn't be confused with anyone else, neither by day nor by night, because his three-cornered hat was so huge, his scarlet cape was so conspicuous, and his grotesque gait was so special. . . .

There are still many people who could speak about the scarlet cape and the three-cornered hat with full knowledge of the facts. We are among them, just as all those who were born in that city at the end of the reign of Ferdinand VII[15] recall having seen those two outmoded articles of clothing, that cape and that hat—the black hat on top, and the red cape beneath—hanging on a nail, the only adornment of a stripped-down wall, in the dilapidated tower of the house in which His Lordship lived (a tower by then the site of his grandchildren's childish games). As they hung there, they created a sort of ghost of absolutism, a sort of shroud of the magistrate, a sort of retrospective caricature of his power drawn with charcoal and red ocher, like so many others, by us schoolchildren who gathered there in the era of the 1837 Constitution: in short, a kind of scarecrow that was formerly intended to scare people, and which I today fear I helped to bring into discredit, when we carried them around that historic city on Carnival days atop a chimney sweep's brush, or when we used them as a ridiculous costume for the halfwit who made the common citizens laugh the

---

15. See the Introduction for the historical background of this paragraph.

plebe . . . ¡Pobre *principio de autoridad!* ¡Así te hemos puesto los mismos que hoy te invocamos tanto!

En cuanto al indicado grotesco donaire del señor Corregidor, consistía (dicen) en que era cargado de espaldas . . . , todavía más cargado de espaldas que el tío Lucas . . . , casi jorobado, por decirlo de una vez: de estatura menos que mediana; endeblillo; de mala salud; con las piernas arqueadas y una manera de andar *sui generis* (balanceándose de un lado a otro y de atrás hacia adelante), que sólo se puede describir con la absurda fórmula de que parecía cojo de los dos pies. En cambio (añade la tradición), su rostro era regular, aunque ya bastante arrugado por la falta absoluta de dientes y muelas; moreno verdoso, como el de casi todos los hijos de las Castillas; con grandes ojos oscuros, en que relampagueaban la cólera, el despotismo y la lujuria; con finas y traviesas facciones, que no tenían la expresión del valor personal, pero sí la de una malicia artera capaz de todo, y con cierto aire de satisfacción, medio aristocrático, medio libertino, que revelaba que aquel hombre habría sido, en su remota juventud, muy agradable y acepto a las mujeres, no obstante sus piernas y su joroba.

Don Eugenio de Zúñiga y Ponce de León (que así se llamaba Su Señoría) había nacido en Madrid, de familia ilustre; frisaría a la sazón en los cincuenta y cinco años, y llevaba cuatro de Corregidor en la ciudad de que tratamos, donde se casó, a poco de llegar, con la principalísima señora que diremos más adelante.

Las medias de don Eugenio (única parte que, además de los zapatos, dejaba ver de su vestido la extensísima capa de grana) eran blancas, y los zapatos negros, con hebilla de oro. Pero luego que el calor del campo lo obligó a desembozarse, vídose que llevaba gran corbata de batista; chupa de sarga de color de tórtola, muy festoneada de ramillos verdes, bordados de realce; calzón corto, negro, de seda; una enorme casaca de la misma estofa que la chupa; espadín con guarnición de acero; bastón con borlas, y un respetable par de guantes (o quirotecas) de gamuza pajiza, que no se ponía nunca y que empuñaba a guisa de cetro.

El alguacil, que seguía veinte pasos de distancia al señor Corregidor, se llamaba *Garduña*, y era la propia estampa de su nombre. Flaco, agilísimo; mirando adelante y atrás y a derecha e izquierda al propio tiempo que andaba; de largo cuello; de diminuto y repugnante rostro, y con dos manos como dos manojos de disciplinas,

most. . . . Poor "principle of authority"! That's what we brought you to, the same people who are invoking you so often today!

As for the above-mentioned grotesque gait of the magistrate, it was due (they say) to his being round-shouldered . . . still more round-shouldered than "Uncle" Lucas . . . nearly hunchbacked, to come right out with it: of less than average height; feeble; in bad health; with bowlegs and a way of walking that was all his own (swaying from side to side and from back to front), which can only be conveyed by the absurd formulation that he seemed lame in both legs. On the other hand (the tradition adds), his features were regular, though his face was quite wrinkled because he had absolutely no teeth or grinders; he was of a greenish olive complexion, like almost all the sons of Castile; with large, dark eyes in which there were flashes of anger, despotism, and lust; with a shrewd and cunning expression that revealed not personal worthiness, but a sly malice capable of any crime, and a certain self-satisfied air, half-aristocratic, half-libertine, which indicated that in his distant youth that man had been very attractive and agreeable to women, despite his legs and hump.

Don Eugenio de Zúñiga y Ponce de León (for that was His Lordship's name) was born in Madrid into a distinguished family; at the time of the story he was about fifty-five, and had been magistrate of the city in question for four years. There, shortly after his arrival, he had married the extremely noble lady we shall describe later on.

Don Eugenio's hose (the only part of his clothing, besides his shoes, that wasn't covered by the very capacious scarlet cape) were white, and his shoes black with gold buckles. But as soon as the heat in the fields made him remove the cape, it could be seen that he was wearing a large cambric cravat; a dove-colored twill waistcoat extensively festooned with a green branching pattern in raised embroidery; short black silk breeches; an enormous dress coat of the same material as the waistcoat; a ceremonial sword with a steel guard; a staff with tassels; and a respectable pair of gloves (or "hand coverings") of straw-colored chamois, which he never wore, but clutched as if they were a scepter.

The constable, who was following the magistrate at a distance of twenty paces, was named Garduña, and was the very image of his name.[16] Thin, very agile; looking to the front and to the rear, to the right and to the left, as he was walking; long-necked; with a very small, repellent face, and two hands like two bunches of scourges, he resembled, at one and the same time, a ferret hunting criminals, the

---

16. Which means "marten."

parecía juntamente un hurón en busca de criminales, la cuerda que había de atarlos, y el instrumento destinado a su castigo.

El primer Corregidor que le echó la vista encima, le dijo sin más informes: *"Tú serás mi verdadero alguacil . . ."* Y ya lo había sido de cuatro Corregidores.

Tenía cuarenta y ocho años, y llevaba sombrero de tres picos, mucho más pequeño que el de su señor (pues repetimos que el de éste era descomunal), capa negra como las medias y todo el traje, bastón sin borlas, y una especie de asador por espada.

Aquel espantajo negro parecía la sombra de su vistoso amo.

IX: ¡Arre, burra!

Por dondequiera que pasaban el personaje y su apéndice, los labradores dejaban sus faenas y se descubrían hasta los pies, con más miedo que respeto; después de lo cual decían en voz baja:

—¡Temprano va esta tarde el señor Corregidor, a ver a la señá Frasquita!

—¡Temprano . . . y solo! —añadían algunos, acostumbrados a verlo siempre dar aquel paseo en compañía de otras varias personas.

—Oye, tú, Manuel: ¿por qué irá solo esta tarde el señor Corregidor a ver a la navarra? —le preguntó una lugareña a su marido, el cual la llevaba a grupas en la bestia.

Y, al mismo tiempo que la pregunta, le hizo cosquillas por vía de retintín.

—¡No seas mal pensada, Josefa! —exclamó el buen hombre—. La señá Frasquita es incapaz . . .

—No digo lo contrario . . . Pero el Corregidor no es por eso incapaz de estar enamorado de ella . . . Yo he oído decir que, de todos los que van a las francachelas del molino, el único que lleva mal fin es ese madrileño tan aficionado a faldas . . .

—¿Y qué sabes tú si es o no aficionado a faldas? —preguntó a su vez el marido.

—No lo digo por mí . . . ¡Ya se hubiera guardado, por más Corregidor que sea, de decirme los ojos tienes negros!

La que así hablaba era fea en grado superlativo.

—Pues mira, hija, ¡allá ellos! —replicó el llamado Manuel—. Yo no creo al tío Lucas hombre de consentir . . . ¡Bonito genio tiene el tío Lucas cuando se enfada! . . .

—Pero, en fin, ¡si ve que le conviene! . . . —añadió la tía Josefa, retorciendo el hocico.

rope with which to bind them, and the instrument designed to punish them.

The first magistrate-mayor who set eyes on him had said to him, without gathering any other data: "You will be my true constable." . . . And he had already served as constable to four magistrates.

He was forty-eight and he wore a three-cornered hat, but a much smaller one than his master's (we repeat that the magistrate's was unusually large), a cape that was black like his hose and his whole outfit, a staff without tassels, and a sword that resembled a roasting spit.

That black-clad bogeyman was like the shadow of his flashy master.

IX: Giddy-Up, Burro!

Wherever the great man and his appendage passed, the farmhands stopped working and swept off their hats down to their feet, more out of fear than respect; after which, they'd say quietly:

"The magistrate is out early this afternoon on his visit to Mis' Frasquita!"

"Early . . . and alone!" added some, who were always accustomed to see him take that stroll in the company of several other gentlemen.

"Listen, Manuel: why is the magistrate visiting the woman from Navarre alone this afternoon?" one village woman asked her husband, as she sat behind him on their burro.

And, along with the question, she tickled him to make a greater impression.

"Don't be evil-minded, Josefa!" the good man exclaimed. "Mis' Frasquita would never do such a thing. . . ."

"I'm not saying she would . . . but that doesn't mean that the magistrate is beyond falling in love with her. . . . I've heard tell that, of all those who attend the shindigs at the mill, the only one with bad intentions is that skirt-chasing man from Madrid. . . ."

"And how do you know whether he's a skirt-chaser or not?" her husband asked in turn.

"I don't say it from my own experience . . . Magistrate though he is, he wouldn't have dared to spout sweet nothings to me!"

The woman saying this was ugly to the nth degree.

"Look, girl, that's *their* business!" the man called Manuel retorted. "I don't think 'Uncle' Lucas is the kind of man who'd be complacent. . . . 'Uncle' Lucas can work up quite a temper when he gets angry! . . ."

"But, after all, you can see that the arrangement suits him! . . ." added "Aunt" Josefa, twisting up her ugly mug.

—El tío Lucas es hombre de bien . . . —repuso el lugareño—; y a un hombre de bien nunca pueden convenirle ciertas cosas . . .

—Pues entonces, tienes razón . . . ¡Allá ellos! ¡Si yo fuera la señá Frasquita! . . .

—¡Arre, burra! —gritó el marido para mudar de conversación.

Y la burra salió al trote; con lo que no pudo oírse el resto del diálogo.

X: Desde la parra

Mientras así discurrían los labriegos que saludaban al señor Corregidor, la señá Frasquita regaba y barría cuidadosamente la plazoletilla empedrada que servía de atrio o compás al molino, y colocaba media docena de sillas debajo de lo más espeso del emparrado, en el cual estaba subido el tío Lucas, cortando los mejores racimos y arreglándolos artísticamente en una cesta.

—¡Pues sí, Frasquita! —decía el tío Lucas desde lo alto de la parra—: el señor Corregidor está enamorado de ti de muy mala manera . . .

—Ya te lo dije yo hace tiempo —contestó la mujer del Norte—. . . Pero ¡déjalo que pene! ¡Cuidado, Lucas, no te vayas a caer!

—Descuida: estoy bien agarrado . . . también le gustas mucho al señor . . .

—¡Mira! ¡No me des más noticias! —interrumpió ella—. ¡Demasiado sé yo a quién le gusto y a quién no le gusto! ¡Ojalá supiera del mismo modo por qué no te gusto a ti!

—¡Toma! Porque eres muy fea . . . —contestó el tío Lucas.

—Pues oye . . . , ¡fea y todo, soy capaz de subir a la parra y echarte de cabeza al suelo! . . .

—Más fácil sería que yo no te dejase bajar de la parra sin comerte viva . . .

—¡Eso es! . . . ¡Y cuando vinieran mis galanes y nos viesen ahí, dirían que éramos un mono y una mona! . . .

—Y acertarían; porque tú eres muy mona y muy rebonita, y yo parezco un mono con esta joroba . . .

—Que a mí me gusta muchísimo . . .

—Entonces te gustará más la del Corregidor, que es mayor que la mía . . .

—¡Vamos! ¡Vamos! señor don Lucas . . . ¡No tenga usted tantos celos! . . .

—¿Celos yo de ese viejo petate? ¡Al contrario; me alegro muchísimo de que te quiera! . . .

"'Uncle' Lucas is an honorable man," the villager replied, "and an honorable man can never close an eye to certain things . . ."

"Well, you're right. . . . It's their business! If I were Mis' Frasquita! . . ."

"Giddy-up, burro!" her husband shouted, to change the subject.

And the burro set off at a trot, so that the rest of the dialogue was inaudible.

X: From the Top of the Arbor

While the field hands who greeted the magistrate were indulging in such discussions, Mis' Frasquita was carefully sprinkling and sweeping the little paved area that served as an atrium or forecourt to the mill, and was placing a half-dozen chairs beneath the densest part of the arbor, onto which "Uncle" Lucas had climbed to cut the finest bunches of grapes and arrange them artistically in a basket.

"Of course, Frasquita!" "Uncle" Lucas was saying from atop the arbor. "The magistrate is head over heels in love with you. . . ."

"I told you so a long time ago," the woman from the north replied. "But let him suffer! Watch out, Lucas, don't fall!"

"Have no fear, I've got a good grip. . . . You're also well liked by . . ."

"Come now! Don't give me any more news!" she interrupted. "I know all too well who likes me and who doesn't! I wish I knew just as well why *you* don't like me!"

"Well, because you're very ugly . . . ," "Uncle" Lucas replied.

"Listen here, ugly as I am, I can still climb up the arbor and knock you down to the ground on your head! . . ."

"It would be more likely that I wouldn't let you down off the arbor without gobbling you up. . . ."

"That would be fine! . . . And when my suitors got here and found us up there, they'd say we were a couple of monkeys! . . ."

"And they'd be right, because you've got a cute little monkey face, and you're gorgeous, and I look like an ape with this hump on my back . . ."

"Which I like very much!"

"In that case you'll like the magistrate's even more: it's bigger than mine . . ."

"Come, come, Mr. Lucas, sir . . . don't be so jealous!"

"I, jealous of that old runt? No, no, I'm very happy that he loves you!"

—¿Por qué?

—Porque en el pecado lleva la penitencia. ¡Tú no has de quererlo nunca, y yo soy entretanto el verdadero Corregidor de la ciudad!

—¡Miren el vanidoso! Pues figúrate que llegase a quererlo . . . ¡Cosas más raras se ven en el mundo!

—Tampoco me daría gran cuidado . . .

—¿Por qué?

—¡Porque entonces tú no serías ya tú; y, no siendo tú quien eres, o como yo creo que eres, maldito lo que me importaría que te llevasen los demonios!

—Pues bien; ¿qué harías en semejante caso?

—¿Yo? ¡Mira lo que no sé! . . . Porque, como entonces yo sería otro y no el que soy ahora, no puedo figurarme lo que pensaría . . .

—¿Y por qué serías entonces otro? —insistió valientemente la señá Frasquita, dejando de barrer y poniéndose en jarras para mirar hacia arriba.

El tío Lucas se rascó la cabeza, como si escarbara para sacar de ella alguna idea muy profunda, hasta que al fin dijo con más seriedad y pulidez que de costumbre:

—Sería otro, porque yo soy ahora un hombre que cree en ti como en sí mismo, y que no tiene más vida que esa fe. De consiguiente, al dejar de creer en ti, me moriría o me convertiría en un nuevo hombre; viviría de otro modo; me parecería que acababa de nacer; tendría otras entrañas. Ignoro, pues, lo que haría entonces contigo . . . Puede que me echara a reír y te volviera la espalda . . . Puede que ni siquiera te conociese . . . Puede que . . . Pero ¡vaya un gusto que tenemos en ponernos de mal humor sin necesidad! ¿Qué nos importa a nosotros que te quieran todos los Corregidores del mundo? ¿No eres tú mi Frasquita?

—¡Sí, pedazo de bárbaro! (contestó la navarra, riendo a más no poder). Yo soy tu Frasquita, y tú eres mi Lucas de mi alma, más feo que el bú, con más talento que todos los hombres, más bueno que el pan, y más querido . . . ¡Ah, lo que es eso de *querido*, cuando bajes de la parra lo verás! ¡Prepárare a llevar más bofetadas y pellizcos que pelos tienes en la cabeza! Pero, ¡calla! ¿Qué es lo que veo? El señor Corregidor viene por allí completamente solo . . . ¡Y tan tempranito! . . . Ése trae plan . . . ¡Por lo visto, tú tenías razón! . . .

—Pues aguántate, y no le digas que estoy subido en la parra. ¡Ése viene a declararse a solas contigo, creyendo pillarme durmiendo la siesta! . . . Quiero divertirme oyendo su explicación.

Así dijo el tío Lucas, alargando la cesta a su mujer.

—¡No está mal pensado! (exclamó ella, lanzando nuevas carca-

"Why?"

"Because his sin and its punishment are linked together. You will never love him in return, and in the meantime I'm the real mayor of the city!"

"Look at this vain man! But just imagine that I could learn to love him. . . . Stranger things than that have happened!"

"That wouldn't worry me much, either. . . ."

"Why not?"

"Because then you would no longer be you; and, if you weren't the person that you are, or that I think you are, I wouldn't give a damn if the devils carried you off!"

"All right, but what would you do in a case like that?"

"I? I just don't know! . . . Because I'd be a different person, too, and not the one I am now, so I can't imagine what my ideas would be. . . ."

"Why would you be a different person?" Mis' Frasquita asked with bold persistence, as she stopped sweeping and placed her arms akimbo to look upward.

"Uncle" Lucas scratched his head, as if delving into it to unearth some very profound thought. Finally he said, with greater seriousness and refinement than usual:

"I'd be different, because now I'm a man who believes in you the way I believe in myself, a man who has no more in life than that trust. And so, if I stopped believing in you, I'd die or change into a different man; I'd live differently; I'd feel as if I were just born; I'd have a new set of emotions. So I don't know what I'd do to you then. . . . Maybe I'd burst out laughing and turn my back on you . . . maybe I wouldn't even know you . . . maybe . . . But, why do we so enjoy getting into a bad mood needlessly?! What does it matter to us whether all the magistrates in the world love you? Aren't you my Frasquita?"

"Yes, you barbarian!" the woman from Navarre answered, laughing as hard as she could. "I'm your Frasquita, and you're my beloved Lucas, uglier than the bogeyman, more intelligent than any other man, as good as gold, and the man I love the best! . . . Oh, as for loving, you'll see when you get down from the arbor! Be prepared to get more slaps and pinches than you have hairs on your head! But, quiet! What's this I see? The magistrate is heading this way all alone. . . . And so early! . . . He's got some plan. . . . Obviously you were right!"

"Then, keep still and don't tell him I'm up here on the arbor. He's coming to tell you in private that he loves you, thinking he'll find me napping! . . . I want to have some fun listening to his declaration."

Thus spoke "Uncle" Lucas, handing the basket to his wife.

"Not a bad idea!" she exclaimed, breaking out into laughter again.

jadas). ¡El demonio del madrileño! ¿Qué se habrá creído que es un
Corregidor para mí? Pero aquí llega . . . Por cierto que Garduña, que
lo seguía a alguna distancia, se ha sentado en la ramblilla a la sombra
. . . ¡Qué majadería! Ocúltate tú bien entre los pámpanos, que nos
vamos a reír más de lo que te figuras . . .

Y, dicho esto, la hermosa navarra rompió a cantar el fandango, que
ya le era tan familiar como las canciones de su tierra.

XI: El bombardeo de Pamplona

—Dios te guarde, Frasquita . . . —dijo el Corregidor a media voz,
apareciendo bajo el emparrado y andando de puntillas.

—¡Tanto bueno, señor Corregidor! (respondió ella en voz natural,
haciéndole mil reverencias). ¡Usía por aquí a estas horas! ¡Y con el calor
que hace! ¡Vaya, siéntese su señoría! . . . Esto está fresquito. ¿Cómo no
ha aguardado su señoría a los demás señores? Aquí tienen ya prepara-
dos sus asientos . . . Esta tarde esperamos al señor Obispo en persona,
que le ha prometido a mi Lucas venir a probar las primeras uvas de la
parra. ¿Y cómo lo pasa su señoría? ¿Cómo está la señora?

El Corregidor se había turbado. La ansiada soledad en que encontraba a la señá Frasquita le parecía un sueño, o un lazo que le tendía
la enemiga suerte para hacerle caer en el abismo de un desengaño.

Limitóse, pues, a contestar:

—No es tan temprano como dices . . . Serán las tres y media . . .

El loro dio en aquel momento un chillido.

—Son las dos y cuarto —dijo la navarra, mirando de hito en hito al
madrileño.

Éste calló, como reo convicto que renuncia a la defensa.

—¿Y Lucas? ¿Duerme? —preguntó al cabo de un rato.

(Debemos advertir aquí que el Corregidor, lo mismo que todos los
que no tienen dientes, hablaba con una pronunciación floja y sibi-
lante, como si se estuviese comiendo sus propios labios.)

—¡De seguro! (contestó la señá Frasquita). En llegando estas horas
se queda dormido donde primero le coge, aunque sea en el borde de
un precipicio . . .

—Pues mira . . . ¡déjalo dormir! . . . (exclamó el viejo Corregidor,
poniéndose más pálido de lo que ya era). Y tú, mi querida Frasquita,
escúchame . . . , oye . . . , ven acá . . . ¡Siéntate aquí; a mi lado! . . .
Tengo muchas cosas que decirte . . .

—Ya estoy sentada —respondió la Molinera, agarrando una silla baja
y plantándola delante del Corregidor, a cortísima distancia de la suya.

"That devil from Madrid! What does he think a magistrate means to me? But here he comes. . . . I'm sure that Garduña, who was following him at a little distance, has sat down in the shade in the gully. . . . What nonsense! Hide yourself well in the vine leaves, because we're going to have a bigger laugh than you think. . . ."

Saying this, the beauty from Navarre began to sing a fandango, which by now she knew as well as the songs from her home province.

XI: The Bombardment of Pamplona

"God keep you, Frasquita," said the magistrate rather quietly, appearing below the arbor and walking on tiptoe.

"How kind of you, magistrate!" she replied in a normal tone of voice, curtseying repeatedly. "You here at this hour! And in this heat! Come, sir, take a seat! . . . It's cool over here. Why didn't Your Lordship wait for the other gentlemen? All your seats are prepared here. . . . This afternoon we're expecting the bishop himself, who promised my Lucas to come and taste the first grapes from the arbor. How is Your Lordship getting along? How is your lady?"

The magistrate had become upset. The longed-for privacy in which he met Mis' Frasquita seemed to him like a dream, or a trap laid for him by hostile fate to make him fall into the abyss of a disappointment.

And so he merely replied:

"It's not as early as you say. . . . It's about three-thirty. . . ."

Just at that moment the parrot gave a shriek.

"It's a quarter after two," said the woman from Navarre, staring fixedly at the man from Madrid.

He fell silent, like a convicted felon who has no defense to offer.

"And Lucas? Sleeping?" he asked after a while.

(We must inform you here that, as with all toothless people, the magistrate's pronunciation was mushy and whistling, as if he were eating his own lips.)

"Of course!" Mis' Frasquita answered. "At this time of day he falls asleep wherever he's at, even on the edge of a cliff. . . ."

"Well, then . . . let him sleep!" exclaimed the aged magistrate, turning paler than he was already. "And you, my dear Frasquita, hear me out . . . listen . . . come here. Sit down over here, next to me! . . . I have a lot to tell you. . . ."

"I'm sitting," answered the miller's wife, grabbing a low chair and setting it down in front of the magistrate, very close to his.

Sentado que se hubo, Frasquita echó una pierna sobre la otra, inclinó el cuerpo hacia adelante, apoyó un codo sobre la rodilla cabalgadora, y la fresca y hermosa cara en una de sus manos; y así, con la cabeza un poco ladeada, la sonrisa en los labios, los cinco hoyos en actividad, y las serenas pupilas clavadas en el Corregidor, aguardó la declaración de su señoría. Hubiera podido comparársela con Pamplona esperando un bombardeo.

El pobre hombre fue a hablar, y se quedó con la boca abierta, embelesado ante aquella grandiosa hermosura, ante aquella esplendidez de gracias, ante aquella formidable mujer, de alabastrino color, de lujosas carnes, de limpia y riente boca, de azules e insondables ojos, que parecía creada por el pincel de Rubens.

—¡Frasquita! . . . (murmuró al fin el delegado del Rey, con acento desfallecido mientras que su marchito rostro, cubierto de sudor, destacándose sobre su joroba, expresaba una inmensa angustia). ¡Frasquita! . . .

—¡Me llamo! (contestó la hija de los Pirineos). ¿Y qué?

—Lo que tú quieras . . . —repuso el viejo con una ternura sin límites.

—Pues lo que yo quiero . . . (dijo la Molinera), ya lo sabe usía. Lo que yo quiero es que usía nombre Secretario del Ayuntamiento de la Ciudad a un sobrino mío que tengo en Estella . . . , y que así podrá venirse de aquellas montañas, donde está pasando muchos apuros . . .

—Te he dicho, Frasquita, que eso es imposible. El Secretario actual . . .

—¡Es un ladrón, un borracho y un bestia!

—Ya lo sé . . . Pero tiene buenas aldabas entre los Regidores Perpetuos, y yo no puedo nombrar otro sin acuerdo del Cabildo. De lo contrario, me expongo . . .

—¡Me expongo! . . . ¡Me expongo! . . . ¿A qué no nos expondríamos por vuestra señoría hasta los gatos de esta casa?

—¿Me querrías a ese precio? —tartamudeó el Corregidor.

—No, señor; que lo quiero a usía de balde.

—¡Mujer, no me des tratamiento! Háblame de usted o como se te antoje . . . ¿Conque vas a quererme? Di.

—¿No le digo a usted que lo quiero ya?

—Pero . . .

—No hay pero que valga. ¡Verá usted qué guapo y qué hombre de bien es mi sobrino!

—¡Tú sí que eres guapa, Frascuela! . . .

After sitting down, Frasquita crossed her legs, bent her body forward, and rested one elbow on her uppermost knee, and her lively, pretty face in one of her hands. Seated in that fashion, with her head slightly tilted, a smile on her lips, all five dimples in action, and her calm eyes glued on the magistrate, she awaited His Lordship's statement. You could have compared her with Pamplona awaiting a bombardment.[17]

The poor man was about to speak, but remained with his mouth open, bewitched by that magnificent beauty, that splendid grace, that formidable woman with her alabaster complexion, her generous proportions, her neat, smiling lips, her bottomless blue eyes. She resembled a creation of Rubens's brush.

"Frasquita!" the king's representative finally murmured in a weak voice, while his withered, sweaty face, standing out above his hump, expressed tremendous anguish. "Frasquita!"

"That's my name!" replied the daughter of the Pyrenees. "What of it?"

"Whatever you wish," said the old man, with infinite tenderness.

"Well, what I wish," said the miller's wife, "you already know. What I wish is for you to appoint a nephew of mine in Estella as secretary to the city council. That way, he'll be able to leave those mountains, where he's having a really hard time. . . ."

"Frasquita, I've told you it's impossible. The present secretary—"

"—Is a crook, a drunk, and an imbecile!"

"I know, I know . . . but he has a lot of pull with the permanent councillors, and I can't appoint someone else without the consent of the council. Otherwise, I'd run the risk—"

"Run the risk! . . . Run the risk! . . . What risk wouldn't those in this house, down to the cats, run for Your Lordship's sake?"

"Your love for me comes at such a price?" the magistrate stammered.

"No, sir: I love Your Honor free of charge."

"Woman! Don't address me so formally! Address me simply as 'you,' or any way you feel like. . . . And so, you're going to love me? Say it."

"Am I not telling you that I love you already?"

"But . . ."

"There are no buts about it. You'll see what an elegant and honest man my nephew is!"

"You're the elegant one, Frascuela!"

---

17. The French besieged Pamplona in 1794 (see footnote 12). Since Pamplona is the capital of Navarre, Frasquita's home province, the humor of the comparison is heightened.

—¿Le gusto a usted?

—¡Que si me gustas! . . . ¡No hay mujer como tú!

—Pues mire usted . . . Aquí no hay nada postizo . . . —contestó la señá Frasquita, acabando de arrollar la manga de su jubón, y mostrando al Corregidor el resto de su brazo, digno de una cariátide y más blanco que una azucena.

—¡Que si me gustas! . . . (prosiguió el Corregidor). ¡De día, de noche, a todas horas, en todas partes, sólo pienso en ti! . . .

—¡Pues qué! ¿No le gusta a usted la señora Corregidora? (preguntó la señá Frasquita con tan mal fingida compasión, que hubiera hecho reír a un hipocondríaco). ¡Qué lástima! Mi Lucas me ha dicho que tuvo el gusto de verla y de hablarle cuando fue a componerle a usted el reloj de la alcoba, y que es muy guapa, muy buena y de un trato muy cariñoso.

—¡No tanto! ¡No tanto! —murmuró el Corregidor con cierta amargura.

—En cambio, otros me han dicho (prosiguió la Molinera) que tiene muy mal genio, que es muy celosa y que usted le tiembla más que a una vara verde . . .

—¡No tanto, mujer! . . . (repitió don Eugenio de Zúñiga y Ponce de León, poniéndose colorado.) ¡Ni tanto ni tan poco! La señora tiene sus manías, es cierto . . . ; mas de ello a hacerme temblar, hay mucha diferencia. ¡Yo soy el Corregidor! . . .

—Pero, en fin, ¿la quiere usted, o no la quiere?

—Te diré . . . Yo la quiero mucho . . . o, por mejor decir, la quería antes de conocerte. Pero desde que te vi, no sé lo que me pasa, y ella misma conoce que me pasa algo . . . Bástete saber que hoy . . . tomarle, por ejemplo, la cara a mi mujer me hace la misma operación que si me la tomara a mí propio . . . ¡Ya ves, que no puedo quererla más ni sentir menos! . . . ¡Mientras que por coger esa mano, ese brazo, esa cara, esa cintura, daría lo que no tengo!

Y, hablando así, el Corregidor trató de apoderarse del brazo desnudo que la señá Frasquita le estaba refregando materialmente por los ojos; pero ésta, sin descomponerse, extendió la mano, tocó el pecho de su señoría con la pacífica violencia e incontrastable rigidez de la trompa de un elefante, y lo tiró de espaldas con silla y todo.

—¡Ave María Purísima! (exclamó entonces la navarra, riéndose a más no poder). Por lo visto, esa silla estaba rota . . .

—¿Qué pasa ahí? —exclamó en esto el tío Lucas, asomando su feo rostro entre los pámpanos de la parra.

El Corregidor estaba todavía en el suelo boca arriba, y miraba con un terror indecible a aquel hombre que aparecía en los aires boca abajo.

"Do I please you?"

"Do you please me?! . . . There's no other woman like you!"

"Then, look . . . there's nothing artificial here," said Mis' Frasquita, rolling her blouse sleeve the rest of the way up and showing the magistrate her upper arm, worthy of a caryatid and whiter than a lily.

"Do I like you?!" the magistrate continued. "Daytime, nighttime, every hour, everywhere, I think only of you! . . ."

"What?! Don't you like your wife?" Mis' Frasquita asked, with such a poor pretense of pity that it would have made a hypochondriac laugh. "What a shame! My Lucas has told me that he had the pleasure of seeing her and talking with her when he went to repair your bedroom clock, and that she's very good-looking, very kind, and of a very loving nature."

"Not as much as all that! Not as much as all that!" the magistrate murmured with a touch of bitterness.

"On the other hand," the miller's wife went on, "others have told me she has a very nasty temper, she's very jealous, and you're scared stiff of her. . . ."

"Not as much as all that, woman!" repeated Don Eugenio de Zúñiga y Ponce de León, turning red. "Neither extreme is correct! Of course, my lady has her whims . . . but to say I'm scared of her is quite a different matter. I'm the magistrate! . . ."

"But, when it comes down to it, *do* you love her or don't you?"

"I'll tell you . . . I love her a lot . . . or, rather, I did before I met you. But ever since I saw you, I don't know what's happening to me, and she herself knows something's going on. . . . Let me merely tell you that today . . . to touch my wife's—face, for example, affects me just as little as if I were touching my own. . . . You see that I can't love her more nor feel less! . . . While, to hold this hand, this arm, this face, this waist, I'd give more than I possess!"

And, as he said this, the magistrate tried to capture the bare arm that Mis' Frasquita just about was rubbing in his face. But she, keeping her composure, stretched out her hand, touched His Lordship's chest with the peaceful violence and invincible firmness of an elephant's trunk, and knocked him over on his back, chair and all.

"Hail Mary the Immaculate!" the woman from Navarre then exclaimed, laughing with all her might. "Obviously that chair was broken. . . ."

"What's going on here?" "Uncle" Lucas exclaimed at that moment, showing his ugly face amid the vine leaves on the arbor.

The magistrate was still on his back on the ground, looking with indescribable terror at that man who appeared in the air, head downward.

Hubiérase dicho que su señoría era el diablo, vencido, no por San Miguel, sino por otro demonio del infierno.

—¿Qué ha de pasar? (se apresuró a responder la señá Frasquita). ¡Que el señor Corregidor puso la silla en vago, fue a mecerse, y se ha caído! . . .

—¡Jesús, María y José! —exclamó a su vez el Molinero—. ¿Y se ha hecho daño su señoría? ¿Quiere un poco de agua y vinagre?

—¡No me he hecho nada! —dijo el Corregidor, levantándose como pudo.

Y luego añadió por lo bajo, pero de modo que pudiera oírlo la señá Frasquita:

—¡Me la pagaréis!

—Pues, en cambio, su señoría me ha salvado a mí la vida (repuso el tío Lucas sin moverse de lo alto de la parra). Figúrate, mujer, que estaba yo aquí sentado contemplando las uvas, cuando me quedé dormido sobre una red de sarmientos y palos que dejaban claros suficientes para que pasase mi cuerpo . . . Por consiguiente, si la caída de su señoría no me hubiese despertado tan a tiempo, esta tarde me habría yo roto la cabeza contra esas piedras.

—Con que sí . . . ¿eh? . . . —replicó el Corregidor—. Pues, ¡vaya, hombre!, me alegro . . . ¡Te digo que me alegro mucho de haberme caído!

—¡Me la pagarás! —agregó en seguida, dirigiéndose a la Molinera.

Y pronunció estas palabras con tal expresión de reconcentrada furia, que la señá Frasquita se puso triste.

Veía claramente que el Corregidor se asustó al principio, creyendo que el Molinero lo había oído todo; pero que persuadido ya de que no había oído nada (pues la calma y el disimulo del tío Lucas hubieran engañado al más lince), empezaba a abandonarse a toda su iracundia y a concebir planes de venganza.

—¡Vamos! ¡Bájate ya de ahí y ayúdame a limpiar a su señoría, que se ha puesto perdido de polvo! —exclamó entonces la Molinera.

Y mientras el tío Lucas bajaba, díjole ella al Corregidor, dándole golpes con el delantal en la chupa y alguno que otro en las orejas:

—El pobre no ha oído nada . . . Estaba dormido como un tronco . . .

Más que estas frases, la circunstancia de haber sido dichas en voz baja, afectando complicidad y secreto, produjo un efecto maravilloso.

—¡Pícara! ¡Proterva! —balbuceó don Eugenio de Zúñiga con la boca hecha un agua, pero gruñendo todavía . . .

You would have said that His Lordship was the Devil, overcome not by Saint Michael, but by another demon from Hell.

"What should be going on?" Mis' Frasquita hastily replied. "His Lordship the magistrate sat down with nothing to back up his chair, he started to rock on it, and he fell over! . . ."

"Jesus, Mary, and Joseph!" the miller exclaimed in turn. "Has Your Lordship hurt himself? Would you like a little water and vinegar?"

"I'm perfectly all right!" said the magistrate, getting up as best he could.

Then he added, under his breath but loud enough for Mis' Frasquita to hear:

"The two of you will pay for this!"

"Well, on the other hand, Your Lordship saved my life," said "Uncle" Lucas, without coming down from the top of the arbor. "Just imagine, wife, I was sitting up here looking at the grapes when I fell asleep on a tangle of vine shoots and branches with big enough gaps in them for me to fall through. . . . And so, if His Lordship's fall hadn't awakened me in time, this afternoon I would have smashed my head on those stones."

"Oh, really?" replied the magistrate. "Well, my good man, I'm happy. . . . I tell you I'm very happy I fell!"

"You'll pay for this!" he immediately added, addressing the miller's wife.

And he pronounced those words with such an expression of concentrated fury that Mis' Frasquita became sad.

She saw clearly that at the outset the magistrate had been frightened, thinking that the miller had heard everything; but, now that he was convinced he had heard nothing (because "Uncle" Lucas's calm and dissimulation would have fooled the most sharp-eyed man), he was beginning to give way to all his wrath and make plans for revenge.

"Come now! Get down from there now and help me clean off His Lordship, who's covered with dust!" the miller's wife then exclaimed.

And while "Uncle" Lucas was coming down, she said to the magistrate, hitting him with her apron on his waistcoat and saying once or twice in his ears:

"The poor fool didn't hear a thing. . . . He was asleep like a top. . . ."

It was not so much her words as their being spoken in low tones, with a pretense of complicity and secrecy, that produced a wondrous effect.

"You rascal! You wicked thing!" Don Eugenio de Zúñiga stammered, his mouth watering, though he was still grumbling. . . .

—¿Me guardará usía rencor? —replicó la navarra zalameramente.

Viendo el Corregidor que la severidad le daba buenos resultados, intentó mirar a la señá Frasquita con mucha rabia; pero se encontró con su tentadora risa y sus divinos ojos, en los cuales brillaba la caricia de una súplica, y derritiéndosele la gacha en el acto, le dijo con un acento baboso y silbante, en que se descubría más que nunca la ausencia total de dientes y muelas.

—¡De ti depende, amor mío!

En aquel momento se descolgó de la parra el tío Lucas.

XII: Diezmos y primicias

Repuesto el Corregidor en su silla, la Molinera dirigió una rápida mirada a su esposo y vióle, no sólo tan sosegado como siempre, sino reventando de ganas de reír por resultas de aquella ocurrencia: cambió con él desde lejos un beso tirado, aprovechando el primer descuido de don Eugenio, y díjole, en fin, a éste con una voz de sirena que le hubiera envidiado Cleopatra:

—¡Ahora va su señoría a probar mis uvas!

Entonces fue de ver a la hermosa navarra (y así la pintaría yo, si tuviese el pincel de Tiziano), plantada enfrente del embelesado Corregidor, fresca, magnífica, incitante, con sus nobles formas, con su angosto vestido, con su elevada estatura, con sus desnudos brazos levantados sobre la cabeza, y con un transparente racimo en cada mano, diciéndole, entre una sonrisa irresistible y una mirada suplicante en que titilaba el miedo:

—Todavía no las ha probado el señor Obispo . . . Son las primeras que se cogen este año . . .

Parecía una gigantesca Pomona, brindando frutos a un dios campestre; a un sátiro, v. gr.

En esto apareció al extremo de la plazoleta empedrada el venerable Obispo de la diócesis, acompañado del abogado académico y de dos canónigos de avanzada edad, y seguido de su secretario, de dos familiares y de dos pajes.

Detúvose un rato Su Ilustrísima a contemplar aquel cuadro tan cómico y tan bello, hasta que, por último, dijo, con el reposado acento propio de los prelados de entonces:

—*El quinto . . . pagar diezmos y primicias a la Iglesia de Dios*, nos

"You're not mad at me, are you?" replied the woman from Navarre in a sickly-sweet way.

The magistrate, seeing that severity paid off, tried to gaze at Mis' Frasquita with great wrath; but his gaze was met by her tempting smile and divine eyes, in which there shone the caress of a supplication, and immediately melting into a pulp, he said in a slavering, piping way that indicated his total toothlessness more than ever:

"That depends on you, love!"

At that moment "Uncle" Lucas dropped down from the arbor.

XII: Tithes and Firstfruits

Once the magistrate was back on his chair, the miller's wife darted a swift glance at her husband and saw that he was not only as composed as ever, but bursting with a desire to laugh at that funny incident: from a distance they blew kisses at each other, taking advantage of Don Eugenio's first lapse of attention, and finally she said to the latter, in a siren's voice that Cleopatra would have envied:

"Now Your Lordship will taste my grapes!"

Then you might see the beauty from Navarre (and this is the way I'd portray her if I could paint like Titian) standing in front of the bewitched magistrate, lively, splendid, provocative, with her noble shape, her tight dress, her tall figure, her bare arms raised over her head, and a translucent bunch of grapes in each hand, saying, partly with an irresistible smile and partly with a beseeching look that had a flicker of fear in it:

"The bishop hasn't tasted them yet. . . . They're the first ones picked this year. . . ."

She resembled a gigantic Pomona[18] offering fruit to a rural divinity—to a satyr, for example.

At that moment there appeared at the far end of the paved forecourt the venerable bishop of the diocese, accompanied by the lawyer-academician and two elderly canons, and followed by his secretary, two assistant clergymen, and two pages.

His Grace paused a while to observe that scene of humor and beauty, then finally said, in the placid tones peculiar to the prelates of the time:

"'Rule number five . . . pay tithes and firstfruits to the Church of

---

18. Roman nymph who presided over orchards and gardens.

enseña la doctrina cristiana; pero usted, señor Corregidor, no se contenta con administrar el diezmo, sino que también trata de comerse las primicias.

—¡El señor Obispo! —exclamaron los Molineros, dejando al Corregidor y corriendo a besar el anillo al prelado.

—¡Dios se lo pague a Su Ilustrísima, por venir a honrar esta pobre choza! —dijo el tío Lucas, besando el primero, y con acento de muy sincera veneración.

—¡Qué señor Obispo tengo tan hermoso! —exclamó la señá Frasquita, besando después—. ¡Dios lo bendiga y me lo conserve más años que le conservó el suyo a mi Lucas!

—¡No sé qué falta puedo hacerte, cuando tú me echas las bendiciones, en vez de pedírmelas! —contestó riéndose el bondadoso pastor.

Y, extendiendo dos dedos, bendijo a la señá Frasquita y después a los demás circunstantes.

—¡Aquí tiene Usía Ilustrísima las *primicias!* —dijo el Corregidor, tomando un racimo de manos de la Molinera y presentándoselo cortésmente al Obispo—. Todavía no había yo probado las uvas . . .

El Corregidor pronunció estas palabras, dirigiendo de paso una rápida y cínica mirada a la espléndida hermosura de la Molinera.

—¡Pues no será porque estén verdes, como las de la fábula! —observó el académico.

—Las de la fábula —expuso el Obispo— no estaban verdes, señor licenciado; sino fuera del alcance de la zorra.

Ni el uno ni el otro habían querido acaso aludir al Corregidor; pero ambas frases fueron casualmente tan adecuadas a lo que acababa de suceder allí, que don Eugenio de Zúñiga se puso lívido de cólera, y dijo, besando el anillo del prelado:

—¡Eso es llamarme zorro, Señor Ilustrísimo!

—*Tu dixisti!* —replicó éste con la afable severidad de un santo, como dizque lo era en efecto—. *Excusatio non petita, accusatio manifesta. Qualis vir, talis oratio.* Pero *satis jam dictum, nullus ultra sit sermo.* O, lo que es lo mismo, dejémonos de latines, y veamos estas famosas uvas.

Y picó . . . una sola vez . . . en el racimo que le presentaba el Corregidor.

—¡Están muy buenas! —exclamó, mirando aquella uva al trasluz y

God,' we are taught in our Christian catechism. But you, magistrate, are not content with administrating the tithe; you also try to eat the firstfruits."

"Bishop!" exclaimed the miller and his wife, leaving the magistrate and running over to kiss the prelate's ring.

"May God reward Your Grace for coming to this humble hut to honor it!" said "Uncle" Lucas, giving the first kiss, with very sincere veneration in his voice.

"What a handsome bishop I have!" exclaimed Mis' Frasquita, giving the second kiss. "God bless him and keep him for more years than He has kept his servant, my Lucas!"

"I don't see what need you have of me if *you* give me *your* blessing instead of asking for mine!" replied the good-natured priest, laughing.

And, holding out his fingers, he blessed Mis' Frasquita and then the others present.

"Here are the firstfruits, Your Grace!" said the magistrate, taking a bunch of grapes from the hands of the miller's wife and presenting them politely to the bishop. "I had not yet tasted the grapes. . . ."

As the magistrate spoke these words, he shot a swift, cynical glance at the splendid beauty of the miller's wife.

"I hope it's not because they aren't ripe, like the ones in the fable!" the academician remarked.

"The ones in the fable," the bishop corrected him, "weren't unripe, counselor, but out of the fox's reach."

Neither one had meant to allude to the magistrate, but by accident both remarks were so appropriate to what had just occurred there that Don Eugenio de Zúñiga became livid with anger and said, as he kissed the prelate's ring:

"You're calling me a fox, Your Grace!"

"*Tu dixisti!*"[19] the bishop replied, with the affable severity of a saint (which people say he really was). "*Excusatio non petita, accusatio manifesta. Qualis vir, talis oratio.*[20] But *satis jam dictum, nullus ultra sit sermo.*[21] Or, what comes to the same thing, let's drop the Latin and take a look at these much talked-about grapes."

And he took a bite—just one—out of the bunch that the magistrate was offering him.

"They're very good!" he exclaimed, looking at the grapes against the

---

19. Latin: "Those are your words, not mine!"   20. "A volunteered excuse is tantamount to an open self-accusation. A man's words show what he really is."   21. "Enough said; let's drop the subject."

alargándosela en seguida a su secretario—. ¡Lástima que a mí me sienten mal!

El secretario contempló también la uva; hizo un gesto de cortesana admiración, y la entregó a uno de los familiares.

El familiar repitió la acción del Obispo y el gesto del secretario, propasándose hasta oler la uva, y luego . . . la colocó en la cesta con escrupuloso cuidado, no sin decir en voz bajo a la concurrencia:

—Su Ilustrísima ayuna . . .

El tío Lucas, que había seguido la uva con la vista, la cogió entonces disimuladamente, y se la comió sin que nadie lo viera.

Después de esto, sentáronse todos: hablóse de la otoñada (que seguía siendo muy seca, no obstante haber pasado el cordonazo de San Francisco); discurrióse algo sobre la probabilidad de una nueva guerra entre Napoleón y el Austria; insistióse en la creencia de que las tropas imperiales no invadirían nunca el territorio español; quejóse el abogado de lo revuelto y calamitoso de aquella época, envidiando los tranquilos tiempos de sus padres (como sus padres habrían envidiado los de sus abuelos); dio las cinco el loro . . . , y, a una seña del reverendo Obispo, el menor de los pajes fue al coche episcopal (que se había quedado en la misma ramblilla que el alguacil), y volvió con una magnífica torta sobada, de pan de aceite, polvoreada de sal, que apenas haría una hora había salido del horno: colocóse una mesilla en medio del concurso; descuartizóse la torta; se dio su parte correspondiente, sin embargo de que se resistieron mucho, al tío Lucas y a la señá Frasquita . . . , y una igualdad verdaderamente democrática reinó durante media hora bajo aquellos pámpanos que filtraban los últimos resplandores del sol poniente . . .

XIII: Le dijo el grajo al cuervo

Hora y media después todos los ilustres compañeros de merienda estaban de vuelta en la ciudad.

El señor Obispo y su *familia* habían llegado con bastante anticipación, gracias al coche, y hallábanse ya *en palacio,* donde los dejaremos rezando sus devociones.

light and immediately handing them to his secretary. "Too bad they disagree with me!"

His secretary observed the grapes, too. With a gesture of courtier-like admiration, he passed them on to one of the assistant priests.

The priest did the same that the bishop had done and made the same gesture as the secretary, going so far as to sniff the grapes, and then . . . he placed them in the basket with scrupulous care, not without saying in low tones to those present:

"His Grace is fasting. . . ."

"Uncle" Lucas, who had followed the grapes with his gaze, then took them surreptitiously and ate them without anyone seeing.

After this, they all sat down. They spoke about the autumn season (which continued very dry, even though the time of the early fall storms[22] had passed); there was some discussion of the probability of another war between Napoleon and Austria; they persisted in their belief that the troops of his Empire would never invade Spanish territory; the lawyer complained of the chaotic and disastrous political climate of those days, saying he envied the peace and quiet of his parents' days (just as his parents had probably envied those of *their* parents); the parrot announced that it was five o'clock . . . and, at a signal from the reverend bishop, the younger page went to the episcopal carriage (which had been parked in the same gully as the constable) and returned with a magnificent shortcake, made with oil in the dough, and sprinkled with salt; it couldn't have been out of the oven for more than an hour. A table was placed in the midst of the gathering; the cake was sliced; "Uncle" Lucas and Mis' Frasquita were given their share in spite of their lively protests . . . and a truly democratic equality prevailed for half an hour beneath those vine leaves through which the last glorious rays of the setting sun were filtered. . . .

XIII: Pots Calling Kettles Black[23]

An hour and a half later, all the distinguished participants in that snack were back in town.

The bishop and his attendants had arrived well ahead of the others, thanks to the carriage, and were already in his palace, where we leave them reciting their prayers.

---

22. Literally: "the blow from Saint Francis's rope belt."   23. Literally: "Said the rook to the crow: ['Go away! You're making me black!']." Another version, with *sartén* and *cazo,* is closer to the English.

El insigne abogado (que era muy seco) y los dos canónigos (a cual más grueso y respetable) acompañaron al Corregidor hasta la puerta del Ayuntamiento (donde su señoría dijo tener que trabajar), y tomaron luego el camino de sus respectivas casas, guiándose por las estrellas como los navegantes, o sorteando a tientas las esquinas, como los ciegos; pues ya había cerrado la noche, aún no había salido la luna, y el alumbrado público (lo mismo que las demás luces de este siglo) todavía estaba allí en la mente divina.

En cambio no era raro ver discurrir por algunas calles tal o cual linterna o farolillo con que respetuoso servidor alumbraba a sus magníficos amos, quienes se dirigían a la habitual tertulia o de visita a casa de sus parientes . . .

Cerca de casi todas las rejas bajas se veía (o se olfateaba, por mejor decir), un silencioso bulto negro. Eran galanes que, al sentir pasos, habían dejado por un momento de pelar la pava . . .

—¡Somos unos calaveras! —iban diciendo el abogado y los dos canónigos—. ¿Qué pensarán en nuestras casas al vernos llegar a estas horas?

—Pues ¿qué dirán los que nos encuentren en la calle, de este modo, a las siete y pico de la noche, como unos bandoleros amparados de las tinieblas?

—Hay que mejorar de conducta . . .

—¡Ah! Sí . . . ¡Pero ese dichoso molino! . . .

—Mi mujer lo tiene sentado en la boca del estómago . . . —dijo el académico, con un tono en que se traslucía mucho miedo a la próxima pelotera conyugal.

—Pues ¿y mi sobrina? —exclamó uno de los canónigos, que por cierto era Penitenciario—. Mi sobrina dice que los sacerdotes no deben visitar comadres . . .

—Y, sin embargo —interrumpió su compañero, que era Magistral—, lo que allí pasa no puede ser más inocente . . .

—¡Toma! ¡Como que va el mismísimo obispo!

—Y luego, señores, ¡a nuestra edad! . . . —repuso el Penitenciario—. Yo he cumplido ayer los setenta y cinco.

—¡Es claro! —replicó el Magistral—. Pero hablemos de otra cosa: ¡qué guapa estaba esta tarde la señá Frasquita!

—¡Oh, lo que es eso . . . ; como guapa, es guapa! —dijo el Abogado, afectando imparcialidad.

—Muy guapa . . . —repitió el Penitenciario dentro del embozo.

—Y si no —añadió el predicador *de Oficio*—, que se lo pregunten al Corregidor . . .

—¡El pobre hombre está enamorado de ella! . . .

The illustrious lawyer (who was very thin) and the two canons (one just as fat and respectable as the other) escorted the magistrate to the door of the town hall (where His Lordship had said he had work to do) and then headed for their respective homes, guiding themselves by the stars like seamen, or feeling their way around the corners like blind men; because night had already set in, the moon had not yet risen, and public lighting (just like all the other "lights" of this era) was still in the mind of the Creator.

On the other hand, it wasn't unusual to see one or another lantern or little lamp moving along some of the streets, held by an obsequious servant to light the way for his magnificent masters, who were on their way to their customary friendly gathering or on a visit to a relative's house. . . .

Near almost every ground-floor window grille could be seen (or smelled, rather) a silent dark shape. These were suitors who, hearing footsteps, had ceased speaking of love for a moment. . . .

"We're a bunch of libertines!" the lawyer and the two canons were saying. "What will our people at home think when they see us getting back at this hour?"

"Well, what will the people say who meet us in the street like this after seven at night, like bandits under cover of the darkness?"

"We've got to change our ways. . . ."

"Oh, yes! . . . But that confounded mill!"

"My wife absolutely can't stand it," said the academician, in a tone of voice that revealed considerable fear of his next marital dispute.

"Well, what about my niece?" exclaimed one of the canons, who was surely the confessor to the cathedral chapter. "My niece says that priests shouldn't visit lady friends. . . ."

"And yet," his companion, who was preacher to the chapter, interrupted, "what goes on there couldn't be more innocent. . . ."

"There you are! After all, the bishop himself goes there!"

"And then, gentlemen, at our age!" the confessor added. "Yesterday was my seventy-fifth birthday."

"Exactly!" the preacher stated. "But let's change the subject: How pretty Mis' Frasquita looked this afternoon!"

"Oh, as for that, there's no question about her being pretty!" said the lawyer, with a pretense of impartiality.

"Very pretty," repeated the confessor, wrapped up in his cape.

"And if anyone thinks otherwise," added the preacher of the chapter, "let them ask the magistrate. . . ."

"The poor man is in love with her! . . ."

—¡Ya lo creo! —exclamó el confesor de la catedral.

—¡De seguro! —agregó el académico correspondiente—. Conque, señores, yo tomo por aquí para llegar antes a casa . . . ¡Muy buenas noches!

—Buenas noches . . . —le contestaron los capitulares.

Y anduvieron algunos pasos en silencio.

—¡También le gusta a ése la Molinera! —murmuró entonces el Magistral, dándole con el codo al Penitenciario.

—¡Como si lo viera! —respondió éste, parándose a la puerta de su casa—. ¡Y qué bruto es! Conque, hasta mañana, compañero. Que le sienten a usted muy bien las uvas.

—Hasta mañana, si Dios quiere . . . Que pase usted muy buena noche.

—¡Buenas noches nos dé Dios! —rezó el Penitenciario, ya desde el portal, que por más señas tenía farol y Virgen.

Y llamó a la aldaba.

Una vez solo en la calle, el otro canónigo (que era más ancho que alto, y que parecía que rodaba al andar) siguió avanzando lentamente hacia su casa; pero, antes de llegar a ella, cometió contra una pared cierta falta que en el porvenir había de ser objeto de un bando de policía, y dijo al mismo tiempo, pensando sin duda en su cofrade de coro:

—¡También te gusta a ti la señá Frasquita! . . . ¡Y la verdad es —añadió al cabo de un momento— que, como guapa, es guapa!

XIV: Los consejos de Garduña

Entretanto, el Corregidor había subido al Ayuntamiento, acompañado de Garduña, con quien mantenía hacía rato, en el salón de sesiones, una conversación más familiar de lo correspondiente a persona de su calidad y oficio.

—¡Crea usía a un perro perdiguero que conoce la caza! —decía el innoble alguacil—. La señá Frasquita está perdidamente enamorada de usía, y todo lo que usía acaba de contarme contribuye a hacérmelo ver más claro que esa luz . . .

Y señalaba un velón de Lucena, que apenas si esclarecía la octava parte del salón.

"I do believe it!" exclaimed the confessor to the chapter.

"Certainly!" added the corresponding member of the Academy. "Well, gentlemen, I'm turning off here to get home more quickly. . . . A good night to you!"

"Good night," the members of the chapter replied.

And they walked a few steps in silence.

"He likes the miller's wife, too," the preacher then murmured, poking the confessor with his elbow.

"It's as plain as day!" the latter replied, stopping at his house door. "And how dense he is! Well, my friend, I'll see you tomorrow. I hope the grapes agree with you."

"See you tomorrow, God willing. . . . Have a very good night."

"May God give us a good night!" the confessor said in prayer from his doorway, which was distinguished by a lamp and an image of the Virgin.

And he announced his arrival with the knocker.

Once he was alone in the street, the other canon (who was wider than he was tall, and seemed to roll as he walked) proceeded slowly homeward; but, before getting there, against a wall he committed a certain infraction that in the future was to be the subject of a police regulation. As he did so, he said, no doubt with his fellow churchman in mind:

"You like Mis' Frasquita, too! . . . And the truth is," he added a moment later, "there's no question about her being pretty!"

XIV: Garduña's Advice

Meanwhile the magistrate had gone up into the town hall, accompanied by Garduña, with whom he had been conversing for some time in the council chamber more familiarly than might befit a person of his rank and office.

"Just trust a bird dog who's experienced at hunting!" the ignoble constable was saying. "Mis' Frasquita is head over heels in love with you, and everything you've just told me helps me see it more clearly than this light. . . ."

And he pointed to an oil lamp from Lucena,[24] which barely illuminated an eighth of the chamber.

---

24. A town in the province of Córdoba.

—¡No estoy yo tan seguro como tú, Garduña! —contestó don Eugenio, suspirando lánguidamente.

—¡Pues no sé por qué! Y, si no, hablemos con franqueza. Usía (dicho sea con perdón) tiene una tacha en su cuerpo . . . ¿No es verdad?

—¡Bien, sí¡ —repuso el Corregidor—. Pero esa tacha la tiene también el tío Lucas. ¡Él es más jorobado que yo!

—¡Mucho más! ¡Muchísimo más! sin comparación de ninguna especie! Pero en cambio (y es a lo que iba), usía tiene una cara de muy buen ver . . . , lo que se dice una bella cara . . . , mientras que el tío Lucas se parece al sargento Utrera, que reventó de feo.

El Corregidor sonrió con cierta ufanía.

—Además —prosiguió el alguacil—, la señá Frasquita es capaz de tirarse por una ventana con tal de agarrar el nombramiento de su sobrino . . .

—¡Hasta ahí estamos de acuerdo! ¡Ese nombramiento es mi única esperanza!

—¡Pues manos a la obra, señor! Ya le he explicado a usía mi plan . . . ¡No hay más que ponerlo en ejecución esta misma noche!

—¡Te he dicho muchas veces que no necesito consejos! —gritó don Eugenio, acordándose de pronto de que hablaba con un inferior.

—Creí que usía me los había pedido —balbuceó Garduña.

—¡No me repliques!

Garduña saludó.

—¿Conque decías —prosiguió el de Zúñiga, volviendo a amansarse— que esta misma noche puede arreglarse todo eso? Pues ¡mira, hijo!, me parece muy bien. ¡Qué diablos! ¡Así saldré pronto de esta cruel incertidumbre!

Garduña guardó silencio.

El Corregidor se dirigió al bufete y escribió algunas líneas en un pliego de papel sellado, que selló también por su parte, guardándoselo luego en la faltriquera.

—¡Ya está hecho el nombramiento del sobrino! —dijo entonces tomando un polvo de rapé—. ¡Mañana me las compondré yo con los regidores . . . , y, o lo ratifican con un acuerdo, o habrá la de San Quintín! ¿No te parece que hago bien?

—¡Eso!, ¡eso! —exclamó Garduña entusiasmado, metiendo la zarpa

"I'm not as sure as you are!" Don Eugenio answered, with a sigh of languor.

"Well, I don't know why! If you aren't, let's talk frankly. Begging your pardon, you have a bodily defect. . . . Right?"

"Yes, yes!" the magistrate replied. "But 'Uncle' Lucas has that same defect. He's more hunchbacked than I am!"

"Much more! Tremendously more! There's simply no comparison! But, on the other hand, and this is what I was driving at, you have a very presentable face . . . what people call a lovely face . . . whereas 'Uncle' Lucas is like that Sergeant Utrera in the popular saying, who was so ugly he exploded."

The magistrate's smile had a little conceit in it.

"What's more," the constable continued, "Mis' Frasquita would even throw herself out a window to lay her hands on a letter of appointment for her nephew. . . ."

"Up to this point we're in agreement! That appointment is my only hope!"

"Well, get to work, sir! I've outlined my plan to you. . . . All that's left to do is to put it into effect this very night!"

"I've told you over and over again that I don't need advice!" Don Eugenio shouted, suddenly recalling that he was speaking with an inferior.

"I thought you had asked me for it," Garduña stammered.

"No backtalk!"

Garduña saluted.

"And so, you were saying," De Zúñiga continued, as he calmed down again, "that all of this can be settled this very night? Well, I tell you, my good man, I think that's fine. What the devil! This way I'll soon be freed from this cruel uncertainty!"

Garduña remained silent.

The magistrate went to his desk and wrote a few lines on a sheet of official paper, adding his own seal to it and then putting it in his pocket.

"The appointment for her nephew is now written!" he then said, taking a pinch of snuff. "Tomorrow I'll square it with the councillors . . . and either they'll agree to it, or there'll be a hell of a row![25] Don't you think I'm acting wisely?"

"Yes, yes!" Garduña exclaimed enthusiastically, thrusting his paw

---

25. The Spanish expression refers to the battle won by Philip II at Saint-Quentin in 1557, as he continued the war his father Charles I had been waging against Henry II of France.

en la caja del Corregidor y arrebatándole un polvo—. ¡Eso!, ¡eso! El
antecesor de usía no se paraba tampoco en barras. Cierta vez . . .

—¡Déjate de bachillerías! —repuso el Corregidor, sacudiéndole
una guantada en la ratera mano—. Mi antecesor era un bestia, cuando
te tuvo de alguacil. Pero vamos a lo que importa. Acabas de decirme
que el molino del tío Lucas pertenece al término del lugarcillo inmediato, y no al de esta población . . . ¿Estás seguro de ello?

—¡Segurísimo! La jurisdicción de la ciudad acaba en la ramblilla
donde yo me senté esta tarde a esperar que vuestra señoría . . . ¡Voto
a Lucifer! ¡Si yo hubiera estado en su caso!

—¡Basta! —gritó don Eugenio—. ¡Eres un insolente!

Y, cogiendo media cuartilla de papel, escribió una esquela, cerróla,
doblándole un pico, y se la entregó a Garduña.

—Ahí tienes —le dijo al mismo tiempo— la carta que me has pedido para el alcalde del lugar. Tú le explicarás de palabra todo lo que
tiene que hacer. ¡Ya ves que sigo tu plan al pie de la letra!
¡Desgraciado de ti si me metes en un callejón sin salida!

—¡No hay cuidado! —contestó Garduña—. El señor Juan López
tiene mucho que temer, y en cuanto vea la firma de usía, hará todo
lo que yo le mande. ¡Lo menos le debe mil fanegas de grano al
Pósito Real, y otro tanto al Pósito Pío! . . . Esto último contra toda
ley, pues no es ninguna viuda ni ningún labrador pobre para recibir
el trigo sin abonar creces ni recargo, sino un jugador, un borracho y
un sinvergüenza, muy amigo de faldas, que trae escandalizado al
pueblecillo . . . ¡Y aquel hombre ejerce autoridad! . . . ¡Así anda el
mundo!

—¡Te he dicho que calles! ¡Me estás distrayendo! —bramó el
Corregidor—. Conque vamos al asunto —añadió luego mudando de
tono—. Son las siete y cuarto . . . Lo primero que tienes que hacer
es ir a casa y advertirle a la señora que no me espere a cenar ni a
dormir. Dile que esta noche me estaré trabajando aquí hasta la hora
de la *queda,* y que después saldré de ronda secreta contigo, a ver si
atrapamos a ciertos malhechores . . . En fin, engáñala bien para que
se acueste descuidada. De camino, dile a otro alguacil que me traiga
la cena . . . ¡Yo no me atrevo a aparecer esta noche delante de la
señora, pues me conoce tanto, que es capaz de leer en mis pensamientos! Encárgale a la cocinera que ponga unos pestiños de los
que se hicieron hoy, y dile a Juanete que, sin que lo vea nadie, me
alargue de la taberna medio cuartillo de vino blanco. En seguida te
marchas al lugar, donde puedes hallarte muy bien a las ocho y
media.

into the magistrate's snuffbox and snatching a pinch. "Yes, yes! Your predecessor was also a man who'd stop at nothing. One time—"

"Quit babbling!" the magistrate countered, aiming a slap at the thievish hand. "My predecessor was an imbecile for taking you on as a constable. But let's get down to brass tacks. You just told me that 'Uncle' Lucas's mill is under the jurisdiction of the village nearest to it, and not this city's. . . . Are you sure of that?"

"Perfectly sure! The city's jurisdiction ends at the gully where I sat this afternoon waiting for Your Lordship to— Damn me! If I had had your opportunity!"

"Enough!" Don Eugenio shouted. "You're insolent!"

And, taking up a half-sheet of paper, he wrote a note, sealed it, folding down one corner, and handed it to Garduña.

"There you have it," he said, as he did so. "It's the letter you asked me to give you for the village mayor. You'll explain to him verbally everything he is to do. Now you see I'm following your plan every step of the way! It'll be too bad for you if you send me into a blind alley!"

"There's nothing to worry about!" Garduña replied. "Mr. Juan López has a lot to be afraid of, and as soon as he sees your signature, he'll do whatever I order him to. At the very least, he owes three thousand pounds of grain to the royal emergency grain-storage bureau, and the same amount to the charitable grain-storage bureau! . . . And the last-named debt is completely illegal, because he isn't a widow or an impoverished farmer who can receive grain without paying interest and surcharges, but a gambler, a drunk, and a shameless skirt-chaser who's shocked the whole village. . . . And a man like that wields authority! . . . That's how the world is!"

"I've told you to keep quiet! You're distracting me!" the magistrate bellowed. "So, let's come to the point," he then added, in a different tone. "It's a quarter after seven. . . . The first thing you must do is go to my house and tell my wife not to expect me to eat or sleep at home. Tell her I'll be working here tonight until curfew time, and that afterwards I'll be making secret rounds with you to try and catch certain criminals. . . . In short, fool her thoroughly so she goes to bed without worrying. On your way, tell another constable to bring me supper here. . . . I don't dare show my face to my wife tonight, because she knows me so well that she can even read my thoughts! Order the cook to send along some of the honey pancakes she made today, and tell Juanete to bring me a half-pint of white wine from the tavern, making sure no one sees him. Right after that, head for the village, which you can reach easily by eight-thirty."

—¡A las ocho en punto estoy allí! —exclamó Garduña.

—¡No me contradigas! —rugió el Corregidor, acordándose otra vez de que lo era.

Garduña saludó.

—Hemos dicho —continuó aquél humanizándose de nuevo, que a las ocho en punto estás en el lugar. Del lugar al molino habrá . . . Yo creo que habrá una media legua . . .

—Corta.

—¡No me interrumpas!

El alguacil volvió a saludar.

—Corta . . . —prosiguió el Corregidor—. Por consiguiente, a las diez . . . ¿Crees tú que a las diez? . . .

—¡Antes de las diez! ¡A las nueve y media puede usía llamar descuidado a la puerta del molino!

—¡Hombre! ¡No me digas a mí lo que tengo que hacer! . . . Por supuesto que tú estarás . . .

—Yo estaré en todas partes . . . Pero mi cuartel general será la ramblilla. ¡Ah, se me olvidaba! . . . Vaya usía a pie, y no lleve linterna . . .

—¡Maldita la falta que me hacían tampoco esos consejos! ¿Si creerás tú que es la primera vez que salgo a campaña?

—Perdone usía . . . ¡Ah! Otra cosa. No llame usía a la puerta grande que da a la plazoleta del emparrado, sino a la puertecilla que hay encima del caz . . .

—¿Encima del caz hay otra puerta? ¡Mira tú una cosa que nunca se me hubiera ocurrido!

—Sí, señor; la puertecilla del caz da al mismísimo dormitorio de los Molineros . . . , y el tío Lucas no entra ni sale nunca por ella. De forma que, aunque volviese pronto . . .

—Comprendo, comprendo . . . ¡No me aturdas más los oídos!

—Por último: procure usía escurrir el bulto antes del amanecer. Ahora amanece a las seis . . .

—¡Mira otro consejo inútil! A las cinco estaré de vuelta en mi casa . . . Pero bastante hemos hablado ya . . . ¡Quítate de mi presencia!

—Pues entonces, señor . . . ¡buena suerte! —exclamó el alguacil, alargando lateralmente la mano al Corregidor y mirando al techo al mismo tiempo.

El Corregidor puso en aquella mano una peseta, y Garduño desapareció como por ensalmo.

—¡Por vida de! . . . —murmuró el viejo al cabo de un instante—. ¡Se me ha olvidado decirle a ese bachiller que me trajesen también una baraja! ¡Con ella me hubiera entretenido hasta las nueve y media, viendo si me salía aquel *solitario*! . . .

"I'll be there at eight on the dot!" Garduña exclaimed.

"Don't contradict me!" the magistrate roared, once again remembering who he was.

Garduña saluted.

"As I was saying," the magistrate continued, becoming human again, "you'll be in the village at eight on the dot. From the village to the mill it's about . . . I think it's about a mile and a half. . . ."

"A scant mile and a half."

"Don't interrupt me!"

The constable saluted again.

"A scant mile and a half . . . ," the magistrate went on. "And so, at ten o'clock . . . Do you think at ten o'clock? . . ."

"Before ten! At nine-thirty you can knock at the mill door without fear!"

"My good man, don't tell me what I need to do! . . . Of course, you'll be . . ."

"I'll be everywhere. . . . But my headquarters will be the gully. Oh, I almost forgot! . . . Go on foot, and don't carry a lantern. . . ."

"I'll be damned if I needed that advice, either! Do you think this is the first time I've been on such a mission?"

"Forgive me. . . . Oh! Something else. Don't knock at the big door that opens onto the forecourt with the arbor, but at the little door located above the millrace. . . ."

"There's another door above the millrace? Look at that! It's something I would never have thought of!"

"Yes, sir; the little door by the millrace leads directly into the bedroom of the miller and his wife . . . and 'Uncle' Lucas never uses it to go in or out. And so, even if he should return too early . . ."

"I understand, I understand. . . . Don't deafen me anymore!"

"And the last thing: Manage to duck out before dawn. Dawn is at six now. . . ."

"Another piece of advice I didn't need! By five I'll be back home. . . . But we've said enough now. . . . Leave my presence!"

"Well, then, sir . . . good luck!" the constable exclaimed, holding out his hand to the magistrate off to one side and looking at the ceiling as he did so.

The magistrate placed a *peseta* in that hand, and Garduña vanished as if by magic.

"Damn it all! . . ." the old man murmured an instant later. "I forgot to tell that chatterbox to have them bring me a deck of cards, too! With cards I could have whiled away the time until nine-thirty, seeing if I could make that solitaire come out! . . ."

XV: Despedida en prosa

Serían las nueve de aquella misma noche, cuando el tío Lucas y la señá Frasquita, terminadas todas las haciendas del molino y de la casa se cenaron una fuente de ensalada de escarola, una libreja de carne guisada con tomates, y algunas uvas de las que quedaban en la consabida cesta; todo ello rociado con un poco de vino y con grandes risotadas a costa del Corregidor: después de lo cual miráronse afablemente los dos esposos, como muy contentos de Dios y de sí mismos, y se dijeron, entre un par de bostezos que revelaban toda la paz y tranquilidad de sus corazones:

—Pues, señor, vamos a acostarnos, y mañana será otro día.

En aquel momento sonaron dos fuertes y ejecutivos golpes aplicados a la puerta grande del molino.

El marido y la mujer se miraron sobresaltados.

Era la primera vez que oían llamar a su puerta a semejante hora.

—Voy a ver . . . —dijo la intrépida navarra, encaminándose hacia la plazoletilla.

—¡Quita! ¡Eso me toca a mí! —exclamó el tío Lucas con tal dignidad que la señá Frasquita le cedió el paso—. ¡Te he dicho que no salgas! —añadió luego con dureza, viendo que la obstinada Molinera quería seguirle.

Ésta obedeció, y se quedó dentro de la casa.

—¿Quién es? —preguntó el tío Lucas desde en medio de la plazoleta.

—¡La Justicia! —contestó una voz al otro lado del portón.

—¿Qué Justicia?

—La del lugar. ¡Abra usted al señor Alcalde!

El tío Lucas había aplicado entretanto un ojo a cierta mirilla muy disimulada que tenía el portón, y reconocido a la luz de la luna al rústico Alguacil del lugar inmediato.

—¡Dirás que le abra al borrachón del Alguacil! —repuso el Molinero, retirando la tranca.

—¡Es lo mismo . . . —contestó el de afuera—; pues me traigo una orden escrita de su merced! Tenga usted muy buenas noches, tío Lucas . . . —agregó luego entrando, y con voz menos oficial, más baja y más gorda, como si ya fuera otro hombre.

—¡Dios te guarde, Toñuelo! —respondió el murciano—. Veamos qué orden es ésa . . . ¡Y bien podía el señor Juan López escoger otra hora más oportuna de dirigirse a los hombres de bien! Por supuesto,

XV: An Unpoetic Farewell

It was about nine on that same night when "Uncle" Lucas and Mis' Frasquita, after finishing every chore in the mill and the house, dined on a dish of escarole salad, a pound of meat boiled with tomatoes, and a few of the grapes that had remained in the above-mentioned basket, all of it washed down with a little wine and a lot of laughs at the magistrate's expense. After that, the husband and wife looked at each other affably, since they were very satisfied with God and with themselves, and, giving a couple of yawns that showed how peaceful and calm their hearts were, they said:

"Well, let's go to bed. Tomorrow is another day."

Just at that moment two loud, determined knocks were heard at the main door to the mill.

Husband and wife were startled, and looked at each other.

It was the first time they had heard knocking at their door at such an hour.

"I'll go see," said the fearless woman from Navarre, heading toward the forecourt.

"Stop! This is for me to handle!" exclaimed "Uncle" Lucas with so much dignity that Mis' Frasquita made way for him. "I've told you not to go out!" he then added harshly, when he saw that his obstinate wife wanted to follow him.

She obeyed, and stayed inside the house.

"Who's there?" asked "Uncle" Lucas from the middle of the forecourt.

"Justice!" replied a voice from the other side of the big door.

"What justice?"

"From the village. Open your door for the mayor!"

Meanwhile, "Uncle" Lucas had put his eye to a well-concealed peephole in the door, and by the moonlight had recognized the yokelish constable from the nearby village.

"You mean: open the door for the drunken constable!" the miller retorted, unbarring the door.

"It's the same thing," the man outside replied, "since I'm carrying a written order from His Honor! A very good evening to you, 'Uncle' Lucas," he then added as he came in, and in a tone that was less official, lower, and thicker, as if he had become a different man.

"God keep you, Toñuelo!" the man from Murcia replied. "Let's have a look at that order. . . . Mr. Juan López could have chosen another, more suitable time to send messages to respectable people! Of

que la culpa será tuya. ¡Como si lo viera, te has estado emborrachando en las huertas del camino! ¿Quieres un trago?

—No, señor; no hay tiempo para nada. Tiene usted que seguirme inmediatamente. Lea usted la orden.

—¿Cómo seguirte? —exclamó el tío Lucas, penetrando en el molino, después de tomar el papel—. ¡A ver, Frasquita, alumbra!

La señá Frasquita soltó una cosa que tenía en la mano, y descolgó el candil.

El tío Lucas miró rápidamente el objeto que había soltado su mujer, y reconoció su bocacha, o sea un enorme trabuco que calzaba balas de a media libra.

El Molinero dirigió entonces a la navarra una mirada llena de gratitud y ternura, y le dijo, tomándole la cara:

—¡Cuánto vales!

La señá Frasquita, pálida y serena como una estatua de mármol, levantó el candil, cogido con dos dedos, sin que el más leve temblor agitase su pulso, y contestó secamente:

—¡Vaya, lee!

La orden decía:

"Para el mejor servicio de S. M. el Rey Nuestro Señor (Q. D. G.), prevengo a Lucas Fernández, molinero, de estos vecinos, que tan luego como reciba la presente orden, comparezca ante mi autoridad sin excusa ni pretexto alguno; advirtiéndole que, por ser asunto reservado, no lo pondrá en conocimiento de nadie: todo ello bajo las penas correspondientes, caso de desobediencia.—El Alcalde,

"JUAN LÓPEZ."

Y había una cruz en vez de rúbrica.

—Oye, tú: ¿Y qué es esto? —le preguntó el tío Lucas al Alguacil—. ¿A qué viene esta orden?

—No lo sé . . . —contestó el rústico; hombre de unos treinta años, cuyo rostro esquinado y avieso, propio de ladrón o de asesino, daba muy triste idea de su sinceridad—. Creo que se trata de averiguar algo de brujería, o de moneda falsa . . . Pero la cosa no va con usted . . . Lo llaman como testigo o como perito. En fin, yo no me he enterado bien del particular . . . El señor Juan López se lo explicará a usted con más pelos y señales.

—¡Corriente! —exclamó el Molinero—. Dile que iré mañana.

—¡Ca, no, señor! . . . Tiene usted que venir ahora mismo, sin perder un minuto. Tal es la orden que me ha dado el señor Alcalde.

Hubo un instante de silencio.

course, it's probably your fault. Obviously you've been getting drunk in the fields along the way! Would you like a drop?"

"No, sir, there's no time for anything. You've got to come with me at once. Read the order."

"What do you mean, come with you?!" exclaimed "Uncle" Lucas, walking into the mill after taking the paper. "Come here, Frasquita, give us some light!"

Mis' Frasquita put down something she had been holding, and took the oil lamp off its hook.

"Uncle" Lucas took a swift look at the object that his wife had put down, and recognized his blunderbuss, a huge firearm that shot half-pound balls.

Then the miller gave the woman from Navarre a look filled with gratitude and tenderness, and said to her, as he touched her face:

"What a treasure you are!"

Mis' Frasquita, pale and calm as a marble statue, raised the lamp, which she held with two fingers, not the slightest tremor shaking her wrist, and answered curtly:

"Read it!"

The order was as follows:

"In order better to serve His Majesty our lord King (God keep him), I notify Lucas Fernández, miller residing in this district, that as soon as he receives this order, he is to appear before me without any excuses or pretexts. He is instructed that this is a private matter, of which he is to inform no one. All this is subject to the appropriate penalties in case of disobedience. The Mayor,

"JUAN LÓPEZ."

And there was a cross instead of a flourish.

"Listen, what's this all about?" "Uncle" Lucas asked the constable. "What's the reason for this order?"

"I don't know," the yokel replied. He was about thirty, and his angular, malignant face, which was like that of a highway robber or assassin, didn't vouch much for his truthfulness. "I think it's about confirming some case of witchcraft, or counterfeiting. . . . But you're not directly involved. . . . You're being summoned as a witness or as an expert. In short, I didn't catch the details. . . . Mr. Juan López will explain them to you in every particular."

"All right!" the miller said. "Tell him I'll be there tomorrow."

"Oh, no! . . . You've got to come right now, without wasting a minute. That's the order the mayor gave me."

There was a moment of silence.

Los ojos de la señá Frasquita echaban llamas.

El tío Lucas no separaba los suyos del suelo, como si buscara alguna cosa.

—Me concederás cuando menos —exclamó al fin, levantando la cabeza— el tiempo preciso para ir a la cuadra y aparejar una burra . . .

—¡Qué burra ni qué demontre! —replicó el Alguacil—. ¡Cualquiera se anda a pie media legua! La noche está muy hermosa, y hace luna . . .

—Ya he visto que ha salido . . . Pero yo tengo los pies muy hinchados . . .

—Pues entonces no perdamos tiempo. Yo le ayudaré a usted a aparejar la bestia.

—¡Hola! ¡Hola! ¿Temes que me escape?

—Yo no temo nada, tío Lucas —respondió Toñuelo con la frialdad de un desalmado—. Yo soy la Justicia.

Y, hablando así, *descansó armas;* con lo que dejó ver el retaco que llevaba debajo del capote.

—Pues mira, Toñuelo . . . —dijo la Molinera—. Ya que vas a la cuadra . . . a ejercer tu verdadero oficio . . . , hazme el favor de aparejar también la otra burra.

—¿Para qué? —interrogó el Molinero.

—¡Para mí! Yo voy con vosotros.

—¡No puede ser, señá Frasquita! —objetó el Alguacil—. Tengo orden de llevarme a su marido de usted nada más, y de impedir que usted lo siga. En ello me van "el destino y el pescuezo". Así me lo advirtió el señor Juan López. Conque . . . vamos, tío Lucas . . .

Y se dirigió hacia la puerta.

—¡Cosa más rara! —dijo a media voz el murciano sin moverse.

—¡Muy rara! —contestó la señá Frasquita.

—Esto es algo . . . que yo me sé . . . —continuó murmurando el tío Lucas de modo que no pudiese oírlo Toñuelo.

—¿Quieres que vaya yo a la ciudad —cuchicheó la navarra— y le dé aviso al Corregidor de lo que nos sucede? . . .

—¡No! —respondió en alta voz el tío Lucas—. ¡Eso no!

—¿Pues qué quieres que haga? —dijo la Molinera con gran ímpetu.

—Que me mires . . . —respondió el antiguo soldado.

Los dos esposos se miraron en silencio, y quedaron tan satisfechos ambos de la tranquilidad, la resolución y la energía que se comunicaron sus almas, que acabaron por encogerse de hombros y reírse.

Después de esto, el tío Lucas encendió otro candil y se dirigió a la cuadra, diciendo al paso a Toñuelo con socarronería:

Mis' Frasquita's eyes were darting flames.

"Uncle" Lucas didn't raise his from the floor, as if he were looking for something.

"At least," he finally exclaimed, raising his head, "you'll let me have enough time to go to the stable and saddle a burro. . . ."

"No burro, and no devil!" the constable countered. "Anybody can walk a mile and a half! It's a very fine night, and the moon is out. . . ."

"I noticed that it had risen. . . . But my legs are very swollen. . . ."

"Then, let's not waste time. I'll help you saddle the animal."

"Hey, hey! Are you afraid I'll escape?"

"I'm not afraid of anything, 'Uncle' Lucas," Toñuelo replied, with the coldness of a heartless man. "I represent justice."

And, saying that, he "ordered arms"—that is, rested his hands on his hips—thus revealing the short shotgun he had been carrying under his heavy cape.

"Look, Toñuelo," the miller's wife said. "Since you're going to the stable . . . to perform the duties you're fit for . . . do me the favor of saddling the other burro, too."

"What for?" the miller asked.

"For me! I'm going along with you."

"Impossible, Mis' Frasquita!" the constable objected. "My orders are to bring in your husband only, and to prevent you from following. My career and my neck are at stake. That's what Mr. Juan López told me. And so . . . let's go, 'Uncle' Lucas. . . ."

And he headed for the door.

"Very strange!" the man from Murcia said quietly, not budging.

"Strange indeed!" Mis' Frasquita replied.

"This is something . . . I can guess at . . . ," "Uncle" Lucas went on murmuring, so low that Toñuelo couldn't hear him.

"Do you want me to go into town," the woman from Navarre whispered, "and to inform the magistrate of what's happening to us?"

"No!" replied "Uncle" Lucas out loud. "Not that!"

"Then, what do you want me to do?" the miller's wife asked impetuously.

"To look at me . . . ," the ex-soldier answered.

Husband and wife looked at each other silently, and both of them were so satisfied with the calm, the determination, and the energy that their souls communicated to each other that they finally shrugged their shoulders and laughed.

After that, "Uncle" Lucas lit another oil lamp and went to the stable; on the way, he said to Toñuelo sarcastically:

—¡Vaya, hombre! ¡Ven y ayúdame . . . supuesto que eres tan amable!

Toñuelo lo siguió, canturriando una copla entre dientes.

Pocos minutos después el tío Lucas salía del molino, caballero en una hermosa jumenta y seguido del Alguacil.

La despedida de los esposos se había reducido a lo siguiente:

—Cierra bien . . . —dijo el tío Lucas.

—Embózate, que hace fresco . . . —dijo la señá Frasquita, cerrando con llave, tranca y cerrojo.

Y no hubo más adiós, ni más beso, ni más abrazo, ni más mirada. ¿Para qué?

XVI: Un ave de mal agüero

Sigamos por nuestra parte al tío Lucas.

Ya habían andado un cuarto de legua sin hablar palabra, el Molinero subido en la borrica y el Alguacil arreándola con su bastón de autoridad, cuando divisaron delante de sí, en lo alto de un repecho que hacía el camino, la sombra de un enorme pajarraco que se dirigía hacia ellos.

Aquella sombra se destacó enérgicamente sobre el cielo, esclarecido por la luna, dibujándose en él con tanta precisión que el Molinero exclamó en el acto:

—Toñuelo, ¡aquél es Garduña, con su sombrero de tres picos y sus patas de alambre!

Mas antes de que contestara el interpelado, la sombra, deseosa sin duda de eludir aquel encuentro, había dejado el camino y echado a correr a campo traviesa con la velocidad de una verdadera garduña.

—No veo a nadie . . . respondió entonces Toñuelo con la mayor naturalidad.

—Ni yo tampoco —replicó el tío Lucas, comiéndose la partida.

Y la sospecha que ya se le ocurrió en el molino principió a adquirir cuerpo y consistencia en el espíritu receloso del jorobado.

—Este viaje mío —díjose interiormente— es una estratagema amorosa del Corregidor. La declaración que le oí esta tarde desde lo alto del emparrado me demuestra que el vejete madrileño no puede esperar más. Indudablemente, esta noche va a volver de visita al molino, y por eso ha principiado quitándome de en medio . . . Pero ¿qué importa? ¡Frasquita es Frasquita, y no abrirá la puerta aunque le peguen fuego a la casa! . . . Digo más: aunque la abriese; aunque el

"Come on, man! Come lend me a hand . . . if you're kind enough!"

Toñuelo followed him, humming a song quietly.

A few minutes later, "Uncle" Lucas was leaving the mill, riding on a beautiful she-burro and followed by the constable.

The farewell of the married couple had been reduced to the following:

"Lock up well . . . ," said "Uncle" Lucas.

"Wrap yourself up, because it's cool . . . ," said Mis' Frasquita, fastening the door with key, latch, and bolt.

And there were no further good-byes, kisses, hugs, or glances.

What did they need them for?

XVI: A Bird of Ill Omen

The narrator will now follow "Uncle" Lucas.

They had gone three-quarters of a mile without saying a word, the miller riding on the burro and the constable goading her with his staff of authority, when they saw in front of them, at the top of a steep slope in the road, the shadow of an enormous ugly bird that was heading their way.

That shadow stood out distinctly against the sky, which was lit by the moon, in such exact silhouette that the miller immediately exclaimed:

"Toñuelo, that's Garduña, with his three-cornered hat and his skinny shanks!"

But before the man he addressed could reply, the shadow, no doubt eager to avoid that meeting, had left the road and had begun to run across country with the speed of a real marten.

"I don't see anybody . . . ," Toñuelo then replied, as naturally as possible.

"Neither do I," rejoined "Uncle" Lucas, silently sizing up the situation.

And the suspicion that had dawned upon him at the mill began to take shape and acquire consistency in the hunchback's fearful mind.

"This trip of mine," he said to himself, "is a love stratagem of the magistrate's. The declaration I heard him make this afternoon while I was up on the arbor proves to me that this little old man from Madrid can't wait any longer. No doubt he's going to revisit the mill tonight, and that's why he started by getting me out of the way. . . . But what does it matter? Frasquita is Frasquita, and she won't open the door even if they set fire to the house! . . . I'll say more: Even if she should

Corregidor lograse, por medio de cualquier ardid, sorprender a mi excelente navarra, el pícaro viejo saldría con las manos en la cabeza.
¡Frasquita es Frasquita! Sin embargo —añadió al cabo de un momento—, ¡bueno será volverme esta moche a casa lo más temprano
que pueda!

Llegaron con esto al lugar el tío Lucas y el Alguacil, dirigiéndose a
casa del señor Alcalde.

XVII: Un alcalde de monterilla

El señor Juan López, que como particular y como Alcalde era la
tiranía, la ferocidad y el orgullo personificados (cuando trataba con sus
inferiores), dignábase, sin embargo, a aquellas horas, después de
despachar los asuntos oficiales y los de su labranza y de pegarle a su
mujer la cotidiana paliza, beberse un cántaro de vino en compañía del
secretario y del sacristán, operación que iba más de mediada aquella
noche cuando el Molinero compareció en su presencia.

—¡Hola, tío Lucas! —le dijo, rascándose la cabeza para excitar en
ella la vena de los embustes—. ¿Cómo va de salud? ¡A ver, secretario:
échele usted un vaso de vino al tío Lucas! ¿Y la señá Frasquita? ¿Se
conserva tan guapa? ¡Ya hace mucho tiempo que no la he visto! Pero,
hombre . . . . , ¡qué bien sale ahora la molienda! ¡El pan de centeno
parece de trigo candeal! Conque . . . . , vaya . . . Siéntese usted, y des-
canse, que, gracias a Dios, no tenemos prisa.

—¡Por mi parte, maldita aquélla! —contestó el tío Lucas, que hasta
entonces no había despegado los labios, pero cuyas sospechas eran
cada vez mayores al ver el amistoso recibimiento que se le hacía, después de una orden tan terrible y apremiante.

—Pues entonces, tío Lucas —continuó el alcalde—, supuesto que
no tiene usted gran prisa, dormirá usted acá esta noche, y mañana
temprano despacharemos nuestro asuntillo . . .

—Me parece bien . . . —respondió el tío Lucas con una ironía y un
disimulo que nada tenían que envidiar a la diplomacia del señor Juan
López—. Supuesto que la cosa no es urgente . . . pasaré la noche fuera
de mi casa.

—Ni urgente ni de peligro para usted —añadió el Alcalde, engañado por aquel a quien creía engañar—. Puede usted estar completamente tranquilo. Oye tú, Toñuelo . . . Alarga esa media fanega
para que se siente el tío Lucas.

open the door, even if by some ruse the magistrate managed to take my wonderful Navarrese woman by surprise, the old rogue would come off badly. Frasquita is Frasquita! All the same," he added a moment later, "it would be a good idea to get back home tonight as soon as I can!"

Just then "Uncle" Lucas and the constable arrived at the village, where they headed for the mayor's house.

XVII: A Rural Mayor

Though Mr. Juan López, both in private and as a mayor, was tyranny, ferocity, and pride personified (when dealing with his inferiors), nevertheless at that evening hour, when he had done everything needful in his office and on his farm, and had given his wife her daily beating, he deigned to drink a jug of wine in the company of his secretary and the sacristan. This procedure was more than halfway through on that night by the time the miller appeared before him.

"Hello, 'Uncle' Lucas!" he said, scratching his head to stimulate the deceitful region of his brain. "How's your health? Come, secretary, pour a glass of wine for 'Uncle' Lucas! And Mis' Frasquita? Still so pretty? It's been a long time since I've seen her! But, my friend . . . how good your flour is now! The rye bread is like the finest wheat! And so . . . come on . . . Have a seat and relax, because, thank God, we're not in any hurry."

"Damn hurrying, is what I say!" replied "Uncle" Lucas, who hadn't opened his mouth up to then, but whose suspicions grew constantly greater on observing the friendly reception he was being given, after such a direful and urgent summons.

"Well, then, 'Uncle' Lucas," the mayor went on, "seeing that you're in no big rush, you'll sleep here tonight, and early tomorrow morning we'll take care of our little business. . . ."

"That sounds good to me . . . ," replied "Uncle" Lucas with irony and dissimulation that at the very least matched Mr. Juan López's diplomacy. "Seeing that it isn't an urgent matter . . . I have to spend the night away from home."

"It's not urgent, and there's no danger in it for you," the mayor added, deceived by the man he thought he was deceiving. "You can be perfectly calm. Listen, Toñuelo, hand over that sixty-pound grain sack so 'Uncle' Lucas can sit down."

—Entonces . . . ¡venga otro trago! —exclamó el Molinero, sentándose.

—¡Venga de ahí! —repuso el Alcalde, alargándole el vaso lleno.

—Está en buena mano . . . Médielo usted.

—¡Pues por su salud! —dijo el señor Juan López, bebiéndose la mitad del vino.

—Por la de usted . . . señor Alcalde —replicó el tío Lucas, apurando la otra mitad.

—¡A ver, Manuela! —gritó entonces el Alcalde de monterilla—. Dile a tu ama que el tío Lucas se queda a dormir aquí. Que le ponga una cabecera en el granero . . .

—¡Ca! No . . . ¡De ningún modo! Yo duermo en el pajar como un rey.

—Mire usted que tenemos cabeceras . . .

—¡Ya lo creo! Pero ¿a qué quiere usted incomodar a la familia? Yo traigo mi capote . . .

—Pues, señor, como usted guste. ¡Manuela!, dile a tu ama que no la ponga . . .

—Lo que sí va usted a permitirme —continuó el tío Lucas, bostezando de un modo atroz— es que me acueste en seguida. Anoche he tenido mucha molienda, y no he pegado todavía los ojos . . .

—¡Concedido! —respondió majestuosamente el alcalde—. Puede usted recogerse cuando quiera.

—Creo que también es hora de que nos recojamos nosotros —dijo el sacristán, asomándose al cántaro de vino para graduar lo que quedaba—. Ya deben de ser las diez . . . o poco menos.

—Las diez menos cuartillo . . . —notificó el secretario, después de repartir en los vasos el resto del vino correspondiente a aquella noche.

—¡Pues a dormir, caballeros! —exclamó el anfitrión, apurando su parte.

—Hasta mañana, señores —añadió el Molinero, bebiéndose la suya.

—Espere usted que le alumbren . . . ¡Toñuelo! Lleva al tío Lucas al pajar.

—¡Por aquí, tío Lucas! . . . —dijo Toñuelo, llevándose también el cántaro, por si le quedaban algunas gotas.

—Hasta mañana, si Dios quiere —agregó el sacristán, después de escurrir todos los vasos.

Y se marchó, tambaleándose y cantando alegremente el *De profundis*.
. . . .

—Pues, señor —díjole el Alcalde al Secretario cuando se quedaron solos—. El tío Lucas no ha sospechado nada. Nos podemos acostar descansadamente, y . . . ¡buena pro le haga al Corregidor!

"In that case, let's have another drink!" exclaimed the miller as he sat down.

"Let it come from here!" replied the mayor, handing him the full glass.

"It's in good hands. . . . You drink half."

"All right, to your health!" said Mr. Juan López, drinking off half the wine.

"To yours . . . mayor," rejoined "Uncle" Lucas, draining the other half.

"Come here, Manuela!" the rural mayor then shouted. "Tell your mistress that 'Uncle' Lucas is staying here overnight. Have a pillow placed in the barn for him. . . ."

"No, no! Absolutely not! I can sleep like a king in the straw loft."

"I want you to know that we have pillows. . . ."

"I believe you! But why do you want to disturb the household? I'm wearing my big cape. . . ."

"Very well, sir, as you like. Manuela, tell your mistress not to put it there. . . ."

"What I *do* ask your permission for," continued "Uncle" Lucas, yawning frightfully, "is to go to bed right away. Tonight I had a lot of grinding to do, and I still haven't shut my eyes."

"Granted!" the mayor replied majestically. "You may retire whenever you wish."

"I think it's time for us to retire, too," said the sacristan, approaching the jug of wine to see how much was left. "It must be ten by now . . . or very close."

"It's a quarter—of a gallon—to ten," the secretary announced, after dividing among their glasses the rest of that evening's wine allotment.

"Then, to bed, gentlemen!" their host exclaimed, draining his share.

"See you tomorrow, one and all," added the miller, drinking his.

"Wait till they light your way. . . . Toñuelo! Take 'Uncle' Lucas to the straw loft."

"This way, 'Uncle' Lucas!" said Toñuelo, taking the jug as well, in case a few drops were left in it.

"See you tomorrow, God willing," added the sacristan, after draining all the glasses.

And he departed, reeling and singing the *De Profundis* merrily.

. . . .

"Well, sir," the mayor said to his secretary once they were alone, "'Uncle' Lucas never suspected a thing. We can go to bed carefree, and . . . may all go well for the magistrate!"

XVIII: Donde se verá que el tío Lucas
tenía el sueño muy ligero

Cinco minutos después un hombre se descolgaba por la ventana del pajar del señor Alcalde; ventana que daba a un corralón y que no distaría cuatro varas del suelo.

En el corralón había un cobertizo sobre una gran pesebrera, a la cual hallábanse atadas seis u ocho caballerías de diversa alcurnia, bien que todas ellas del sexo débil. Los caballos, mulos y burros del sexo fuerte formaban rancho aparte en otro local contiguo.

El hombre desató una borrica, que por cierto estaba aparejada, y se encaminó, llevándola del diestro, hacia la puerta del corral; retiró la tranca y desechó el cerrojo que la aseguraban; abrióla con mucho tiento, y se encontró en medio del campo.

Una vez allí, montó en la borrica, metióle los talones, y salió como una flecha con dirección a la ciudad; mas no por el carril ordinario, sino atravesando siembras y cañadas, como quien se precave contra algún mal encuentro.

Era el tío Lucas, que se dirigía a su molino.

XIX: Voces clamantes *in deserto*

—¡Alcaldes a mí, que soy de Archena! —iba diciéndose el murciano—. ¡Mañana por la mañana pasaré a ver al señor Obispo, como medida preventiva, y le contaré todo lo que me ha ocurrido esta noche! ¡Llamarme con tanta prisa y reserva, a hora tan desusada; decirme que venga solo; hablarme del servicio del Rey, y de moneda falsa, y de brujas, y de duendes, para echarme luego dos vasos de vino y mandarme a dormir! . . . ¡La cosa no puede ser más clara! Garduña trajo al lugar esas instrucciones de parte del Corregidor, y ésta es la hora en que el Corregidor estará ya en campaña contra mi mujer . . . ¡Quién sabe si me lo encontraré llamando a la puerta del molino! ¡Quién sabe si me lo encontraré ya dentro! . . . ¡Quién sabe . . . ! Pero ¿qué voy a decir? ¡Dudar de mi navarra! . . . ¡Oh, esto es ofender a Dios! ¡Imposible que ella . . . ! ¡Imposible que mi Frasquita . . . ! ¡Imposible! . . . Mas ¿qué estoy diciendo? ¿Acaso hay algo imposible en el mundo? ¿No se casó conmigo, siendo ella tan hermosa y yo tan feo?

XVIII: In Which It Will Be Seen
That "Uncle" Lucas Was a Very Light Sleeper

Five minutes later, a man was lowering himself through the window of the mayor's straw loft, a window that faced a big yard and was only about ten feet from the ground.

In the yard there was a lean-to covering a long row of mangers, to which were tied six or eight mounts of various sorts, but all of the weaker sex. The horses, mules, and burros of the stronger sex were housed separately in another, adjoining area.

The man untied a she-burro that was, of course, saddled, and set out, leading her by the halter, toward the gate to the yard. He drew back the bolt and undid the latch with which it was fastened, opened it with great care, and found himself in open country.

Once there, he mounted the burro, dug his heels in, and departed as fast as an arrow in the direction of the city—not by the regular carriage road, but across sowed fields and cattle tracks, like a man guarding against unpleasant encounters.

It was "Uncle" Lucas, on the way to his mill.

XIX: Voices Crying in the Wilderness

"What are mayors to me, a man from Archena!"[26] the man from Murcia was saying to himself. "Tomorrow morning I'll stop in to see the bishop, as a preventive measure, and I'll tell him everything that happened to me tonight! To summon me in such haste and secrecy, at such an out-of-the-way hour; to tell me to come alone; to speak to me about serving the king, and counterfeiting, and witches, and goblins, and then to pour me two glasses of wine and send me to bed! . . . It couldn't be more clear! Garduña brought those instructions to the village on behalf of the magistrate, and at this very hour the magistrate is probably planning an attack on my wife. . . . Who knows whether I won't find him knocking at the mill door! Who knows whether I won't find him already inside! . . . Who knows— But what am I saying? To doubt my Navarran woman?! . . . Oh, that's an insult to God! It's impossible that she— It's impossible that my Frasquita— Impossible! . . . But do I hear myself correctly? Is there anything impossible in this world? Didn't she marry me, beautiful as she is and I so ugly?"

---

26. A town in the province of Murcia.

Y al hacer esta última reflexión, el pobre jorobado se echó a llorar . . .

Entonces paró la burra para serenarse; se enjugó las lágrimas; suspiró hondamente; sacó los avíos de fumar; picó y lió un cigarro de tabaco negro; empuñó luego pedernal, yesca y eslabón, y al cabo de algunos golpes consiguió encender candela.

En aquel mismo momento, sintió rumor de pasos hacia el camino, que distaría de allí unas trescientas varas.

—¡Qué imprudente soy! —dijo—. ¡Si me andará ya buscando la Justicia, y yo me habré vendido al echar estas yescas!

Escondió, pues, la lumbre, y se apeó, ocultándose detrás de la borrica.

Pero la borrica entendió las cosas de diferente modo, y lanzó un rebuzno de satisfacción.

—¡Maldita seas! —exclamó el tío Lucas, tratando de cerrarle la boca con las manos.

Al propio tiempo resonó otro rebuzno en el camino, por vía de galante respuesta.

—¡Estamos aviados! —prosiguió pensando el molinero—. ¡Bien dice el refrán: el mayor mal de los males es tratar con animales!

Y, así discurriendo, volvió a montar, arreó la bestia, y salió disparado en dirección contraria al sitio en que había sonado el segundo rebuzno.

Y lo más particular fue que la persona que iba en el jumento interlocutor, debió de asustarse del tío Lucas tanto como el tío Lucas se había asustado de ella. Lo digo, porque apartóse también del camino, recelando sin duda que fuese un alguacil o un malhechor pagado por don Eugenio, y salió a escape por los sembrados de la otra banda.

El murciano, entretanto, continuó cavilando de este modo:

—¡Qué noche! ¡Qué mundo! ¡Qué vida la mía desde hace una hora! ¡Alguaciles metidos a alcahuetes; alcaldes que conspiran contra mi honra; burros que rebuznan cuando no es menester; y aquí en mi pecho, un miserable corazón que se ha atrevido a dudar de la mujer más noble que Dios ha criado! ¡Oh, Dios mío, Dios mío! ¡Haz que llegue pronto a mi casa y que encuentre allí a mi Frasquita!

Siguió caminando el tío Lucas, atravesando siembras y matorrales, hasta que al fin, a eso de las once de la noche, llegó sin novedad a la puerta grande del molino . . .

¡Condenación! ¡La puerta del molino estaba abierta!

And, at that last reflection, the poor hunchback burst into tears. . . .

Then he stopped the burro in order to calm down; he dried his tears; sighed deeply; took out his smoking gear; cut up a little black tobacco and rolled a cigarette; then took his flint, tinder, and steel, and, after a few tries, managed to strike a light.

At that very moment he heard the sound of hoofs from the direction of the road, which was about two hundred fifty yards away from where he was.

"How careless I am!" he said. "The police must be after me already, and I probably gave myself away by striking this light!"

So he covered the flame and dismounted, hiding behind the burro.

But the burro had a different idea about things, and gave a bray of contentment.

"Damn you!" exclaimed "Uncle" Lucas, trying to shut her mouth with his hands.

At that very time another bray was heard from the road, like a polite return of greetings.

"Now we're done for!" the miller went on thinking. "The proverb is right: The worst evil of all evils is having to do with animals!"

And, saying that, he remounted, urged his beast on, and departed like a shot in the direction opposite to the spot from which the second bray had come.

And the oddest thing of all is that the person riding on the answering burro must have been just as frightened by "Uncle" Lucas as "Uncle" Lucas had been frightened by that person. I say this because whoever it was left the road, too, no doubt fearing that it was a constable or a criminal in the pay of Don Eugenio; and the unknown rider escaped across the sown fields on the other side.

Meanwhile, the man from Murcia continued to meditate in this fashion:

"What a night! What a world! What a life I've been leading for an hour now! Constables acting as pimps; mayors conspiring against my honor; burros braying when there's no need to; and, here in my breast, a wretched heart that has dared to cast doubt on the noblest woman God ever created! Oh, my God, my God! Let me get home soon and find my Frasquita there!"

"Uncle" Lucas kept riding across fields and brush until finally, about eleven at night, he reached the main gate to the mill without further incidents. . . .

Damn it all! The mill gate was open!

XX: La duda y la realidad

Estaba abierta . . . ¡y él, al marcharse, había oído a su mujer cerrarla con llave, tranca y cerrojo!

Por consiguiente, nadie más que su propia mujer había podido abrirla.

Pero ¿cómo? ¿cuándo? ¿por qué? ¿De resultas de un engaño? ¿A consecuencia de una orden? ¿O bien deliberada y voluntariamente, en virtud de previo acuerdo con el Corregidor?

¿Qué iba a ver? ¿Qué iba a saber? ¿Qué le aguardaba dentro de su casa? ¿Se habría fugado la señá Frasquita? ¿Se la habrían robado? ¿Estaría muerta? ¿O estaría en brazos de su rival?

—El Corregidor contaba con que yo no podría venir en toda la noche . . . —se dijo lúgubremente el tío Lucas—. El Alcalde del lugar tendría orden hasta de encadenarme, antes que permitirme volver . . . ¿Sabía todo esto Frasquita? ¿Estaba en el complot? ¿O ha sido víctima de un engaño, de una violencia, de una infamia?

No empleó más tiempo el sin ventura en hacer todas esta crueles reflexiones que el que tardó en atravesar la plazoletilla del emparrado.

También estaba abierta la puerta de la casa, cuyo primer aposento (como en todas las viviendas rústicas) era la cocina . . .

Dentro de la cocina no había nadie.

Sin embargo, una enorme fogata ardía en la chimenea . . . , ¡chimenea que él dejó apagada, y que no se encendía nunca hasta muy entrado el mes de diciembre!

Por último, de uno de los ganchos de la espetera pendía un candil encendido . . .

¿Qué significaba todo aquello? ¿Y cómo se compadecía semejante aparato de vigilia y de sociedad con el silencio de muerte que reinaba en la casa?

¿Qué había sido de su mujer?

Entonces, y sólo entonces, reparó el tío Lucas en unas ropas que había colgadas en los espaldares de dos o tres sillas puestas alrededor de la chimenea . . .

Fijó la vista en aquellas ropas, y lanzó un rugido tan intenso, que se le quedó atravesado en la garganta, convertido en sollozo mudo y sofocante.

Creyó el infortunado que se ahogaba, y se llevó las manos al cuello, mientras que, lívido, convulso, con los ojos desencajados, contemplaba aquella vestimenta, poseído de tanto horror como el reo en capilla a quien le presentan la hopa.

Porque lo que allí veía era la capa de grana, el sombrero de tres

XX: Doubts and Reality

It was open . . . and when he left he had heard his wife lock it with key, latch, and bolt!

And so, no one but his own wife could have opened it.

But how? When? Why? As the result of a trick? After being ordered to? Or deliberately and voluntarily, by previous arrangement with the magistrate?

What was he going to see? What was he going to find out? What was awaiting him inside his house? Had Mis' Frasquita run away? Had she been abducted? Was she dead? Or was she in the arms of his rival?

"The magistrate was counting on my being unable to return at all tonight . . . ," "Uncle" Lucas said mournfully to himself. "The village mayor must have had orders even to put me in chains rather than let me come back. . . . Did Frasquita know all this? Was she in on the plot? Or was she the victim of a ruse, an act of violence, an act of shame?"

The unhappy man spent no more time on these cruel reflections than it took him to cross the forecourt in which the arbor was located.

The house door was open as well. The first room one entered (as in all rural homes) was the kitchen. . . .

There was no one in the kitchen.

Nevertheless, an enormous fire was burning in the fireplace . . . the fireplace that had been unlit when he left, and was never lit until well into December!

Lastly, a burning oil lamp was hung on one of the hooks of the rack of hooks.

What did all this mean? And how did such an arrangement for a sociable evening jibe with the deathly silence that prevailed in the house?

What had become of his wife?

Then, and only then, "Uncle" Lucas caught sight of some garments hung over the backs of two or three chairs that had been placed around the fire. . . .

He gazed at those garments, and emitted a roar so powerful that it stuck in his throat, becoming a quiet sob that choked him.

The unfortunate man felt as if he were drowning and raised his hands to his neck, as he looked at those clothes; he was pale and convulsed, his eyes were bulging out, and he was as horror-stricken as a convict on death row who has just been shown his execution outfit.

Because what he saw there was the scarlet cape, the three-cornered hat,

picos, la casaca y la chupa de color de tórtola, el calzón de seda negra, las medias blancas, los zapatos con hebilla y hasta el bastón, el espadín y los guantes del execrable Corregidor . . . ¡Lo que allí veía era la hopa de su ignominia, la mortaja de su honra, el sudario de su ventura!

El terrible trabuco seguía en el mismo rincón en que dos horas antes lo dejó la navarra . . .

El tío Lucas dio un salto de tigre y se apoderó de él. Sondeó el cañón con la baqueta, y vio que estaba cargado. Miró la piedra, y halló que estaba en su lugar.

Volvióse entonces hacia la escalera que conducía a la cámara en que había dormido tantos años con la señá Frasquita, y murmuró sordamente:

—¡Allí están!

Avanzó, pues, un paso en aquella dirección; pero en seguida se detuvo para mirar en torno de sí y ver si alguien lo estaba observando . . .

—¡Nadie! —dijo mentalmente—. ¡Sólo Dios . . . , y Ese . . . ha querido esto!

Confirmada así la sentencia, fue a dar otro paso, cuando su errante mirada distinguió un pliego que había sobre la mesa . . .

Verlo, y haber caído sobre él, y tenerlo entre sus garras, fue todo cosa de un segundo.

¡Aquel papel era al nombramiento del sobrino de la señá Frasquita, firmado por don Eugenio de Zúñiga y Ponce de León!

—¡Éste ha sido el precio de la venta! —pensó el tío Lucas, metiéndose el papel en la boca para sofocar sus gritos y dar alimento a su rabia—. ¡Siempre recelé que quisiera a su familia más que a mí! ¡Ah! ¡No hemos tenido hijos! . . . ¡He aquí la causa de todo!

Y el infortunado estuvo a punto de volver a llorar.

Pero luego se enfureció nuevamente, y dijo con un ademán terrible, ya que no con la voz:

—¡Arriba! ¡Arriba!

Y empezó a subir la escalera, andando a gatas con una mano, llevando el trabuco en la otra, y con el papel infame entre los dientes.

En corroboración de sus lógicas sospechas, al llegar a la puerta del dormitorio (que estaba cerrada) vio que salían algunos rayos de luz por las junturas de las tablas y por el ojo de la llave.

—¡Aquí están! —volvió a decir.

Y se paró un instante, como para pasar aquel nuevo trago de amargura.

the dove-colored dress coat and waistcoat, the black silk breeches, the white hose, the buckled shoes, and even the staff, sword, and gloves of the detestable magistrate. . . . What he saw there was the execution outfit of his ignominy, the shroud of his honor, the winding-sheet of his happiness!

The fearsome blunderbuss was still in the same corner where the woman from Navarre had left it two hours earlier. . . .

"Uncle" Lucas gave a pounce like a tiger and seized it. He lowered the ramrod into the barrel, and found that it was loaded. He looked at the flint of the lock, and found that it was still in place.

Then he turned toward the staircase that led to the room in which he had slept for so many years with Mis' Frasquita, and he murmured hoarsely:

"They're there!"

And so, he took a step in that direction; but he stopped at once to look around and see whether anyone was watching him. . . .

"No one!" he said to himself. "Only God . . . and He . . . has allowed this to happen!"

His suspicions thus confirmed, he was about to take another step when his wandering eyes fell on a sheet of paper that was lying on the table. . . .

To see it, pounce on it, and hold it in his claws, was the matter of a single moment.

That paper was the appointment of Mis' Frasquita's nephew, signed by Don Eugenio de Zúñiga y Ponce de León!

"That was the price she sold herself for!" "Uncle" Lucas thought, as he stuffed the paper into his mouth to stifle his cries and fuel his rage. "I always feared she loved her family more than me! Ah! We never had children! . . . That's the cause of all this!"

And the unfortunate man was on the point of crying again.

But then he flew into another rage, and—not with his voice, but with a terrible gesture—he said:

"Upstairs! Upstairs!"

And he started to climb the stairs, on his knees and one hand, while he held the blunderbuss in the other and the document of his shame in his teeth.

In confirmation of his reasonable suspicions, when he got nearer to the bedroom door (which was shut) he saw that a few rays of light were issuing through the joins between the boards and through the keyhole.

"They're there!" he said again.

And he stopped for a moment, as if to let that new mouthful of bitterness go down.

Luego continuó subiendo . . . hasta llegar a la puerta misma del dormitorio.

Dentro de él no se oía ningún ruido.

—¡Si no hubiera nadie! —le dijo tímidamente la esperanza.

Pero en aquel mismo instante el infeliz oyó toser dentro del cuarto . . .

¡Era la tos medio asmática del Corregidor!

¡No cabía duda! ¡No había tabla de salvación en aquel naufragio!

El Molinero sonrió en las tinieblas de un modo horroroso. ¿Cómo no brillan en la oscuridad semejantes relámpagos? ¿Qué es todo el fuego de las tormentas comparado con el que arde a veces en el corazón del hombre?

Sin embargo, el tío Lucas (tal era su alma, como ya dijimos en otro lugar) principió a tranquilizarse, no bien oyó la tos de su enemigo . . .

La realidad le hacía menos daño que la duda. Según le anunció él mismo aquella tarde a la señá Frasquita, desde el punto y hora en que perdía la única fe que era vida de su alma, empezaba a convertirse en un hombre nuevo.

Semejante al moro de Venecia —con quien ya lo comparamos al describir su carácter—, el desengaño mataba en él de un solo golpe todo el amor, transfigurando de paso la índole de su espíritu y haciéndole ver el mundo como una región extraña a que acabara de llegar. La única diferencia consistía en que el tío Lucas era por idiosincrasia menos trágico, menos austero y más egoísta que el insensato sacrificador de Desdémona.

¡Cosa rara, pero propia de tales situaciones! La duda, o sea la esperanza—que para el caso es lo mismo—, volvió todavía a mortificarle un momento . . .

—¡Si me hubiera equivocado! —pensó—. ¡Si la tos hubiese sido de Frasquita! . . .

En la tribulación de su infortunio, olvidábasele que había visto las ropas del Corregidor cerca de la chimenea; que había encontrado abierta la puerta del molino; que había leído la credencial de su infamia . . .

Agachóse, pues, y miró por el ojo de la llave, temblando de incertidumbre y de zozobra.

El rayo visual no alcanzaba a descubrir más que un pequeño triángulo de cama, por la parte del cabecero . . . ¡Pero precisamente en aquel pequeño triángulo se veía un extremo de las almohadas, y sobre las almohadas la cabeza del Corregidor!

Otra risa diabólica contrajo el rostro del Molinero.

Dijérase que volvía a ser feliz . . .

Then he continued climbing . . . until he reached the very door to
the bedroom.

No sound was heard from inside it.

"What if nobody's there?" hope spoke to him timidly.

But at that very moment the unhappy man heard a cough from inside the room. . . .

It was the semi-asthmatic cough of the magistrate!

There was no room for doubt! There was no drifting plank to res-
cue him from this shipwreck!

The miller gave a horrible smile in the darkness. How is it that such
lightning flashes don't light up the dark? What is all the fire in a thunder-
storm compared with the one that sometimes burns in human hearts?

Nevertheless, "Uncle" Lucas (such was his nature, as we've said elsewhere) began to calm down the minute he heard his enemy's cough. . . .

Reality hurt him less than doubts did. As he himself had declared
to Mis' Frasquita that afternoon, from the very moment when he lost
the only trust that was at the core of his life, he began to change into
another man.

As with the Moor of Venice, with whom we compared him earlier
when portraying his character, disenchantment killed all his love at a
single blow, and, as it did so, it transformed the nature of his mind,
making him look upon the world as an unknown region in which he
had just arrived. The only difference was that, in his own personal
way, "Uncle" Lucas was less tragically inclined, less severe, and more
selfish than the madman who sacrificed Desdemona.

Strange, but natural to such situations! Doubts, or hopes, which
amount to the same thing under the circumstances, still assailed him
for a moment. . . .

"What if I'm mistaken?" he thought. "What if that was Frasquita
coughing? . . ."

In the torment of his woe, he forgot that he had seen the magistrate's clothes near the fireplace, that he had found the mill door
open, that he had read the document that proved his disgrace. . . .

Well, he stooped down and looked through the keyhole, trembling
with uncertainty and anxiety.

The line of vision only allowed him to discern a small triangular
portion of the bed, near its head. . . . But in that small triangle he
saw one end of the pillows, and, on the pillows, the head of the
magistrate!

Another diabolical laugh contracted the miller's face.

You would have thought he was happy again. . . .

—¡Soy dueño de la verdad! . . . ¡Meditemos! —murmuró, irguiéndose tranquilamente.

Y volvió a bajar la escalera con el mismo tiento que empleó para subirla . . .

—El asunto es delicado . . . Necesito reflexionar. Tengo tiempo de sobra para *todo* . . . —iba pensando mientras bajaba.

Llegado que hubo a la cocina, sentóse en medio de ella, y ocultó la frente entre las manos.

Así permaneció mucho tiempo, hasta que le despertó de su meditación un leve golpe que sintió en un pie . . .

Era el trabuco que se había deslizado de sus rodillas, y que le hacía aquella especie de seña . . .

—¡No! ¡Te digo que no! —murmuró el tío Lucas, encarándose con el arma—. ¡No me convienes! Todo el mundo tendría lástima de *ellos* . . . , ¡y a mí me ahorcarían! ¡Se trata de un Corregidor . . . , y matar a un Corregidor es todavía en España cosa indisculpable! Dirían que lo maté por infundados celos, y que luego lo desnudé y lo metí en mi cama . . . Dirían, además, que maté a mi mujer por simples sospechas . . . ¡Y me ahorcarían! ¡Vaya si me ahorcarían! ¡Además, yo habría dado muestras de tener muy poca alma, muy poco talento, si al remate de mi vida fuera digno de compasión! ¡Todos se reirían de mí! ¡Dirían que mi desventura era muy natural, siendo yo jorobado y Frasquita tan hermosa! ¡Nada, no! Lo que yo necesito es vengarme, y después de vengarme, triunfar, despreciar, reír, reírme mucho, reírme de todos, evitando por tal medio que nadie pueda burlarse nunca de esta giba que yo he llegado a hacer hasta envidiable, y que tan grotesca sería en una horca.

Así discurrió el tío Lucas, tal vez sin darse cuenta de ello puntualmente, y, en virtud de semejante discurso, colocó el arma en su sitio, y principió a pasearse con los brazos atrás y la cabeza baja, como buscando su venganza en el suelo, en la tierra, en las ruindades de la vida, en alguna bufonada ignominiosa y ridícula para su mujer y para el Corregidor, lejos de buscar aquella misma venganza en la justicia, en el desafío, en el perdón, en el cielo . . . , como hubiera hecho en su lugar cualquier otro hombre de condición menos rebelde que la suya a toda imposición de la naturaleza, de la sociedad o de sus propios sentimientos.

De repente, paráronse sus ojos en la vestimenta del Corregidor . . .

Luego se paró él mismo . . .

Después fue demostrando poco a poco en su semblante una alegría,

"I'm in possession of the truth! . . . Let's stop and think!" he murmured, straightening himself up calmly.

And he went back down the stairs just as cautiously as he had
climbed them. . . .

"It's a delicate matter. . . . I've got to think it over. I have plenty of
time for *anything*," were his thoughts as he descended the stairs.

Once back in the kitchen, he sat down in the middle of the room
and hid his brow in his hands.

He remained that way for some time, until he was roused from his
meditation by a light blow he felt on one foot. . . .

It was the blunderbuss, which had slid off his knees and was giving
him that sort of sign. . . .

"No! I tell you, no!" "Uncle" Lucas murmured as he confronted the
weapon. "It's not you that I need! The whole world would pity *them*
. . . , and *I'd* get hanged! We're talking about a magistrate . . . and to
kill a magistrate is still an inexcusable crime in Spain! They'd say I
killed him out of unfounded jealousy, and that I later undressed him
and put him in my bed. . . . What's more, they'd say I killed my wife
on a mere suspicion . . . and they'd hang me! You bet they'd hang me!
Besides, I would have given proof that I had very little character, very
little intelligence, if at the end of my life I became an object of pity!
Everyone would laugh at me! They'd say my misfortune was only to
be expected, since I was a hunchback and Frasquita was so beautiful!
No way, no! What I need to do is to take revenge, and after taking revenge, to triumph, to despise them, to laugh, to have a good laugh, to
laugh at everyone, so that no one can ever make fun of this hump,
which I have managed to make something actually to be envied, and
which would be so grotesque on the gallows."

That was the course of "Uncle" Lucas's thoughts, even if he might not
have registered them in his mind point for point. As a result of this train
of ideas he put his weapon back in its place and began to walk around,
his arms behind his back and his head lowered, as if he were looking for
his vengeance on the floor, within the earth, in the vileness of life, in
some shameful and laughable joke on his wife and the magistrate. He
was far from seeking that revenge from the law, or by way of a chal-
lenge, or through forgiveness, or from Heaven—as any other man
would have done in his place whose character was less opposed than his
was to any compulsion imposed by nature, society, or his own feelings.

Suddenly his eyes came to rest on the magistrate's clothes. . . .

Then he himself came to rest. . . .

Then his face gradually expressed an indefinable cheer, joy,

un gozo, un triunfo indefinibles . . . ; hasta que, por último, se echó a reír de una manera formidable . . . , esto es, a grandes carcajadas, pero sin hacer ningún ruido —a fin de que no lo oyesen desde arriba—, metiéndose los puños por los ijares para no reventar, estremeciéndose todo como un epiléptico, y teniendo que concluir por dejarse caer en una silla hasta que le pasó aquella convulsión de sarcástico regocijo. Era la propia risa de Mefistófeles.

No bien se sosegó, principió a desnudarse con una celeridad febril; colocó toda su ropa en las mismas sillas que ocupaba la del Corregidor; púsose cuantas prendas pertenecían a éste, desde los zapatos de hebilla hasta el sombrero de tres picos; ciñóse el espadín; embozóse en la capa de grana; cogió el bastón y los guantes, y salió del molino y se encaminó a la ciudad, balanceándose de la propia manera que solía don Eugenio de Zúñiga, y diciéndose de vez en cuando esta frase que compendiaba su pensamiento:

—¡También la Corregidora es guapa!

XXI: ¡En guardia, caballero!

Abandonemos por ahora al tío Lucas, y enterémonos de lo que había ocurrido en el molino desde que dejamos allí sola a la señá Frasquita hasta que su esposo volvió a él y se encontró con tan estupendas novedades.

Una hora habría pasado después que el tío Lucas se marchó con Toñuelo, cuando la afligida navarra, que se había propuesto no acostarse hasta que regresara su marido, y que estaba haciendo calceta en su dormitorio, situado en el piso de arriba, oyó lastimeros gritos fuera de la casa, hacia el paraje, allí muy próximo, por donde corría el agua del caz.

—¡Socorro, que me ahogo! ¡Frasquita! ¡Frasquita! . . . —exclamaba una voz de hombre, con el lúgubre acento de la desesperación.

—¿Si será Lucas? —pensó la navarra, llena de un terror que no necesitamos describir.

En el mismo dormitorio había una puertecilla, de que ya nos habló Garduña, y que daba efectivamente sobre la parte alta del caz. Abrióla sin vacilación la señá Frasquita, por más que no hubiera reconocido la voz que pedía auxilio, y encontróse de manos a boca con el Corregidor, que en aquel momento salía todo chorreando de la impetuosísima acequia . . .

triumph—until he finally burst out laughing in a horrible way, that is, in great guffaws, but without making any noise, so that he wouldn't be heard upstairs; he put his fists to his flanks to keep from bursting, shaking all over like an epileptic, and ending up by having to drop into a chair until that fit of sarcastic merriment had passed. It was the very laughter of Mephistopheles.

He had barely calmed down when he started to undress in feverish haste. He placed all his clothes on the same chairs that had been holding the magistrate's, and put on all the magistrate's clothes, from the buckled shoes to the three-cornered hat; he girded on the sword, wrapped himself in the scarlet cape, took the staff and the gloves, left the mill, and headed for the city, swaying exactly the way Don Eugenio de Zúñiga was accustomed to do, and from time to time repeating to himself a sentence that summed up his ideas:

"The magistrate's wife is pretty, too!"

XXI: On Your Guard, Sir!

Let's leave "Uncle" Lucas on his own for now, and let's find out what had occurred at the mill from the time that we left Mis' Frasquita alone there to the time when her husband got back there and came across such incredible changes.

About an hour had passed since "Uncle" Lucas's departure with Toñuelo when the worried woman from Navarre, who had resolved not to go to bed till her husband was back, and who was knitting in her bedroom, which was located on the upper floor, heard piteous cries outside the house, from the spot, very close by, where the water from the millrace ran.

"Help, I'm drowning! Frasquita! Frasquita!" a man's voice was exclaiming in the funereal tones of despair.

"Could that be Lucas?" the woman from Navarre wondered, filled with a terror that we need not describe.

In the same bedroom there was a small door, the one Garduña has already told us about, which, sure enough, led to the ground above the millrace. Mis' Frasquita opened it without hesitation, especially since she hadn't recognized the voice that was calling for help, and she found herself face to face with the magistrate, who was just then emerging, dripping wet, from the rushing waters of the outlet. . . .

—¡Dios me perdone! ¡Dios me perdone! —balbuceaba el infame viejo—. ¡Creí que me ahogaba!

—¡Cómo! ¿Es usted? ¿Qué significa? ¿Cómo se atreve? ¿A qué viene usted a estas horas? —gritó la Molinera con más indignación que espanto, pero retrocediendo maquinalmente.

—¡Calla! ¡Calla, mujer! —tartamudeó el Corregidor, colándose en el aposento detrás de ella—. Yo te lo diré todo . . . ¡He estado para ahogarme! ¡El agua me llevaba ya como a una pluma! ¡Mira, mira cómo me he puesto!

—¡Fuera, fuera de aquí! —replicó la señá Frasquita con mayor violencia—. ¡No tiene usted nada que explicarme! . . . ¡Demasiado lo comprendo todo! ¿Qué me importa a mí que usted se ahogue? ¿Lo he llamado ya a usted? ¡Ah! ¡Qué infamia! ¡Para esto ha mandado usted prender a mi marido!

—Mujer, escucha . . .

—¡No escucho! ¡Márchese usted inmediatamente, señor Corregidor! . . . ¡Márchese usted o no respondo de su vida! . . .

—¿Qué dices?

—¡Lo que usted oye! Mi marido no está en casa; pero yo me basto para hacerla respetar. ¡Márchese usted por donde ha venido, si no quiere que yo le arroje otra vez al agua con mis propias manos!

—¡Chica, chica! ¡No grites tanto, que no soy sordo! —exclamó el viejo libertino—. ¡Cuando yo estoy aquí, por algo será! Vengo a libertar al tío Lucas, a quien ha preso por equivocación un alcalde de monterilla . . . Pero, ante todo, necesito que me seques estas ropas . . . ¡Estoy calado hasta los huesos!

—¡Le digo a usted que se marche!

—¡Calla, tonta! . . . ¿Qué sabes tú? . . . Mira . . . aquí te traigo un nombramiento de tu sobrino . . . Enciende la lumbre, y hablaremos . . . Por lo demás, mientras se seca la ropa, yo me acostaré en esta cama.

—¡Ah, ya! ¿Conque declara usted que venía por mí? ¿Conque declara usted que para eso ha mandado arrestar a mi Lucas? ¿Conque traía usted su nombramiento y todo? ¡Santos y Santas del cielo! ¿Qué se habrá figurado de mí este mamarracho?

—¡Frasquita! ¡Soy el Corregidor!

—¡Aunque fuera usted el Rey! A mí ¿qué? ¡Yo soy la mujer de mi marido, y el ama de mi casa! ¿Cree usted que yo me asusto de los Corregidores? ¡Yo sé ir a Madrid, y al fin del mundo, a pedir justicia contra el viejo insolente que así arrastra su autoridad por los suelos! Y,

"God forgive me! God forgive me!" the dirty old man was stammering. "I thought I was drowning!"

"What? It's you? What does this mean? How dare you? What are you here for at this time of night?" shouted the miller's wife, more angry than frightened, but recoiling mechanically.

"Quiet! Quiet, woman!" the magistrate stuttered, squeezing into the room behind her. "I'll tell you everything. . . . I almost got drowned! The water was already carrying me away like a feather! Look, look at the state I'm in!"

"Get out! Out of here!" rejoined Mis' Frasquita more violently. "You have no explanations to give me! . . . I understand everything only too well! What do I care if you drown? Did I send for you? Oh! What shamelessness! This is why you gave orders to arrest my husband!"

"Woman, listen . . ."

"I won't listen! Leave at once, magistrate! . . . Leave, or I won't be responsible for your life! . . ."

"What are you saying?"

"You heard me correctly! My husband isn't at home, but on my own I can make sure that my house is respected. Leave the way you came, if you don't want me to throw you back in the water with my own hands!"

"Little one, little one! Don't shout so loud, I'm not deaf!" exclaimed the aged libertine. "If I'm here, it's for some purpose! I've come to set 'Uncle' Lucas free; he's being detained by mistake by a village mayor. . . . But, before anything else, you've got to dry these clothes for me. . . . I'm drenched to the bone!"

"And I tell you to leave!"

"Quiet, silly thing! . . . What do you know? . . . Look . . . I've brought you here a letter of appointment for your nephew. . . . Kindle a light, and we'll talk about it. . . . Besides, while my clothes are drying, I want to lie down on this bed!"

"That does it! So you admit you came on my account? You admit that was the reason you ordered my Lucas to be arrested? So you brought along your appointment and all? Saints in Heaven! What did this fool think I was like?"

"Frasquita! I'm the magistrate!"

"Even if you were the king, what's that to me? I'm my husband's wife, and the lady of my house! Do you think I'm afraid of magistrates? I can go to Madrid, or the ends of the earth, to seek justice against the insolent old man who's dragging his authority through the

sobre todo, yo sabré mañana ponerme la mantilla, e ir a ver a la señora Corregidora . . .

—¡No harás nada de eso! —repuso el Corregidor, perdiendo la paciencia, o mudando de táctica—. No harás nada de eso; porque yo te pegaré un tiro, si veo que no entiendes de razones . . .

—¡Un tiro! —exclamó la señá Frasquita con voz sorda.

—Un tiro, sí . . . Y de ello no me resultará perjuicio alguno. Casualmente he dejado dicho en la ciudad que salía esta noche a caza de criminales . . . ¡Conque no seas necia . . . y quiéreme . . . como yo te adoro!

—Señor Corregidor: ¿un tiro? —volvió a decir la navarra echando los brazos atrás y el cuerpo hacia adelante, como para lanzarse sobre su adversario.

—Si te empeñas, te lo pegaré, y así me veré libre de tus amenazas y de tu hermosura . . . —respondió el Corregidor lleno de miedo y sacando un par de cachorrillos.

—¿Conque pistolas también? ¡Y en la otra faltriquera el nombramiento de mi sobrino! —dijo la señá Frasquita, moviendo la cabeza de arriba abajo—. Pues, señor, la elección no es dudosa. Espere usía un momento, que voy a encender la lumbre.

Y, así hablando, se dirigió rápidamente a la escalera, y la bajó en tres brincos.

El Corregidor cogió la luz, y salió detrás de la Molinera, temiendo que se escapara; pero tuvo que bajar mucho más despacio, de cuyas resultas, cuando llegó a la cocina, tropezó con la navarra, que volvía ya en su busca.

—¿Conque decía usted que me iba a pegar un tiro? —exclamó aquella indomable mujer dando un paso atrás—. Pues, ¡en guardia, caballero; que yo ya lo estoy!

Dijo, y se echó a la cara el formidable trabuco que tanto papel representa en esta historia.

—¡Detente, desgraciada! ¿Qué vas a hacer? —gritó el Corregidor, muerto de susto—. Lo de mi tiro era una broma . . . Mira . . . Los cachorrillos están descargados. En cambio, es verdad lo del nombramiento . . . Aquí lo tienes . . . Tómalo . . . Te lo regalo . . . de balde, enteramente de balde . . .

Y lo colocó temblando sobre la mesa.

—¡Ahí está bien! —repuso la navarra—. Mañana me servirá para encender la lumbre, cuando le guise el almuerzo a mi marido. ¡De usted no quiero ya ni la gloria; y, si mi sobrino viniese alguna vez de Estella, sería para pisotearle a usted la fea mano con que ha escrito su

mud this way! Above all, tomorrow I can put on my mantilla and pay
a visit to your wife. . . ."

"You'll do nothing of the sort!" replied the magistrate, losing
patience or changing tactics. "You'll do nothing of the sort, because
I'm going to shoot you if I see that you can't listen to reason. . . ."

"Going to shoot me!" exclaimed Mis' Frasquita in a muffled voice.

"Shoot you, yes. . . . And no harm will come to me if I do. I happened to leave word in town that I was going out tonight to hunt down
criminals. . . . So don't be silly . . . and love me . . . as I adore you!"

"Magistrate: you'd shoot me?" the woman from Navarre repeated,
throwing her arms back and her body forward, as if to hurl herself at
her opponent.

"If you persist, I will, and then I'd be rid of your threats and your
beauty . . . ," replied the magistrate, terror-stricken, as he drew a pair
of small pistols.

"So you have pistols, too? And in your other pocket, my nephew's
letter of appointment!" said Mis' Frasquita, moving her head up and
down. "Well, sir, the choice is an easy one. Wait a minute while I light
the fire."

As she said this, she rapidly headed for the stairs, which she descended in three jumps.

The magistrate picked up the candle, and went out of the room
after the miller's wife, fearing she might escape; but he had to go
downstairs much more slowly, so that, when he got to the kitchen, he
bumped into the woman from Navarre, who was already on her way
back to find him.

"So, you were saying you would shoot me?" that indomitable
woman exclaimed, taking a step backward. "Well, then, on your guard,
sir, because I'm already on mine!"

Saying this, she put to her face the formidable blunderbuss that
plays such a big part in this story.

"Stop, you scoundrel! What are you going to do?" cried the magistrate, dead with fright. "What I said about shooting you was a joke. . . .
Look . . . The pistols aren't loaded. On the other hand, what I said
about the appointment *is* true. . . . Here it is . . . Take it . . . I make
you a gift of it . . . free of charge, entirely free. . . ."

And, trembling, he placed it on the table.

"That's a good place for it," replied the woman from Navarre.
"Tomorrow I'll use it to light the fire when I cook my husband's breakfast. From you I don't want a damned thing; and if my nephew ever
came here from Estella, it would be to stamp on that ugly hand with

nombre en ese papel indecente! ¡Ea, lo dicho! ¡Márchese usted de mi casa! ¡Aire! ¡aire! ¡pronto! . . . ¡que ya se me sube la pólvora a la cabeza!

El Corregidor no contestó a este discurso. Habíase puesto lívido, casi azul; tenía los ojos torcidos, y un temblor como de terciana agitaba todo su cuerpo. Por último, principió a castañetear los dientes, y cayó al suelo, presa de una convulsión espantosa.

El susto del caz, lo muy mojadas que seguían todas sus ropas, la violenta escena del dormitorio, y el miedo al trabuco con que le apuntaba la navarra, habían agotado las fuerzas del enfermizo anciano.

—¡Me muero! —balbuceó—. ¡Llama a Garduña! . . . Llama a Garduña, que estará ahí . . . , en la ramblilla . . . ¡Yo no debo morirme en esta casa! . . .

No pudo continuar. Cerró los ojos, y se quedó como muerto.

—¡Y se morirá como lo dice! —prorrumpió la señá Frasquita—. Pues, señor, ¡ésta es la más negra! ¿Qué hago yo ahora con este hombre en mi casa? ¿Qué dirían de mí si se muriese? ¿Qué diría Lucas? . . . ¿Cómo podría justificarme, cuando yo misma le he abierto la puerta? ¡Oh! no . . . Yo no debo quedarme aquí con él. ¡Yo debo buscar a mi marido; yo debo escandalizar el mundo antes de comprometer mi honra!

Tomada esta resolución, soltó el trabuco, fuese al corral, cogió la burra que quedaba en él, la aparejó de cualquier modo, abrió la puerta grande de la cerca, montó de un salto, a pesar de sus carnes, y se dirigió a la ramblilla.

—¡Garduña! ¡Garduña! —iba gritando la navarra, conforme se acercaba a aquel sitio.

—¡Presente! —respondió al cabo el Alguacil, apareciendo detrás de un seto—. ¿Es usted, señá Frasquita?

—Sí, yo soy. ¡Ve al molino, y socorre a tu amo, que se está muriendo! . . .

—¿Qué dice usted? ¡Vaya un maula!

—Lo que oyes, Garduña . . .

—¿Y usted, alma mía? ¿Adónde va a estas horas?

—¿Yo? . . . ¡Quita allá, badulaque! ¡Yo voy a la ciudad por un médico! —contestó la señá Frasquita, arreando la burra con un talonazo y a Garduña con un puntapié.

which you wrote his name on that disgusting paper! I repeat what I said! Get out of my house! Clear out! Clear out! And quick about it! . . . Because the gunpowder is already going to my head!"

The magistrate made no rebuttal to that speech. He had turned livid, nearly blue; his eyes were twisted, and a shiver, like that of tertian fever, shook his whole body. Lastly, his teeth began to chatter[27] and he fell to the floor, the victim of a fearful convulsion.

The fright he had received in the millrace, the sopping condition all his clothes were still in, the violent scene in the bedroom, and his fear of the blunderbuss the woman from Navarre was aiming at him, had exhausted the strength of the sickly old man.

"I'm dying!" he stammered. "Call Garduña! . . . Call Garduña, who must be down there . . . in the gully. . . . I mustn't die in this house! . . ."

He couldn't continue. He shut his eyes and lay there like a dead man.

"And he *will* die, just as he says!" Mis' Frasquita burst out. "Oh, Lord, this is the worst of all! What am I to do now, with this man in my house? What would they say about me if he died? What would Lucas say? . . . How could I clear my name when I myself let him in the door? Oh, no . . . I mustn't stay here with him. I've got to find my husband; I've got to stand the world on its ear before I compromise my honor!"

This resolution taken, she put down the blunderbuss, went out into the yard, took the burro that was still there, saddled her any which way, opened the big gate in the fence, mounted with one jump despite her bulk, and set out for the gully.

"Garduña! Garduña!" the woman from Navarre kept shouting as she approached that spot.

"Here!" the constable finally answered, emerging from behind a hedge. "Is that you, Mis' Frasquita?"

"Yes, it's me. Go to the mill and help your master, who's dying! . . ."

"What's that you say? What a loser!"

"You heard what I said, Garduña. . . ."

"What about you, sweetheart? Where are you off to at this hour?"

"I? . . . Out of the way, dumbbell! I'm going to town for a doctor!" replied Mis' Frasquita, urging on the burro with a dig of her heels, and Garduña with a kick.

---

27. The worst of several small careless slips in the rapidly written story: we've been told repeatedly that the magistrate was toothless.

Y tomó . . . no el camino de la ciudad, como acababa de decir, sino el del lugar inmediato.

Garduña no reparó en esta última circunstancia, pues iba ya dando zancajadas hacia el molino y discurriendo al par de esta manera:

—¡Va por un médico! . . . ¡La infeliz no puede hacer más! ¡Pero él es un pobre hombre! ¡Famosa ocasión de ponerse malo! . . . ¡Dios le da confites a quien no puede roerlos!

XXII: Garduña se multiplica

Cuando Garduña llegó al molino el Corregidor principiaba a volver en sí, procurando levantarse del suelo.

En el suelo también, y a su lado, estaba el velón encendido que bajó Su Señoría del dormitorio.

—¿Se ha marchado ya? —fue la primera frase de don Eugenio.

—¿Quién?

—¡El demonio! . . . Quiero decir, la Molinera . . .

—Sí, señor . . . Ya se ha marchado . . . ; y no creo que iba de muy buen humor . . .

—¡Ay, Garduña! Me estoy muriendo . . .

—Pero ¿qué tiene usía? ¡Por vida de los hombres! . . .

—Me he caído en el caz y estoy hecho una sopa . . . ¡Los huesos se me parten de frío!

—¡Toma, toma! ¡Ahora salimos con eso!

—¡Garduña! . . . ¡ve lo que te dices! . . .

—Yo no digo nada, señor . . .

—Pues bien; sácame de este apuro . . .

—Voy volando . . . ¡Verá usía que pronto lo arreglo todo!

Así dijo el Alguacil, y, en un periquete cogió la luz con una mano, y con la otra se metió al Corregidor debajo del brazo; subiólo al dormitorio; púsolo en cueros; acostólo en la cama; corrió al jaraíz; reunió una brazada de leña; fue a la cocina; hizo una gran lumbre; bajó todas las ropas de su amo; colocólas en los espaldares de dos o tres sillas; encendió un candil; lo colgó de la espetera, y tornó a subir a la cámara.

—¿Qué tal vamos? —preguntóle entonces a don Eugenio, levantando en alto el velón para verle mejor el rostro.

—¡Admirablemente! ¡Conozco que voy a sudar! ¡Mañana te ahorco, Garduña!

—¿Por qué, señor?

And she took . . . not the way to town, as she had just stated, but the way to the nearby village.

Garduña didn't observe that last fact, because he was already taking huge strides toward the mill and at the same time saying:

"She's going for a doctor! . . . That's all the wretched woman can do! But my master is a poor excuse for a man! What a wonderful time to get sick! . . . God only gives candy to people who can't chew it!"

XXII: Garduña Is Everywhere at Once

When Garduña got to the mill, the magistrate was starting to come to, and was trying to get up from the floor.

Also on the floor, beside him, was the lit candle that His Lordship had brought down from the bedroom.

"Already gone?" was the first thing Don Eugenio said.

"Who?"

"The Devil! . . . I mean, the miller's wife. . . ."

"Yes, sir. . . . She's already gone . . . ; and I don't think she was in a very good mood. . . ."

"Oh, Garduña! I'm dying. . . ."

"But what's wrong with you? By all that's holy—!"

"I fell into the millrace and I'm soaking wet. . . . My bones are breaking from the cold!"

"Well, well! So this is how we wind up!"

"Garduña! . . . Watch what you're saying! . . ."

"I'm not saying anything, sir. . . ."

"All right; get me out of this fix. . . ."

"As fast as I can . . . you'll see how quickly I put everything to rights!"

Thus spoke the constable, and in no time at all he picked up the candle with one hand, while with the other he took the magistrate by the arm; he brought him up to the bedroom; he undressed him; he put him to bed; he ran to the wine press; he gathered up an armful of firewood; he went to the kitchen; he made a big fire; he took down all his master's clothes; he placed them over the backs of two or three chairs; he lit an oil lamp; he hung it on the rack of hooks; and he went back up to the bedroom.

"How are we doing?" he then asked Don Eugenio, raising the candle up high to see his face better.

"I'm just terrific! I can tell I'm going to break out into a sweat! Tomorrow I'm going to hang you, Garduña!"

"Why, sir?"

—¿Y te atreves a preguntármelo? ¿Crees tú que, al seguir el plan que me trazaste, esperaba yo acostarme solo en esta cama, después de recibir por segunda vez el sacramento del bautismo? ¡Mañana mismo te ahorco!

—Pero cuénteme usía algo . . . ¿La señá Frasquita? . . .

—La señá Frasquita ha querido asesinarme. ¡Es todo lo que he logrado con tus consejos! Te digo que te ahorco mañana por la mañana.

—¡Algo menos será, señor Corregidor! —repuso el Alguacil.

—¿Por qué lo dices, insolente? ¿Porque me ves aquí postrado?

—No, señor. Lo digo, porque la señá Frasquita no ha debido de mostrarse tan inhumana como usía cuenta, cuando ha ido a la ciudad a buscarle un médico . . .

—¡Dios santo! ¿Estás seguro de que ha ido a la ciudad? —exclamó don Eugenio más aterrado que nunca.

—A lo menos, eso me ha dicho ella . . .

—¡Corre, corre, Garduña! ¡Ah! ¡Estoy perdido sin remedio! ¿Sabes a qué va la señá Frasquita a la ciudad? ¡A contárselo todo a mi mujer! . . . ¡A decirle que estoy aquí! ¡Oh, Dios mío, Dios mío! ¿Cómo había yo de figurarme esto? ¡Yo creí que se habría ido al lugar en busca de su marido; y, como lo tengo allí a buen recaudo, nada me importaba su viaje! Pero ¡irse a la ciudad! . . . ¡Garduña, corre, corre . . . , tú que eres andarín, y evita mi perdición! ¡Evita que la terrible Molinera entre en mi casa!

—¿Y no me ahorcará usía si lo consigo? —preguntó irónicamente el Alguacil.

—¡Al contrario! Te regalaré unos zapatos en buen uso, que me están grandes. ¡Te regalaré todo lo que quieras!

—Pues voy volando. Duérmase usía tranquilo. Dentro de media hora estoy aquí de vuelta, después de dejar en la cárcel a la navarra. ¡Para algo soy más ligero que una borrica!

Dijo Garduña, y desapareció por la escalera abajo.

Se cae de su peso que, durante aquella ausencia del Alguacil, fue cuando el Molinero estuvo en el molino y vio visiones por el ojo de la llave.

Dejemos, pues, al Corregidor sudando en el lecho ajeno, y a Garduña corriendo hacia la ciudad (adonde tan pronto había de seguirlo el tío Lucas con sombrero de tres picos y capa de grana), y, convertidos también nosotros en andarines, volemos con dirección al lugar, en seguimiento de la valerosa señá Frasquita.

"You have the gall to ask? Do you think that, when I followed the plan you sketched out for me, I expected to be lying here in this bed alone, after receiving the sacrament of baptism a second time? Not later than tomorrow I'm going to hang you!"

"But tell me something. . . . What about Mis' Frasquita? . . ."

"Mis' Frasquita wanted to murder me. That's all I achieved by your advice! I tell you, I'm going to hang you tomorrow morning."

"It won't come to that, magistrate!" the constable replied.

"Why do you say that, you insolent man? Because you see me here helpless?"

"No, sir. I say that because Mis' Frasquita couldn't have acted as un-kindly as you say, since she went to town to fetch a doctor. . . ."

"Holy God! Are you sure she went to town?" exclaimed Don Eugenio, more terrified than ever.

"At least that's what she told me. . . ."

"Run, run, Garduña! Oh! I'm ruined beyond recall! Do you know why Mis' Frasquita is going to town? To tell my wife everything! . . . To tell her that I'm here! Oh, my God, my God! How was I to imag-ine this? I thought she would have gone to the village to find her hus-band; and, since I've got him in safekeeping there, I didn't care about her trip! But, going to town! . . . Garduña, run, run—you're good with your feet—and keep me from being ruined! Keep that awful miller's wife from entering my house!"

"And you won't hang me if I catch up with her?" the constable asked ironically.

"Just the opposite! I'll make you a present of a pair of shoes in good shape that are too big for me. I'll give you anything you want!"

"Then I'm off like a shot. Sleep peacefully. In a half-hour I'll be back here, after depositing the lady from Navarre in jail. It's not for nothing that I'm faster than a burro!"

Thus spoke Garduña, and he vanished down the stairs.

It's obvious that it was during that absence of the constable that the miller was in the mill and saw visions through the keyhole.

So, then, let's leave the magistrate sweating in a bed that isn't his, and Garduña running to town (where "Uncle" Lucas was to follow him so soon, wearing the three-cornered hat and the scarlet cape), and transforming ourselves as well into people good with their feet, let us hasten in the direction of the village, on the trail of the valorous Mis' Frasquita.

XXIII: Otra vez el desierto y las consabidas voces

La única aventura que le ocurrió a la navarra en su viaje desde el molino al pueblo, fue asustarse un poco al notar que alguien echaba yescas en medio de un sembrado.

—¿Si será un esbirro del Corregidor? ¿Si irá a detenerme? —pensó la Molinera.

En esto se oyó un rebuzno hacia aquel mismo lado.

—¡Burros en el campo a estas horas! —siguió pensando la señá Frasquita—. Pues lo que es por aquí no hay ninguna huerta ni cortijo . . . ¡Vive Dios que los duendes se están despachando esta noche a su gusto! Porque la borrica de mi marido no puede ser . . . ¿Qué haría mi Lucas a medianoche, parado fuera del camino? ¡Nada!, ¡nada! ¡Indudablemente es un espía!

La burra que montaba la señá Frasquita creyó oportuno rebuznar también en aquel instante.

—¡Calla, demonio! —le dijo la navarra, clavándole un alfiler de a ochavo en mitad de *la cruz*.

Y, temiendo algún encuentro que no le conviniese, sacó también su bestia fuera del camino y la hizo trotar por otros sembrados.

Sin más accidente, llegó a las puertas del lugar, a tiempo que serían las once de la noche.

XXIV: Un rey de entonces

Hallábase ya durmiendo la mona el señor Alcalde, vuelta la espalda a la espalda de su mujer (y formando así con ésta la figura de *águila austríaca de dos cabezas* que dice nuestro inmortal Quevedo), cuando Toñuelo llamó a la puerta de la cámara nupcial, y avisó al señor Juan López que la señá Frasquita, *la del molino,* quería hablarle.

No tenemos para qué referir todos los gruñidos y juramentos inherentes al acto de despertar y vestirse el Alcalde de monterilla, y nos trasladamos desde luego al instante en que la Molinera lo vio llegar, desperazándose como un gimnasta que ejercita la musculatura, y exclamando en medio de un bostezo interminable:

—¡Téngalas usted muy buenas, señá Frasquita! ¿Qué le trae a usted por aquí? ¿No le dijo a usted Toñuelo que se quedase en el molino? ¿Así desobedece usted a la autoridad?

XXIII: Once Again, the Wilderness and Those Voices

The only adventure the woman from Navarre had during her journey from the mill to the village was to get a little frightened on observing that someone was striking a light in the middle of a sown field.

"What if it's one of the magistrate's policemen? What if he were to arrest me?" thought the miller's wife.

At that moment was heard a bray from the same direction.

"Burros out in the field at this time of night!" Mis' Frasquita thought further. "And around here there isn't any vegetable garden or farm. . . . By God, the goblins are really frisking around tonight! But it can't be my husband's burro. . . . What would my Lucas be doing at midnight stopping in a spot that's off the road? No, no! It's definitely some spy!"

The she-burro on which Mis' Frasquita was riding saw fit to bray as well at that moment.

"Quiet, you devil!" the woman from Navarre said, thrusting a three-inch pin into the burro's withers.

And, in fear of some encounter that wouldn't suit her purposes, she, too, led her mount off the road and made her trot through other fields.

Without further incident she reached the gates of the village at about eleven at night.

XXIV: A King of Those Times

The mayor was already sleeping off his drinking bout, his back turned to his wife's (so that the two of them formed the "two-headed Austrian eagle" of which our immortal Quevedo[28] speaks), when Toñuelo knocked at the door of the nuptial chamber and informed Mr. Juan López that Mis' Frasquita, "the one from the mill," wished to speak with him.

We have no reason to relate all the growls and oaths that accompanied the village mayor's awakening and dressing, and we move at once to the moment when the miller's wife saw him coming, stretching like an athlete who's exercising his muscles, and exclaiming in the middle of an endless yawn:

"A very good evening to you, Mis' Frasquita! What brings you here? Didn't Toñuelo tell you to stay at the mill? Is this how you disobey the authorities?"

---

28. See footnote 14.

—¡Necesito ver a mi Lucas! —respondió la navarra—. ¡Necesito verlo al instante! ¡Que le digan que está aquí su mujer!

—¡Necesito! ¡Necesito!—. Señora, ¡a usted se le olvida que está hablando con el Rey! . . .

—¡Déjeme usted a mí de reyes, señor Juan, que no estoy para bromas! ¡Demasiado sabe usted lo que me sucede! ¡Demasiado sabe para qué ha preso a mi marido!

—Yo no sé nada, señá Frasquita . . . Y en cuanto a su marido de usted, no está preso, sino durmiendo tranquilamente en esta su casa, y tratado como yo trato a las personas. ¡A ver, Toñuelo! ¡Toñuelo! Anda al pajar, y dile al tío Lucas que se despierte y venga corriendo . . . Conque vamos . . . ¡cuénteme usted lo que pasa! . . . ¿Ha tenido usted miedo de dormir sola?

—¡No sea usted desvergonzado, señor Juan! ¡Demasiado sabe usted que a mí no me gustan sus bromas ni sus veras! ¡Lo que me pasa es una cosa muy sencilla: que usted y el señor Corregidor han querido perderme! ¡pero que se han llevado un solemne chasco! ¡Yo estoy aquí sin tener de qué abochornarme, y el señor Corregidor se queda en el molino muriéndose! . . .

—¡Muriéndose el Corregidor! . . . —exclamó su subordinado—. Señora, ¿sabe usted lo que dice?

—¡Lo que usted oye! Se ha caído en el caz, y casi se ha ahogado, o ha cogido una pulmonía, o yo no sé . . . ¡Eso es cuenta de la Corregidora! Yo vengo a buscar a mi marido, sin perjuicio de salir mañana mismo para Madrid, donde le contaré al Rey . . .

—¡Demonio, demonio! —murmuró el señor Juan López—. ¡A ver, Manuela! . . . ¡Muchacha! . . . Anda y apáréjame la mulilla . . . Señá Frasquita, al molino voy . . . ¡Desgraciada de usted si le ha hecho algún daño al señor Corregidor!

—¡Señor Alcalde, señor Alcalde! —exclamó en esto Toñuelo, entrando más muerto que vivo—. El tío Lucas no está en el pajar. Su burra no se halla tampoco en los pesebres, y la puerta del corral está abierta . . . ¡De modo que el pájaro se ha escapado!

—¿Qué estás diciendo? —gritó el señor Juan López.

—¡Virgen del Carmen! ¿Qué va a pasar en mi casa? —exclamó la señá Frasquita—. ¡Corramos, señor Alcalde; no perdamos tiempo! . . . Mi marido va a matar al Corregidor al encontrarlo allí a estas horas . . .

—¿Luego usted cree que el tío Lucas está en el molino?

—¿Pues no lo he de creer? Digo más . . . cuando yo venía me he cruzado con él sin conocerlo. ¡Él era sin duda uno que echaba yescas en medio de un sembrado! ¡Dios mío! ¡Cuando piensa una que los

"I need to see my Lucas!" the woman from Navarre answered. "I need to see him this instant! Have him told his wife is here!"

"'I need! I need!' Madam, you're forgetting that you're talking to the king! . . ."

"Don't bother me with kings, Mr. Juan, because I'm in no mood for jokes! You know only too well what's going on with me! You know only too well why you arrested my husband!"

"I don't know a thing, Mis' Frasquita. . . . And as for your husband, he isn't arrested; he's sleeping peacefully in this house, where he's perfectly welcome, and he's being treated the way I treat people. Come here, Toñuelo! Toñuelo! Go to the straw loft and tell 'Uncle' Lucas to get up and get right in here. . . . And so, let's see . . . tell me what's happening! . . . Were you afraid to sleep by yourself?"

"Don't be fresh, Mr. Juan! You know all too well that I don't like your jokes or even your serious remarks! What's going on with me is very simple: you and the magistrate have plotted to ruin me! But you've made a terrible mistake! I'm here without having anything to be ashamed of, and the magistrate is in the mill, dying! . . ."

"The magistrate dying!" his subordinate exclaimed. "Madam, do you know what you're saying?"

"You heard me correctly! He fell into the millrace and almost drowned, or else he's caught pneumonia or I don't know what. . . . That's his wife's business! I've come to get my husband, and that doesn't mean I still won't leave at once for Madrid tomorrow, where I'll tell the king—"

"Hell, hell!" Mr. Juan López murmured. "Come here, Manuela! . . . Girl! . . . Go and saddle the little she-mule for me. . . . Mis' Frasquita, I'm going to the mill. . . . It will be too bad for you if you've done any harm to the magistrate!"

"Mayor! Mayor!" Toñuelo exclaimed at that moment, coming in more dead than alive. "'Uncle' Lucas isn't in the straw loft. And his burro isn't at the mangers, either, and the gate to the yard is open. . . . It seems that the bird has flown!"

"What's that you're saying?" Mr. Juan López shouted.

"Our Lady of Carmel! What's going to happen at my house?" exclaimed Mis' Frasquita. "Let's hurry, mayor; let's not waste time! . . . My husband will kill the magistrate if he finds him there at this time of night. . . ."

"So, you think that 'Uncle' Lucas is at the mill?"

"What else should I think? I'll tell you something else . . . on my way here I crossed his path without recognizing him. He must have been the one striking a light in the middle of a field! My God! To think that

animales tienen más entendimiento que las personas! Porque ha de saber usted, señor Juan, que indudablemente nuestras dos burras se reconocieron y se saludaron, mientras que mi Lucas y yo ni nos saludamos ni nos reconocimos . . . ¡Antes bien huímos el uno del otro, tomándonos mutuamente por espías! . . .

—¡Bueno está su Lucas de usted! —replicó el Alcalde—. En fin, vamos andando y ya veremos lo que hay que hacer con todos ustedes. ¡Conmigo no se juega! ¡Yo soy el Rey! . . . Pero no un Rey como el que ahora tenemos en Madrid, o sea en El Pardo, sino como aquel que hubo en Sevilla, a quien llamaban Don Pedro el Cruel. ¡A ver, Manuela! ¡Tráeme el bastón, y dile a tu ama que me marcho!

Obedeció la sirvienta (que era por cierto más buena moza de lo que convenía a la alcaldesa y a la moral), y, como la mulilla del señor Juan López estuviese ya aparejada, la señá Frasquita y él salieron para el molino, seguidos del indispensable Toñuelo.

XXV: La estrella de Garduña

Precedámosles nosotros, supuesto que tenemos carta blanca para andar más de prisa que nadie.

Garduña se hallaba ya de vuelta en el molino, después de haber buscado a la señá Frasquita por todas las calles de la ciudad.

El astuto Alguacil había tocado de camino en el Corregimiento, donde lo encontró todo muy sosegado. Las puertas seguían abiertas como en medio del día, según es costumbre cuando la Autoridad está en la calle ejerciendo sus sagradas funciones. Dormitaban en la meseta de la escalera y en el recibimiento otros alguaciles y ministros, esperando descansadamente a su amo; mas cuando sintieron llegar a Garduña, desperezáronse dos o tres de ellos, y le preguntaron al que era su decano y jefe inmediato:

—¿Viene ya el señor?

—¡Ni por asomo! Estaos quietos. Vengo a saber si ha habido novedad en la casa . . .

—Ninguna.

—¿Y la señora?

—Recogida en sus aposentos.

animals are more intelligent than people! Because I'll have you know, Mr. Juan, that without any doubt our two burros recognized and greeted each other, while my Lucas and I neither greeted each other nor recognized each other. . . . Instead of that, we fled from each other, each of us thinking the other was a spy! . . ."

"Enough about that Lucas of yours!" retorted the mayor. "Let's get going, finally, and we'll see what's to be done with all of you. No one fools around with me! I'm the king! . . . But not a king like the one we now have in Madrid, or at El Pardo,[29] but like the one we used to have in Seville, who was called Peter the Cruel.[30] Come, Manuela! Bring me my staff of office, and tell your mistress I'm leaving!"

The servant (who was surely a more serviceable handmaiden than the mayor's wife, and public morals, might have wanted) obeyed; when Mr. Juan López's mule was saddled, he and Mis' Frasquita set out for the mill, followed by the indispensable Toñuelo.

XXV: Garduña's Star[31]

Let us head them off, seeing that we have a perfect right to go faster than anyone else.

Garduña was already back at the mill, after searching for Mis' Frasquita on every street in town.

The shrewd constable had stopped at the magistrate's residence on the way. There he had found everything very calm. The doors were still as wide open as at noon, which is customary when the magistrate is away from home performing his sacred duties. On the staircase landing and in the entranceway, other constables and functionaries were dozing, awaiting their master without a care; but when they heard Garduña arrive, two or three of them stretched and asked him (he being their senior and immediate superior):

"Is the master coming now?"

"Not by a long shot! Relax! I've come to find out whether there's been any incident in the house here. . . ."

"None."

"And our lady?"

"Has retired to her apartment."

---

29. A royal palace near Madrid.   30. Peter (Pedro) I of Castile and León (reigned 1334–1369).   31. The scholar Rafael Rodríguez Marín points out that this is a humorous combination of the titles of two Golden Age literary works, Lope's play *La estrella de Sevilla* and Solórzano's picaresque novel *La garduña de Sevilla*.

—¿No ha entrado una mujer por estas puertas hace poco?

—Nadie ha aparecido por aquí en toda la noche . . .

—Pues no dejéis entrar a persona alguna, sea quien sea y diga lo que diga. ¡Al contrario! Echadle mano al mismo lucero del alba que venga a preguntar por el señor o por la señora, y llevadlo a la cárcel.

—¿Parece que esta noche se anda a caza de pájaros de cuenta? —preguntó uno de los esbirros.

—¡Caza mayor! —añadió otro.

—¡Mayúscula! —respondió Garduña solemnemente—. ¡Figuraos si la cosa será delicada, cuando el señor Corregidor y yo hacemos la batida por nosotros mismos! . . . Conque . . . hasta luego, buenas piezas, y ¡mucho ojo!

—Vaya usted con Dios, señor Bastián —repusieron todos saludando a Garduña.

—¡Mi estrella se eclipsa! —murmuró éste al salir del Corregimiento—. ¡Hasta las mujeres me engañan! La Molinera se encaminó al lugar en busca de su esposo, en vez de venirse a la ciudad . . . ¡Pobre Garduña! ¿Qué se ha hecho de tu olfato?

Y, discurriendo de este modo, tomó la vuelta al molino.

Razón tenía el Alguacil para echar de menos a su antiguo olfato, pues que no venteó a un hombre que se escondía en aquel momento detrás de unos mimbres, a poca distancia de la ramblilla, y el cual exclamó para su capote, o más bien para su capa de grana:

—¡Guarda, Pablo! ¡Por allí viene Garduña! . . . Es menester que no me vea . . .

Era el tío Lucas vestido de Corregidor, que se dirigía a la ciudad, repitiendo de vez en cuando su diabólica frase:

—¡También la Corregidora es guapa!

Pasó Garduña sin verlo, y el falso Corregidor dejó su escondite y penetró en la población . . .

Poco después llegaba el Alguacil al molino, según dejamos indicado.

XXVI: Reacción

El Corregidor seguía en la cama, tal y como acababa de verlo el tío Lucas por el ojo de la llave.

—¡Qué bien sudo, Garduña! ¡Me he salvado de una enfermedad!

"A woman didn't come through these doors a while ago?"

"No one has showed up here all night. . . ."

"Well, don't let anyone in, no matter who they are or what they say. Do just the opposite! Lay hands on even the morning star if it comes asking for our master or mistress, and throw it in jail."

"It seems that tonight you're after birds that need careful handling," remarked one of the policemen.

"Big game!" added another.

"The biggest!" replied Garduña solemnly. "Ask yourself whether the hunt is a tricky one, when the magistrate and I are beating the bushes with our own hands! And so . . . see you later. Good hunting, and keep your eyes open!"

"Go with God, Mr. Bastián," everyone replied by way of farewell.

"My good-luck star is in eclipse!" he muttered as he left the magistrate's residence. "Even women can fool me! The miller's wife was headed for the village to find her husband, instead of coming to town. . . . Poor Garduña! What's happened to your keen nose?"

Discoursing in these terms, he returned toward the mill.

The constable was right when he regretted losing the keen sense of smell he formerly possessed, because he failed to scent a man who was hiding at that very moment behind some osiers, a little way from the gully, a man who exclaimed to himself—or, rather, muttered into his scarlet cape:[32]

"Watch out! Here comes Garduña! . . . He mustn't see me. . . ."

It was "Uncle" Lucas, dressed as the magistrate, on the way to town, and repeating every once in a while his diabolical sentence:

"The magistrate's wife is pretty, too!"

Garduña passed by without seeing him, and the mock-magistrate left his hiding place and entered the town. . . .

Shortly afterward, the constable reached the mill, as we have already reported.

XXVI: Reaction

The magistrate was still in bed, just as he had been when "Uncle" Lucas saw him through the keyhole a little earlier.

"What a good sweat I'm having, Garduña! I've escaped falling ill!"

---

32. An untranslatable word play. The Spanish phrase rendered here as "to himself" means literally "to his big cape."

—exclamó tan luego como penetró el alguacil en la estancia—. ¿Y la
señá Frasquita? ¿Has dado con ella? ¿Viene contigo? ¿Ha hablado con
la señora?

—La Molinera, señor —respondió Garduña con angustiado
acento—, me engañó como a un pobre hombre; pues no se fue a la
ciudad, sino al pueblecillo . . . en busca de su esposo. Perdone usía la
torpeza . . .

—¡Mejor! ¡Mejor! —dijo el madrileño, con los ojos chispeantes de
maldad—. ¡Todo se ha salvado entonces! Antes de que amanezca estarán caminando para las cárceles de la Inquisición, atados codo con
codo, el tío Lucas y la señá Frasquita, y allí se pudrirán sin tener a
quién contarle sus aventuras de esta noche. Tráeme la ropa, Garduña,
que ya estará seca . . . ¡Tráemela y vísteme! ¡El amante se va a con-
vertir en Corregidor! . . .

Garduña bajó a la cocina por la ropa.

. . . .

XXVII: ¡Favor al Rey!

Entretanto, la señá Frasquita, el señor Juan López y Toñuelo avanza-
ban hacia el molino, al cual llegaron pocos minutos después.

—¡Yo entraré delante! —exclamó el alcalde de monterilla—. ¡Para
algo soy la autoridad! Sígueme, Toñuelo, y usted, señá Frasquita, es-
pérese a la puerta hasta que yo la llame.

Penetró, pues, el señor Juan López bajo la parra, donde vio a la luz
de la luna un hombre casi jorobado, vestido como solía el Molinero,
con chupetín y calzón de paño pardo, faja negra, medias azules, montera murciana de felpa, y el capote de monte al hombro.

—¡Él es! —gritó el Alcalde—. ¡Favor al Rey! ¡Entréguese usted, tío
Lucas!

El hombre de la montera intentó meterse en el molino.

—¡Date! —gritó a su vez Toñuelo, saltando sobre él, cogiéndolo por
el pescuezo, aplicándole una rodilla al espinazo y haciéndole rodar por
tierra.

Al mismo tiempo, otra especie de fiera saltó sobre Toñuelo, y aga-
rrándolo de la cintura, lo tiró sobre el empedrado y principió a darle
de bofetones.

Era la señá Frasquita, que exclamaba:

—¡Tunante! ¡Deja a mi Lucas!

Pero, en esto, otra persona, que había aparecido llevando del

he exclaimed as soon as the constable entered the room. "And Mis' Frasquita? Did you catch up with her? Is she with you? Did she talk to my wife?"

"Sir," the constable replied, with anxiety in his voice, "the miller's wife fooled me like any simpleton: she didn't go to town, but to the village . . . to find her husband. Please excuse my clumsiness. . . ."

"All to the good! All to the good!" said the man from Madrid, his eyes sparkling with malice. "In that case, everything is saved! Before morning they'll be on their way to the dungeons of the Inquisition, tied elbow to elbow, our fine 'Uncle' Lucas and Mis' Frasquita, and there they'll rot without anyone to hear the adventures they had tonight. Bring me my clothes, Garduña; they must be dry by now. . . . Bring them and dress me! The lover is going to turn back into the magistrate!"

Garduña went down to the kitchen to get the clothes.

. . . .

XXVII: In the Name of the King!

Meanwhile, Mis' Frasquita, Mr. Juan López, and Toñuelo were proceeding toward the mill, which they reached a few minutes later.

"I'll go in first!" the rural mayor exclaimed. "After all, I'm the authority! Come with me, Toñuelo, and you, Mis' Frasquita, wait at the door until I call you."

So then Mr. Juan López walked under the arbor, where by the light of the moon he saw a man who was practically hunchbacked, dressed in the miller's usual fashion, with jerkin and breeches of brown wool, a black sash, blue stockings, a Murcian felt cap, and a rural cape over his shoulder.

"It's him!" the mayor shouted. "In the name of the king! Give yourself up, 'Uncle' Lucas!"

The man in the cap tried to get into the mill.

"Surrender!" Toñuelo shouted in turn, pouncing on him, seizing him by the neck, jamming a knee in his back, and making him roll on the ground.

At the same time a wild beast of another species leaped on top of Toñuelo and, clutching him by the belt, dragged him across the pavement and started slapping him.

It was Mis' Frasquita, who was exclaiming:

"Miserable crook! Let go of my Lucas!"

But at that moment another person, who had showed up leading a

diestro una borrica, metióse resueltamente entre los dos, y trató de salvar a Toñuelo . . .

Era Garduña, que, tomando al alguacil del lugar por don Eugenio de Zúñiga, le decía a la Molinera:

—¡Señora, respete usted a mi amo!

Y la derribó de espaldas sobre el lugareño.

La señá Frasquita, viéndose entre dos fuegos, descargó entonces a Garduña tal revés en medio del estómago, que le hizo caer de boca tan largo como era.

Y, con él, ya eran cuatro las personas que rodaban por el suelo.

El señor Juan López impedía entretanto levantarse al supuesto tío Lucas, teniéndole plantado un pie sobre los riñones.

—¡Garduña! ¡Socorro! ¡Favor al Rey! ¡Yo soy el Corregidor! —gritó al fin don Eugenio, sintiendo que la pezuña del Alcalde, calzada con albarca de piel de toro, lo reventaba materialmente.

—¡El Corregidor! ¡Pues es verdad! dijo el señor Juan López, lleno de asombro . . .

—¡El Corregidor! —repitieron todos.

Y pronto estuvieron de pie los cuatro derribados.

—¡Todo el mundo a la cárcel! —exclamó don Eugenio de Zúñiga—. ¡Todo el mundo a la horca!

—Pero, señor . . . —observó el señor Juan López, poniéndose de rodillas—. ¡Perdone usía que lo haya maltratado! ¿Cómo había de conocer a usía con esa ropa tan ordinaria?

—¡Bárbaro! —replicó el Corregidor—. ¡Alguna había de ponerme! ¿No sabes que me han robado la mía? ¿No sabes que una compañía de ladrones, mandada por el tío Lucas . . . ?

—¡Miente usted! —gritó la navarra.

—Escúcheme usted, señá Frasquita —le dijo Garduña, llamándola aparte—. Con permiso del señor Corregidor y la compaña . . . ¡Si usted no arregla esto, nos van a ahorcar a todos, empezando por el tío Lucas! . . .

—Pues ¿qué ocurre? —preguntó la señá Frasquita.

—Que el tío Lucas anda a estas horas por la ciudad vestido de Corregidor . . . , y que Dios sabe si habrá llegado con su disfraz hasta el propio dormitorio de la Corregidora.

Y el alguacil le refirió en cuatro palabras todo lo que ya sabemos.

—¡Jesús! —exclamó la Molinera—. ¡Conque mi marido me cree deshonrada! ¡Conque ha ido a la ciudad a vengarse! ¡Vamos, vamos a la ciudad, y justificadme a los ojos de mi Lucas!

—¡Vamos a la ciudad, e impidamos que ese hombre hable con mi

burro by the halter, thrust himself between the two resolutely, and tried to save Toñuelo. . . .

It was Garduña, who, taking the village constable for Don Eugenio de Zúñiga, was saying to the miller's wife:

"Madam, show some respect to my master!"

And he threw her down on her back on top of the villager.

Mis' Frasquita, finding herself caught between two fires, then dealt Garduña such a backhand blow in the middle of the stomach that he fell face down, big as he was.

Counting him, there were now four people rolling on the ground.

Meanwhile, Mr. Juan López was preventing the man he thought was "Uncle" Lucas from getting up, keeping one foot planted on his kidneys.

"Garduña! Help! In the name of the king! I'm the magistrate!" Don Eugenio finally shouted, finding that the mayor's hoof, shod in a bull-skin sandal, was literally making him burst.

"The magistrate! So it's true!" said Mr. Juan López, taken by surprise. . . .

"The magistrate!" they all repeated.

And the four toppled people were quickly on their feet.

"Everybody to jail!" exclaimed Don Eugenio de Zúñiga. "Everyone to the gallows!"

"But, sir . . . ," Mr. Juan López remarked, falling to his knees. "Forgive me for manhandling you! How was I to recognize you in those common clothes?"

"Barbarian!" the magistrate rejoined. "I had to put on something! Don't you know that mine have been stolen? Don't you know that a gang of robbers, led by 'Uncle' Lucas—"

"That's a lie!" shouted the woman from Navarre.

"Listen here, Mis' Frasquita," said Garduña, calling her to one side. "By leave of the magistrate and the whole company . . . If you don't settle this, we'll all be hanged, starting with 'Uncle' Lucas!"

"But what's going on?" Mis' Frasquita asked.

"The point is that at this very moment 'Uncle' Lucas is going around town dressed as the magistrate . . . and God only knows whether he's gotten to the magistrate's wife's own bedroom in his disguise."

And the constable told her briefly everything we already know.

"Jesus!" exclaimed the miller's wife. "So my husband thinks I've been dishonored! So he's gone to town to take revenge! Let's go, let's go to the city and clear me in my Lucas's eyes!"

"Let's go to the city and keep that man from talking to my wife and

mujer y le cuente todas las majaderías que se haya figurado! —dijo el Corregidor, arrimándose a una de las burras—. Deme usted un pie para montar, señor Alcalde.

—Vamos a la ciudad, sí . . . —añadió Garduña—; ¡y quiera el cielo, señor Corregidor, que el tío Lucas, amparado por su vestimenta, se haya contentado con hablarle a la señora!

—¿Qué dices, desgraciado? —prorrumpió don Eugenio de Zúñiga—. ¿Crees tú a ese villano capaz? . . .

—¡De todo! —contestó la señá Frasquita.

XXVIII: ¡Ave María purísima! ¡Las doce y media y sereno!

Así gritaba por las calles de la ciudad quien tenía facultades para tanto, cuando la Molinera y el Corregidor, cada cual en una de las burras del molino, el señor Juan López en su mula, y los dos alguaciles andando, llegaron a la puerta del Corregimiento.

La puerta estaba cerrada.

Dijérase que para el Gobierno, lo mismo que para los gobernados, había concluido todo por aquel día.

—¡Malo! —pensó Garduña.

Y llamó con el aldabón dos o tres veces.

Pasó mucho tiempo, y ni abrieron ni contestaron.

La señá Frasquita estaba más amarilla que la cera.

El Corregidor se había comido ya todas las uñas de ambas manos.

Nadie decía una palabra.

¡Pum! . . . ¡Pum! . . . ¡Pum! . . . , golpes y más golpes a la puerta del Corregimiento (aplicados sucesivamente por los dos alguaciles y por el señor Juan López) . . . ¡Y nada! ¡No respondía nadie! ¡No abrían! ¡No se movía una mosca!

Sólo se oía el claro rumor de los caños de una fuente que había en el patio de la casa.

Y de esta manera transcurrían minutos, largos como eternidades.

Al fin, cerca de la una, abrióse un ventanillo del piso segundo, y dijo una voz femenina:

—¿Quién?

—Es la voz del ama de leche . . . —murmuró Garduña.

—¡Yo! —respondió don Eugenio de Zúñiga—. ¡Abrid!

Pasó un instante de silencio.

—¿Y quién es usted? —replicó luego la nodriza.

—¿Pues no me está usted oyendo? ¡Soy el amo! . . . ¡El Corregidor! . . .

telling her all the nonsense he may have imagined!" said the magistrate, drawing up to one of the burros. "Give me a leg up so I can ride, mayor."

"Let's go to the city, yes . . . ," added Garduña, "and may Heaven grant that 'Uncle' Lucas, with the advantage of that attire, has been satisfied with just talking with your wife!"

"What are you saying, wretch?" Don Eugenio de Zúñiga burst out. "Do you think that that boor is capable—"

"Of anything!" replied Mis' Frasquita.

XXVIII: Hail Mary the Immaculate! Twelve-Thirty and All's Well!

That's what was being shouted in the city streets by the man whose job it was to do so when the miller's wife and the magistrate, each of them riding a burro from the mill, Mr. Juan López on his mule, and the two constables on foot, reached the door to the magistrate's residence.

The door was locked.

You'd have said that, for the government as well as for the governed, that day was all over.

"A bad sign!" Garduña thought.

And he wielded the knocker two or three times.

Much time passed, but no one opened or replied.

Mis' Frasquita was yellower than wax.

The magistrate had already chewed off all the nails on both hands.

No one said a word.

Bang! . . . Bang! . . . Bang! . . . Knocks and more knocks at the door to the magistrate's residence (dealt in succession by the two constables and Mr. Juan López). . . . But nothing! No one answered! No one opened! Not even a fly was stirring!

All that was heard was the bright sound from the jets of a fountain located in the patio of the house.

And minutes as long as eternities went by in that fashion.

Finally, around one o'clock, a small window on the second floor opened, and a woman's voice said:

"Who is it?"

"That's the nurse's voice . . . ," Garduña murmured.

"It's I!" replied Don Eugenio de Zúñiga. "Open up!"

A moment of silence went by.

"And who are you?" the nurse then retorted.

"Can't you hear me, then? I'm your master! . . . The magistrate! . . ."

Hubo otra pausa.

—¡Vaya usted mucho con Dios! —repuso la buena mujer—. Mi amo vino hace una hora, y se acostó en seguida. ¡Acuéstense ustedes también, y duerman el vino que tendrán en el cuerpo!

Y la ventana se cerró de golpe.

La señá Frasquita se cubrió el rostro con las manos.

—¡Ama! —tronó el Corregidor, fuera de sí—. ¿No oye usted que le digo que abra la puerta? ¿No oye usted que soy yo? ¿Quiere usted que la ahorque también?

La ventana volvió a abrirse.

—Pero vamos a ver . . . —expuso el ama—. ¿Quién es usted para dar esos gritos?

—¡Soy el Corregidor!

—¡Dale, bola! ¿No le digo a usted que el señor Corregidor vino antes de las doce . . . , y que yo lo vi con mis propios ojos encerrarse en las habitaciones de la señora? ¿Se quiere usted divertir conmigo? ¡Pues espere usted . . . , y verá lo que le pasa!

Al mismo tiempo se abrió repentinamente la puerta y una nube de criados y ministriles, provistos de sendos garrotes, se lanzó sobre los de afuera, exclamando furiosamente:

—¡A ver! ¿Dónde está ese que dice que es el Corregidor? ¿Dónde está ese chusco? ¿Dónde está ese borracho?

Y se armó un lío de todos los demonios en medio de la oscuridad, sin que nadie pudiera entenderse, y no dejando de recibir algunos palos el Corregidor, Garduña, el señor Juan López y Toñuelo.

Era la segunda paliza que le costaba a don Eugenio su aventura de aquella noche, además del remojón que se dio en el caz del molino.

La señá Frasquita, apartada de aquel laberinto, lloraba por la primera vez de su vida . . .

—¡Lucas! ¡Lucas! —decía—. ¡Y has podido dudar de mí! ¡Y has podido estrechar en tus brazos a otra! ¡Ah! ¡Nuestra desventura no tiene ya remedio!

XXIX: *Post nubila . . . diana*

—¿Qué escándalo es éste? —dijo al fin una voz tranquila, majestuosa y de gracioso timbre, resonando encima de aquella baraúnda.

There was another pause.

"Be so good as to go away!" the good woman replied. "My master got home an hour ago, and went right to bed. Why don't all of you go to bed, too, and sleep off the wine you must have in you!"

And the window slammed shut.

Mis' Frasquita hid her face in her hands.

"Nurse!" thundered the magistrate, beside himself. "Don't you hear me telling you to open the door? Don't you hear that it's me? Do you want me to hang you, too?"

The window opened again.

"Well, let's see . . . ," the nurse said. "Who are you to be shouting like that?"

"I'm the magistrate!"

"Oh, come off it! Didn't I tell you the magistrate arrived before twelve . . . , and I saw him with my own eyes locking himself in my lady's apartment? Do you want to play games with me? Just wait . . . and you'll see what you get!"

At the same time the door suddenly opened, and a throng of servants and minor officials, armed with a cudgel apiece, hurled themselves onto those outside, exclaiming furiously:

"All right! Where's the one calling himself the magistrate? Where is that joker? Where is that drunk?"

And pandemonium broke loose in the darkness. No one could make himself understood, and the magistrate, Garduña, Mr. Juan López, and Toñuelo couldn't avoid being struck a few times.

That was the second drubbing that Don Eugenio's adventure of that night had cost him, not to mention the soaking he got in the millrace.

Mis' Frasquita, who had stood on one side, away from that tangle, was weeping for the first time in her life. . . .

"Lucas! Lucas!" she was saying. "You were able to doubt me! You were able to take another woman in your arms! Oh! Our misfortune is now beyond help!"

XXIX: *Post nubila . . . diana*[33]

"What's this uproar?" a voice finally said—calm, majestic, of a gracious timbre—making itself heard above that hubbub.

---

33. Latin for: "After cloudy weather . . . clear skies."

Todos levantaron la cabeza, y vieron a una mujer vestida de negro asomada al balcón principal del edificio.

—¡La señora! —dijeron los criados, suspendiendo la retreta de palos.

—¡Mi mujer! —tartamudeó don Eugenio.

—Que pasen esos rústicos . . . El señor Corregidor dice que lo permite . . . —agregó la Corregidora.

Los criados cedieron paso, y el de Zúñiga y sus acompañantes penetraron en el portal y tomaron por la escalera arriba.

Ningún reo ha subido al patíbulo con paso tan inseguro y semblante tan demudado como el Corregidor subía las escaleras de su casa. Sin embargo, la idea de su deshonra principiaba ya a descollar, con noble egoísmo, por encima de todos los infortunios que había causado y que lo afligían y sobre las demás ridiculeces de la situación en que se hallaba . . .

—¡Antes que todo —iba pensando—, soy un Zúñiga y un Ponce de León! . . . ¡Ay de aquellos que lo hayan echado en olvido! ¡Ay de mi mujer, si ha mancillado mi nombre!

XXX: Una señora de clase

La Corregidora recibió a su esposo y a la rústica comitiva en el salón principal del Corregimiento.

Estaba sola, de pie y con los ojos clavados en la puerta.

Érase una principalísima dama, bastante joven todavía, de plácida y severa hermosura, más propia del pincel cristiano que del cincel gentílico y estaba vestida con toda la nobleza y seriedad que consentía el gusto de la época. Su traje, de corta y estrecha falda y mangas huecas y subidas, era de alepín negro: una pañoleta de blonda blanca, algo amarillenta, velaba sus admirables hombros, y larguísimos maniquetes o mitones de tul negro cubrían la mayor parte de sus alabastrinos brazos. Abanicábase majestuosamente con un pericón enorme, traído de las islas Filipinas, y empuñaba con la otra mano un pañuelo de encaje, cuyos cuatro picos colgaban simétricamente con una regularidad sólo comparable a la de su actitud y menores movimientos.

Aquella hermosa mujer tenía algo de reina y mucho de abadesa, e infundía por ende veneración y miedo a cuantos la miraban. Por lo demás, el atildamiento de su traje a semejante hora, la gravedad de su continente y las muchas luces que alumbraban el salón, demostraban que la Corregidora se había esmerado en dar a aquella escena una

They all raised their heads and saw a woman dressed in black look-ing down from the building's main balcony.

"The mistress!" the servants said, halting the shower of blows.

"My wife!" stammered Don Eugenio.

"Let those country folk in. . . . The magistrate says he allows it . . . ," the magistrate's wife added.

The servants made way, and De Zúñiga and his party stepped into the entranceway and headed up the stairs.

No criminal ever mounted the gallows with such unsteady steps and such a distorted face as the magistrate's when he climbed the stairs in his own home. Nevertheless, the thought that he had been dishon-ored was now beginning to take precedence, with a nobleman's ego-tism, over all the other misfortunes he had occasioned and all the other ludicrous aspects of the situation in which he found himself. . . .

"Before all else," he was thinking, "I am a Zúñiga and a Ponce de León! . . . Woe to those who have forgotten it! Woe to my wife if she has tarnished my name!"

XXX: A Woman with Class

The magistrate's wife received her husband and the group of rustics in the main parlor of the residence.

She was alone, standing with her eyes glued to the door.

She was a really distinguished lady, still quite young, of a calm, aus-tere beauty better suited to a Christian painter's brush than to a pagan sculptor's chisel. She was dressed with all the nobility and gravity that the taste of her era allowed. Her dress, with its short, tight skirt and high, puffy sleeves, was of the finest black wool. A fichu of white Spanish lace, with a slight yellow tinge, veiled her handsome shoul-ders, and very long open-fingered gloves or mittens of black tulle cov-ered the greater part of her alabaster arms. She was fanning herself majestically with a huge fan that had been brought from the Philippines; in her other hand she held a lace handkerchief, the four corners of which hung down symmetrically with a regularity to which only her pose and her slightest movements could be compared.

That beautiful woman had something of a queen about her, and a great deal of an abbess, and therefore inspired veneration and fear in all who saw her. Besides that, the elegance of her attire at that time of night, the gravity of her bearing, and the many lamps that lit up the parlor showed that the magistrate's wife had taken special care to lend

solemnidad teatral y un tinte ceremonioso que contrastasen con el carácter villano y grosero de la aventura de su marido.

Advertiremos, finalmente, que aquella señora se llamaba doña Mercedes Carrillo de Albornoz y Espinosa de los Monteros, y que era hija, nieta, biznieta, tataranieta y hasta vigésima nieta de la ciudad, como descendiente de sus ilustres conquistadores. Su familia, por razones de vanidad mundana, la había inducido a casarse con el viejo y acaudalado Corregidor, y ella, que de otro modo hubiera sido monja, pues su vocación natural la iba llevando al claustro, consintió en aquel doloroso sacrificio.

A la sazón tenía ya dos vástagos del arriscado madrileño, y aún se susurraba que había otra vez moros en la costa . . .

Con que volvamos a nuestro cuento.

XXXI: La pena del Talión

—¡Mercedes! —exclamó el Corregidor al comparecer delante de su esposa—. Necesito saber inmediatamente . . .

—¡Hola, tío Lucas! ¿Usted por aquí? —díjole la Corregidora, interrumpiéndole—. ¿Ocurre alguna desgracia en el molino?

—¡Señora, no estoy para chanzas! —repuso el Corregidor hecho una fiera—. Antes de entrar en explicaciones por mi parte, necesito saber qué ha sido de mi honor . . .

—¡Ésa no es cuenta mía! ¿Acaso me lo ha dejado usted a mí en depósito?

—Sí, señora . . . ¡A usted! —replicó don Eugenio—. ¡Las mujeres son las depositarias del honor de sus maridos!

—Pues entonces, mi querido tío Lucas, pregúntele usted a su mujer . . . Precisamente nos está escuchando.

La señá Frasquita, que se había quedado a la puerta del salón, lanzó una especie de rugido.

—Pase usted, señora, y siéntese . . . —añadió la Corregidora, dirigiéndose a la Molinera con dignidad soberana.

Y, por su parte, encaminóse al sofá.

La generosa navarra supo comprender, desde luego, toda la grandeza de la actitud de aquella esposa injuriada . . . , e injuriada acaso doblemente . . . Así es que, alzándose en el acto a igual altura, dominó sus naturales ímpetus, y guardó un silencio decoroso. Esto sin

that scene a theatrical solemnity and a ceremonious air that would contrast with the boorish and vulgar nature of her husband's escapade.

Finally, we shall remark that this lady was named Doña Mercedes Carrillo de Albornoz y Espinosa de los Monteros, and that she was the daughter, granddaughter, great-granddaughter, great-great-granddaughter, and in fact the twentieth descendant in the line of that town's nobility, her ancestors having been its illustrious conquerors from the Moors. For reasons of social vanity, her family had persuaded her to marry the wealthy old magistrate, and she, who otherwise would have become a nun, because her natural calling was leading her to the convent, consented to that painful sacrifice.

At the time of the story she already had two offspring by the reckless man from Madrid, and it was even whispered that once again "Moors had been spotted on the coast. . . ."

With that, let's get back to our story.

XXXI: An Eye for an Eye

"Mercedes!" exclaimed the magistrate as he appeared before his wife. "I must know at once—"

"Hello, 'Uncle' Lucas! You here?" the magistrate's wife said, interrupting him. "Has anything bad happened at the mill?"

"Madam, I'm in no mood for jokes!" replied the magistrate, wild with rage. "Before going into explanations on my side, I need to know what has become of my honor. . . ."

"That's none of my business! Did you perhaps leave it in safekeeping with me?"

"Yes, madam. . . . With you!" retorted Don Eugenio. "Women are the guardians of their husbands' honor!"

"In that case, dear 'Uncle' Lucas, ask your own wife about it. . . . There she is, listening to us."

Mis' Frasquita, who had remained at the door to the parlor, emitted a kind of roar.

"Come in, ma'am, and take a seat . . . ," the magistrate's wife added, addressing the miller's wife with sovereign dignity.

And she herself walked over to the sofa.

The high-minded woman from Navarre was able to understand at once all the grandeur in the bearing of that injured wife, who was perhaps injured twice over. And so, immediately raising herself to the same level, she conquered her natural impulses and maintained a

contar con que la señá Frasquita, segura de su inocencia y de su fuerza, no tenía prisa de defenderse: teníala, sí, de acusar, y mucha . . . , pero no ciertamente a la Corregidora. ¡Con quien ella deseaba ajustar cuentas eran con el tío Lucas . . . , y el tío Lucas no estaba allí!

—Señá Frasquita . . . —repitió la noble dama, al ver que la Molinera no se había movido de su sitio—: le he dicho a usted que puede pasar y sentarse.

Esta segunda indicación fue hecha con voz más afectuosa y sentida que la primera . . . Dijérase que la Corregidora había adivinado también por instinto, al fijarse en el reposado continente y en la varonil hermosura de aquella mujer, que no iba a habérselas con un ser bajo y despreciable, sino quizás más bien con otra infortunada como ella; ¡infortunada, sí, por el solo hecho de haber conocido al Corregidor!

Cruzaron, pues, sendas miradas de paz y de indulgencia aquellas dos mujeres que se consideraban dos veces rivales, y notaron con gran sorpresa que sus almas se aplacieron la una en la otra, como dos hermanas que se reconocen.

No de otro modo se divisan y saludan a lo lejos las castas nieves de las encumbradas montañas.

Saboreando estas dulces emociones, la Molinera entró majestuosamente en el salón, y se sentó en el filo de una silla.

A su paso por el molino, previendo que en la ciudad tendría que hacer visitas de importancia, se había arreglado un poco y puéstose una mantilla de franela negra, con grandes felpones, que le sentaba divinamente. Parecía toda una señora.

Por lo que toca al Corregidor, dicho se está que había guardado silencio durante aquel episodio. El rugido de la señá Frasquita y su aparición en la escena no habían podido menos de sobresaltarlo. ¡Aquella mujer le causaba ya más terror que la suya propia!

—Conque vamos, tío Lucas . . . —prosiguió doña Mercedes, dirigiéndose a su marido—. Ahí tiene usted a la señá Frasquita . . . . ¡Puede usted volver a formular su demanda! ¡Puede usted preguntarle aquello de su honra!

—Mercedes, ¡por los clavos de Cristo! —gritó el Corregidor—. ¡Mira que tú no sabes de lo que soy capaz! ¡Nuevamente te conjuro a que dejes la broma y me digas todo lo que ha pasado aquí durante mi ausencia! ¿Dónde está ese hombre?

—¿Quién? ¿Mi marido? . . . Mi marido se está levantando, y ya no puede tardar en venir.

—¡Levantándose! —bramó don Eugenio.

—¿Se asombra usted? ¿Pues dónde quería usted que estuviese a

dignified silence. In addition, Mis' Frasquita, fully conscious of her own innocence and strength, was in no hurry to defend herself; she *was* in a hurry, and a big hurry, to make accusations . . . but certainly not against the magistrate's wife. The one she wanted to settle accounts with was "Uncle" Lucas . . . and "Uncle" Lucas wasn't there!

"Mis' Frasquita," the noble lady repeated when she saw that the miller's wife hadn't budged from the spot, "I've said that you may come in and sit down."

That second notice was given in a more affectionate and tender tone of voice than the first. . . . It was as if the magistrate's wife had also guessed instinctively, upon noting that woman's grave countenance and vigorous beauty, that she wasn't going to be dealing with a low, contemptible creature, but perhaps, instead, with another woman as unhappy as herself— yes, unhappy for no other reason than having met the magistrate.

And so they exchanged glances of peace and indulgence, those two women who considered themselves doubly rivals, and to their great surprise they noticed that their souls took pleasure in each other, like two sisters recognizing each other.

In that very manner do the chaste snows of the lofty mountains catch sight of one another and greet one another from afar.

Tasting these sweet emotions, the miller's wife entered the parlor majestically and sat down on the edge of a chair.

During her last stop at the mill, foreseeing that she would have to make important calls in town, she had tidied herself up a little and had put on a black flannel mantilla with big felt pompoms, which became her extremely well. She looked quite the lady.

As for the magistrate, it's already been said that he had kept silent during that episode. Mis' Frasquita's roar and her appearance on the scene had certainly startled him. He was by now more terrified of that woman than of his own wife!

"And so, let's see, 'Uncle' Lucas . . . ," Doña Mercedes continued, addressing her husband. "Here is Mis' Frasquita. . . . You can ask your question again! You can ask her about your honor!"

"Mercedes, by Christ's Passion!" the magistrate shouted. "You don't know what I'm capable of! Once more I order you to stop joking and tell me everything that happened here while I was away! Where is that man?"

"Who? My husband? . . . My husband is getting up, and it won't be long now before he comes in here."

"Getting up!" Don Eugenio bellowed.

"Are you surprised? Where did you expect a respectable man to be

estas horas un hombre de bien sino en su casa, en su cama y durmiendo con su legítima consorte, como manda Dios?

—¡Merceditas! ¡Ve lo que te dices! ¡Repara en que nos están oyendo! ¡Repara en que soy el Corregidor! . . .

—¡A mí no me dé usted voces, tío Lucas, o mandaré a los alguaciles que lo lleven a la cárcel! —replicó la Corregidora, poniéndose de pie.

—¡Yo a la cárcel! ¡Yo! ¡El Corregidor de la ciudad!

—El Corregidor de la ciudad, el representante de la Justicia, el apoderado del Rey —repuso la gran señora con una severidad y una energía que ahogaron la voz del fingido Molinero— llegó a su casa a la hora debida, a descansar de las nobles tareas de su oficio, para seguir mañana amparando la honra y la vida de los ciudadanos, la santidad del hogar y el recato de las mujeres, impidiendo de este modo que nadie pueda entrar, disfrazado de Corregidor ni de ninguna otra cosa, en la alcoba de la mujer ajena; que nadie pueda sorprender a la virtud en su descuidado reposo; que nadie pueda abusar de su casto sueño . . .

—¡Merceditas! ¿Qué es lo que profieres? —silbó el Corregidor con labios y encías—. ¡Si es verdad que ha pasado eso en mi casa, diré que eres una pícara, una pérfida, una licenciosa!

—¿Con quién habla este hombre? —prorrumpió la Corregidora desdeñosamente y pasando la vista por todos los circunstantes—. ¿Quién es este loco? ¿Quién es este ebrio? . . . ¡Ni siquiera puedo ya creer que sea un honrado molinero como el tío Lucas, a pesar de que viste su traje de villano! Señor Juan López, créame usted —continuó, encarándose con el alcalde de monterilla, que estaba aterrado—: mi marido, el Corregidor de la ciudad, llegó a esta su casa hace dos horas, con su sombrero de tres picos, su capa de grana, su espadín de caballero y su bastón de autoridad . . . Los criados y alguaciles que me escuchan se levantaron, y lo saludaron al verlo pasar por el portal, por la escalera y por el recibimiento. Cerráronse en seguida todas las puertas, y desde entonces no ha penetrado nadie en mi hogar hasta que llegaron ustedes. ¿Es esto cierto? Responded vosotros . . .

—¡Es verdad! ¡Es muy verdad! —contestaron la nodriza, los domésticos y los ministriles; todos los cuales, agrupados a la puerta del salón, presenciaban aquella singular escena.

—¡Fuera de aquí todo el mundo! —gritó don Eugenio, echando espumarajos de rabia—. ¡Garduña! ¡Garduña! ¡Ven y prende a estos viles que me están faltando al respeto! ¡Todos a la cárcel! ¡Todos a la horca!

Garduña no aparecía por ningún lado.

at this time of night except at home, in bed, and sleeping with his lawful spouse, as God commands?"

"Merceditas! Watch what you're saying! Remember people are listening! Remember I'm the magistrate!"

"Don't shout at *me*, 'Uncle' Lucas, or I'll order the constables to throw you in jail!" retorted the magistrate's wife, standing up.

"I, in jail! I! The city magistrate!"

"The city magistrate, the representative of the law, the agent of the king," replied the great lady with a severity and energy that drowned out the voice of the man dressed as a miller, "returned home at the proper time to relax from the noble tasks of his station, so that tomorrow he can continue to protect the honor and life of the citizens, the sanctity of the hearth, and the modesty of women, in order that no one can disguise himself as the magistrate or anything else and enter the bedroom of someone else's wife; so that no one can make a surprise attack on a woman's virtue when it is resting free of cares, or abuse her chaste slumber. . . ."

"Merceditas! What are you saying?" the magistrate whistled with his lips and gums. "If this man really has come into my house, I'll say that you're a tramp, an unfaithful wife, and a loose woman!"

"To whom is this man speaking?" the magistrate's wife burst out disdainfully and looking at each one present in turn. "Who is this madman? Who is this drunkard? . . . I can hardly believe he's a respected miller like 'Uncle' Lucas, even though he's wearing the miller's rustic clothes! Mr. Juan López, believe me," she continued, turning to face the rural mayor, who was horror-stricken, "my husband, the city magistrate, arrived in this house two hours ago, with his three-cornered hat, his scarlet cape, his knightly sword, and his staff of office. . . . The servants and constables who are now listening to me stood up and saluted him when they saw him come through the entranceway, up the stairs, and into the reception room. Immediately, all the doors were locked, and since then no one entered my home until your party arrived. Is that correct? Answer, all of you. . . ."

"It's true! It's perfectly true!" answered the nurse, the servants, and the minor officials, all of whom, clustered at the door to the parlor, were present at that unusual scene.

"Out of here, everyone!" shouted Don Eugenio, foaming at the mouth with rage. "Garduña! Garduña! Come and arrest these lowlifes who are lacking in respect to me! All of them in jail! All of them to the gallows!"

Garduña was nowhere to be seen.

—Además, señor . . . —continuó doña Mercedes, cambiando de tono y dignándose ya mirar a su marido y tratarle como a tal, temerosa de que las chanzas llegaran a irremediables extremos—. Supongamos que usted es mi esposo . . . Supongamos que usted es don Eugenio de Zúñiga y Ponce de León . . .

—¡Lo soy!

—Supongamos, además, que me cupiese alguna culpa en haber tomado por usted al hombre que penetró en mi alcoba vestido de Corregidor . . .

—¡Infames! —gritó el viejo, echando mano a la espada, y encontrándose sólo con el sitio, o sea con la faja del molinero murciano.

La navarra se tapó el rostro con un lado de la mantilla para ocultar las llamaradas de sus celos.

—Supongamos todo lo que usted quiera . . . —continuó doña Mercedes con una impasibilidad inexplicable—. Pero dígame usted ahora, señor mío: ¿Tendría usted derecho a quejarse? ¿Podría usted acusarme como fiscal? ¿Podría usted sentenciarme como juez? ¿Viene usted acaso del sermón? ¿Viene usted de confesar? ¿Viene usted de oír misa? ¿O de dónde viene usted con ese traje? ¿De dónde viene usted con esa señora? ¿Dónde ha pasado usted la mitad de la noche?

—Con permiso . . . —exclamó la señá Frasquita, poniéndose de pie como empujada por un resorte y atravesándose arrogantemente entre la Corregidora y su marido.

Éste, que iba a hablar, se quedó con la boca abierta al ver que la navarra entraba en fuego.

Pero doña Mercedes se anticipó, y dijo:

—Señora, no se fatigue usted en darme a mí explicaciones . . . ¡Yo no se las pido a usted, ni mucho menos! Allí viene quien puede pedírselas a justo título . . . ¡Entiéndase usted con él!

Al mismo tiempo se abrió la puerta de un gabinete y apareció en ella el tío Lucas, vestido de Corregidor de pies a cabeza, y con bastón, guantes y espadín como si se presentase en las Salas de Cabildo.

XXXII: La fe mueve las montañas

—Tengan ustedes muy buenas noches —pronunció el recién llegado, quitándose el sombrero de tres picos, y hablando con la boca sumida, como solía don Eugenio de Zúñiga.

En seguida se adelantó por el salón, balanceándose en todos sentidos, y fue a besar la mano de la Corregidora.

"Furthermore, sir," Doña Mercedes continued, changing her tone and now deigning to look at her husband and treat him as such, in fear that the jokes might lead to extremes beyond anyone's control, "let's suppose you *are* my husband. . . . Let's suppose you're Don Eugenio de Zúñiga y Ponce de León. . . ."

"I am!"

"Let's suppose further that I am somewhat at fault for having mistaken for you the man who entered my bedroom dressed as the magistrate. . . ."

"Scum!" shouted the old man, reaching for his sword but finding nothing except the Murcian miller's sash in its place.

The woman from Navarre hid her face with one side of her mantilla to conceal the shooting flames of her jealousy.

"Let's suppose anything you like," Doña Mercedes continued with an inexplicable lack of emotion. "But first tell me, sir: Do you have the right to complain? Can you make an accusation against me as prosecutor? Can you sentence me as judge? Are you perhaps coming from a sermon? Are you coming from Confession? Are you coming from Mass? Where *are* you coming from in that outfit? Where *are* you coming from with that lady? Where *did* you spend half of the night?"

"Permit me . . . ," exclaimed Mis' Frasquita, jumping up as if propelled by a spring, and bravely stepping between the magistrate and his wife.

He had been about to speak, but he stopped with his mouth open when he saw the woman from Navarre entering the fray.

But Doña Mercedes broke in first, saying:

"Madam, don't take the trouble to give me explanations. . . . I ask none from you, not at all! Here comes the man who has the right to ask for them. . . . Settle things with him!"

At that moment the door to a small adjoining room opened, and in the doorway appeared "Uncle" Lucas, dressed from head to foot like the magistrate, with his staff, gloves, and sword, as if he were making his appearance at a town-council meeting.

XXXII: Faith Moves Mountains

"A good evening to one and all!" said the newcomer, taking off the three-cornered hat and speaking with sunken-in lips, in Don Eugenio de Zúñiga's manner.

He immediately stepped forward into the parlor, swaying in every direction, and went over to kiss the hand of the magistrate's wife.

Todos se quedaron estupefactos. El parecido del tío Lucas con el verdadero Corregidor era maravilloso.

Así es que la servidumbre, y hasta el mismo señor Juan López, no pudieron contener la carcajada.

Don Eugenio sintió aquel nuevo agravio, y se lanzó sobre el tío Lucas como un basilisco.

Pero la señá Frasquita metió el montante, apartando al Corregidor con el brazo de marras, y su señoría, en evitación de otra voltereta y del consiguiente ludibrio, se dejó atropellar sin decir oxte ni moxte. Estaba visto que aquella mujer había nacido para domadora del pobre viejo.

El tío Lucas se puso más pálido que la muerte al ver que su mujer se le acercaba; pero luego se dominó, y, con una risa tan horrible que tuvo que llevarse la mano al corazón para que no se le hiciese pedazos, dijo, remedando siempre al Corregidor:

—¡Dios te guarde, Frasquita! ¿Le has enviado ya a tu sobrino el nombramiento?

¡Hubo que ver entonces a la navarra! Tiróse la mantilla atrás, levantó la frente con soberanía de leona, y clavando en el falso Corregidor dos ojos como dos puñales:

—¡Te desprecio, Lucas! —le dijo en mitad de la cara.

Todos creyeron que le había escupido.

¡Tal gesto, tal ademán y tal tono de voz acentuaron aquella frase!

El rostro del Molinero se transfiguró al oír la voz de su mujer. Una especie de inspiración, semejante a la de la fe religiosa, había penetrado en su alma, inundándola de luz y de alegría . . . Así es que, olvidándose por un momento de cuanto había visto y creído ver en el molino, exclamó con las lágrimas en los ojos y la sinceridad en los labios:

—¿Conque tú eres mi Frasquita?

—¡No! —respondió la navarra fuera de sí—. ¡Yo no soy ya tu Frasquita! Yo soy . . . ¡Pregúntaselo a tus hazañas de esta noche, y ellas te dirán lo que has hecho del corazón que tanto te quería! . . .

Y se echó a llorar, como una montaña de hielo que se hunde, y principia a derretirse.

La Corregidora se adelantó hacia ella sin poder contenerse, y la estrechó en sus brazos con el mayor cariño.

La señá Frasquita se puso entonces a besarla, sin saber tampoco lo que se hacía, diciéndole entre sus sollozos, como una niña que busca el amparo de su madre:

—¡Señora, señora! ¡Qué desgraciada soy!

Everyone stood still in amazement. "Uncle" Lucas's resemblance to the real magistrate was incredible.

And so, the servants, and even Mr. Juan López himself, couldn't restrain their loud laughter.

Don Eugenio was conscious of this new offense, and hurled himself at "Uncle" Lucas like a basilisk.

But Mis' Frasquita intervened, shoving the magistrate out of the way with that sturdy arm we've described; and His Lordship, to avoid another somersault and the laugh it would raise, allowed himself to be jostled without making a peep. Obviously that woman was born to dominate the poor old man.

"Uncle" Lucas became paler than death when he saw his wife approaching him; but he controlled himself at once and, with a laugh so ghastly that he had to hold his hand over his heart to keep it from bursting, he said, still mimicking the magistrate:

"God keep you, Frasquita! Have you sent your nephew his appointment yet?"

You should have seen the woman from Navarre then! She threw back her mantilla, raised her brow with the majesty of a lioness, and looking daggers at the mock-magistrate, she said right in his face:

"I despise you, Lucas!"

Everyone thought she had spat on him.

What a facial expression, what a gesture, and what a tone of voice accentuated those words!

The miller's face was transfigured when he heard his wife's voice. A sort of inspiration, like that of religious faith, had penetrated his soul, inundating it with light and joy. . . . And so, forgetting for a moment all that he had seen, or had thought he saw, at the mill, he exclaimed with tears in his eyes and sincerity on his lips:

"So you're still my Frasquita?"

"No!" replied the woman from Navarre, beside herself. "I'm no longer your Frasquita! I'm— Ask your doings of this night, and they'll tell you what you've made of the heart that loved you so much! . . ."

And she burst into tears, like a mountain of ice that's thawing and beginning to melt.

The magistrate's wife, unable to contain herself, went up to her and hugged her in her arms with the deepest affection.

Then Mis' Frasquita began to kiss her, she, too, not knowing what she was doing, as she said between sobs, like a little girl seeking her mother's protection:

"Madam! Madam! How unhappy I am!"

—¡No tanto como usted se figura! —contestábale la Corregidora, llorando también generosamente.

—¡Yo sí que soy desgraciado! —gemía al mismo tiempo el tío Lucas, andando a puñetazos con sus lágrimas, como avergonzado de verterlas.

—Pues ¿y yo? —prorrumpió al fin don Eugenio sintiéndose a-blandado por el contagioso lloro de los demás, o esperando salvarse también por la vía húmeda; quiero decir, por la vía del llanto— ¡Ah, yo soy un pícaro!, ¡un monstruo!, ¡un calavera deshecho, que ha lle-vado su merecido!

Y rompió a berrear tristemente abrazado a la barriga del señor Juan López.

Y éste y los criados lloraban de igual manera, y todo parecía con-cluido, y, sin embargo, nadie se había explicado.

XXXIII: Pues ¿y tú?

El tío Lucas fue el primero que salió a flote en aquel mar de lágrimas.

Era que empezaba a acordarse otra vez de lo que había visto por el ojo de la llave.

—¡Señores, vamos a cuentas! . . . —dijo de pronto.

—No hay cuentas que valgan, tío Lucas . . . —exclamó la Corregidora—. ¡Su mujer de usted es una bendita!

—Bien . . . , sí . . . ; pero . . .

—¡Nada de pero! . . . Déjela usted hablar, y verá cómo se justifica. Desde que la vi, me dio el corazón que era una santa, a pesar de todo lo que usted me había contado . . .

—¡Bueno; que hable! —dijo el tío Lucas.

—¡Yo no hablo! —contestó la Molinera—. ¡El que tiene que hablar eres tú! . . . Porque la verdad es que tú . . .

Y la señá Frasquita no dijo más, por impedírselo el invencible respeto que le inspiraba la Corregidora.

—Pues ¿y tú? —respondió el tío Lucas perdiendo de nuevo toda fe.

—Ahora no se trata de ella . . . —gritó el Corregidor, tornando tam-bién a sus celos—. ¡Se trata de usted y de esta señora! ¡Ah, Merceditas! . . . ¿Quién había de decirme que tú? . . .

—Pues ¿y tú? —repuso la Corregidora midiéndolo con la vista.

Y durante algunos momentos los dos matrimonios repitieron cien veces las mismas frases:

—¿Y tú?

—Pues ¿y tú?

"Not as much as you imagine!" the magistrate's wife replied, as she, too, wept copiously.

"But *I* really am unhappy!" "Uncle" Lucas was moaning at the same time, while dabbing away his tears with his fists, as if ashamed to be shedding them.

"Well, what about me?" Don Eugenio finally burst out, feeling softened by the contagious weeping of the others, or hoping to save himself as well by way of the moisture route (I mean, by crying). "Oh, I'm a scoundrel, a monster, a used-up libertine, who's only got what he deserved!"

And he started to bawl sadly, hugging Mr. Juan López's belly.

And that man and the servants were crying, too, and everything seemed settled, though no one had given any explanation.

XXXIII: Well, What About You?

"Uncle" Lucas was the first to bob to the surface of that ocean of tears.

This was because he was beginning to remember again what he had seen through the keyhole.

"Ladies and gentlemen, let's come to an accounting! . . ." he quickly said.

"There's no accounting to be done, 'Uncle' Lucas!" exclaimed the magistrate's wife. "Your wife is an angel!"

"All right . . . yes . . . but . . ."

"No but's!" . . . Let her speak, and you'll see how she'll clear herself. From the moment I set eyes on her, my heart told me she was a saint, in spite of everything you had told me. . . ."

"Fine! Let her speak!" said "Uncle" Lucas.

"I won't speak!" replied the miller's wife. "The one who needs to speak is you! . . . Because the truth is that you—"

But Mis' Frasquita said no more, hampered by the overwhelming respect she felt for the magistrate's wife.

"Well, what about you?" replied "Uncle" Lucas, losing all faith again.

"Now it's not a question of her . . . ," shouted the magistrate, who was also succumbing to his jealousy again. "It's a question of you and this lady! Oh, Merceditas! . . . Who could have told me that you—"

"Well, what about you?" replied his wife, looking him up and down.

And for a few minutes the two couples repeated the same words a hundred times:

"And you?"

"Well, what about you?"

—¡Vaya que tú!

—¡No que tú!

—Pero ¿cómo has podido tú? . . .

Etc., etc., etc.

La cosa hubiera sido interminable, si la Corregidora, revistiéndose de dignidad, no dijese por último a don Eugenio:

—¡Mira, cállate tú ahora! Nuestra cuestión particular la ventilaremos más adelante. Lo que urge en este momento es devolver la paz al corazón del tío Lucas, cosa muy fácil a mi juicio, pues allí distingo al señor Juan López y a Toñuelo, que están saltando por justificar a la señá Frasquita . . .

—¡Yo no necesito que me justifiquen los hombres! —respondió ésta—. Tengo dos testigos de mayor crédito a quienes no se dirá que he seducido ni sobornado . . .

—Y ¿dónde están? —preguntó el Molinero.

—Están abajo, en la puerta . . .

—Pues diles que suban, con permiso de esta señora.

—Las pobres no pueden subir . . .

—¡Ah! ¡Son dos mujeres! . . . ¡Vaya un testimonio fidedigno!

—Tampoco son dos mujeres. Sólo son dos hembras . . .

—¡Peor que peor! ¡Serán dos niñas! . . . Hazme el favor de decirme sus nombres.

—La una se llama *Piñona* y la otra *Liviana* . . .

—¡Nuestras dos burras! Frasquita: ¿te estás riendo de mí?

—No que estoy hablando muy formal. Yo puedo probarte con el testimonio de nuestras burras, que no me hallaba en el molino cuando tú viste en él al señor Corregidor.

—¡Por Dios te pido que te expliques! . . .

—¡Oye Lucas! . . . , y muérete de vergüenza por haber dudado de mi honradez. Mientras tú ibas esta noche desde el lugar a nuestra casa, yo me dirigía desde nuestra casa al lugar, y, por consiguiente, nos cruzamos en el camino. Pero tú marchabas fuera de él, o por mejor decir, te habías detenido a echar unas yescas en medio de un sembrado . . .

—¡Es verdad que me detuve! . . . Continúa.

—En esto rebuznó tu borrica . . .

—¡Justamente! ¡Ah, qué feliz soy! . . . ¡Habla, habla; que cada palabra tuya me devuelve un año de vida!

"Well, didn't you—"

"No, it was you!"

"But how could you have—"

Etc., etc., etc.

The scene might never have ended if the magistrate's wife, clothing herself with dignity once more, hadn't finally said to Don Eugenio:

"Listen, you keep quiet now! We'll air our private matter later on. The urgent thing right now is to restore peace to 'Uncle' Lucas's heart, something I consider quite easy to do, because I see over there Mr. Juan López and Toñuelo, who are jumping with eagerness to clear Mis' Frasquita's name. . . ."

"I don't need to have men clear my name!" that woman said. "I have two witnesses that are more reliable, about whom no one can say that I tempted or bribed them. . . ."

"Where are they?" the miller asked.

"Downstairs, at the door. . . ."

"Well, tell them to come up, if it's all right with madam."

"They can't come up, the poor sweet things. . . ."[34]

"Ah, they're two women! . . . *There's* trustworthy testimony for you!"

"No, they're not two women. They're just two females. . . ."

"Worse all the time! It's probably two little girls!. . . Do me the favor of telling me their names."

"One is called Piñona and the other is called Liviana. . . ."[35]

"Our two burros! Frasquita, are you making fun of me?"

"No, I'm being strictly truthful. I can prove to you by the testimony of our burros that I wasn't in the mill when you saw the magistrate there."

"By God, please explain that! . . ."

"Listen, Lucas . . . and die of shame for having doubted my honor. Tonight, while you were traveling from the village to our house, I was heading from our house to the village, and so our paths crossed on the road. But you were riding off the road; rather, you had stopped to strike a light in the middle of a field. . . ."

"It's true that I stopped! . . . Go on."

"At that moment your burro brayed. . . ."

"Exactly! Oh, how happy I am! . . . Speak, speak, because every word you say restores a year to my life!"

---

34. The *las* in the Spanish shows that the witnesses are feminine, without denoting that they are human. This is virtually impossible to convey in English. 35. As common nouns, *piñón* (feminine, *piñona*) is a donkey situated at the rear of a drove strung out along the road, and *liviano* (feminine, *liviana*) is the guide donkey up front.

—Y a aquel rebuzno contestó otro en el camino . . .

—¡Oh!, sí . . . , sí . . . , ¡Bendita seas! ¡Me parece estarlo oyendo!

—Eran *Liviana* y *Piñona,* que se habían reconocido y se saludaban como buenas amigas, mientras que nosotros dos ni nos saludamos ni nos reconocimos . . .

—¡No me digas más! ¡No me digas más! . . .

—Tan no nos reconocimos —continuó la señá Frasquita—, que los dos nos asustamos y salimos huyendo en direcciones contrarias . . . ¡Conque ya ves que yo no estaba en el molino! Si quieres saber ahora por qué encontraste al señor Corregidor en nuestra cama, tienta esas ropas que llevas puestas, y que todavía estarán húmedas, y te lo dirán mejor que yo. ¡Su señoría se cayó al caz del molino, y Garduña lo desnudó y lo acostó allí! Si quieres saber por qué abrí la puerta . . . , fue por que creí que eras tú el que se ahogaba y me llamaba a gritos. Y, en fin, si quieres saber lo del nombramiento . . . Pero no tengo más que decir por la presente. Cuando estemos solos te enteraré de este y otros particulares . . . que no debo referir delante de esta señora.

—¡Todo lo que ha dicho la señá Frasquita es la pura verdad! —gritó el señor Juan López, deseando congraciarse con doña Mercedes, visto que ella imperaba en el Corregimiento.

—¡Todo! ¡Todo! —añadió Toñuelo —siguiendo la corriente a su amo.

—¡Hasta ahora . . . , todo! —agregó el Corregidor muy complacido de que las explicaciones de la navarra no hubieran ido más lejos . . .

—¡Conque eres inocente! —exclamaba en tanto el tío Lucas rindiéndose a la evidencia—. ¡Frasquita mía, Frasquita de mi alma! ¡Perdóname la injusticia, y deja que te dé un abrazo! . . .

—¡Ésa es harina de otro costal! . . . —contestó la Molinera, hurtando el cuerpo—. Antes de abrazarte necesito oír tus explicaciones . . .

—Yo las daré por él y por mí . . . —dijo doña Mercedes.

—¡Hace una hora que las estoy esperando! —profirió el Corregidor, tratando de erguirse.

—Pero no las daré —continuó la Corregidora, volviendo la espalda desdeñosamente a su marido— hasta que estos señores hayan descambiado vestimentas . . . ; y, aun entonces, se las daré tan sólo a quien merezca oírlas.

—Vamos . . . vamos a descambiar . . . —díjole el murciano a don Eugenio, alegrándose mucho de no haberlo asesinado, pero mirándolo todavía con un odio verdaderamente morisco—. ¡El traje de vuestra señoría me ahoga! ¡He sido muy desgraciado mientras lo he tenido puesto! . . .

"And that bray was answered by another one from the road. . . ."

"Oh, yes . . . yes! . . . God bless you! It's as if I were hearing it right now!"

"It was Liviana and Piñona, who had recognized each other and were saying hello like good friends, while we two neither said hello nor recognized each other. . . ."

"Say no more! Say no more! . . ."

"We were so far from recognizing each other," Mis' Frasquita continued, "that we both got scared and fled in opposite directions. . . . So you see that I wasn't at the mill! If you want to know now why you found the magistrate in our bed, feel those clothes you've got on, which are still damp, and they'll tell you better than I could. His Lordship fell into the millrace, and Garduña undressed him and put him to bed there! If you want to know why I opened the door . . . it was because I thought it was you drowning and shouting for me. Finally, if you want to know about the letter of appointment— But I have nothing more to say for the present. When we're alone, I'll fill you in on that and other details . . . which I don't want to mention in front of this lady."

"Everything Mis' Frasquita said is the unvarnished truth!" shouted Mr. Juan López, hoping to get on the good side of Doña Mercedes, now that he saw that she wore the pants at the residence.

"Everything! Everything!" added Toñuelo, following his master's lead.

"Up to this point . . . everything!" added the magistrate, very pleased that the woman from Navarre had gone no further with her explanations. . . .

"So you're innocent!" "Uncle" Lucas was exclaiming meanwhile, yielding to the evidence. "My Frasquita, my darling Frasquita! Forgive the wrong I've done you, and let me give you a hug! . . ."

"That's flour from a different sack!" replied his wife, avoiding his arms. "Before I hug you, I've got to hear *your* explanations. . . ."

"I'll make them for him and for myself . . . ," said Doña Mercedes.

"I've been waiting for them an hour now!" the magistrate burst out, trying to stand perfectly straight.

"But I won't make them," his wife continued, turning her back on him scornfully, "until these gentlemen have exchanged clothes . . . and even then, I'll make them only to those who deserve to hear them."

"Let's go . . . let's go change . . . ," the man from Murcia said to Don Eugenio, feeling very glad now that he hadn't killed him, but still gazing at him with inveterate hatred.[36] "Your Lordship's clothes are stifling me! I've been very unhappy all the time I've had them on! . . ."

---

36. Literally: "with a hatred really [as strong] as a [forcibly] converted Moor's." Alarcón's home province had been the last Moorish stronghold up to 1492, and there were many descendants of the earlier inhabitants there.

—¡Porque no lo entiendes! —respondióle el Corregidor—. ¡Yo estoy, en cambio, deseando ponérmelo, para ahorcarte a ti y a medio mundo, si no me satisfacen las exculpaciones de mi mujer!

La Corregidora, que oyó estas palabras, tranquilizó a la reunión con una suave sonrisa, propia de aquellos afanados ángeles cuyo ministerio es guardar a los hombres.

XXXIV: También la Corregidora es guapa

Salido que hubieron de la sala el Corregidor y el tío Lucas, sentóse de nuevo la Corregidora en el sofá, colocó a su lado a la señá Frasquita y, dirigiéndose a los domésticos y ministriles que obstruían la puerta, les dijo con afable sencillez:

—¡Vaya, muchachos! . . . Contad ahora vosotros a esta excelente mujer todo lo malo que sepáis de mí.

Avanzó el cuarto estado, y diez voces quisieron hablar a un mismo tiempo; pero el ama de leche, como la persona que más alas tenía en la casa, impuso silencio a los demás, y dijo de esta manera:

—Ha de saber usted, señá Frasquita, que estábamos yo y mi señora esta noche al cuidado de los niños, esperando a ver si venía el amo y rezando el tercer rosario para hacer tiempo (pues la razón traída por Garduña había sido que andaba el señor Corregidor detrás de unos facinerosos muy terribles, y no era cosa de acostarse hasta verlo entrar sin novedad), cuando sentimos ruido de gente en la alcoba inmediata, que es donde mis señores tienen su cama de matrimonio. Cogimos la luz, muertas de miedo, y fuimos a ver quién andaba en la alcoba, cuando, ¡ay, Virgen del Carmen!, al entrar vimos que un hombre, vestido como mi señor, pero que no era él (¡como que era su marido de usted!), trataba de esconderse debajo de la cama. "¡*Ladrones!*", principiamos a gritar desaforadamente, y un momento después la habitación estaba llena de gente, y los alguaciles sacaban arrastrando de su escondite al fingido Corregidor. Mi señora, que, como todos, había reconocido al tío Lucas, y que lo vio con aquel traje, temió que hubiese matado al amo, y empezó a dar unos lamentos que partían las piedras . . . "¡*A la cárcel! ¡A la cárcel!*", decíamos entretanto los demás. "¡*Ladrón! ¡Asesino!*", era la mejor palabra que oía el tío Lucas; y así es que estaba como un difunto, arrimado a la pared, sin decir esta boca es mía. Pero viendo luego que se lo llevaban a la cárcel, dijo . . . lo que voy a repetir, aunque verdaderamente

"It's because you don't know what to do with them!" the magistrate replied. "I, on the other hand, am itching to put them on, so I can hang you and half the world, if I'm not satisfied with my wife's excuses!"

The magistrate's wife, hearing those words, calmed the group down with a gentle smile, like that of those hard-working angels whose duty it is to be the guardians of human beings.

XXXIV: The Magistrate's Wife Is Pretty, Too

Once the magistrate and "Uncle" Lucas had left the room, the magistrate's wife sat down on the sofa again, summoning Mis' Frasquita to sit beside her; then, addressing the servants and minor officials who were blocking the doorway, she said with affable simplicity:

"Come now, good people! . . . Now you can tell this excellent woman all the bad things you know about me."

The fourth estate came forward, and ten voices wanted to speak at the same time; but the nurse, as the person with most authority among the staff, made the rest keep quiet, and spoke as follows:

"I must tell you, Mis' Frasquita, that tonight my lady and I were looking after the little ones, waiting to see whether the master would return, and telling the beads on the rosary for the third time over, in order to kill time (because the message brought by Garduña was that the magistrate was going after some really terrible criminals, and there was no way we'd go to bed before seeing him arrive safe and sound), when we heard people making noise in the adjoining bedroom, where my master and mistress have their double bed. We picked up the lamp, dying with fear, and went to see who was walking around in the bedroom, when, oh, Virgin of Carmel!—when we went in, we saw that a man dressed like my master, but not really him (since it was your husband!), was trying to hide under the bed. 'Burglars!' we started to shriek at the top of our lungs, and a moment later the room was full of people, and the constables were dragging the pretended magistrate out of his hiding place. When my lady, who, like everyone else, had recognized 'Uncle' Lucas, saw him in that outfit, she was afraid he had killed the master, and she started to wail in tones that would crack rocks. . . . 'To jail! To jail!' the rest of us were saying in the meantime. 'Thief! Murderer!' was the kindest thing 'Uncle' Lucas heard himself called; and so he stood there like a dead man, flat against the wall, without saying a word. But then, seeing that he was being taken to jail, he said . . . what I'm going to repeat, though really

mejor sería para callado: "Señora, yo no soy ladrón ni asesino: el ladrón y el asesino . . . de mi honra está en mi casa, acostado con mi mujer."

—¡Pobre Lucas! —suspiró la señá Frasquita.

—¡Pobre de mí! —murmuró la Corregidora tranquilamente.

—Eso dijimos todos . . . "¡Pobre tío Lucas y pobre señora!" Porque . . . la verdad, señá Frasquita, ya teníamos idea de que mi señor había puesto los ojos en usted . . . , y aunque nadie se figuraba que usted . . .

—¡Ama! —exclamó severamente la Corregidora—. ¡No siga usted por ese camino! . . .

—Continuaré yo por el otro . . . —dijo un alguacil, aprovechando aquella coyuntura para apoderarse de la palabra—. El tío Lucas (que nos engañó de lo lindo con su traje y su manera de andar cuando entró en la casa; tanto, que todos lo tomamos por el señor Corregidor) no había venido con muy buenas intenciones que digamos, y si la señora no hubiera estado levantada . . . , figúrese usted lo que habría sucedido . . .

—¡Vamos! ¡Cállate tú también! —interrumpió la cocinera—. ¡No estás diciendo más que tonterías! Pues, sí, señá Frasquita: el tío Lucas, para explicar su presencia en la alcoba de mi ama, tuvo que confesar las intenciones que traía . . . ¡Por cierto que la señora no se pudo contener al oírlo, y le arrimó una bofetada en medio de la boca que le dejó la mitad de las palabras dentro del cuerpo! Yo misma lo llené de insultos y denuestos, y quise sacarle los ojos . . . Porque ya conoce usted, señá Frasquita, que, aunque sea su marido de usted, eso de venir con sus manos lavadas . . .

—¡Eres una bachillera! —gritó el portero poniéndose delante de la oradora—. ¿Qué más hubieras querido tú? . . . En fin, señá Frasquita: óigame usted a mí, y vamos al asunto. La señora hizo y dijo lo que debía . . . ; pero luego, calmado ya su enojo, compadecióse del tío Lucas y paró mientes en el mal proceder del señor Corregidor viniendo a pronunciar estas o parecidas palabras: "Por infame que haya sido su pensamiento de usted, tío Lucas, y aunque nunca podré perdonar tanta insolencia, es menester que su mujer de usted y mi esposo crean durante algunas horas que han sido cogidos en sus propias redes, y que usted, auxiliado por ese disfraz, les ha devuelto afrenta por afrenta. ¡Ninguna venganza mejor podemos tomar de ellos que este engaño, tan fácil de desvanecer cuando nos acomode!" Adoptada tan graciosa resolución, la Señora y el tío Lucas nos aleccionaron a todos de lo que teníamos que hacer y decir cuando volviese su señoría; y por

it would be better to leave it unsaid: 'Madam, I'm neither a thief nor a murderer: the real thief and murderer . . . of my honor is at my house, in bed with my wife.'"

"Poor Lucas!" Mis' Frasquita sighed.

"Poor me!" the magistrate's wife murmured calmly.

"That's what we all said: 'Poor "Uncle" Lucas and poor mistress!' Because . . . it's the truth, Mis' Frasquita, we already had a notion that my master had a crush on you . . . , and even though no one even imagined that you—"

"Nurse!" the magistrate's wife called sternly. "Don't go on with that topic! . . ."

"Then I'll continue with the other one . . . ," said a constable, taking advantage of that opportunity to take over the conversation. "'Uncle' Lucas, who really fooled us with his outfit and his way of walking when he entered the house—so much so that we all mistook him for the magistrate—hadn't come with very good intentions, let's say, and if the mistress hadn't been up . . . you can imagine what would have happened. . . ."

"Come now! You be quiet, too!" the cook interrupted. "You're talking nothing but tommyrot! Well, yes, Mis' Frasquita, to explain his presence in my mistress's bedroom, 'Uncle' Lucas had to confess with what intentions he had come. . . . Let me tell you, my lady couldn't control herself when she heard it, and gave him a slap right on the mouth that made him swallow half his words! I myself heaped insults of all kinds on him, and I wanted to scratch his eyes out. . . . But you must know, Mis' Frasquita, that, even though he's your husband, his coming and trying to get something for nothing—"

"You're a chatterbox!" shouted the doorkeeper, stepping in front of the speaker. "What else would *you* have wanted? . . . Anyway, Mis' Frasquita, listen to me, and let's get down to brass tacks. My lady said and did what she should have . . . , but then, when her anger had died down, she felt sorry for 'Uncle' Lucas and shifted her attention to the magistrate's bad behavior, finally saying this, or something like it: 'No matter how disgusting your idea was, "Uncle" Lucas, and even though I'll never be able to forgive such insolence, your wife and my husband must be made to believe for a few hours that they've been caught in their own net, and that you, with the aid of this disguise, have repaid one injury with another. This trick is the best revenge we could possibly take on them, since it's so easy to explain away at the opportune moment!' After making such a comical decision, my lady and 'Uncle' Lucas gave us all a lesson as to what we were to do and say when His Lordship got back. And, believe me, I gave Sebastián Garduña such a

cierto que yo le he pegado a Sebastián Garduña tal palo en la rabadilla, que creo no se le olvidará en mucho tiempo la noche de San Simón y San Judas . . .

Cuando el portero dejó de hablar, ya hacía rato que la Corregidora y la Molinera cuchicheaban al oído, abrazándose y besándose a cada momento, y no pudiendo en ocasiones contener la risa.

¡Lástima que no se oyera lo que hablaban! . . . Pero el lector se lo figurará sin gran esfuerzo; y si no el lector, la lectora.

XXXV: Decreto imperial

Regresaron en esto a la sala el Corregidor y el tío Lucas, vestido cada cual con su propia ropa.

—¡Ahora me toca a mí! —entró diciendo el insigne don Eugenio de Zúñiga.

Y después de dar en el suelo un par de bastonazos como para recobrar su energía (a guisa de Anteo oficial, que no se sentía fuerte hasta que su caña de Indias tocaba en la tierra), díjole a la Corregidora con un énfasis y una frescura indescriptibles:

—¡Merceditas . . . , estoy esperando tus explicaciones! . . .

Entretanto, la Molinera se había levantado y le tiraba al tío Lucas un pellizco de paz, que le hizo ver estrellas, mirándolo al mismo tiempo con desenojados y hechiceros ojos.

El Corregidor, que observara aquella pantomima, quedóse hecho una pieza, sin acertar a explicarse una reconciliación tan *inmotivada*.

Dirigióse, pues, de nuevo a su mujer, y le dijo, hecho un vinagre:

—¡Señora! ¡Todos se entienden menos nosotros! Sáqueme usted de dudas . . . ¡Se lo mando como marido y como Corregidor!

Y dio otro bastonazo en el suelo.

—¿Conque se marcha usted? —exclamó doña Mercedes, acercándose a la señá Frasquita y sin hacer caso de don Eugenio—. Pues vaya usted descuidada, que este escándalo no tendrá ningunas consecuencias. ¡Rosa!: alumbra a estos señores, que dicen que se marchan . . . Vaya usted con Dios, tío Lucas.

—¡Oh . . . no! —gritó el de Zúñiga, interponiéndose—. ¡Lo que es

blow on the rump with my cudgel that I don't think he'll forget the night of Saints Simon and Jude[37] for a long time to come. . . ."

When the doorkeeper had finished talking, the magistrate's wife and the miller's wife had been whispering in each other's ear for some time, hugging and kissing each other every moment, and at times unable to keep from laughing.

Too bad nobody heard what they were saying! . . . But the reader will be able to imagine it with no great effort; and if the gentleman reader can't, the lady reader will.

XXXV: Imperial Decree

Just then, the magistrate and "Uncle" Lucas got back to the room, each dressed in his own clothes.

"Now it's my turn!" the illustrious Don Eugenio de Zúñiga said as he entered.

And after striking his staff on the floor a couple of times, as if to recover his energy (like an official Antaeus[38] who didn't feel strong until his rattan stick touched the ground), he said to his wife with indescribable emphasis and cheek:

"Merceditas! I'm waiting for your explanations! . . ."

Meanwhile, the miller's wife had stood up and was pinching "Uncle" Lucas as a token of peace; her pinch made him see stars, while she gazed at him with calm, bewitching eyes.

The magistrate, who had noticed that pantomime, was flabbergasted, being unable to understand such an "unmotivated" reconciliation.

Then he faced his wife again and said sourly:

"Madam! Everyone is reconciled except us! Relieve me of my doubts. . . . I order you as your husband and as the magistrate!"

And he hit the floor with his staff again.

"So you're leaving?" Doña Mercedes exclaimed, going up to Mis' Frasquita and paying no attention to Don Eugenio. "Well, you can leave with a clear head, because this uproar won't have any consequences. Rosa, light the way for these good people, since they say they're leaving. . . . God keep you, 'Uncle' Lucas."

"Oh . . . no!" shouted De Zúñiga, blocking the way. "'Uncle' Lucas

---

37. October 28. 38. A giant whose strength came from contact with the earth; Hercules (Herakles) could subdue him only after lifting him bodily.

el tío Lucas no se marcha! ¡El tío Lucas queda arrestado hasta que sepa yo toda la verdad! ¡Hola, alguaciles! ¡Favor al Rey! . . .

Ni un solo ministro obedeció a don Eugenio. Todos miraban a la Corregidora.

—¡A ver, hombre! ¡Deja el paso libre! —añadió ésta, pasando casi sobre su marido, y despidiendo a todo el mundo con la mayor finura; es decir, con la cabeza ladeada, cogiéndose la falda con la punta de los dedos y agachándose graciosamente, hasta completar la reverencia que a la sazón estaba de moda, y que se llamaba *la pompa*.

—Pero yo . . . Pero tú . . . Pero nosotros . . . Pero aquellos . . . —seguía mascullando el vejete, tirándole a su mujer del vestido y perturbando sus cortesías mejor iniciadas.

¡Inútil afán! ¡Nadie hacía caso de su señoría!

Marchado que se hubieron todos, y solos ya en el salón los desavenidos cónyuges, la Corregidora se dignó al fin decirle a su esposo, con el acento que hubiera empleado una Czarina de todas las Rusias para fulminar sobre un ministro caído la orden de perpetuo destierro a la Siberia:

—Mil años que vivas, ignorarás lo que ha pasado esta noche en mi alcoba . . . Si hubieras estado en ella, como era regular, no tendrías necesidad de preguntárselo a nadie. Por lo que a mí toca, no hay ya, ni habrá jamás, razón ninguna que me obligue a satisfacerte, pues te desprecio de tal modo, que si no fueras el padre de mis hijos, te arrojaría ahora mismo por ese balcón, como te arrojo para siempre de mi dormitorio. Conque buenas noches, caballero.

Pronunciadas estas palabras, que don Eugenio oyó sin pestañear (pues lo que es a solas no se atrevía con su mujer), la Corregidora penetró en el gabinete, y del gabinete pasó a la alcoba, cerrando las puertas detrás de sí, y el pobre hombre se quedó plantado en medio de la sala, murmurando entre encías (que no entre dientes) y con un cinismo de que no habrá habido otro ejemplo:

—¡Pues, señor, no esperaba yo escapar tan bien! . . . ¡Garduña me buscará acomodo!

XXXVI: Conclusión, moraleja y epílogo

Piaban los pajarillos saludando el alba cuando el tío Lucas y la señá Frasquita salían de la ciudad con dirección a su molino.

is by no means leaving! 'Uncle' Lucas is under arrest till I learn the whole truth! Hey there, constables! In the name of the king! . . ."

Not one official obeyed Don Eugenio. They were all looking at his wife.

"Come now, my good man! Let them leave freely!" she added, practically walking over her husband, and dismissing everyone with the greatest delicacy: that is, with her head tilted and her skirt held in her fingertips as she stooped gracefully until she had completed the curtsey that was fashionable at the time, called *la pompa*.[39]

"But I . . . but you . . . but we . . . but they . . . ," the old man kept muttering, pulling his wife by her dress and spoiling her best-planned curtsies.

Labor wasted! No one was paying any attention to His Lordship!

After everyone else had gone, and the ill-matched couple were alone in the parlor, the magistrate's wife finally deigned to say to her husband, in a tone that a czarina of all the Russias might have assumed when fulminating against a disgraced minister and ordering his perpetual exile in Siberia:

"Even if you live a thousand years, you'll never know what happened in my bedroom tonight. . . . If you had been there, as was normal, you wouldn't need to ask anyone else. For my part, there isn't, and there will never be, any reason that obliges me to satisfy your curiosity, since I despise you so much that, if you weren't the father of my children, I'd throw you off that balcony right now, just as I am throwing you out of my bedroom permanently. With that, good night, sir."

Saying these words, which Don Eugenio heard without blinking (because, when alone with his wife, he couldn't stand up to her), she entered her boudoir, and from the boudoir proceeded to her bedroom, locking the doors behind her. The poor man remained rooted in the middle of the parlor, murmuring through his gums (not through his teeth) with a cynicism that was possibly unique in the history of the world:

"Well, Lord, I didn't expect to get off that easily! . . . Garduña will find me something suitable!"

XXXVI: Conclusion, Moral, and Epilogue

The songbirds were chirping in salute to the dawn when "Uncle" Lucas and Mis' Frasquita left town and headed for their mill.

---

39. "Pomp"; it involved spreading out one's skirt and petticoats.

Los esposos iban a pie, y delante de ellos caminaban apareadas las dos burras.

—El domingo tienes que ir a confesar (le decía la Molinera a su marido), pues necesitas limpiarte de todo tus malos juicios y criminales propósitos de esta noche . . .

—Has pensado muy bien . . . —contestó el Molinero—. Pero tú, entretanto, vas a hacerme otro favor, y es dar a los pobres los colchones y ropa de nuestra cama, y ponerla toda de nuevo. ¡Yo no me acuesto donde ha sudado aquel bicho venenoso!

—¡No me lo nombres, Lucas! —replicó la señá Frasquita—. Conque hablemos de otra cosa. Quisiera merecerte un segundo favor . . .

—Pide por esa boca . . .

—El verano que viene vas a llevarme a tomar los baños del Solán de Cabras.

—¿Para qué?

—Para ver si tenemos hijos.

—¡Felicísima idea! Te llevaré, si Dios nos da vida.

Y con esto llegaron al molino, a punto que el sol, sin haber salido todavía, doraba ya las cúspides de las montañas.

. . . .

. . . .

A la tarde, con gran sorpresa de los esposos, que no esperaban nuevas visitas de altos personajes después de un escándalo como el de la precedente noche, concurrió al molino más señorío que nunca. El venerable Prelado, muchos Canónigos, el Jurisconsulto, dos Priores de frailes y otras varias personas (que luego se supo habían sido convocadas allí por Su Señoría Ilustrísima) ocuparon materialmente la plazoletilla del emparrado.

Sólo faltaba el Corregidor.

Una vez reunida la tertulia, el señor Obispo tomó la palabra, y dijo: que, por lo mismo que habían pasado ciertas cosas en aquella casa, sus Canónigos y él seguirían yendo a ella lo mismo que antes, para que ni los honrados Molineros ni las demás personas allí presentes participasen de la censura pública, sólo merecida por aquel que había profanado con su torpe conducta una reunión tan morigerada y tan honesta. Exhortó paternalmente a la señá Frasquita para que en lo sucesivo fuese menos provocativa y tentadora en sus dichos y ademanes, y procurase llevar más cubiertos los brazos y más alto el escote del jubón; aconsejó al tío Lucas más desinterés, mayor circunspección y

The couple was on foot, and in front of them the two burros were walking side by side.

"On Sunday you've got to go to Confession," the miller's wife was saying to her husband, "because you've got to wash away all the mistaken judgments and criminal plans you had tonight. . . ."

"That's a good idea you have there," the miller replied. "But in the meantime I want you to do me another favor, and give away to the poor the mattresses and sheets from our bed, and fit it out all new. I'm not sleeping where that venomous creature was sweating!"

"Don't mention him to me, Lucas!" retorted Mis' Frasquita. "Let's change the subject. I'd like to ask a second favor of you. . . ."

"Go right ahead and ask. . . ."

"This coming summer, you're going to take me to El Solán de Cabras[40] to take the mineral baths there."

"What for?"

"To see if we can have a child."

"Wonderful idea! I'll take you, if God lets us live."

And with that they arrived at the mill, just when the sun, which had not yet risen, was already gilding the mountain peaks.

. . . .
. . . .

In the afternoon, to the couple's great surprise, since they didn't expect visits from dignitaries after an uproar like the one of the night before, more bigwigs gathered at the mill than ever before. The venerable bishop, many canons, the lawyer, two priors of friaries, and various other persons (who, it was learned later, had been summoned to appear there by His Grace) literally filled the entire forecourt where the arbor stood.

Only the magistrate was missing.

Once the gathering was complete, the bishop took the floor, saying that, even though certain things had gone on in that house, he and his canons would continue to frequent it just as in the past, so that neither the respected miller and his wife, nor anyone else present, would be victims of public disapproval, which was merited only by the man who with his lewd conduct had profaned such a well-behaved and respectable assembly. He urged Mis' Frasquita paternally to be less provocative in words and actions in the future, and to try to cover her arms more and wear blouses with a higher neckline. He advised "Uncle" Lucas to be less self-seeking, less imprudent, and less

---

40. A spa in the province of Cuenca, ESE of Madrid.

menos inmodestia en su trato con los superiores; y acabó dando la bendición a todos y diciendo: que como aquel día no ayunaba, se comería con mucho gusto un par de racimos de uvas.

Lo mismo opinaron todos . . . respecto de este último particular . . . , y la parra se quedó temblando aquella tarde. ¡En dos arrobas de uvas apreció el gasto el Molinero!

....

....

Cerca de tres años continuaron estas sabrosas reuniones, hasta que, contra la previsión de todo el mundo, entraron en España los ejércitos de Napoleón y se armó la Guerra de la Independencia.

El señor Obispo, el Magistral y el Penitenciario murieron el año de 8, y el Abogado y los demás contertulios en los de 9, 10, 11 y 12, por no poder sufrir la vista de los franceses, polacos y otras alimañas que invadieron aquella tierra, ¡y que fumaban en pipa, en el Presbiterio de las iglesias, durante la Misa de la tropa!

El Corregidor, que nunca más tornó al molino, fue destituido por un Mariscal francés, y murió en la Cárcel de Corte, por no haber querido ni un solo instante (dicho sea en honra suya) transigir con la dominación extranjera.

Doña Mercedes no se volvió a casar, y educó perfectamente a sus hijos, retirándose a la vejez a un convento, donde acabó sus días en opinión de santa.

Garduña se hizo afrancesado.

El señor Juan López fue guerrillero, mandó una partida, y murió, lo mismo que su alguacil, en la famosa batalla de Baza, después de haber matado muchísimos franceses.

Finalmente: el tío Lucas y la señá Frasquita (aunque no llegaron a tener hijos, a pesar de haber ido al Solán de Cabras y de haber hecho muchos votos y rogativas) siguieron siempre amándose del propio modo, y alcanzaron una edad muy avanzada, viendo desaparecer el Absolutismo en 1812 y 1820, y reaparecer en 1814 y 1823, hasta que, por último, se estableció de veras el sistema Constitucional a la muerte del Rey Absoluto, y ellos pasaron a mejor vida (precisamente al estallar la Guerra Civil de los *Siete años*), sin que los sombreros de copa que ya usaba todo el mundo pudiesen hacerles olvidar *aquellos tiempos* simbolizados por el sombrero de tres picos.

impudent in his dealings with his superiors. At the end of his speech he gave his blessing to all, saying that, since he wasn't fasting that day, he'd really enjoy eating a couple of bunches of grapes.

Everyone else felt the same way . . . with regard to the last remark . . . and the vine was kept shaking that afternoon. The miller assessed the consumption of grapes by weight at fifty pounds!
. . . .
. . . .

Those delicious gatherings continued for about three years, until, contrary to everyone's expectations, Napoleon's armies entered Spain and our War of Independence broke out.

The bishop, the preacher, and the confessor of the cathedral chapter died in 1808; and the lawyer, and the others who had congregated at the mill, died between 1809 and 1812, because they couldn't abide the sight of the French, Poles, and other vermin who invaded that region, and who smoked their pipes next to the church altars when the troops attended Mass!

The magistrate, who never went back to the mill, was replaced by a French marshal and died in prison in Madrid because he had never been willing for a moment (let it be said in his honor) to collaborate with the foreign rulers.

Doña Mercedes didn't remarry. She brought up her children in an ideal way, and when she grew old she entered a convent, where she died with the reputation of sanctity.

Garduña became a French-sympathizer.

Mr. Juan López became a guerrilla, led a company of partisans, and died, as his constable did, at the historic battle of Baza[41] after killing a great number of Frenchmen.

Lastly: "Uncle" Lucas and Mis' Frasquita (though they never did have children, despite their visit to El Solán de Cabras and the many vows and rogations they made) continued to love each other in the same way, and lived to a very advanced age; they witnessed the disappearance of absolutism in 1812 and 1820, and its reappearance in 1814 and 1823, until constitutional government finally became a reality at the death of the Absolute King;[42] and when they passed on to a better life (exactly when our Seven Years' War broke out), the hats with a crown that were universally worn by that time had never made them forget those old days which were symbolized by the three-cornered hat.

41. In the province of Granada; the battle was fought in 1810.   42. Ferdinand VII, who died in 1833. See the Introduction for details on the events mentioned in this paragraph.

El Capitán Veneno

Captain Poison

Al Sr. D. Manuel Tamayo y Baus,
Secretario perpetuo de la Real Academia Española.

Mi muy querido Manuel:

Hace algunas semanas que, entreteniendo nuestros ocios canicu-
lares en esta sosegada villa de Valdemoro, de donde ya vamos a regresar a la vecina corte, hube de referirte la historia de EL CAPITÁN
VENENO, tal y como vivía inédita en el archivo de mi imaginación; y
recordarás que, muy prendado del asunto, me excitaste con vivas instancias a que la escribiese, en la seguridad (fueron tus bondadosas
palabras) de que me daría materia para una interesante obra.

Ya está la obra escrita, y hasta impresa; y ahí te la envío. Celebraré
no haber defraudado tus esperanzas; y, por sí o por no, te la dedico es-
tratégicamente, poniendo bajo el amparo de tu glorioso nombre, ya
que no la forma literaria, el fondo que tan bueno te pareció, de la historia de mi CAPITÁN VENENO.

Adiós, generoso hermano. Sabes cuánto te quiere y te admira tu
afectísimo hermano menor,

PEDRO.

Valdemoro, 20 de setiembre de 1881.

To Don Manuel Tamayo y Baus,
Permanent Secretary of the Spanish Royal Academy[1]

My very dear Manuel:

A few weeks ago, while we were spending our summer vacation in this peaceful town of Valdemoro,[2] from which we are about to return to the nearby capital, I had occasion to relate to you the story of "Captain Poison," just as it lived unpublished in the archives of my imagination. And you will recall that you were fascinated by the subject and urged me warmly to commit the story to paper; I could be sure (according to your kind words) that it would furnish me material for an interesting work.

Now that work has been written, and even printed; and I send it to you herewith. I will be very glad if I haven't fallen short of your expectations. In any case, I dedicate it to you strategically, placing under the protection of your renowned name, if not the literary form, at least the basic material you found so good, of the story of my "Captain Poison."

Farewell, noble brother. You know how much you are loved and admired by your greatly devoted younger brother,

PEDRO.

Valdemoro, September 20, 1881.

---

1. (1829–1898), a playwright and a close friend of Alarcón.   2. A place near Madrid where Alarcón had a home.

HERIDAS EN EL CUERPO

I: Un poco de historia política

La tarde del 26 de marzo de 1848 hubo tiros y cuchilladas en Madrid entre un puñado de paisanos, que, al expirar, lanzaban el hasta entonces extranjero grito de *¡Viva la República!*, y el Ejército de la Monarquía española (traído o creado por Ataúlfo, reconstituido por don Pelayo y reformado por Trastámara), de que a la sazón era jefe visible, en nombre de doña Isabel II, el presidente del Consejo de Ministros y Ministro de la Guerra, don Ramón María Narváez.

Y basta con esto de historia y de política, y pasemos a hablar de cosas menos sabidas y más amenas, a que dieron origen o coyuntura aquellos lamentables acontecimientos.

II: Nuestra heroína

En el piso bajo de la izquierda de una humilde, pero graciosa y limpia casa de la calle de Preciados, calle muy estrecha y retorcida en aquel entonces, y teatro de la refriega en tal momento vivían solas, esto es, sin la compañía de hombre ninguno, tres buenas y piadosas mujeres,

PART ONE

PHYSICAL WOUNDS

I: A Little Political History

On the afternoon of March 26, 1848, shots and knife thrusts were exchanged in Madrid between a handful of civilians who, when breathing their last, gave the cry—foreign to us till then—"Long live the Republic!" and the army of the Spanish monarchy (brought to our land, or created here, by Ataulf, reconstituted by Pelayo, and restructured by Trastámara),[3] which at the time was unmistakably commanded, in the name of Queen Isabella II, by the prime minister and minister of war, Don Ramón María Narváez.

And that's enough history and politics. Let's go on to talk of things less well known but more pleasant, things to which those lamentable events gave origin or opportunity.

II: Our Heroine

On the ground floor of the left wing of a humble, but graceful and neat house in the Calle de Preciados, a very narrow, winding street in those days, and the scene of the fighting at that moment, there lived alone—that is, without the company of any man—three good, pious

---

3. Ataulf, who invaded from Gaul (France), was the Visigothic king who took Barcelona in 414; Spain remained Visigothic until the Moorish conquest of 711. Pelayo, from his northern stronghold in Asturias, initiated the Reconquest by Christian forces with a great victory in 718. Trastámara (ca. 1333–1379; a brother of the Peter the Cruel mentioned in *The Three-Cornered Hat*) became king of Castile and León as Henry (Enrique) II. For 19th-century events, and for streets in Madrid, see the Introduction.

que mucho se diferenciaban entre sí en cuanto al ser físico y estado social, puesto que éranse que se eran una señora mayor, viuda, guipuzcoana, de aspecto grave y distinguido; una hija suya, joven, soltera, natural de Madrid, y bastante guapa, aunque de tipo diferente al de la madre (lo cual daba a entender que había salido en todo a su padre), y una doméstica, imposible de filiar o describir, sin edad, figura ni casi sexo determinables, bautizada, hasta cierto punto, en Mondoñedo, y a la cual ya hemos hecho demasiado favor (como también se lo hizo aquel señor cura) con reconocer que pertenecía a la especie humana . . .

La mencionada joven parecía el símbolo o representación, viva y con faldas, del sentido común: tal equilibrio había entre su hermosura y su naturalidad, entre su elegancia y su sencillez, entre su gracia y su modestia. Facilísimo era que pasase inadvertida por la vía pública, sin alborotar a los galanteadores de oficio, pero imposible que nadie dejara de admirarla y de prendarse de sus múltiples encantos, luego que fijase en ella la atención. No era, no (o, por mejor decir, no quería ser), una de esas beldades llamativas, aparatosas, fulminantes, que atraen todas las miradas no bien se presentan en un salón, teatro o paseo, y que comprometen o anulan al pobrete que las acompaña, sea novio, sea marido, sea padre, sea el mismísimo preste Juan de la Indias . . . Era un conjunto sabio y armónico de perfecciones físicas y morales, cuya prodigiosa regularidad no entusiasmaba al pronto, como no entusiasman la paz ni el orden; o como acontece con los monumentos bien proporcionados, donde nada nos choca ni maravilla hasta que formamos juicio de que, si todo resulta llano, fácil y natural, consiste en que todo es igualmente bello. Dijérase que aquella diosa honrada de la clase media había estudiado su modo de vestirse, de peinarse, de mirar, de moverse, de conllevar, en fin, los tesoros de su espléndida juventud, en tal forma y manera, que no se la creyese pagada de sí misma, ni presuntuosa ni incitante, sino muy diferente de las deidades por casar que hacen feria de sus hechizos y van por esas calles de Dios diciendo a todo el mundo: *Esta casa se vende . . . , o se alquila.*

Pero no nos detengamos en floreos ni dibujos, que es mucho lo que tenemos que referir, y poquísimo el tiempo de que disponemos.

women who were very different from one another physically and in social rank, since one of them was an older woman, widowed, a native of Guipúzcoa,[4] with a serious, distinguished look; another was her daughter, young, unmarried, born in Madrid, and quite good-looking, though of a different type from her mother (which made it clear that she took after her father altogether); and the third was a servant, impossible to classify or describe, of indiscernible age, form, or even sex, who had been baptized (up to a point) in Mondoñedo,[5] and to whom we have already been too indulgent (as was that priest who baptized her) when we counted her in as a member of the human race. . . .

The above-mentioned young woman seemed like the symbol or embodiment (living and wearing petticoats) of common sense, there was such a good balance between her beauty and her naturalness, her elegance and her simplicity, her grace and her modesty. It was a very easy thing for her to walk down the street unnoticed, without upsetting professional girlwatchers, but it was impossible for anyone not to admire her and be captivated by her many charms once his attention was drawn to her. No, she wasn't (rather, she chose not to be) one of those conspicuous, flashy, dazzling beauties who attract everyone's gaze the moment they enter a salon, theater, or promenade, beauties who put in the shade, or nullify, their unfortunate escort, whether he be fiancé, husband, father, or even Prester John of the Indies himself. . . . She was a wise, harmonious amalgam of physical and moral perfections, which were of such remarkable regularity that they did not at first arouse enthusiasm—just as peace and public order fail to arouse enthusiasm. This also occurs with well-proportioned monuments, in which nothing either shocks or amazes us until we realize that, if everything in them seems smooth, easily grasped, and natural, it's because every part of them is equally beautiful. You'd say that that honorable middle-class goddess had studied her way of dressing, doing her hair, looking at people, and moving about—in short, the way of making the most of the treasures of her splendid youth—in such a manner as not to appear smug, presumptuous, or provocative, but very different from those marriageable deities who display their charms and parade down the street as if telling everyone: "This house is for sale . . . or for rent."

But let's not linger over jokes or descriptions, because there's a lot we have to tell, and very little time at our disposal.

---

4. A Basque province of northern Spain.   5. In Lugo province, Galicia (NW Spain).

III: Nuestro héroe

Los republicanos disparaban contra la tropa desde la esquina de la calle de Peregrinos, y la tropa disparaba contra los republicanos desde la Puerta del Sol, de modo y forma que las balas de una y otra procedencia pasaban por delante de las ventanas del referido piso bajo, si ya no era que iban a dar en los hierros de sus rejas, haciéndoles vibrar con estridente ruido e hiriendo de rechazo persianas, maderas y cristales.

Igualmente profundo, aunque vario en su naturaleza y expresión, era el terror que sentían la madre . . . y la criada. Temía la noble viuda, primero por su hija, después por el resto del género humano, y en último término por sí propia; y temía la gallega, ante todo, por su querido pellejo; en segundo lugar, por su estómago y por el de sus amas, pues la tinaja del agua estaba casi vacía y el panadero no había parecido con el pan de la tarde, y en tercer lugar, un poquitillo por los soldados o paisanos hijos de Galicia que pudieran morir o perder algo en la contienda. Y no hablamos del terror de la hija, porque, ya lo neutralizase la curiosidad, ya no tuviese acceso en su alma, más varonil que femenina, era el caso que la gentil doncella, desoyendo consejos y órdenes de su madre, y lamentos o aullidos de la criada, ambas escondidas en los aposentos interiores, se escurría de vez en cuando a las habitaciones que daban a la calle, y hasta abría las maderas de alguna reja, para formar exacto juicio del ser y estado de la lucha.

En una de estas asomadas, peligrosas por todo extremo, vio que las tropas habían ya avanzado hasta la puerta de aquella casa, mientras que los sediciosos retrocedían hacia la plaza de Santo Domingo, no sin continuar haciendo fuego por escalones, con admirable serenidad y bravura. Y vio asimismo que a la cabeza de los soldados, y aun de los oficiales y jefes, se distinguía, por su enérgica y denodada actitud y por las ardorosas frases con que los arengaba a todos, un hombre como de cuarenta años, de porte fino y elegante, y delicada y bella, aunque dura, fisonomía; delgado y fuerte como un manojo de nervios; más bien alto que bajo, y vestido medio de paisano, medio de militar. Queremos decir que llevaba gorra de cuartel con los tres galoncillos de la insignia de capitán; levita y pantalón civiles, de paño negro; sable de oficial de Infantería, y canana y escopeta de *cazador* . . . , no del Ejército, sino de conejos y perdices.

Mirando y admirando estaba precisamente la madrileña a tan

III: Our Hero

The partisans of the Republic were firing at the soldiery from the corner of the Calle de Peregrinos, and the soldiers were firing at the fighters for the Republic from the Puerta del Sol, so that the bullets from both sides whizzed in front of the windows of the above-mentioned ground-floor dwelling, when they didn't actually hit its window grilles, making them vibrate with a strident sound, and, as they ricocheted, damaging the shutters, wooden window frames, and glass panes.

Though different in its nature and the way it was expressed, an equally great terror seized on the mother . . . and the servant. The noble widow feared, first and foremost for her daughter, then for the rest of the human race, and lastly for herself. The Galician woman feared for her own dear hide before anything else; secondly, for her stomach and those of her mistresses, because the large earthen water vat was nearly empty and the baker hadn't showed up with the evening bread; and thirdly, a very little bit for the soldiers or civilians from Galicia who might die or lose something in the fray. We don't mention the daughter's terror because, whether her curiosity canceled it out or whether her soul, more manly than womanly, was immune to it, the fact was that the sweet girl, paying no mind to her mother's advice and orders, or to the servant's laments and howls (both those women were hiding in the inner rooms), slipped out every so often into the rooms that faced the street, and even opened the wooden frames of a window grille to get a precise idea of the current status of the fighting.

During one of her extremely dangerous appearances at a window, she saw that the soldiers had already advanced up to the door of her house, while the dissidents were retreating in the direction of the Plaza de Santo Domingo, while still continuing to fire at irregular intervals, with admirable calmness and bravery. She also saw that at the head of the soldiers and even of the officers and other leaders, one man stood out for the energy and daring of his behavior and for the ardent words of encouragement he addressed to the others. He was about forty, suave and elegant in his bearing, and with delicate and handsome, though hard features; he was as slim and strong as a bundle of sinews, rather tall than short, and dressed in a combination of civilian and army clothes. We mean, he was wearing an army cap with the three stripes showing he was a captain; a civilian frock coat and trousers of black wool; an infantry officer's saber; and a cartridge belt and rifle suitable for a hunter—not an army *chasseur,* but a real hunter of rabbits and partridges.

The girl of Madrid was looking at this odd person and admiring

singular personaje, cuando los republicanos hicieron una descarga sobre él, por considerarlo, sin duda, más temible que todos los otros, o suponerlo general, ministro o cosa así, y el pobre capitán, o lo que fuera, cayó al suelo, como herido de un rayo y con la faz bañada en sangre, en tanto que los revoltosos huían alegremente, muy satisfechos de su hazaña, y que los soldados echaban a correr detrás de ellos, anhelando vengar al infortunado caudillo . . .

Quedó, pues, la calle sola y muda, y en medio de ella, tendido y desangrándose, aquel buen caballero, que acaso no había expirado todavía, y a quien manos solícitas y piadosas pudieran tal vez librar de la muerte . . . La joven no vaciló un punto: corrió adonde estaban su madre y la doméstica; explicóles el caso; díjoles que en la calle de Preciados no había ya tiros; tuvo que batallar, no tanto con los prudentísimos reparos de la generosa guipuzcoana, como con el miedo puramente animal de la informe gallega, y a los pocos minutos las tres mujeres transportaban en peso a su honesta casa, y colocaban en la alcoba de honor de la salita principal, sobre la lujosa cama de la viuda, el insensible cuerpo de aquel que, si no fue el verdadero protagonista de la jornada del 26 de marzo, va a serlo de nuestra particular historia.

IV: El pellejo propio y el ajeno

Poco tardaron en conocer las caritativas hembras que el gallardo capitán no estaba muerto, sino meramente privado de conocimiento y sentidos por resultas de un balazo que le había dado de refilón en la frente, sin profundizar casi nada en ella. Conocieron también que tenía atravesada y acaso fracturada la pierna derecha, y que no debía descuidarse ni por un momento aquella herida, de la cual fluía mucha sangre. Conocieron, en fin, que lo único verdaderamente útil y eficaz que podían hacer por el desventurado era llamar en seguida a un facultativo . . .

—Mamá —dijo la valerosa joven—, a dos pasos de acá, en la acera de enfrente, vive el doctor Sánchez . . . ¡Que Rosa vaya y le haga venir! Todo es asunto de un momento, y sin que en ello se corra ningún peligro . . .

En esto sonó un tiro muy próximo, al que siguieron cuatro o seis, disparados a un tiempo y a mayor distancia. Después volvió a reinar profundo silencio.

—¡Yo no voy! —gruñó la criada—. Ésos que oyéronse ahora fueron también tiros, y las señoras no querrán que me fusilen al cruzar la calle.

him, when the dissidents fired a volley at him, no doubt because they judged him to be a greater threat than anyone else, or because they imagined he was a general, minister, or something of the sort; and the poor captain, or whatever he was, fell to the ground as if struck by lightning, with his face covered with blood, while the rebels fled in great glee, highly contented with their deed, and the soldiers began running after them, eager to avenge their unfortunate leader. . . .

And so, the street remained empty and silent, and in the middle of it, stretched out and bleeding, that good gentleman, who was perhaps not yet dead, and who might still be saved from death by caring, pious hands. . . . The young woman didn't hesitate a second: she ran to where her mother and the servant were; she told them what had happened; she said there was no more shooting on the Calle de Preciados; she had to combat not so much the very prudent objections of the nobleminded woman of Guipúzcoa as the purely animal fear of the shapeless Galician; and a few minutes later, the three women were carrying bodily to their honorable home, and placing in the master sleeping area of their small main room, on the widow's luxurious bed, the inert body of the man who, if he wasn't the true protagonist of the events of March 26, *will* be the real hero of our private story.

IV: One's Own Hide and That of Others

It wasn't long before the charitable females found that the dashing captain wasn't dead, but merely bereft of consciousness and feelings as the result of a bullet that had struck his forehead at a slant but had hardly penetrated. They also found that his right leg was pierced and possibly fractured, and that that wound, from which much blood was flowing, shouldn't be left untended for even a moment. Finally, they found that the only really useful and productive thing they could do for the unfortunate man was to call a doctor at once. . . .

"Mamma," said the brave young woman, "two steps from here, across the street, lives Dr. Sánchez. . . . Let Rosa go and get him to come! It will only take a minute, and there's no danger involved. . . ."

At that moment they heard a shot very nearby; it was followed by about a half-dozen more, fired at the same time from farther away. Then deep silence reigned again.

"I'm not going!" grumbled the servant. "What we just heard were shots, too, and you ladies surely don't want me to be shot while crossing the street."

—¡Tonta! ¡En la calle no ocurre nada! —replicó la joven, quien acababa de asomarse a una de las rejas.

—¡Quítate de ahí, Angustias! —gritó la madre, reparando en ello.

—El tiro que sonó primero —prosiguió diciendo la llamada Angustias—, y a que han contestado las tropas de la Puerta del Sol, debió de dispararlo desde la buhardilla del número 19 un hombre muy feo, a quien estoy viendo volver a cargar el trabuco... Las balas, por consiguiente, pasan ahora muy altas, y no hay peligro alguno en atravesar nuestra calle. ¡En cambio, fuera la mayor de las infamias que dejásemos morir a este desgraciado por ahorrarnos una ligera molestia!

—Yo iré a llamar al médico —dijo la madre, acabando de vendar a su modo la pierna rota del capitán.

—¡Eso no! —gritó la hija, entrando en la alcoba—. ¿Qué se diría de mí? ¡Iré yo, que soy más joven y ando más de prisa! ¡Bastante has padecido tú ya en este mundo con las dichosas guerras!

—Pues, sin embargo, ¡tú no vas! —replicó imperiosamente la madre.

—¡Ni yo tampoco! —añadió la criada.

–¡Mamá, déjame ir! ¡Te lo pido por la memoria de mi padre! ¡Yo no tengo alma para ver desangrarse a este valiente, cuando podemos salvarlo! ¡Mira, mira de qué poco le sirven tus vendas!... La sangre gotea ya por debajo de los colchones.

—¡Angustias! ¡Te he dicho que no vas!

—No iré, si no quieres; pero, madre mía, piensa en que mi pobre padre, tu noble y valeroso marido, no habría muerto, como murió desangrado, en medio de un bosque, la noche de una acción, si alguna mano misericordiosa hubiese restañado la sangre de sus heridas...

—¡Angustias!

—¡Mamá... ¡Déjame! ¡Yo soy tan aragonesa como mi padre, aunque he nacido en este pícaro Madrid! Además, no creo que a las mujeres se nos haya otorgado ninguna bula, dispensándonos de tener tanta vergüenza y tanto valor como los hombres.

Así dijo aquella buena moza; y no se había repuesto su madre del asombro, acompañado de sumisión moral o involuntario aplauso, que le produjo tan soberano arranque, cuando Angustias estaba ya cruzando impávidamente la calle de Preciados.

"Silly! Nothing's going on in the street!" retorted the young woman, who had just taken a look out of one of the barred windows.

"Get away from there, Angustias!" shouted her mother, noticing this.

"The first shot we heard," the woman addressed as Angustias continued, "which was answered by the soldiers at the Puerta del Sol, must have been fired from the garret of Number 19 by the very ugly man whom I now see reloading his blunderbuss. . . . And so, the bullets are now way overhead, and there's no danger in crossing our street. On the other hand, it would be the greatest disgrace if we let this poor man die to save ourselves a little trouble!"

"I'll go for the doctor," the mother said, as she finished bandaging the captain's broken leg as best she could.

"Oh, no!" her daughter shouted, entering the sleeping area. "What would people think of me? I'll go; I'm younger and I walk faster! You've suffered enough in your life from these blessed wars!"

"But, all the same, you're not to go!" her mother rejoined imperiously.

"Not me, either!" added the servant.

"Mamma, let me go! I beg of you, by the memory of my father! I don't have the heart to see this brave man bleed to death when we can save him! Look, see how little good your bandages are doing! . . . His blood is already dripping under the mattresses."

"Angustias! I've forbidden you to go!"

"I won't go if you don't want me to; but, Mother, stop and think: my poor father, your noble, brave husband, wouldn't have bled to death the way he did in the middle of the woods on the night after the battle if some merciful hand had staunched the flow of blood from his wounds. . . ."

"Angustias!"

"Mamma . . . let me! I'm just as much an Aragonese[6] as my father, even if I was born in this darned Madrid! Besides, I don't think we women have been granted any papal decree dispensing us from being as honorable and brave as men."

Thus spoke that good lass; and her mother hadn't recovered from the combination of surprise and either moral submission or involuntary approval that such a majestic outburst had aroused in her, when Angustias was already fearlessly crossing the Calle de Preciados.

---

6. Proverbial for their obstinacy.

V: Trabucazo

—¡Mire usted, señora! ¡Mire qué hermosa va! —exclamó la gallega, batiendo palmas y contemplando desde la reja a nuestra heroína . . .

Pero, ¡ay!, en aquel mismo instante sonó un tiro muy próximo; y como la pobre viuda, que también se había acercado a la ventana, viera a su hija detenerse y tentarse la ropa, lanzó un grito desgarrador y cayó de rodillas, casi privada de sentido.

—¡No diéronle! ¡No diéronle! —gritaba en tanto la sirvienta—. ¡Ya entra en la casa de enfrente! Repórtese la señora . . .

Pero ésta no la oía. Pálida como una difunta, luchaba con su abatimiento, hasta que, hallando fuerzas en el propio dolor, alzóse medio loca y corrió a la calle . . . , en medio de la cual se encontró con la impertérrita Angustias, que ya regresaba seguida del médico.

Con verdadero delirio se abrazaron y besaron madre e hija, precisamente sobre el arroyo de sangre vertida por el capitán, y entraron al fin en la casa, sin que en aquellos primeros momentos se enterase nadie de que las faldas de la joven estaban agujereadas por el alevoso trabucazo que le disparó el hombre de la buhardilla al verla atravesar la calle . . .

La gallega fue quien, no sólo reparó en ello, sino quien tuvo la crueldad de pregonarlo.

—¡Diéronle! ¡Diéronle! —exclamó con su gramática de Mondoñedo—. ¡Bien hice yo en no salir! ¡Buenos *forados* habrían abierto las balas en mis tres refajos!

Imaginémonos un punto el renovado terror de la pobre madre, hasta que Angustias la convenció de que estaba ilesa. Básteos saber que, según iremos viendo, la infeliz guipuzcoana no había de gozar hora de salud desde aquel espantoso día . . . Y acudamos ahora al malparado capitán, a ver que juicio forma de sus heridas el diligente y experto doctor Sánchez.

V: A Blunderbuss Shot

"Look, ma'am! Look how beautiful she is!" exclaimed the Galician, clapping her hands and watching our heroine from the window grille. . . .

But, alas, at that very moment, a shot rang out very nearby; and when the poor widow, who had also come up to the window, saw her daughter stop and feel her clothing, she emitted an ear-rending shriek and fell on her knees, almost in a faint.

"They didn't 'it 'er! They didn't 'it 'er!"[7] the servant was shouting in the meantime. "She's going into the house across the way! Ma'am, calm down. . . ."

But her mistress didn't hear her. Pale as death, she was struggling against her depression until, finding strength in her own grief, she got up, half-crazed, and ran into the street . . . , in the middle of which she met the fearless Angustias, already on her way back along with the doctor.

Mother and daughter embraced and kissed in true delirium, directly over the stream of blood that the captain had shed, and they finally entered their house, without anyone noticing in the first few minutes that the young woman's skirt and petticoats had been riddled by the treacherous blunderbuss shot fired by the man in the garret when he saw her crossing the street. . . .

It was the Galician who not only noticed it, but was cruel enough to inform everyone about it.

"She's been 'it! She's been 'it!" she exclaimed, with her Mondoñedo grammar. "I did right not to go out! The bullets would have made nice 'oles in my three petticoats!"

Let's imagine for a moment the renewed terror of the poor mother, until Angustias convinced her she was safe and sound. Let us merely inform you that, as we shall see later on, the unhappy woman from Guipúzcoa was not to enjoy an hour of good health from that horrible day on. . . . And now let's pay attention to the injured captain and find out what opinion the diligent and experienced Dr. Sánchez will arrive at concerning his wounds.

---

7. In the Spanish text, the use of the personal pronoun as an enclitic is meant to characterize the servant's speech as Galician, here and elsewhere.

VI: Diagnóstico y pronóstico

Envidiable reputación tenía aquel facultativo, y justificóla de nuevo en la rápida y feliz primera cura que hizo a nuestro héroe, restañando la sangre de sus heridas con medicinas caseras, y reduciéndole y entablillándole la fractura de la pierna sin más auxiliares que las tres mujeres. Pero como expositor de su ciencia no se lució tanto, pues el buen hombre adolecía del vicio oratorio de Pero Grullo.

Desde luego, respondió de que el capitán no moriría, "dado que saliese antes de veinticuatro horas de aquel profundo amodorramiento", indicio de una grave conmoción cerebral causada por la lesión que en la frente le había producido un proyectil oblicuo (disparado con arma de fuego, sin quebrantarle, aunque sí contundiéndole, el hueso frontal), "precisamente en el sitio en que tenía la herida, a consecuencia de nuestras desgraciadas discordias civiles y de haberse mezclado aquel hombre en ellas"; añadiendo en seguida, por vía de glosa, que si la susodicha conmoción cerebral no cesaba dentro del plazo marcado, el capitán moriría sin remedio, "en señal de haber sido demasiado fuerte el golpe del proyectil; y que, respecto a si cesaría o no cesaría la tal conmoción antes de las veinticuatro horas, se reservaba su pronóstico hasta la tarde siguiente".

Dichas estas verdades de a folio, recomendó muchísimo, y hasta con pesadez (sin duda por conocer bien a las hijas de Eva), que cuando el herido recobrase el conocimiento no le permitieran hablar, ni le hablaran ellas de cosa alguna, por urgente que les pareciese entrar en conversación con él; dejó instrucciones verbales y recetas escritas para todos los casos y accidentes que pudieran sobrevenir; quedó en volver al otro día, aunque también hubiese tiros, a fuer de hombre tan cabal como buen médico y como inocente orador, y se marchó a su casa, por si le llamaban para otro apuro semejante; no, empero, sin aconsejar a la conturbada viuda que se acostara temprano, pues no tenía el pulso en caja, y era muy posible que le entrase una poca fiebre *al llegar* la noche . . . (que ya había *llegado*).

VI: Diagnosis and Prognosis

That physician enjoyed an enviable reputation, and now once again justified his fame by the rapid and felicitous first aid he administered to our hero, staunching the flow of blood from his wounds with household medical supplies, and setting the broken leg with a splint with no other aid than that of the three women. But he was far from being similarly excellent as a verbal expositor of his science, because the good man was one of those who always belabor the obvious.

And so, he replied that the captain wouldn't die, "provided he awoke from that deep coma in less than twenty-four hours." This deep sleep was the sign of a serious concussion of the brain caused by the lesion produced on his forehead by an oblique projectile (shot from a firearm, not breaking but bruising the frontal bone), "in the very place where he was wounded, as a consequence of our unfortunate civil discord and his having become involved in it." He added immediately, as an explanation, that if the abovesaid cerebral concussion wasn't cleared up within the time frame he had indicated, the captain would die without fail, "which would show that the blow from the projectile had been too strong." With regard to whether that concussion would clear up before the end of the twenty-four hours, or not, he was reserving his prognostic until the following afternoon.

Having uttered these lengthy tautologies, he gave a strong, in fact emphatic, recommendation (no doubt because he was well acquainted with the daughters of Eve) that, when the wounded man regained consciousness, they were not to permit him to speak or to speak to him themselves about anything, no matter how urgent a conversation with him might appear. He left verbal instructions and written prescriptions for every eventuality and incident that might occur. He assured them he'd return the next day, even if there was more shooting, just like the upright man he was, a good doctor though a naïve speaker. And he went home, on the chance he might be wanted for another case of distress like this one; but not before advising the perturbed widow to go to bed early, since her pulse wasn't normal and it was very possible that she could have a little fever "after nightfall" (it had already fallen).

VII: Expectación

Serían las tres de la madrugada, y la noble señora, aunque, en efecto, se sentía muy mal, continuaba a la cabecera de su enfermo huésped, desatendiendo los ruegos de la infatigable Angustias, quien no sólo velaba también, sino que todavía no se había sentado en toda la noche.

Erguida y quieta como una estatua, permanecía la joven al pie del ensangrentado lecho, con los ojos fijos en el rostro blanco y afilado, semejante al de un Cristo de marfil, de aquel valeroso guerrero a quien admiró tanto por la tarde, y de esta manera esperaba con visible zozobra a que el sin ventura despertara de aquel profundo letargo, que podía terminar en la muerte.

La dichosísima gallega era quien roncaba, si había que roncar, en la mejor butaca de la sala, con la vacía frente clavada en las rodillas, por no haber caído en la cuenta de que aquella butaca tenía un espaldar muy a propósito para reclinar en él el occipucio.

Varias observaciones o conjeturas habían cruzado la madre y la hija, durante aquella larga velada, acerca de cuál podría ser la calidad originaria del capitán, cuál su carácter, cuáles sus ideas y sentimientos. Con la nimiedad de atención que no pierden las mujeres ni aun en las más terribles y solemnes circunstancias, habían reparado en la finura de la camisa, en la riqueza del reloj, en la pulcritud de la persona y en las coronitas de marqués de los calcetines del paciente. Tampoco dejaron de fijarse en una muy vieja medalla de oro que llevaba al cuello bajo sus vestiduras, ni en que aquella medalla representaba a la Virgen del Pilar de Zaragoza; de todo lo cual se alegraron sobremanera, sacando en limpio que el capitán era persona de clase y de buena y cristiana educación. Lo que naturalmente respetaron fue el interior de sus bolsillos, donde tal vez habría cartas o tarjetas que declarasen su nombre y las señas de su casa; declaraciones que esperaban en Dios podría hacerles él mismo cuando recobrase el conocimiento y la palabra, en señal de que le quedaban días que vivir . . .

Mientras tanto, y aunque la refriega política había concluido por entonces, quedando victoriosa la monarquía, oíase de tiempo en tiempo, ora algún tiro remoto y sin contestación, como solitaria protesta de tal o cual republicano no convertido por la metralla, ora el sonoro trotar de las patrullas de caballería que rondaban, asegurando el orden público; rumores ambos lúgubres y fatídicos, muy tristes de escuchar desde la cabecera de un militar herido y casi muerto.

VII: Expectancy

It was around three in the morning, and the noble lady, though she actually felt quite poorly, remained at the bedside of her sick guest, not heeding the pleas of the tireless Angustias, who was not only joining her in her vigil, but hadn't even sat down all night long.

Calm and erect as a statue, the young woman remained at the foot of the bloodstained bed, her eyes glued to the slender white face, like that of an ivory Christ, of that brave warrior she had so admired in the afternoon. She was waiting that way, in obvious anxiety, for the unfortunate man to awaken from that deep lethargy, which could possibly end in death.

It was the very lucky Galician servant who was snoring, if anyone needed to snore, in the best armchair in the parlor, her empty forehead resting solidly on her knees, because she hadn't caught on to the fact that the armchair had a back, which was very well suited for resting one's head.

Various observations or conjectures had occurred to mother and daughter, during that long vigil, as to the captain's possible social origins, character, ideas, and sentiments. With that excessive attentiveness that never deserts women even in the direst and gravest of circumstances, they had noticed the fineness of his shirt, the expensiveness of his watch, the neatness of his appearance, and the marquis's coronets on the patient's socks. Nor did they neglect to observe a very old golden medallion he wore on his neck underneath his clothing, nor the fact that the medallion depicted the Virgin of the Pillar of Saragossa. All of this made them wonderfully happy, since they deduced that the captain was a person of quality who had enjoyed a good Christian upbringing. Naturally they refrained from inspecting the inside of his pockets, which might contain letters or cards that would provide his name and address, information which they hoped to God he would be able to give them himself when he regained consciousness and the power of speech, showing that his life wasn't over. . . .

Meanwhile, though the political fray had ended for the time being, the monarchy being the victor, a faraway, unanswered shot could be heard from time to time, a solitary protest by some supporter of the Republic who hadn't been converted by grapeshot, and at other moments the resounding trot of cavalry patrols making their rounds to insure public order. Both those sounds were gloomy and ominous, very sad to hear from the bedside of a soldier who was wounded and at death's door.

VIII: Inconvenientes de la "Guía de Forasteros"

Así las cosas, y a poco de sonar las tres y media en el reloj del Buen Suceso, el capitán abrió súbitamente los ojos; paseó una hosca mirada por la habitación, fijóla sucesivamente en Angustias y en su madre, con cierta especie de terror pueril, y balbuceó desapaciblemente:

—¿Dónde diablos estoy?

La joven se llevó un dedo a los labios, recomendándole que guardara silencio; pero a la viuda le había sentado muy mal la segunda palabra de aquella interrogación, y apresuróse a responder:

—Está usted en lugar honesto y seguro, o sea en casa de la generala Barbastro, condesa de Santurce, servidora de usted.

—¡Mujeres! ¡Qué diantre . . . ! —tartamudeó el capitán, entornando los ojos, como si volviese a su letargo.

Pero muy luego se notó que ya respiraba con la libertad y fuerza del que duerme tranquilo.

—¡Se ha salvado! —dijo Angustias muy quedamente—. Mi padre estará contento de nosotros.

—Rezando estaba por su alma . . . —contestó la madre—. ¡Aunque ya ves que el primer saludo de nuestro enfermo nos ha dejado mucho que desear!

—Me sé de memoria —profirió con lentitud el capitán, sin abrir los ojos— el escalafón del Estado Mayor General del Ejército español, inserto en la *Guía de Forasteros,* y en él no figura, ni ha figurado en este siglo ningún general Barbastro.

—¡Le diré a usted! . . . —exclamó vivamente la viuda—. Mi difunto marido . . .

—No le contestes ahora, mamá . . . —interrumpió la joven, sonriéndose—. Está delirando, y hay que tener cuidado con su pobre cabeza. ¡Recuerda los encargos del doctor Sánchez!

El capitán abrió sus hermosos ojos; miró a Angustias muy fijamente, y volvió a cerrarlos, diciendo con mayor lentitud:

—¡Yo no deliro nunca, señorita! ¡Lo que pasa es que digo siempre la verdad a todo el mundo, caiga el que caiga!

Y dicho esto, sílaba por sílaba, suspiró profundamente, como muy

VIII: Drawbacks of the "Guide for Strangers"

The situation being as described, a little after the bells of the Buen Suceso[8] had rung three-thirty the captain suddenly opened his eyes. He cast a surly glance around the room, his eyes resting in turn on Angustias and on her mother with a sort of childish fear, and he stammered harshly:

"Where the hell am I?"

The young woman put a finger to her lips, urging him to be quiet; but the widow had taken umbrage at the third word in that question, and she replied hastily:

"You're in a respectable, safe place—that is, in the home of the widow of General Barbastro, Countess of Santurce, and your humble servant."

"Women! Oh, darn!" the captain stuttered, turning up his eyes as if relapsing into his coma.

But very soon they could tell he was breathing with the freedom and strength of someone sleeping calmly.

"He's saved!" Angustias said very calmly. "My father will be satisfied with us."

"I was just praying for his soul . . . ," her mother answered. "Though you see that our patient's first greeting left a lot to be desired!"

"I know by heart," the captain declared slowly, without opening his eyes, "the entire list of the general staff of the Spanish army, which is included in the *Guide for Strangers*,[9] and it doesn't now include, nor has it included during this century, any General Barbastro."

"Let me tell *you!* . . ." the widow exclaimed violently. "My late husband—"

"Don't answer him now, Mamma . . . ," the young woman interrupted with a smile. "He's delirious, and we have to be careful with his poor head. Remember Dr. Sánchez's instructions!"

The captain opened his handsome eyes, stared hard at Angustias, closed them again, and said, even more slowly:

"I'm never delirious, miss! The thing is that I always speak the truth to everybody, no matter what the consequences!"

Saying this in detached syllables, he heaved a deep sigh, as if worn

---

8. At the time when the story takes place, the church of Our Lady of the Good Outcome (or: of Good Help) was still located in the Puerta del Sol square.   9. The annually published *Guía de forasteros en Madrid*, a forerunner of the *Guía oficial de España*, contained many kinds of information about the government.

fatigado de haber hablado tanto, y comenzó a roncar de un modo sordo, cual si agonizase.

—¿Duerme usted, capitán? —le preguntó muy alarmada la viuda. El herido no respondió.

IX: Más inconvenientes de la "Guía de Forasteros"

—Dejémosle que repose . . . —dijo Angustias en voz baja, sentándose al lado de su madre—. Y supuesto que ahora no puede oírnos, permíteme, mamá, que te advierta una cosa . . . Creo que no has hecho bien en contarle que eres condesa y generala . . .

—¿Por qué?

—Porque . . . , bien lo sabes, no tenemos recursos suficientes para cuidar y atender a una persona como ésta, del modo que lo harían condesas y generalas *de verdad*.

—¿Qué quiere decir *de verdad?* —exclamó vivamente la guipuzcoana—. ¿También tú vas a poner en duda mi categoría? ¡Yo soy tan condesa como la del Montijo, y tan generala como la de Espartero!

—Tienes razón; pero hasta que el Gobierno resuelva en este sentido el expediente de tu viudedad, seguiremos siendo muy pobres . . .

—¡No tan pobres! Todavía me quedan mil reales de los pendientes de esmeraldas, y tengo una gargantilla de perlas con broche de brillantes, regalo de mi abuelo, que vale más de quinientos duros, con los cuales nos sobra para vivir hasta que se resuelva mi expediente, que será antes de un mes, y para cuidar a este hombre como Dios manda, aunque la rotura de la pierna le obligue a estar acá dos o tres meses . . . Ya sabes que el oficial del Consejo opina que me alcanzan los beneficios del artículo 10 del convenio de Vergara; pues, aunque tu padre murió con anterioridad, consta que ya estaba de acuerdo con Maroto . . .

—Santurce . . . Santurce . . . ¡Tampoco figura este condado en la *Guía de Forasteros!* —murmuró borrosamente el capitán, sin abrir los ojos.

Y luego, sacudiendo de pronto su letargo, y llegando hasta incorporarse en la cama, dijo con voz entera y vibrante, como si ya estuviese bueno:

out from talking so much, and began to emit a muffled snore that resembled a death rattle.

"Are you asleep, Captain?" the widow asked in great alarm.

The wounded man didn't respond.

IX: Further Drawbacks of the "Guide for Strangers"

"Let's let him rest," said Angustias quietly, sitting down beside her mother. "And since he can't hear us now, Mamma, let me point out one thing to you. . . . I think you were wrong to tell him you were a countess and a general's widow. . . ."

"Why?"

"Because . . . as you well know, we don't have sufficient funds to tend to and take care of a person of his quality in the fashion that *real* countesses and generals' widows could."

"What does 'real' mean?" the woman from Guipúzcoa exclaimed violently. "Are *you* going to question my rank, too? I'm just as much of a countess as the Countess del Montijo,[10] and my husband was just as much of a general as Espartero!"[11]

"You're right, but until the government recognizes your claim to a general's widow's pension as being valid, we'll go on being very poor."

"Not as poor as all that! I still have two hundred fifty *pesetas* left from selling those emerald earrings, and I have a pearl necklace with a diamond clasp, which my grandfather gave me, and which is worth more than twenty-five hundred *pesetas*. We can live on that until my claim is validated, which will be in less than a month, and we have more than enough to take care of this man as God bids us to, even though his broken leg may make it necessary for him to stay here two or three months. . . . You know that the Cabinet clerk thinks I'm entitled to the benefits spelled out in Article 10 of the Vergara Agreement.[12] And so, even though your father died before the Agreement, it's known that he was of one mind with Maroto. . . ."

"Santurce . . . Santurce . . . That count's title isn't in the *Guide for Strangers*, either!" the captain murmured indistinctly, without opening his eyes.

Then, suddenly shaking off his drowsiness, and even sitting up in bed, he said in a full, vibrant voice, as if he had completely recovered:

---

10. Mother of the Empress Eugénie of France. 11. Head of the official government troops in the First Carlist War; see Introduction. 12. See the Introduction for the historical background, and the historical figures mentioned.

—¡Vamos claros, señora! Yo necesito saber dónde estoy y quiénes son ustedes . . . ¡A mí no me gobierna ni me engaña nadie! ¡Diablo, y cómo me duele esta pierna!

—Señor capitán, ¡usted nos insulta! —exclamó la generala destempladamente.

—¡Vaya, capitán! . . . Estése usted quieto, y calle . . . —dijo al mismo tiempo Angustias con suavidad, aunque con enojo—. Su vida correrá mucho peligro si no guarda usted silencio o si no permanece inmóvil. Tiene usted rota la pierna derecha, y una herida en la frente, que le ha privado a usted de sentido más de diez horas . . .

—¡Es verdad! —exclamó el raro personaje, llevándose las manos a la cabeza y tentando las vendas que le había puesto el médico—. ¡Esos pícaros me han herido! Pero ¿quién ha sido el imprudente que me ha traído a una casa ajena, teniendo yo la mía y habiendo hospitales militares y civiles? ¡A mí no me gusta incomodar a nadie, ni deber favores, que maldito si merezco ni quiero merecer! Yo estaba en la calle de Preciados . . .

—Y en la calle de Preciados está usted, número 14, cuarto bajo . . . —interrumpió la guipuzcoana, desentendiéndose de las señas que le hacía su hija para que callase—. ¡Nosotras no necesitamos que nos agradezca usted cosa alguna, pues no hemos hecho nada ni haremos más que lo que manda Dios y la caridad ordena! Por lo demás, está usted en una casa decente. Yo soy doña Teresa Carrillo de Albornoz y Azpeitia, viuda del general carlista don Luis Gonzaga de Barbastro, *convenido en Vergara* . . . (¿Entiende usted? *Convenido en Vergara,* aunque fuese de un modo *virtual, retrospectivo e implícito,* como en mis instancias se dice.) El cual debió su título de conde de Santurce a un real nombramiento de don Carlos V, que tiene que revalidar doña Isabel II, al tenor del artículo 10 del Convenio de Vergara. ¡Yo no miento nunca, ni uso nombres supuestos, ni me propongo con usted otra cosa que cuidarlo y salvar su vida, ya que la Providencia me ha confiado este encargo! . . .

—Mamá, no le des cuerda . . . —observó Angustias—. Ya ves que, en lugar de aplacarse, se dispone a contestarte con mayor ímpetu . . . ¡Y es que el pobre está malo . . . y tiene la cabeza débil! ¡Vamos, señor capitán! Tranquilícese usted, y mire por su vida . . .

Tal dijo la noble doncella con su gravedad acostumbrada. Pero el capitán no se amansó por ello, sino que la miró de hito en hito con mayor furia, como acosado jabalí a quien arremete nuevo y más temible adversario, y exclamó valerosísimamente:

"Let's be clear, ma'am! I need to know where I am and who you two are. . . . Nobody leads me around and nobody fools me! Damn, how this leg hurts!"

"Captain, you're insulting us!" the general's widow exclaimed gruffly.

"Come now, Captain! . . . Be calm and keep quiet . . . ," Angustias said at the same time, gently but with vexation. "Your life will be in great danger if you don't keep quiet and remain still. Your right leg is broken, and you have a wound on your forehead which left you unconscious for more than ten hours. . . ."

"It's true," the strange fellow exclaimed, raising his hands to his head and touching the bandages the doctor had put on it. "Those scoundrels wounded me! But who was so thoughtless as to bring me to a strange house, when I have my own, and when there are army and civilian hospitals? I don't like being a nuisance to anyone, or owing favors, which I'm damned if I deserve or want to deserve! I was in the Calle de Preciados—"

"And you're in the Calle de Preciados right now, Number 14, ground floor," the woman from Guipúzcoa interrupted, paying no attention to her daughter's signals to her to be quiet. "We don't need your gratitude for anything, because we've done nothing, nor will we do more than what God bids us and charity demands! For the rest, you're in a respectable house. I am Doña Teresa Carrillo de Albornoz y Azpeitia, widow of the Carlist general Don Luis Gonzaga de Barbastro, whose rank was acknowledged by the Vergara Agreement. . . . (Do you understand? By the Vergara Agreement, albeit in a 'virtual, retroactive, and implicit' manner, as it says in my petitions.) He owed his title of Count of Santurce to a royal appointment by King Charles V, which has to be validated by Queen Isabella II, in accordance with Article 10 of the Vergara Agreement. I never lie or use assumed names, nor do I have anything in mind for you but to tend to you and save your life, now that Providence has entrusted me with that charge! . . ."

"Mamma, don't mind what he's saying . . . ," Angustias remarked. "You see that, instead of calming down, he's preparing to answer you with even greater violence. . . . And the poor man is ill . . . and his head is weak! Come now, Captain! Relax, and take care for your life. . . ."

Thus spoke the noble maiden with her customary gravity. But that didn't soothe the captain's temper: he stared fixedly at her with greater fury, like a cornered wild boar being attacked by a new, more dangerous enemy, and he exclaimed with great valor:

X: El capitán se define a sí propio

—¡Señorita! . . . En primer lugar, yo no tengo la cabeza débil ni la he tenido nunca, y prueba de ello es que no ha podido atravesármela una bala. En segundo lugar, siento muchísimo que me hable usted con tanta conmiseración y blandura, pues yo no entiendo de suavidades, zalamerías ni melindres. Perdone usted la rudeza de mis palabras, pero cada uno es como Dios lo ha criado, y a mí no me gusta engañar a nadie. ¡No sé por qué ley de mi naturaleza prefiero que me peguen un tiro a que me traten con bondad! Advierto a ustedes, por consiguiente, que no me cuiden con tanto mimo, pues me harán reventar en esta cama en que me ha atado mi mala ventura . . . Yo no he nacido para recibir favores, ni para agradecerlos o pagarlos; por lo cual he procurado siempre no tratar con mujeres, ni con niños, ni con santurrones, ni con ninguna otra gente pacífica y dulzona . . . Yo soy un hombre atroz, a quien nadie ha podido aguantar, ni de muchacho, ni de joven, ni de viejo, que principio a ser. ¡A mí me llaman en todo Madrid el *Capitán Veneno!* Conque pueden ustedes acostarse, y disponer, en cuanto sea de día, que me conduzcan en una camilla al Hospital General. He dicho.

—¡Jesús, qué hombre! —exclamó horrorizada doña Teresa.

—¡Así debían ser todos! —respondió el capitán—. ¡Mejor andaría el mundo, o ya se habría parado hace mucho tiempo!

Angustias volvió a sonreírse.

—¡No se sonría usted, señorita; que eso es burlarse de un pobre enfermo, incapacitado de huir para librarla a usted de su presencia! —continuó diciendo el herido, con algún asomo de melancolía—. ¡Harto sé que les pareceré a ustedes muy mal criado!; ¡pero crean que no lo siento mucho! ¡Sentiría, por el contrario, que me estimasen ustedes digno de aprecio, y que luego me acusasen de haberlas tenido en un error! ¡Oh! Si yo cogiera al infame que me ha traído a esta casa, nada más que a fastidiar a ustedes y a deshonrarme . . .

—Trajímosle en peso yo y la señora y la señorita . . . —pronunció la gallega, a quien habían despertado y atraído las voces de aquel energúmeno—. El señor estaba desangrándose a la puerta de casa, y entonces la señorita se ha condolido de él. Yo también me condolí algo. Y como también se había condolido la señora, cargamos entre las tres con el señor, ¡que vaya si pesa, tan cenceño como parece!

El capitán había vuelto a amostazarse al ver en escena a otra mujer; pero la relación de la gallega le impresionó tanto, que no pudo menos de exclamar:

X: The Captain Describes Himself

"Young lady! . . . In the first place, my head isn't weak, and never has been. As proof of that, a bullet was unable to go through it. In the second place, I'm very sorry to hear you talking to me with such compassion and sweetness, because I have no use for gentleness, mawkishness, or simpering. forgive the roughness of my words, but every man was created the way he is by God, and I don't like to deceive anyone. By some strange law of nature, I prefer being shot than being treated with kindness! I warn you, therefore, not to mollycoddle me so much, or you'll make me explode in this bed to which my bad luck has tied me down. . . . I wasn't made to receive favors, or be grateful for them, or return them; and so I've always tried not to deal with women, children, sanctimonious folk, or any other peaceloving, saccharine-sweet people. . . . I'm a fierce fellow whom no one has been able to abide, as a boy, a young man, or an old man, which I'm getting to be. All over Madrid I'm known as Captain Poison! And so, you can go to bed, and as soon as it's daylight, you can arrange to have me brought on a stretcher to the General Hospital. I have no more to say."

"Jesus, what a man!" Doña Teresa exclaimed in horror.

"It's the way we all ought to be!" the captain replied. "The world would be better; or it would have stopped turning a long time ago!"

Angustias smiled again.

"Don't smile, miss; you're making fun of a poor sick man who's unable to run away and rid you of his company!" the wounded man went on, with a hint of melancholy. "I know only too well I must seem extremely rude to you, but, believe me, I'm not all that sorry for it! On the contrary, I'd be sorry if you first deemed me worthy of your esteem and later accused me of having deluded you! Oh, if I could lay my hands on the wretch who brought me to this house just to annoy you and dishonor me—"

"I and the lady and the young miss carried you in bodily," stated the Galician servant, who had been awakened and drawn to the spot by that lunatic's outcries. "Sir, you were bleeding to death at the door to the 'ouse, and then the young miss felt sorry for you. I felt a little sorry, too. And since my mistress felt sorry as well, the three of us picked you up, sir, and my, are you 'eavy, though you look so skinny!"

The captain had gotten cross again on seeing yet another woman appear, but the Galician's narrative affected him so much that he couldn't help exclaiming:

—¡Lástima que no hayan ustedes hecho esta buena obra por un hombre mejor que yo! ¿Qué necesidad tenían de conocer al empecatado *Capitán Veneno*?

Doña Teresa miró a su hija como para significarle que aquel hombre era mucho menos malo y feroz de lo que él creía, y se halló con que Angustias seguía sonriéndose con exquisita gracia, en señal de que opinaba lo mismo.

Entre tanto, la elegíaca gallega decía lacrimosamente:

—¡Pues más lástima le daría al señor si supiese que la señorita fue en persona a llamar al médico para que curase esos dos balazos, y que, cuando la pobre iba por mitad del arroyo, tiráronle un tiro que . . . , mire usted . . . , le ha agujereado la basquiña!

—Yo no se lo hubiera contado a usted nunca, señor capitán, por miedo de irritarlo . . . —expuso la joven, entre modesta y burlona, o sea bajando los ojos y sonriendo con mayor gracia que antes—. Pero como esta Rosa se lo habla todo, no puedo menos de suplicar a usted me perdone el susto que causé a mi querida madre, y que todavía tiene a la pobre con calentura.

El capitán estaba espantado, con la boca abierta, mirando alternativamente a Angustias, a doña Teresa y a la criada, y cuando la joven dejó de hablar, cerró los ojos, dio una especie de rugido, y exclamó, levantando al cielo los puños:

—¡Ah, crueles! ¡Cómo siento el puñal en la herida! ¿Conque las tres os habéis propuesto que sea vuestro esclavo o vuestro hazmerreír? ¿Conque tenéis empeño en hacerme llorar o decir ternezas? ¿Conque estoy perdido si no logro escaparme? ¡Pues me escaparé! ¡No faltaba más sino que, al cabo de mis años, viniera yo a ser juguete de la tiranía de tres mujeres de bien! ¡Señora! —prosiguió con gran énfasis, dirigiéndose a la viuda—. ¡Si ahora mismo no se acuesta usted, y no toma, después de acostada, una taza de tila con flor de azahar, me arranco todos estos vendajes y trapajos, y me muero en cinco minutos, aunque Dios no quiera! En cuanto a usted, señorita Angustias, hágame el favor de llamar al sereno y decirle que vaya en casa del marqués de los Tomillares, Carrera de San Francisco, número . . . , y le participe que su primo don Jorge de Córdoba le espera en esta casa gravemente herido. En seguida se acostará usted también, dejándome en poder de esta insoportable gallega, que me dará de vez en cuando agua con azúcar, único socorro que necesitaré hasta que venga mi primo Álvaro. Conque lo dicho, señora condesa: principie usted por acostarse.

La madre y la hija se guiñaron, y la primera respondió apaciblemente:

"Too bad you didn't do this good deed for a better man than I am! Why did you have to get to know the incorrigible Captain Poison?"

Doña Teresa looked at her daughter as if to indicate to her that that man was much less evil and ferocious than he thought, and she found that Angustias was still smiling with exquisite grace, as a token that she was of the same opinion.

Meanwhile, the elegiac Galician was saying tearfully:

"But you'd think it was even worse, sir, if you knew that it was my young lady in person who called the doctor to take care of those two bullet wounds, and that, when the poor girl was in the middle of the gutter, she was shot at . . . and look . . . got a 'ole through her skirt!"

"I would never have told you that, Captain, for fear of irritating you," the young woman declared in a mixture of modesty and mockery—that is, lowering her eyes and smiling with greater grace than before. "But since our Rosa blurts everything out, I can't help begging you to forgive me for the fright I caused my dear mother, which still has the poor dear feverish."

The captain was thunderstruck; with his mouth open, he gazed in turn at Angustias, Doña Teresa, and the servant, and when the young woman had stopped speaking, he shut his eyes, gave a kind of roar, and exclaimed as he raised his fists skyward:

"Oh, how cruel you all are! How I feel the dagger twisting in my wound! And so, the three of you have made up your mind that I'm to be your slave or your laughingstock! And so, you insist on making me cry or say sweet things? And so, I'm lost if I don't manage to escape? Well, I *will* escape! All I needed at my age was to become the plaything of the tyranny of three well-meaning women! Madam!" he continued very emphatically, addressing the widow. "If you don't go to bed right now and, once in bed, take a cup of linden-blossom tea with some orange-flower water, I'll tear off all these bandages and rags, and I'll die in five minutes, God willing or not! As for you, Miss Angustias, do me the favor of calling the night watchman and telling him to go to the home of the Marquis de los Tomillares, Number . . . , Carrera de San Francisco, and inform him that his cousin Don Jorge de Córdoba is waiting for him, seriously wounded, in this house. Right after that, you'll go to bed, leaving me in the power of this unbearable Galician, who from time to time will give me sugar water, the only aid I need until my cousin Álvaro comes. And so, as I've said, Countess: you begin by going to bed."

Mother and daughter winked at each other, and the former replied peaceably:

—Voy a dar a usted ejemplo de obediencia y de juicio. Buenas noches, señor capitán; hasta mañana.

—También yo quiero ser obediente . . . —añadió Angustias, después de apuntar el verdadero nombre del *Capitán Veneno* y las señas de la casa de su primo—. Pero como tengo mucho sueño, me permitirá usted que deje para mañana el enviar ese atento recado al señor marqués de los Tomillares. Buenos días, señor don Jorge; hasta luego. ¡Cuidadito con no moverse!

—¡Yo no me quedo sola con este señor! —gritó la gallega—. ¡Su genio de demonio póneme el cabello de punta, y háceme temblar como una cervata!

—Descuida, hermosa . . . —respondió el capitán—; que contigo seré más dulce y amable que con tu señorita.

Doña Teresa y Angustias no pudieron menos de soltar la carcajada al oír esta primera salida de buen humor de su inaguantable huésped.

Y véase por qué arte y modo, escenas tan lúgubres y trágicas como las de aquella tarde y aquella noche, vinieron a tener por remate y coronamiento un poco de júbilo y alegría. ¡Tan cierto resulta que en este mundo todo es fugaz y transitorio, así la felicidad como el dolor, o, por mejor decir, que de tejas abajo no hay bien ni mal que cien años dure!

PARTE SEGUNDA

VIDA DEL HOMBRE MALO

I: La segunda cura

A las ocho de la mañana siguiente, que, por la misericordia de Dios, no ofreció ya señales de barricadas ni de tumulto (misericordia que había de durar hasta el 7 de mayo de aquel mismo año, en que ocurrieron las terribles escenas de la plaza Mayor), hallábase el doctor Sánchez en casa de la llamada condesa de Santurce poniendo el aparato definitivo en la pierna rota del *Capitán Veneno*.

A éste le había dado aquella mañana por callar. Sólo había abierto hasta entonces la boca, antes de comenzarse la dolorosa operación, para dirigir dos breves y ásperas interpelaciones a doña Teresa y a Angustias, contestando a sus afectuosos *buenos días*.

Dijo a la madre:

—¡Por los clavos de Cristo, señora! ¿Para qué se ha levantado usted

"I shall set you that example of obedience and good sense. Good night, Captain. I'll see you tomorrow."

"I want to be obedient, too," added Angustias, after noting down Captain Poison's real name and his cousin's address. "But since I'm very sleepy, please allow me to wait until tomorrow to send this respectful message to the Marquis de los Tomillares. Good day, Don Jorge. See you soon. Watch out and don't move around!"

"I'm not going to be left alone with this gentleman!" the Galician shouted. "'Is devilish temper makes my 'air stand on end, and makes me tremble like a fawn!"

"Have no fear, my beauty . . . ," the captain replied. "With you I'll be gentler and more likeable than with your young lady."

Doña Teresa and Angustias couldn't help bursting out laughing when they heard this first sally of good humor from their unbearable guest.

And just see how scenes as mournful and tragic as those of the previous afternoon and night came to end and be crowned by a little merriment and cheer. So certain it is that, in this world, everything is fleeting and transitory, happiness as well as grief, or, to put it even better, on this earth there's nothing good or bad that lasts a hundred years!

PART TWO

THE SICK MAN'S LIFE

I: The Doctor's Second Visit

At eight the next morning, which, thank God, no longer gave signs of barricades or tumults (this grace of God was to last until May 7 of that same year, when the terrible scenes of the Plaza Mayor took place), Dr. Sánchez was in the house of the woman who called herself the Countess of Santurce, placing the permanent dressing on Captain Poison's broken leg.

The captain had taken it into his head that morning to keep quiet. Up to then he had only opened his mouth, before the painful procedure began, to address two brief, harsh remarks to Doña Teresa and Angustias, in answer to their affectionate "Good day!"

To the mother he had said:

"By Christ's Passion, ma'am! Why did you get up if you feel unwell?

estando mala? ¿Para que sean mayores mi sofocación y mi vergüenza? ¿Se ha propuesto usted matarme a fuerza de cuidados?

Y dijo a Angustias:

—¿Qué importa que yo esté mejor o peor? ¡Vamos al grano! ¿Ha enviado usted a llamar a mi primo para que me saquen de aquí y nos veamos todos libres de impertinencias y ceremonias?

—¡Sí, señor *Capitán Veneno!* Hace media hora que la portera le llevó el recado . . . —contestó muy tranquilamente la joven, arreglándole las almohadas.

En cuanto a la inflamable condesa, excusado es decir que había vuelto a picarse con su huésped al oír aquellos nuevos ex abruptos. Resolvió, por tanto, no dirigirle más la palabra, y se limitó a hacer hilas y vendas y a preguntar una vez y otra, con vivo interés, al impasible doctor Sánchez, cómo encontraba al *herido* (sin dignarse nombrar a éste), y si llegaría a quedarse cojo, y si a las doce podría tomar caldo de pollo y jamón, y si era cosa de enarenar la calle para que no le molestara el ruido de los coches, etcétera.

El facultativo, con su ingenuidad acostumbrada, aseguró que del balazo de la frente nada había ya que temer, gracias a la enérgica y saludable naturaleza del enfermo, en quien no quedaba síntoma alguno de conmoción ni fiebre cerebral; pero su diagnóstico no fue tan favorable respecto a la fractura de la pierna. Calificóla nuevamente de grave y peligrosísima, por estar la tibia muy destrozada, y recomendó a don Jorge, absoluta inmovilidad si quería librarse de una amputación y aun de la misma muerte . . .

Habló el doctor en términos tan claros y rudos, no sólo por falta de arte para disfrazar sus ideas, sino porque ya había formado juicio del carácter voluntarioso y turbulento de aquella especie de niño consentido. Pero a fe que no consiguió asustarlo: antes bien, le arrancó una sonrisa de incredulidad y de mofa.

Las asustadas fueron las tres buenas mujeres: doña Teresa, por pura humanidad; Angustias, por cierto empeño hidalgo y de amor propio que ya tenía en curar y domesticar a tan heroico y raro personaje, y la criada, por terror instintivo a todo lo que fuera sangre, mutilación y muerte.

Reparó el capitán en la zozobra de sus enfermeras, y saliendo de la calma con que estaba soportando la curación, dijo furiosamente al doctor Sánchez:

—¡Hombre! ¡Podía usted haberme notificado a solas todas esas sentencias! ¡El ser buen médico no releva de tener buen corazón!

To add to my embarrassment and shame? Are you determined to kill me with kindness?"

And to Angustias he had said:

"What does it matter whether I'm better or worse? Let's come to the point! Have you sent someone to call my cousin so he can get me out of here and set us all free from impertinent remarks and ceremonies?"

"Yes, Captain Poison! A half-hour ago the doorkeeper's wife brought him the message . . . ," the young woman replied very calmly, as she straightened the pillows.

As for the peppery countess, there's no need to say that she had become angry with her guest again on hearing his new sharp comments. And so she resolved not to speak to him any further, but merely to make lint and bandages. Occasionally she asked the impassive Dr. Sánchez with great interest how he found the "wounded man" (without deigning to name him), and whether he'd be permanently lame, and whether at noon he could have some chicken and ham broth, and whether it was advisable to pour sand on the street so he wouldn't be annoyed with the noise from carriages, etc.

The physician, with his usual naïveté, assured her that there was nothing left to fear from the bullet wound in his forehead, thanks to the patient's strong constitution and general good health; there were no remaining symptoms of cerebral concussion or brain fever; but his diagnosis wasn't that favorable with regard to the broken leg. Once again he described it as serious and very dangerous, because the tibia had been badly shattered, and he prescribed absolute immobility for Don Jorge if he wanted to avoid an amputation and even death. . . .

The doctor used such unvarnished and rough terms not merely because he lacked the skill to disguise his thoughts, but also because he had already recognized the willful, turbulent character of that sort of spoiled child. But, really, he didn't succeed in frightening him: instead, his words elicited a smile of disbelief and mockery.

It was the three good women who were frightened: Doña Teresa, out of sheer humaneness; Angustias, out of a certain noble zeal and pride that she already felt in curing and taming such a heroic and odd character; and the servant, out of instinctive terror of any bleeding, mutilation, or death.

The captain noticed his nurses' anxiety and, departing from the calm with which he was undergoing the treatment, he said furiously to Dr. Sánchez:

"Man! You could have pronounced all those sentences on me in private! Being a good doctor doesn't dispense someone from having a

¡Dígolo, porque ya ve usted qué cara tan larga y tan triste ha hecho poner a mis tres Marías!

Aquí tuvo que callar el paciente, dominado por el terrible dolor que le causó el médico al juntarle el hueso partido.

—¡Bah, bah! —continuó luego—. ¡Para que yo me quedase en esta casa! . . . ¡Precisamente no hay nada que me subleve tanto como ver llorar a las mujeres!

El pobre capitán se calló otra vez y mordióse los labios algunos instantes, aunque sin lanzar ni un suspiro . . .

Era indudable que padecía mucho.

—Por lo demás, señora . . . —concluyó dirigiéndose a doña Teresa—, ¡figúraseme que no hay motivo para que me eche usted esas miradas de odio, pues ya no puede tardar en venir mi primo Álvaro, y las librará a ustedes del *Capitán Veneno!* . . . Entonces verá este señor doctor . . . (¡cáspita, hombre, no apriete usted tanto!), qué bonitamente, sin pararse en eso de la *inmovilidad* (¡caracoles, qué mano tan dura tiene usted!), me llevan cuatro soldados a mi casa en una camilla y terminan todas estas escenas de convento de monjas. ¡Pues no faltaba más! ¡Calditos a mí! ¡A mí sustancia de pollo! ¡A mí enarenarme la calle! ¿Soy yo acaso algún militar de alfeñique para que se me trate con tantos mimos y ridiculeces?

Iba a responder doña Teresa, apelando al ímpetu belicoso en que consistía su única debilidad (y sin hacerse cargo, por supuesto, de que el pobre don Jorge estaba sufriendo horriblemente), cuando, por fortuna, llamaron a la puerta y Rosa anunció al marqués de los Tomillares.

—¡Gracias a Dios! —exclamaron todos a un mismo tiempo, aunque con diverso tono y significado.

Y era que la llegada del marqués había coincidido con la terminación de la cura.

Don Jorge sudaba de dolor.

Dióle Angustias un poco de agua y vinagre, y el herido respiró alegremente, diciendo:

—Gracias, prenda.

En esto llegó el marqués a la alcoba, conducido por la generala.

II: Iris de paz

Era don Álvaro de Córdoba y Álvarez de Toledo un hombre sumamente distinguido, todo afeitado, y afeitado ya a aquella hora; como

kind heart! I say this because you can see what a long, sad face you've made my three Marys put on!"

Here the patient had to fall silent, overcome by the terrible pain the doctor caused him when straightening the fracture.

"Bah, bah!" he then continued. "If I've got to go on living in this house! . . . There's absolutely nothing that upsets me like seeing women cry!"

The poor captain fell silent again, biting his lips for a few minutes, though he emitted not even a sigh. . . .

There was no question but that he was suffering greatly.

"For the rest, madam," he concluded, addressing Doña Teresa, "it seems to me you have no reason to look at me with such hatred, because it can't be much longer before my cousin Álvaro arrives and rids you all of Captain Poison! . . . Then the doctor here will see (damn it, man, don't press down so hard!) how neatly, without worrying about my 'immobility' (darn, what a heavy hand you have!), four soldiers will carry me home on a stretcher, putting an end to all these scenes in a nunnery. That was the last straw! Little bowls of broth for me! Chicken extract for me! Sanding down the street for me! Do you think I'm some sugar-candy soldier, to mollycoddle me with such nonsense?"

Doña Teresa was about to reply, resorting to that pugnacious urge which was her only fault (and, naturally, not realizing how horribly poor Don Jorge was suffering), when, by good fortune, there was a ring at the door and Rosa announced the Marquis de los Tomillares.

"Thank God!" everyone exclaimed at the same time, though with varying tones and meanings.

This was because the marquis had arrived exactly when the treatment was finished.

Don Jorge was sweating with pain.

Angustias gave him a little water and vinegar, and the wounded man took a deep breath cheerfully and said:

"Thanks, darling."

At that moment the marquis reached the sleeping area, led there by the general's widow.

II: Rainbow of Peace

Don Álvaro de Córdoba y Álvarez de Toledo was a supremely distinguished man, fully shaved, and already shaved at that early hour; he

de sesenta años de edad; de cara redonda, pacífica y amable, que dejaba traslucir el sosiego y benignidad de su alma, y tan pulcro, simétrico y atildado en el vestir, que parecía la estatua del método y del orden.

Y cuenta que iba muy conmovido y atropellado por la desgracia de su pariente; pero ni aun así se mostró descompuesto ni faltó en un ápice a la más escrupulosa cortesía. Saludó correctísimamente a Angustias, al doctor y hasta un poco a la gallega, aunque ésta no le había sido presentada por la señora de Barbastro, y entonces, y sólo entonces, dirigió al capitán una larga mirada de padre austero y cariñoso, como reconviniéndole y consolándole y la par, y aceptando, ya que no el origen, las consecuencias de aquella nueva calaverada.

Entre tanto, doña Teresa, y sobre todo la locuacísima Rosa (que cuidó mucho de nombrar varias veces a su ama con los dos títulos en pleito), enteraron *velis nolis* al ceremonioso marqués de todo lo acontecido en la casa y sus cercanías desde que la tarde anterior sonó el primer tiro hasta aquel mismísimo instante, sin omitir la repugnancia de don Jorge a dejarse cuidar y compadecer por las personas que le habían salvado la vida.

Luego que dejaron de hablar la generala y la gallega, interrogó el marqués al doctor Sánchez, el cual le informó acerca de las heridas del capitán en el sentido que ya conocemos, insistiendo en que no debía trasladársele a otro punto, so pena de comprometer su curación y hasta su vida.

Por último, el buen don Álvaro se volvió hacia Angustias en ademán interrogante, o sea explorando si quería añadir alguna cosa a la relación de los demás; y, viendo que la joven se limitaba a hacer un leve saludo negativo, tomó su excelencia las precauciones nasales y laríngeas, así como la expedita y grave actitud de quien se dispusiese a hablar en un Senado (era senador), y dijo, entre serio y afable . . .

(Pero este discurso debe ir en pieza separada, por si alguna vez lo incluyen en las *Obras completas* del marqués, quien también era literato . . . de los apellidados de "orden".)

III: Poder de la elocuencia

—Señores: en medio de la tribulación que nos aflige, y prescindiendo de consideraciones políticas acerca de los tristísimos acontecimientos de ayer, paréceme que en modo alguno podemos quejarnos . . .

was about sixty, with a round, peaceable, amiable face that revealed the tranquility and kindness of his heart; he was so neat, symmetrical, and fastidious in his attire that he seemed like a statue personifying methodicalness and orderliness.

You may well imagine that he was quite moved and perturbed by his relative's misfortune, but even so, he showed no signs of discomposure or made the tiniest breach in the most perfect courtesy. He greeted Angustias with the greatest correctness, as he did the doctor and even the Galician servant, to a certain degree, though she hadn't been introduced to him by Mrs. Barbastro; then, and only then, did he give the captain a long look, like that of a severe but loving father, as if both reproaching him and consoling him, and accepting, if not the cause, at least the results of his latest act of folly.

Meanwhile, Doña Teresa, and above all the very talkative Rosa (who took great care to address her mistress several times by those two titles of hers which were under litigation), informed the ceremonious marquis willy-nilly of all that had occurred in or near the house from the first shot fired on the previous afternoon down to that very moment, without omitting Don Jorge's unwillingness to be cared for and sympathized with by the people who had saved his life.

As soon as the general's widow and the Galician had finished speaking, the marquis questioned Dr. Sánchez, who commented on the captain's wounds in the way that we've already heard, insisting that he shouldn't be moved elsewhere, or else his recovery and even his life would be endangered.

Lastly, the good Don Álvaro turned toward Angustias with a questioning gesture—that is, trying to learn whether she wished to add anything to the report given by the others. When he saw that the young woman merely shook her head slightly, His Excellency made the preliminary clearing of nose and throat, and assumed the alert and serious attitude of a man getting ready to address the Senate (he was a senator). In a partly serious, partly affable tone he said . . .

(But this speech needs to go into a separate chapter, in case it is some day included in the marquis's Complete Works; for he was a writer, too . . . one of those called "conservative champions of law and order.")

III: The Power of Eloquence

"Ladies and gentlemen: In the midst of the tribulation that afflicts us, and setting aside political considerations of yesterday's most unhappy events, it seems to me that, in a certain fashion, we can complain—"

—¡No te quejes tú, si es que nada te duele! . . . Pero ¿cuándo me toca a mí hablar? —interrumpió el *Capitán Veneno.*

—¡A ti, nunca, mi querido Jorge! —le respondió el marqués suavemente—. Te conozco demasiado para necesitar que me expliques tus actos positivos o negativos. ¡Bástame con el relato de estos señores!

El capitán, en quien ya se había notado el profundo respeto . . . o desprecio con que sistemáticamente se abstenía de llevar la contraria a su ilustre primo, cruzó los brazos a lo filósofo, clavó la vista en el techo de la alcoba y se puso a silbar el himno de Riego.

—Decía . . . —prosiguió el marqués— que de lo peor ha sucedido lo mejor. La nueva desgracia que se ha buscado mi incorregible y muy amado pariente don Jorge de Córdoba, a quien nadie mandaba echar su cuarto a espadas en el jaleo de ayer tarde (pues que está de reemplazo, según costumbre, y ya podía haber escarmentado de meterse en libros de caballerías), es cosa que tiene facilísimo remedio, o que lo tuvo, felizmente, en el momento oportuno, gracias al heroísmo de esta gallarda señorita, a los caritativos sentimientos de mi señora la generala Barbastro, condesa de Santurce, a la pericia del digno doctor en medicina y cirugía señor Sánchez, cuya fama érame conocida hace muchos años, y al celo de esta diligente servidora . . .

Aquí la gallega se echó a llorar.

—Pasemos a la parte dispositiva . . . —continuó el marqués, en quien, por lo visto, predominaba el órgano de la clasificación y el deslinde y que, de consiguiente, hubiera podido ser un gran perito agrónomo—. Señoras y señores: supuesto que, a juicio de la ciencia, de acuerdo con el sentido común, fuera muy peligroso mover de ese hospitalario lecho a nuestro interesante enfermo y primo hermano mío don Jorge Córdoba, me resigno a que continúe perturbando esta sosegada vivienda hasta tanto que pueda ser trasladado a la mía o a la suya. Pero entiéndase que todo ello es partiendo de la base, ¡oh querido pariente!, de que tu generoso corazón y el ilustre nombre que llevas sabrán hacerte prescindir de ciertos resabios de colegio, cuartel y casino, y ahorrar descontentos y sinsabores a la respetable dama y a la digna señorita que, eficazmente secundadas por su activa y robusta doméstica, te libraron de morir en mitad de la calle . . . ¡No me repliques! ¡Sabes que yo pienso mucho las cosas antes de proveer, y que nunca revoco mis propios autos! Por lo demás, la señora generala y yo hablaremos a solas (cuando le sea cómodo, pues yo no tengo

"Don't complain if nothing hurts you! . . . But when will it be my turn to speak?" Captain Poison interrupted.

"Your turn? Never, my dear Jorge!" the marquis replied gently. "I know you too well to need you to explain your positive or negative actions. I'm satisfied with the report made by these ladies and this gentleman!"

The captain, who had already showed signs of the profound respect—or scorn—that made him systematically refrain from contradicting his illustrious cousin, folded his arms philosophically and began to whistle Riego's anthem.[13]

"As I was saying," the marquis continued, "good has come out of bad. The new misfortune my incorrigible but well-loved relative Don Jorge de Córdoba has brought upon himself, though nobody ordered him to interfere in that row yesterday afternoon (since he's on the reserve list, as usual, and he should have learned long ago not to act like a knight in a romance of chivalry), is something easily mended, and fortunately it *was* mended at the opportune moment, thanks to the heroism of this brave young lady, the charitable feelings of Mrs. Barbastro (general's widow and Countess of Santurce), the professional skills of the worthy physician and surgeon Dr. Sánchez, and the zeal of this diligent servant. . . ."

At that point the Galician started to cry.

"Let us move on to the part of the speech containing the resolution . . . ," continued the marquis, who obviously excelled at classifying things and making distinctions among them, so that he could have been a great expert in agronomy. "Ladies and gentlemen: seeing that, in the opinion of science, which is in accord with common sense, it would be very dangerous to move our interesting patient, my cousin Don Jorge Córdoba, from this 'hospital' bed, I resign myself to his continuing to disrupt this peaceful dwelling until he can be transferred to mine or to his own. But let it be understood that all of this, my dear patient, can only happen if your noble heart and the distinguished name you bear are able to make you refrain from certain bad habits picked up at school, in the barracks, and at gaming houses, so that you avoid giving displeasure and distaste to the honorable lady and worthy damsel who, effectively aided by their lively and robust servant, saved you from dying in the middle of the street. . . . Don't talk back! You know that I think things out thoroughly before delivering my decrees, and that I never go back on my own legal decisions! For the rest, the general's widow and I shall speak in private

---

13. General Rafael de Riego was executed in 1823 for heading a rebellion of liberals. The anthem sung by his troops became a patriotic song.

nunca prisa) acerca de insignificantes pormenores de conducta, que
darán forma natural y admisible a lo que siempre será, en el fondo,
una gran caridad de su parte . . . Y como quiera que ya he dilucidado
por medio de este ligero discurso, para el cual no venía preparado,
todos los aspectos y fases de la cuestión, ceso por ahora en el ejercicio
de la palabra. He dicho.

El capitán seguía silbando el himno de Riego, y aun creemos que el
de Bilbao y el de Maella, con los iracundos ojos fijos en el techo de la
alcoba, que no sabemos cómo no principió a arder o no se vino al
suelo.

Angustias y su madre, al ver derrotado a su enemigo, habían procurado dos o tres veces llamarle la atención, a fin de calmarlo o conso-
larlo con su mansa y benévola actitud; pero él les había contestado por
medio de rápidos y agrios gestos, muy parecidos a juramentos de venganza, tornando en seguida a su patriótica música, con expresión más
viva y ardorosa.

Dijérase que era un loco en presencia de su *loquero,* pues no otro
oficio que este último representaba el marqués en aquel cuadro.

IV: Preámbulos indispensables

Retiróse en esto el doctor Sánchez, quien, a fuer de experimentado
fisiólogo y psicólogo, todo lo había comprendido y calificado, cual si
se tratase de autómatas y no de personas, y entonces el marqués pidió
de nuevo a la viuda que le concediese unos minutos de audiencia
particular.

Doña Teresa le condujo a su gabinete, situado al extremo opuesto
de la sala, y una vez establecidos allí en sendas butacas los dos sexa-
genarios, comenzó el hombre de mundo por pedir agua templada con
azúcar, alegando que le fatigaba hablar dos veces seguidas desde que
pronunció en el Senado un discurso de tres días en contra de los fe-
rrocarriles y los telégrafos; pero, en realidad, lo que se propuso al
pedir al agua fue dar tiempo a que la guipuzcoana le explicase qué
generalato y qué condado eran aquellos de que el buen señor no tenía
anterior noticia, y que hacían mucho al caso, dado que iban a tratar de
dinero.

(whenever it's convenient for her, since I'm in no hurry) concerning insignificant details of procedure which will give a natural and admissible form to what will still always basically be a major act of charity on her part. . . . And seeing that, by means of this little speech, for which I wasn't prepared, I have clarified every aspect and phase of the matter at hand, I now yield the floor. I have no more to say."

The captain was still whistling Riego's anthem, and I even think the Bilbao and the Maella anthems[14] as well, his angry eyes glued to the ceiling of the sleeping area—I don't know why it didn't burst into flames or come crashing to the floor.

Angustias and her mother, seeing their enemy defeated, had tried to catch his attention two or three times, in order to calm him or console him with their gentle and benevolent bearing, but he had replied with rapid, bitter gestures that greatly resembled oaths of vengeance, and had immediately returned to his patriotic music with livelier and more ardent expressiveness.

You might have said that he was a madman in the presence of his keeper, since that was precisely the role the marquis was playing in that scene.

IV: Indispensable Preambles

At that point Dr. Sánchez withdrew; as an experienced physiologist and psychologist, he had understood and characterized everything, as if he had been dealing with automata instead of people. Then the marquis once again asked the widow to grant him a few minutes' conversation in private.

Doña Teresa led him to her private sitting area, located at the opposite end of the room. Once the two sexagenarians had settled into armchairs there, the man of the world started off by asking for some sugar water, with the excuse that it tired him to make two speeches in a row, ever since he had addressed the Senate for three days, inveighing against railroads and telegraphs. But what he really hoped to achieve by asking for water was to allow time for the woman of Guipúzcoa to explain the nature of those titles of general and count which the good man had never heard of before, but which were now so much to the point, since he was going to discuss money with her.

---

14. Military songs associated with specific battles. Bilbao had been repeatedly attacked by the Carlists. There was a battle at Maella, in Aragon, in 1830.

¡Pueden imaginarse los lectores con cuánto gusto se explayaría la pobre mujer en tal materia, a poco que le hurgó don Álvaro! . . . Refirió su expediente de pe a pa, sin olvidar aquello del derecho *virtual, retrospectivo e implícito* . . . a tener qué comer, que le asistía, con sujeción al artículo 10 del Convenio de Vergara; y cuando ya no le quedó más que decir y comenzó a abanicarse en señal de tregua, apoderóse de la palabra el marqués de los Tomillares, y habló en los términos siguientes:

(Pero bueno será que vaya también por separado su interesante relación, modelo de análisis expositivo, que podrá figurar en la Sección vigésima de sus obras, titulada *Cosas de mis parientes, amigos y servidores.*)

V: Historia del capitán

—Tiene usted, señora condesa, la mala fortuna de albergar en su casa a uno de los hombres más enrevesados e inconvenientes que Dios ha echado al mundo. No diré yo que me parezca enteramente un demonio; pero sí que se necesita ser de pasta de ángeles, o quererlo, como yo lo quiero, por ley natural y por lástima, para aguantar sus impertinencias, ferocidades y locuras. ¡Bástele a usted saber que la gente disipada y poco asustadiza con quienes se reúne en el casino y en los cafés le han puesto por mote el *Capitán Veneno,* al ver que siempre está hecho un basilisco y dispuesto a romperse la crisma con todo bicho viviente por un quítame allá esas pajas! Urgeme, sin embargo, advertir a usted, para su tranquilidad personal y la de su familia, que es casto y hombre de honor y vergüenza, no sólo incapaz de ofender el pudor de ninguna señora, sino excesivamente huraño y esquivo con el bello sexo. Digo más: en medio de su perpetua iracundia, todavía no ha hecho verdadero daño a nadie, como no sea a sí propio, y por lo que a mí toca, ya habrá usted visto que me trata con el acatamiento y el cariño debidos a una especie de hermano mayor o segundo padre . . . Pero, aún así y todo, repito que es imposible vivir a su lado, según lo demuestra el hecho elocuentísimo de que, hallándose él soltero y yo viudo, y careciendo el uno y el otro de más parientes, arrimos o presuntos y eventuales herederos, no habite en mi demasiado anchurosa casa, como habitaría el muy necio si lo desease; pues yo, por naturaleza y educación, soy muy sufrido, tolerante y complaciente con las personas que respetan mis gustos, hábitos, ideas, horas, sitios y aficiones. Esta misma blandura de mi carácter es a todas luces lo que nos

My readers can well imagine with what pleasure the poor woman would expatiate on that subject on the least prodding from Don Álvaro! . . . She told him all about her case from start to finish, without forgetting the part about her "virtual, retroactive, and implicit" entitlement to have food to put in her mouth, which was coming to her in accordance with Article 10 of the Vergara Agreement. And when she had nothing left to say and started to fan herself as a sign of truce, the Marquis de los Tomillares took the floor and spoke as follows:

(But it will be a good idea to start another new chapter with his interesting speech, a model of expository analysis, which may find its place in Section 20 of his Complete Works, the section titled "Matters Concerning My Relatives, Friends, and Servants.")

V: The Captain's History

"Countess, you have the bad luck to be sheltering in your home one of the most complicated and hard-to-take men that God ever created. I won't say that I consider him an absolute demon, but I will say that a person must have an angelic nature, or love him as I do, through natural ties or out of pity, to put up with his impertinence, ferocity, and madness. Let it suffice for you to know that the dissipated and not easily scared people he frequents in gaming houses and cafés have nicknamed him Captain Poison, because he's always like a basilisk, ready to get into a brawl with any living creature over the slightest trifle! Nevertheless, I feel called upon to inform you, for your own peace of mind and that of your household, that he is chaste and a man of honor and fine feelings, not only incapable of offending any lady's modesty, but even excessively unsociable and bashful with the fair sex. I'll say more: despite his constant state of anger, he's never done any real harm to anyone, except to himself, and, as far as I'm concerned, you must have seen that he treats me with the respect and love due to a sort of older brother or second father. . . . But, be that as it may, I repeat that it's impossible to live with him, as proved by the very eloquent fact that, though he's a bachelor and I'm a widower, and neither of us has any other relatives, attachments, or presumptive or eventual heirs, he doesn't live in my all-too-spacious house, as the silly man very well could if he wanted to, since by nature and upbringing I'm very patient, tolerant, and obliging to people who respect my tastes, habits, ideas, schedule, haunts, and hobbies. This very gentleness of my character is obviously what makes us incompatible at close quarters, as various attempts have already proved. You see, he's

hace incompatibles en la vida íntima, según han demostrado ya diferentes ensayos; pues a él le exasperan las formas suaves y corteses, las escenas tiernas y cariñosas, y todo lo que no sea rudo, áspero, fuerte y belicoso. ¡Ya se ve! Crióse sin madre y hasta sin nodriza . . . (Su madre murió al darlo a luz, y su padre, por no lidiar con amas de leche, le buscó una cabra . . . , por lo visto montés, que se encargase de amamantarlo.) Se educó en colegios, como interno, desde el punto y hora que lo destetaron; pues su padre, mi pobre hermano Rodrigo, se suicidó al poco tiempo de enviudar. Apuntóle el bozo haciendo la guerra en América, entre salvajes, y de allí vino a tomar partido en nuestra discordia civil de los siete años. Ya sería general, si no hubiese reñido con todos sus superiores desde que le pusieron los cordones de cadete, y los pocos grados y empleos que ha obtenido hasta ahora, le han costado prodigios de valor y no sé cuántas heridas; sin lo cual no habría sido propuesto para recompensa por sus jefes, siempre enemistados con él a causa de las amargas verdades que acostumbra a decirles. Ha estado en arresto diez y seis veces, y cuatro en diferentes castillos; todas ellas por insubordinación. ¡Lo que nunca ha hecho ha sido pronunciarse! Desde que se acabó la guerra se halla constantemente de reemplazo; pues si bien he logrado, en mis épocas de favor político, proporcionarle tal o cual colocación en oficinas militares, regimientos, etc., a las veinticuatro horas ha vuelto a ser enviado a su casa. Dos ministros de la Guerra han sido desafiados por él, y no le han fusilado todavía por respeto a mi nombre y a su indisputable valor. Sin embargo de todos estos horrores, y en vista de que había jugado al tute, en el pícaro Casino del Príncipe, su escaso caudal, y de que la paga de reemplazo no le bastaba para vivir con arreglo a su clase, ocurrióseme, hace siete años, la peregrina idea de nombrarle contador de mi casa y hacienda, rápidamente desvinculadas por la muerte sucesiva de los tres últimos poseedores (mi padre y mis hermanos Alfonso y Enrique), y muy decaídas y arruinadas a consecuencia de estos mismos frecuentes cambios de dueño. ¡La Providencia me inspiró, sin duda alguna, pensamiento tan atrevido! Desde aquel día mis asuntos entraron en orden y prosperidad: antiguos e infieles administradores perdieron su puesto o se convirtieron en santos, y al año siguiente se habían duplicado mis rentas, casi cuadruplicadas en la actualidad, por el desarrollo que Jorge ha dado a la ganadería . . . ¡Puedo decir que hoy tengo los mejores carneros del Bajo Aragón, y todos están a la orden de usted! Para realizar tales prodigios, hale bastado a ese tronera con una visita que giró a caballo por todos mis estados (llevando en la mano el sable a guisa de bastón), y con una hora que va

exasperated by smooth, polite behavior, tender, loving scenes, and everything that isn't rough, harsh, strong, and warlike. It's understandable! He was brought up without a mother, and even without a nurse. . . . (His mother died giving birth to him, and his father, to avoid squabbling with wetnurses, procured a nannygoat for him . . . obviously of a wild species . . . to suckle him.) He was educated at boarding schools from the very minute he was weaned, because his father, my poor cousin Rodrigo, killed himself shortly after being widowed. By the time his mustache was beginning to sprout, he was waging war in the New World, among savages, and from there he came back to take part in our seven-year civil conflict. He'd be a general by now if he hadn't quarreled with all his superiors ever since putting on cadet's shoulder braids; the few promotions and assignments he's obtained up to now cost him miracles of bravery and I don't know how many wounds. Otherwise, he wouldn't have been recommended for awards by his commanders, who are always on the outs with him because of the harsh truths he's accustomed to tell them. He's been in the guardhouse sixteen times at various forts, each time for insubordination. The only thing he never did was to join a revolt! Since the end of the war he's always been on the reserve list, because even though, at times when I've had political influence, I've managed to get him placed in one or another military office, regiment, etc., he's been sent back home again within twenty-four hours. He has challenged two ministers of war to duels, and the only reason he hasn't been shot yet is because of my noble name and his own undoubted bravery. Despite all those horrors, and in view of the fact that at that miserable Casino del Príncipe he had gambled away his modest fortune at bezique, and his reservist's pay wasn't enough for him to live on and maintain his social standing, seven years ago I had the bizarre idea of making him the bookkeeper of my house and property, which were rapidly freed from their entail by the successive deaths of the three last possessors (my father and my brothers Alfonso and Enrique), but which were badly deteriorated and ruined because of those same frequent changes in ownership. Without any doubt, it was an inspiration from Providence, that daring idea! Ever since that day, my affairs have been in good order and have prospered: old, untrustworthy managers lost their jobs or became saints, and in a year my income doubled, until today it has quadrupled, thanks to Jorge's development of my livestock interests . . . I can tell you that I now own the finest sheep in Lower Aragon, and they're all at your disposal! To bring about such wonders, all that harum-scarum has had to do is make one visit on horseback to all my estates (carrying a saber instead of a stick in his hand) and spend an hour a day in the office areas in my

cada día a las oficinas de mi casa. Devenga allí un sueldo de treinta mil reales; y no le doy más porque todo lo que le sobra, después de comer y vestir, únicas necesidades que tiene (y ésas con sobriedad y modestia), lo pierde al tute el último día de cada mes . . . De su paga de reemplazo no hablemos, dado que siempre está afecta a las costas de alguna sumaria por desacato a la autoridad . . . En fin: a pesar de todo, yo lo amo y compadezco, como a un mal hijo . . . , y no habiendo logrado tenerlos buenos ni malos en mis tres nupcias, y debiendo de ir a parar a él, por ministerio de la ley, mi título nobiliario, pienso dejarle todo mi saneado caudal; cosa que el muy necio no se imagina, y que Dios me libre de que llegue a saber, pues, de saberlo, dimitiría su cargo de contador, o trataría de arruinarme, para que nunca le juzgara interesado personalmente en mis aumentos. ¡Creerá, sin duda, el desdichado, fundándose en apariencias y murmuraciones calumniosas, que pienso testar en favor de cierta sobrina de mi última consorte, y yo le dejo en su equivocación, por las razones antedichas! . . . ¡Figúrese usted, pues, su chasco el día que herede mis nueve milloncejos! ¡Y qué ruido meterá con ellos en el mundo! ¡Tengo la seguridad de que, a los tres meses, o es presidente del Consejo de Ministros y ministro de la Guerra, o lo ha pasado por las armas el general Narváez! Mi mayor gusto hubiera sido casarlo, a ver si el matrimonio lo amansaba y domesticaba y yo le debía, lateralmente, más dilatadas esperanzas de sucesión para mi título de marqués; pero ni Jorge puede enamorarse, ni lo confesaría aunque se enamorara, ni mujer ninguna podría vivir con semejante erizo . . . Tal es, imparcialmente retratado, nuestro famoso *Capitán Veneno;* por lo que suplico a usted tenga paciencia para aguantarlo algunas semanas, en la seguridad de que yo sabré agradecer todo lo que hagan ustedes por su salud y por su vida, como si lo hicieran por mí mismo.

El marqués sacó y desdobló el pañuelo al terminar esta parte de su oración, y se lo pasó por la frente, aunque no sudaba . . . Volvió en seguida a doblarlo simétricamente, se lo metió en el bolsillo posterior izquierdo de la levita, aparentó beber un sorbo de agua, y dijo así, cambiando de actitud y de tono:

VI: La viuda del cabecilla

—Hablemos ahora de pequeñeces, impropias, hasta cierto punto, de personas de nuestra posición; pero en que hay que entrar forzosamente. La fatalidad, señora condesa, ha traído a esta casa, e impide

house. For doing this he receives a salary of 7,500 *pesetas*. I don't give him more because everything he has left over from food and clothing, his only needs (and even those, sober and modest), he loses at bezique on the last day of every month. . . . Let's not even mention what he earns as a reservist, because that always goes to pay the legal fees for some military inquiry regarding lack of respect for superiors. . . . In short: despite everything, I love him and feel for him, as if he were a wayward son . . . ; and since I never managed to have any sons, good or wayward, in my three marriages, and since my title of marquis will legally go to him, I intend to leave him my entire restored fortune—something the fool has no clue about, and I hope to God he never finds out, because, if he did, he'd quit his job as bookkeeper, or else he'd try to ruin me, so that I'd never think he was taking a personal interest in improving my finances. The wretched man no doubt thinks, on the basis of appearances and slanderous gossip, that I intend to leave my fortune to a certain niece of my last wife; and I allow him to continue in that misapprehension for the reasons I've given you! . . . So, just imagine his disappointment on the day he inherits my nine little millions! And what a stir he'll make in the world with the money! I'm sure that within three months he'll either be prime minister and minister of war, or else be executed by General Narváez! My greatest pleasure would have been to marry him off, to see whether marriage would soften and tame him, and whether I'd have him to thank for more extended hopes of successors to my title of marquis, in a lateral branch. But Jorge is unable either to fall in love, or admit it even if he did; and no woman could live with such a porcupine. . . . Such is the partial portrait of our notorious Captain Poison; and so, I beseech you to be patient and put up with him for a few weeks, with the certainty that I will appreciate all that you do for his health and his life, just as if you were doing it for me."

The marquis took out his handkerchief and unfolded it upon finishing this part of his speech, and mopped his brow with it, though he wasn't sweating. . . . At once he folded it up symmetrically again, placed it in the left rear pocket of his frock coat, pretended to take a sip of water, and, changing his manner and his tone, said:

VI: The Military Leader's Widow

"Now let's speak about trifles which are to some extent unbefitting persons of our rank, but which we are obliged to enter into. Countess, fate has brought to this house, and prevents him from leaving it for

salir de ella en cuarenta o cincuenta días, a un extraño para ustedes, a un desconocido, a un don Jorge de Córdoba, de quien nunca habían oído hablar, y que tiene un pariente millonario . . . Usted no es rica, según acaba de contarme . . .

—¡Lo soy! —interrumpió valientemente la guipuzcoana.

—No lo es usted . . . ; cosa que la honra mucho, puesto que su magnánimo esposo se arruinó defendiendo la más noble causa . . . ¡Yo señora, soy también algo carlista!

—¡Aunque fuera usted el mismísimo don Carlos! ¡Hábleme de otro asunto, o demos por terminada esta conversación! ¡Pues no faltaba más, sino que yo aceptara el dinero ajeno para cumplir con mis deberes de cristiana!

—Pero, señora, usted no es médico, ni boticario, ni . . .

—¡Mi bolsillo es todo eso para su primo de usted! Las muchas veces que mi esposo cayó herido defendiendo a don Carlos (menos la última, que, indudablemente en castigo de estar ya de acuerdo con el traidor Maroto, no halló quien lo auxiliara, y murió desangrado, en medio de un bosque), fue socorrido por campesinos de Navarra y Aragón, que no aceptaron reintegro ni regalo alguno . . . ¡Lo mismo haré yo con don Jorge de Córdoba, quiera o no quiera su millonaria familia!

—Sin embargo, condesa, yo no puedo aceptar . . . —observó el marqués entre complacido y enojado.

—¡Lo que no podrá usted nunca es privarme de la alta honra que el cielo me deparó ayer! Contábame mi difunto esposo que, cuando un buque mercante o de guerra descubre en la soledad del mar y salva de la muerte a algún náufrago, se recibe a éste a bordo con honores reales, aunque sea el más humilde marinero. La tripulación sube a las vergas; tiéndese rica alfombra en la escala de estribor, y la música y los tambores baten la Marcha Real de España . . . ¿Sabe usted por qué? ¡Porque en aquel náufrago ve la tripulación a un enviado de la Providencia! ¡Pues lo mismo haré yo con su primo de usted! ¡Yo pondré a sus plantas toda mi pobreza por vía de alfombra, como pondría miles de millones si los tuviese!

—¡Generala! —exclamó el marqués llorando a lágrima viva—. ¡Permítame usted besarle la mano!

—¡Y permite, querida mamá que yo te abrace llena de orgullo! —, añadió Angustias, que había oído toda la conversación desde la puerta de la sala.

Doña Teresa se echó también a llorar, al verse tan aplaudida y celebrada. Y como la gallega, reparando en que otros gemían, no desperdiciara tampoco la ocasión de sollozar (sin saber por qué), armóse

forty or fifty days, a man who's a stranger to you, unknown, one Don Jorge de Córdoba, whom you've never heard mentioned, but who has a relative that's a millionaire.... You're not wealthy, as you've just told me...."

"I am!" the woman from Guipúzcoa interrupted bravely.

"You're not ... which is greatly to your honor, because your high-minded husband lost his fortune fighting for the most noble cause.... I'm something of a Carlist, too!"

"Even if you were King Charles himself! Please change the subject or let's consider the conversation ended! It would be the last straw to take a stranger's money to fulfill my duties as a Christian!"

"But, madam, you're neither a doctor, nor a pharmacist, nor—"

"My purse is all of those things for your cousin! All the many times my husband was wounded fighting for King Charles (except the last time, when he was surely punished for siding with the traitor Maroto, and so found no one to help him and bled to death in the middle of the woods), he was aided by rural folk in Navarre and Aragon, who wouldn't accept any compensation or gifts.... I shall do the same for Don Jorge de Córdoba, whether his millionaire relatives like it or not!"

"Nevertheless, Countess, I can't accept—" the marquis began to remark, half-pleased and half-vexed.

"What you will never be able to do is to deprive me of the great honor that Heaven bestowed upon me yesterday! My late husband used to tell me that, when a merchant vessel or a warship finds a shipwrecked man in the loneliness of the sea and saves his life, he's received on board with royal honors, though he's the humblest of sailors. The crew climbs onto the yards; a rich carpet is spread over the starboard ladder, and the band and drums play the Royal March of Spain. ... Do you know why? Because in that shipwrecked man the crew sees an emissary of Providence! Well, I shall do the same for your cousin! I shall place all my poor possessions at his feet like a carpet, just as I would place thousands of millions there if I had it!"

"Madam General!" exclaimed the marquis, weeping freely. "Permit me to kiss your hand!"

"And, dear Mamma, permit me to hug you, you've made me so proud!" added Angustias, who had heard the entire conversation from the door to the parlor.

Doña Teresa burst into tears also, on finding herself congratulated and honored in that way. And since the Galician servant, hearing others moan, didn't waste this opportunity to sob, either (without know-

allí tal confusión de pucheros, suspiros y bendiciones, que más vale volver la hoja, no sea que los lectores salgan también llorando a moco tendido, y yo me quede sin público a quien seguir contando mi pobre historia . . .

VII: Los pretendientes de Angustias

—¡Jorge! —dijo el marqués al *Capitán Veneno*, penetrando en la alcoba con aire de despedida—. ¡Ahí te dejo! La señora generala no ha consentido en que corran a nuestro cargo ni tan siquiera el médico y la botica; de modo que vas a estar aquí como en casa de tu propia madre, si viviese. Nada te digo de la obligación en que te hallas de tratar a estas señoras con afabilidad y buenos modos, al tenor de tus buenos sentimientos, de que no dudo, y de los ejemplos de urbanidad y cortesía que te tengo dados; pues es lo menos que puedes y debes hacer en obsequio de personas tan principales y caritativas. A la tarde volveré yo por aquí, si mi señora la condesa me da permiso para ello, y haré que te traigan ropa blanca, las cosas más urgentes que tengas que firmar y cigarrillos de papel. Dime si quieres algo más de tu casa o de la mía.

—¡Hombre! —respondió el capitán—. Ya que eres tan bueno, tráeme un poco de algodón en rama y unos anteojos ahumados.

—¿Para qué?

—El algodón, para taparme las orejas y no oír palabras ociosas, y las gafas ahumadas, para que nadie lea en mis ojos las atrocidades que pienso.

—¡Vete al diantre! —respondió el marqués, sin poder conservar su gravedad, como tampoco pudieron refrenar la risa doña Teresa ni Angustias.

Y con esto, se despidió de ellas el potentado, dirigiéndoles las frases más cariñosas y expresivas, cual si llevara ya mucho tiempo de conocerlas y tratarlas.

—¡Excelente persona! —exclamó la viuda, mirando de reojo al capitán.

—¡Muy buen señor! —dijo la gallega, guardándose una moneda de oro que el marqués le había regalado.

—¡Un zascandil! —gruñó el herido, encarándose con la silenciosa Angustias—. ¡Así es como las señoras mujeres quisieran que fuesen todos los hombres! ¡Ah, traidor! ¡Seráfico! ¡Cumplimentero! ¡Marica! ¡Tertuliano de monjas! ¡No me moriré yo sin que me pague esta mala

ing why), there ensued such a chaos of pouting, sighing, and blessings that it's better to turn the page, so that my readers won't also wind up weeping buckets, leaving me without an audience for the continuation of my humble story. . . .

VII: Angustias's Suitors

"Jorge!" the marquis said to Captain Poison, entering his sleeping area with an air of bidding farewell. "I leave you here! The general's widow won't allow us to pay for even the doctor and the medicine; so that it will be as if you were staying in your own mother's home, if she were alive. I say nothing to you about the obligation you have to treat these ladies kindly and courteously, in accordance with that good heart which I don't doubt you possess, and with the examples of elegance and good behavior that I have set for you, since that is the least you can and ought to do in honor of such noble and charitable persons. I'll be back here in the afternoon, if the Countess allows me to, and I'll have you brought linens, the most urgent papers for you to sign, and paper cigarettes. Tell me whether you want anything else from your house or mine."

"Man!" the captain replied. "Since you're so kind, bring me a little raw cotton and some dark glasses."

"What for?"

"The cotton, to plug my ears so I don't hear idle words; and the dark glasses, so that no one can see from my eyes what hideous thoughts I'm thinking."

"Go to the deuce!" the marquis replied, unable to remain serious, just as Doña Teresa and Angustias were also unable to keep from laughing.

Then the potentate took leave of the ladies in the most affectionate and emotional terms, as if he had known them and frequented them for a long time.

"Excellent person!" the widow exclaimed, looking at the captain from the corner of her eyes.

"A fine gentleman!" said the Galician, putting away a gold coin that the marquis had given her.

"A busybody!" the wounded man growled, confronting the taciturn Angustias. "He's the way women would like all men to be! Oh, that traitor! So angelic! So free with his compliments! Sissy! A good companion for nuns! I won't die until I pay him back for this dirty trick

partida que me ha jugado hoy, al dejarme en poder de mis enemigos! ¡En cuanto me ponga bueno, me despediré de él y de su oficina, y pretenderé una plaza de comandante de presidios, para vivir entre gente que no me irrite con alardes de honradez y sensibilidad! Oiga usted, señorita Angustias: ¿quiere usted decirme por qué se está riendo de mí? ¿Tengo yo alguna danza de monos en la cara?

—¡Hombre! Me río pensando en lo muy feo que va usted a estar con los anteojos ahumados.

—¡Mejor que mejor! ¡Así se librará usted del peligro de enamorarse de mí! —respondió furiosamente el capitán.

Angustias soltó la carcajada: doña Teresa se puso verde, y la gallega rompió a decir, con la velocidad de diez palabras por segundo:

—¡Mi señorita no acostumbra a enamorarse de nadie! Desde que estoy acá ha dado calabazas a un boticario de la calle Mayor, que tiene coche; al abogado del pleito de la señora, que es millonario, aunque algo más viejo que usted, y a tres o cuatro paseantes del Buen Retiro . . .

—¡Cállate, Rosa! —dijo melancólicamente la madre—. ¿No conoces que ésas son . . . flores que nos echa el caballero capitán? ¡Por fortuna, ya me ha explicado su señor primo todo lo que me importaba saber respecto del carácter de nuestro amabilísimo huésped! Me alegro, pues, de verle de tan buen humor; y ¡así esta pícara fatiga me permitiese a mí bromear también!

El capitán se había quedado bastante mohíno, y como excogitando alguna disculpa o satisfacción que dar a madre e hija. Pero sólo se le ocurrió decir, con voz y cara de niño enfurruñado que se viene a razones:

—Angustias, cuando me duela menos esta condenada pierna, jugaremos al tute arrastrado . . . ¿Le parece a usted bien?

—Será para mí un señalado honor . . . —contestó la joven, dándole la medicina que le tocaba en aquel instante—. ¡Pero cuente usted desde ahora, señor *Capitán Veneno*, con que le acusaré a usted las cuarenta!

Don Jorge la miró con ojos estúpidos, y sonrió dulcemente por la primera vez de su vida.

he's played on me today, leaving me in the hands of my enemies! As soon as I'm better, I'll say good-bye to him and my job with him, and I'll request a posting as an army prison governor, so I can live among people who don't irritate me by showing off their uprightness and their sensitivity! Listen, Miss Angustias! Can you tell me why you're laughing at me? Do you see monkeys dancing on my face?"

"Oh! I'm laughing at the thought of how ugly you're going to look in those dark glasses."

"All to the good! Then you'll escape the danger of falling in love with me!" the captain replied furiously.

Angustias burst out laughing; Doña Teresa turned green; and the Galician blurted out, at the rate of ten words per second:

"My young lady isn't accustomed to fall in love with anybody! Since I've been 'ere, she's turned down a pharmacist from the Calle Mayor who 'as 'is own carriage; the lawyer 'andling my mistress's case, and 'e's a millionaire, though 'e's a bit older than you; and three or four men strolling in the Buen Retiro park. . . ."

"Be still, Rosa!" the mother said in a melancholy tone. "Don't you see that those are . . . compliments that the captain is bestowing on us? Fortunately, his cousin has already explained to me all I needed to know about the character of our very likeable guest! And so, I'm glad to see him in such good humor. I only wish this darned weariness allowed me to tell jokes, too!"

The captain had become quite gloomy, as if thinking up some apology or amends to make to mother and daughter. But all he could think of to say, with the tone and facial expression of a sulky child who's beginning to listen to reason, was:

"Angustias, when this deuced leg doesn't hurt me so much, we can play bezique—the kind of bezique where you have to follow suit. . . . Is that all right with you?"

"It would be a signal honor for me . . . ," the young woman answered, giving him the medicine that he was due to take just then. "But make up your mind to it right now, Captain Poison, that I'm going to score forty points off you!"[15]

Don Jorge looked at her, dumbfounded, and smiled sweetly for the first time in his life.

---

15. Whoever scores forty points at bezique with a specific combination of cards is almost sure to win the game. The expression *las cuarenta* also refers to another Spanish idiom, so that Angustias is also really saying: "I'm going to tell you off just as you deserve!"

PARTE TERCERA

HERIDAS EN EL ALMA

I: Escaramuzas

Entre conversaciones y pendencias por este orden, pasaron quince o veinte días, y adelantó mucho la curación del capitán. En la frente sólo le quedaba ya una breve cicatriz, y el hueso de la pierna se iba consolidando.

—¡Este hombre tiene carne de perro! —solía decir el facultativo.

—¡Gracias por el favor, matasanos de Lucifer! —respondía el capitán en son de afectuosa franqueza—. ¡Cuando salga a la calle, he de llevarlo a usted a los toros y a las riñas de gallos, pues es usted todo un hombre! . . . ¡Cuidado si tiene hígados para remendar cuerpos rotos!

Doña Teresa y su huésped habían acabado también por tomarse mucho cariño, aunque siempre estaban peleándose. Negábale todos los días don Jorge que tuviese hechura la concesión de la viudedad, lo cual sacaba de sus casillas a la guipuzcoana; pero a renglón seguido la invitaba a sentarse en la alcoba, y le decía que, ya que no con los títulos de *general* ni de *conde,* había oído citar varias veces en la guerra civil al *cabecilla Barbastro* como a uno de los jefes carlistas más valientes y distinguidos y de sentimientos más humanos y caballerosos . . . Pero cuando la veía triste y taciturna, por consecuencia de sus cuidados y achaques, se guardaba de darle bromas sobre el expediente, y la llamaba con toda naturalidad *generala y condesa,* cosa que la restablecía y alegraba en el acto; si ya no era que, como nacido en Aragón, y para recordar a la pobre viuda sus amores con el difunto carlista, le tarareaba jotas de aquella tierra, que acababan por entusiasmarla y por hacerle llorar y reír juntamente.

Estas amabilidades del *Capitán Veneno,* y, sobre todo, el canto de la jota aragonesa, eran privilegio exclusivo en favor de la madre; pues tan luego como Angustias se acercaba a la alcoba, cesaban completamente, y el enfermo ponía cara de turco. Dijérase que odiaba de muerte a la hermosa joven, tal vez por lo mismo que nunca lograba disputar con ella, ni verla incomodada, ni que tomase por lo serio las atrocidades que él le decía, ni sacarla de aquella seriedad un poco burlona que el cuitado calificaba de *constante insulto.*

Era de notar, sin embargo, que cuando alguna mañana tardaba

PART THREE

MENTAL WOUNDS

I: Skirmishes

Amid conversations and quarrels of this type, fifteen or twenty days went by, and the captain was well on the way to recovery. Only a slight scar remained on his forehead, and his leg was mending.

"That man is strong as an ox!" the physician would say.

"Thanks for the compliment, you damned sawbones!" the captain would reply with affectionate roughness. "When I'm out on the street again, I must take you to bullfights and cockfights, because you're a real man! . . . You've really got the guts to patch up mangled bodies!"

Doña Teresa and her guest had also finally grown quite fond of each other, though they were always spatting. Every day, Don Jorge denied that she would be granted her widow's pension, and this drove the woman from Guipúzcoa wild; but immediately afterward he would invite her to sit in his sleeping area, and he'd tell her that, though it was without the titles of general or count, during the civil war he had heard several mentions of the military leader Barbastro as being one of the bravest and most eminent Carlist commanders, and one with the most humane and chivalrous sentiments. . . . But whenever he found her sad and silent, because of her worries and ailments, he refrained from joking about her legal case, and called her "Madam General" and "Countess" with the greatest naturalness, and this set her to rights and cheered her up at once. Moreover, since he was Aragonese by birth, and in order to remind the poor widow of her romance with the late Carlist, he would hum jotas from that province, which would finally arouse her and make her laugh and cry at the same time.

These kind actions on the part of Captain Poison, especially the singing of jotas from Aragon, were a privilege he reserved exclusively for the mother; because, as soon as Angustias approached his sleeping area, they ceased completely, and the patient assumed a cruel expression. You would have said he harbored a mortal hatred for the beautiful young woman, perhaps for the very reason that he never succeeded in making her quarrel, or get upset, or take seriously the awful things he'd say to her, or set aside that somewhat mocking gravity that the poor man called "a constant insult."

Nevertheless, it could be observed that, when on some mornings

Angustias en entrar a darle los buenos días, el pícaro de don Jorge preguntaba cien veces en su estilo de hombre tremendo:

—¿Y *ésa*? ¿Y *doña Náuseas*? ¿Y esa remolona? ¿No ha despertado
aún su señoría? ¿Por qué ha permitido que se levante usted tan temprano, y no ha venido ella a traerme el chocolate? Dígame usted,
señora doña Teresa: ¿está mala acaso la joven princesa de Santurce?

Todo esto, si se dirigía a la madre; y, si era a la gallega, decíale con
mayor furia:

—¡Oye y entiende, monstruo de Mondoñedo! Dile a tu insoportable señorita que son las ocho y tengo hambre. ¡Que no es menester que venga tan peinada y reluciente como de costumbre! ¡Que
de todos modos la detestaré con mis cinco sentidos! ¡Y, en fin, que si
no viene pronto, hoy no habrá tute!

El tute era una comedia, y hasta un drama diario. El capitán lo jugaba mejor que Angustias; pero Angustias tenía más suerte, y los
naipes acababan por salir volando hacia el techo o hacia la sala, desde
las manos de aquel niño cuarentón, que no podía aguantar la gra-
ciosísima calma con que le decía la joven:

—¿Ve usted, señor *Capitán Veneno,* cómo soy yo la única persona
que ha nacido en el mundo para acusarle a usted las cuarenta?

II: Se plantea la cuestión

Así las cosas, una mañana, sobre si debían abrirse o no los cristales de
la reja de la alcoba, por hacer un magnífico día de primavera, me-
diaron entre don Jorge y su hermosa enemiga palabras tan graves
como las siguientes:

EL CAPITÁN.—¡Me vuelve loco el que no me lleve usted nunca la
contraria, ni se incomode al oírme decir disparates! ¡Usted me desprecia! ¡Si fuera usted hombre, juro que habíamos de andar a
cuchilladas!

ANGUSTIAS.—Pues si yo fuese hombre, me reiría de todo ese ge-
niazo, lo mismo que me río siendo mujer. Y, sin embargo, seremos
muy buenos amigos . . .

EL CAPITÁN.—¡Amigos usted y yo! ¡Imposible! Usted tiene el don
infernal de dominarme y exasperarme con su prudencia; yo no llegaría
a ser nunca *amigo* de usted, sino su *esclavo;* y, por no serlo, le pro-
pondría a usted que nos batiéramos a muerte. Todo esto . . . siendo
usted hombre. Siendo mujer como lo es . . .

ANGUSTIAS.—¡Continúe! ¡No me escatime galanterías!

Angustias was a little late coming in and saying good morning, the rascally Don Jorge would ask a hundred times in his frightful-man manner:

"And she? Doña Nausea? That lazybones? Hasn't Her Ladyship awakened yet? Why did she let you get up so early instead of coming herself with my hot chocolate? Tell me, Doña Teresa: Is the young Princess of Santurce ill by any chance?"

That's what he'd say if talking to her mother; if it was to the Galician servant, he'd say more furiously:

"Listen and hearken, monster from Mondoñedo! Tell your unbearable young lady that it's eight o'clock and I'm hungry. That she doesn't need to come here as neatly combed and spick-and-span as usual! That, whatever she does, I'll hate her with all my might! And, finally, that if she doesn't come quickly, I won't play bezique with her today!"

The bezique was a daily comedy, not to say drama. The captain was better at it than Angustias was, but Angustias had more luck, and the cards ended up flying to the ceiling, or into the main room, out of the hands of that forty-year-old child who couldn't abide the gracious calm with which the young woman said:

"You see, Captain Poison? I'm the only person in the world who can score forty points off you!"

II: The Question Is Posed

That's how things stood when, one morning, on the question of whether the window in the sleeping area should be opened or not (since it was a magnificent spring day), Don Jorge and his beautiful enemy exchanged words as serious as the following:

CAPTAIN: It drives me crazy when you never contradict me, or get upset when you hear me talking nonsense! You have contempt for me! If you were a man, I swear we'd have to fight it out with knives!

ANGUSTIAS: Well, if I were a man, I'd laugh at all your bad temper, just as I do, being a woman. All the same, we'll be very good friends. . . .

CAPTAIN: You and I, friends? Impossible! You have the infernal gift of dominating me and exasperating me with your prudence. I could never get to be a *friend* of yours, but a *slave* to you; in order not to become one, I'd suggest to you a fight to the death. All that . . . if you were a man. But since you're a woman . . .

ANGUSTIAS: Go on! Don't deprive me of your compliments!

EL CAPITÁN.—¡Sí, señora! ¡Voy a hablarle con toda franqueza! Yo he tenido siempre aversión instintiva a las mujeres, enemigas naturales de la fuerza y de la dignidad del hombre, como lo acreditan Eva, Armida, aquella otra bribona que peló a Sansón, y muchas otras que cita mi primo. Pero, si hay algo que me asuste más que una mujer, es una señora, y, sobre todo, una señorita inocente y sensible, con ojos de paloma y labios de rosicler, con talle de serpiente del Paraíso y voz de sirena engañadora, con manecitas blancas como azucenas, que oculten garras de tigre, y lágrimas de cocodrilo, capaces de engañar y perder a todos los santos de la corte celestial . . . Así es que mi sistema constante se ha reducido a huir de ustedes . . . Porque, dígame: ¿qué armas tiene un hombre de mi hechura para tratar con una tirana de veinte abriles, cuya fuerza consiste en su propia debilidad? ¿Es decorosamente posible pegarle a una mujer? ¡De ningún modo! Pues, entonces, ¿qué camino le queda a uno, cuando conozca que tal o cual mocosilla, muy guapa y puesta en sus puntos, lo domina y gobierna, y lo lleva y lo trae como a un zarandillo?

ANGUSTIAS.—¡Lo que yo hago cuando usted me dice estas atrocidades tan graciosas! ¡Agradecerlas . . . , y sonreír! Porque ya habrá usted observado que yo no soy llorona . . . ; razón por la cual, en su retrato de *las Angustias* sobra aquello de las lágrimas de cocodrilo . . .

EL CAPITÁN.—¿Está usted viendo? ¡Esa respuesta no la daría Lucifer! ¡Sonreír! . . . ¡Reírse de mí, es lo que hace usted continuamente! ¡Pues bien! Decía, cuando usted me ha clavado ese nuevo puñal, que de todas las damiselas que había temido encontrar en el mundo, la más terrible, la más odiosa para un hombre de mi temple . . . —perdóneme la franqueza . . .— ¡es usted! ¡Yo no recuerdo haber experimentado nunca la ira que siento cuando usted se sonríe al verme furioso! ¡Paréceme como que duda usted de mi valor, de la sinceridad de mis arrebatos, de la energía de mi carácter!

ANGUSTIAS.—Pues óigame usted a mí ahora, y crea que le hablo con entera verdad. Muchos hombres he conocido ya en el mundo; alguno que otro me ha solicitado; de ninguno me he prendado todavía . . . Pero si yo hubiera de enamorarme con el tiempo, sería de algún indio bravo por el estilo de usted. ¡Tiene usted un genio hecho de molde para el mío!

EL CAPITÁN.—¡Vaya usted a los mismísimos diablos! ¡Generala! ¡Condesa! ¡Llame usted a su hija, y dígale que no me queme la

CAPTAIN: Yes, ma'am! I'm going to talk to you as frankly as possible. I've always had an instinctive aversion to women, who are the natural enemies of men's strength and dignity. As proof, there's Eve, Armida,[16] that other tramp who sheared Samson, and many others whom my cousin mentions. But, if there's anything that frightens me more than a woman, it's a lady, and especially an innocent, sensitive young lady with eyes like a dove's and lips like the rosy dawn, the slim shape of the serpent in the Garden of Eden, and the voice of a deceitful siren, with little hands as white as lilies that conceal tiger's claws, and crocodile tears that can fool and ruin all the saints in Heaven. . . . And so, my regular method has consisted of one thing only: to avoid all of you. . . . Because, tell me, what weapons does a man of my sort have for dealing with a female tyrant twenty years old, whose strength lies in her very weakness? Is it decently possible to hit a woman? Not at all! Then, what recourse is left to a man when he realizes that some brat of a girl, very pretty and neat as a pin, is dominating him and leading him around, keeping him always on the go?

ANGUSTIAS: He should do what I do when you say those awful things to me that are so funny! Say thanks for them . . . and smile! Because you must have noticed that I'm not a crybaby . . . and that's why that part of your portrait of Angustias where you mention crocodile tears—

CAPTAIN: You see? Even the Devil couldn't come up with that answer! Smile! . . . Laugh at me, that's what you're doing all the time! All right! I was saying, when you drove this new dagger into me, that of all the damsels I had been afraid of meeting in the world, the most terrible, the most hateful for a man of my stamp—forgive my frankness—is you! I don't remember ever having experienced the anger that I feel when you see I'm furious and you just smile! You seem to be casting doubt on my valor, the sincerity of my outbursts, the energy of my character!

ANGUSTIAS: Well, listen to me now, and be sure that I'm speaking nothing but the truth. I've met many men in my life; some of them have asked for my hand; I've never fallen for anyone so far. . . . But if I were eventually to fall in love, it would be with some wild Indian like you. Your temperament is a perfect match for mine!

CAPTAIN: You can go right to hell! Madam General! Countess! Call your daughter and tell her not to get my blood boiling! In a word: it's

---

16. The enchantress in Torquato Tasso's epic poem *Gerusalemme liberata* (Jerusalem Delivered; 1575).

sangre! En fin; mejor es que no juguemos al tute. Conozco que no puedo con usted . . . Llevo algunas noches de no dormir, pensando en nuestros altercados, en las cosas duras que me obliga usted a decirle, en las irritantes bromas que me contesta, y en lo imposible que es el que usted y yo vivamos en paz, a pesar de lo muy agradecido que estoy a . . . la casa. ¡Ah! ¡Más me hubiera valido que me dejase usted morir en mitad de la calle! . . . ¡Es muy triste aborrecer, o no poder tratar como Dios manda a la persona que nos ha salvado la vida exponiendo la suya! ¡Afortunadamente, pronto podré mover esta pícara pierna; me iré a mi cuartito de la calle de Tudescos, a la oficina de mi seráfico pariente y a mi casino de mi alma, y cesará este martirio a que me ha condenado usted con su cara, su cuerpo y sus acciones de serafín, y con su frialdad, sus bromas y su sonrisa de demonio! ¡Pocos días nos quedan de vernos! . . . Ya discurriré yo alguna manera de seguir tratando a solas a su mamá de usted, ora sea en casa de mi primo, ora por cartas, ora citándonos para tal o cual iglesia . . . Pero lo que es a usted, gloria mía, ¡no volveré a acercarme hasta que sepa que se ha casado! . . . ¿Qué digo? ¡Entonces menos que nunca! En resumen . . . : ¡déjeme usted en paz, o écheme mañana solimán en el chocolate!

El día que don Jorge de Córdoba pronunció estas palabras, Angustias no se sonrió, sino que se puso grave y triste . . .

Reparó en ello el capitán y dióse prisa a taparse el rostro con el embozo de la cama, murmurando para sí mismo:

—¡Me he fastidiado con decir que no quiero jugar al tute! Pero ¿cómo volverme atrás? ¡Sería deshonrarme! ¡Nada! ¡Trague usted quina, señor *Capitán Veneno*! ¡Los hombres deben ser hombres!

Angustias, que había salido ya de la alcoba, no se enteró del arrepentimiento y tristeza que se revolcaban bajo las ropas de aquel lecho.

III: La convalecencia

Sin novedad alguna que de notar sea, transcurrieron otros quince días, y llegó aquel en que nuestro héroe debía de abandonar el lecho, bien que con orden terminante de no moverse de una silla y de tener extendida sobre otra la pierna mala.

Sabedor de ello el marqués de los Tomillares, cuya visita no había faltado ninguna mañana a don Jorge, o, más bien dicho, a sus adorables enfermeras, con quienes se entendía mejor que con su áspero y rabioso primo, le envió a éste, al amanecer, un magnífico

better if we don't play bezique. I know that I can't cope with you. . . .
For a few nights I haven't been able to sleep, thinking about our quarrels, the harsh things you force me to say to you, the irritating jokes that
you answer me with, and the impossibility of our living in peace, despite my great gratitude to . . . this household. Oh, it would have been
better if you had let me die in the middle of the street! . . . It's very dis-
agreeable to detest, or to be unable to treat as God commands us to,
the person who saved our life at the risk of her own! Fortunately, I'll
soon be able to move this confounded leg; I'll return to my little room
on the Calle de Tudescos, to my job with my angelic relative, and to the
club I adore, and put an end to this torture you've sentenced me to
with your face, your body, and your angelic behavior, and your coolness, your jokes, and your devilish smile! We'll only see each other for
another few days! . . . I'll invent some way of keeping in touch with
your mamma in private, either at my cousin's place, or by letter, or
making a date to meet at some church or other. . . . But, as far as you're
concerned, my darling, I won't come near you again until I hear that
you're married! . . . What am I saying? Less than ever, in such a case!
In short: leave me alone, or put poison in my chocolate tomorrow!

On the day that Don Jorge de Córdoba uttered those words,
Angustias didn't smile, but became serious and sad. . . .

The captain noticed this and hastily covered his face with the
turned-down edge of the bedsheet, murmuring to himself:

"I did myself harm when I said I didn't want to play bezique! But
how can I take it back? It would go against my honor! No! Just put up
with it, Captain Poison! Men have to be men!"

Angustias, who had already left the sleeping area, was unaware of
the repentance and sadness with which he tossed and turned beneath
the bedcovers.

III: The Convalescence

Without any further incident worth mentioning, another two weeks
went by, until the day when our hero was to leave his bed—though
with strict orders not to get out of his chair, and to keep his bad leg
stretched out on another chair.

Knowing this, the Marquis de los Tomillares, who had visited Don
Jorge every morning without fail—or, rather, who had visited his
adorable nurses, with whom he got on better than with his testy, bel-
ligerent cousin—sent him, at dawn, a magnificent wheelchair made

sillón-cama de roble, acero y damasco, que había hecho construir con la anticipación debida.

Aquel lujoso mueble era toda una obra maestra, excogitada y dirigida por el minucioso aristócrata: estaba provisto de grandes ruedas que facilitarían la conducción del enfermo de una parte a otra, y articulado por medio de muchos resortes, que permitían darle forma, ora de lecho militar, ora de butaca, más o menos trepada, con apoyos, en este último caso, para extender la pierna derecha, y con su mesilla, su atril, su pupitre, su espejo y otros adminículos de quita y pon, admirablemente acondicionados.

A las señoras les mandó, como todos los días, delicadísimos ramos de flores, y además, por extraordinario, un gran ramillete de dulces y doce botellas de champagne, para que celebrasen la mejoría de su huésped. Regaló un hermoso reloj al médico y veinticinco duros a la criada, y con todo ello se pasó en aquella casa un verdadero día de fiesta, a pesar de que la respetable guipuzcoana estaba cada vez peor de salud.

Las tres mujeres se disputaron la dicha de pasear al *Capitán Veneno* en el sillón-cama; bebieron champagne y comieron dulces, así los enfermos como los sanos, y aun el representante de la medicina. El marqués pronunció un largo discurso en favor de la institución del matrimonio, y el mismo don Jorge se dignó reír dos o tres veces, haciendo burla de su pacientísimo primo, y cantar *en público* (o sea delante de Angustias) algunas coplas de jota aragonesa.

IV: Mirada retrospectiva

Verdad es que desde la célebre discusión sobre el bello sexo, el capitán había cambiado algo, ya que no de estilo ni de modales, a lo menos de humor . . . ¡Y quién sabe si de ideas y sentimientos! Conocíase que las faldas le causaban menos horror que al principio, y todos habían observado que aquella confianza y benevolencia que ya le merecía la señora de Barbastro, iban trascendiendo a sus relaciones con Angustias.

Continuaba, eso sí, por terquedad aragonesa más que por otra cosa, diciéndose su mortal enemigo, y hablándole con aparente acritud y a voces, como si estuviera mandando soldados; pero sus ojos la seguían y se posaban en ella con respeto, y si por acaso se encontraban con la mirada (cada vez más grave y triste desde aquel día) de la impávida y

of oak, steel, and damask, which he had had built to be ready when needed.

That luxurious piece of furniture was a real masterpiece, the construction of which had been planned and supervised by the meticulous aristocrat. It was provided with large wheels to make it easier to convey the patient from place to place; it had many joints with springs that allowed it to take the shape of an army cot or an armchair that leaned back to various degrees, with rests on which to stretch out one's right leg when reclining; and it had its own little table, bookrest, desk, mirror, and other detachable accessories, all admirably fitted out.

As on every day, he sent the ladies very delicate bouquets of flowers and, this time, as a special treat, a large assortment of candy and twelve bottles of champagne so they could celebrate their guest's improvement. He made the doctor the gift of a handsome watch, and gave 125 *pesetas* to the servant. With all this, it was a real holiday in that household, despite the fact that the honorable lady from Guipúzcoa was feeling worse all the time.

The three women fought for the pleasure of wheeling Captain Poison around on his chair; they drank champagne and ate candy, the ill as well as the healthy, including the representative of the healing arts. The marquis delivered a long speech in favor of the institution of marriage, and even Don Jorge deigned to laugh two or three times, making fun of his very patient cousin, and singing "in public" (that is, in Angustias's presence) a few Aragonese jotas.

IV: A Backward Glance

It's true that, since that notable discussion about the fair sex, the captain had changed somewhat, not in his bearing or his ways, but at least in his mood—and, who knows, maybe in his ideas and feelings! It could be observed that skirts now horrified him less than at the outset, and everyone had noticed that the trustfulness and benevolence that he had long shown to Mrs. Barbastro were gradually extending to his relations with Angustias.

Yes, out of his Aragonese stubbornness more than anything else, he went on saying that he was her mortal enemy, and speaking to her in a shout and with apparent harshness, as if giving orders to soldiers; but his eyes followed her around and rested on her with respect, and if they happened to meet the glance of the fearless, mysterious young woman (which had become sadder and more serious ever since that

misteriosa joven, parecían inquirir afanosamente qué gravedad y tristura eran aquéllas.

Angustias había dejado, por su parte, de provocar al capitán y de sonreírse cuando le veía montar en cólera. Servíalo en silencio, y en silencio soportaba sus desvíos más o menos amargos y sinceros, hasta que él se ponía también grave y triste, y le preguntaba con cierta llaneza de niño bueno:

—¿Qué tiene usted? ¿Se ha incomodado conmigo? ¿Principia ya a pagarme el aborrecimiento de que tanto le he hablado?

—¡Dejémonos de tonterías, capitán! —contestaba ella—. ¡Demasiado hemos disparatado ya los dos . . . , hablando de cosas muy formales!

—¿Se declara usted, pues, en retirada?

—En retirada . . . ¿de qué?

—¡Toma! ¡Usted lo sabrá! ¿No me la echó de tan valiente y batalladora el día que me llamó *indio bravo*?

—Pues no me arrepiento de ello, amigo mío . . . Pero basta de despropósitos, y hasta mañana.

—¿Se va usted? ¡Eso no vale! ¡Eso es huir! —solía decirle entonces el muy taimado.

—¡Cómo usted quiera! —respondía Angustias, encogiéndose de hombros—. El caso es que me retiro . . .

—¿Y qué voy a hacer ahora aquí solo toda la santa noche? ¡Repare usted en que son las siete!

—Ésa no es cuenta mía. Puede usted rezar, o dormirse o hablar con mamá . . . Yo tengo que seguir arreglando el baúl de papeles de mi difunto padre . . . ¿Por qué no pide usted una baraja a Rosa, y hace *solitarios*?

—¡Sea usted franca! —exclamó un día el impenitente solterón, devorando con los ojos las blanquísimas y hoyosas manos de su enemiga—. ¿Me guarda usted rencor porque, desde *aquella mañana*, no hemos vuelto a jugar al tute?

—¡Muy al contrario! ¡Alégrome de que hayamos dejado también esa broma! —respondió Angustias, escondiendo las manos en los bolsillos de la bata.

—Pues entonces, alma de Dios, ¿qué quiere usted?

—Yo, señor don Jorge, no quiero nada.

—¿Por qué no me llama usted ya *"Señor Capitán Veneno"*?

—Porque he conocido que no merece usted ese nombre.

—¡Hola! ¡Hola! ¿Volvemos a las suavidades y a los elogios? ¿Qué sabe usted cómo soy yo por dentro?

—Lo que sé es que no llegará usted nunca a envenenar a nadie . . .

day), they seemed to inquire anxiously into the nature of that seriousness and sadness.

Angustias, for her part, had left off provoking the captain and smiling when she saw him getting angry. She waited on him in silence, and
in silence she put up with his more or less bitter and sincere coldness,
until he, too, became serious and sad, and would ask her with a good
child's sort of frankness:

"What's wrong with you? Are you upset with me? Are you starting
to pay me back the hatred I said so much about to you?"

"Let's put all such nonsense aside, Captain!" she'd reply. "Both of
us have joked around far too much . . . , while talking about very serious things!"

"So you admit you're in retreat?"

"In retreat . . . from what?"

"Well! You must know! Didn't you brag about being so brave and
such a good fighter on the day you called me a wild Indian?"

"Well, I'm not sorry I said *that*, my friend. . . . But enough of this
rubbish. I'll see you tomorrow."

"You're leaving? That won't do! That's running away!" the shrewd
fellow would say to her on such occasions.

"If you like to think so! . . ." Angustias would reply, shrugging her
shoulders. "In any case, I'm retreating. . . ."

"And now what am I going to do here alone the whole blessed
night? Please notice that it's only seven!"

"That's no worry of mine. You can pray, sleep, or chat with
Mamma. . . . I have to continue arranging the trunk with my late father's papers. . . . Why don't you ask Rosa for a deck of cards and play
solitaire?"

"Be honest!" the confirmed bachelor exclaimed one day, his eyes
devouring the extremely white, dimpled hands of his enemy. "Are you
still sore at me because, since *that morning*, we haven't played bezique anymore?"

"Just the opposite! I'm glad we quit that foolery also!" Angustias
replied, hiding her hands in the pockets of her dressing gown.

"Then, for God's sake, what is it you want?"

"I, Don Jorge, don't want a thing."

"Why don't you call me Captain Poison any longer?"

"Because I've realized you don't deserve that name."

"Stop right there! Are we back to the sweet talk and the compliments? What do you know about my real nature?"

"What I know is that you'll never get to poison anybody. . . ."

—¿Por qué? ¿Por cobardía?

—No, señor, sino porque es usted un pobre hombre, con muy buen corazón, al cual le ha puesto cadenas y mordaza, no sé si por orgullo o por miedo a su propia sensibilidad . . . Y si no, que se lo pregunten a mi madre . . .

—¡Vaya! ¡Vaya! ¡Doblemos esa hoja! ¡Guárdese usted sus celebraciones como se guarda sus manecitas de marfil! ¡Esta chiquilla se ha propuesto volverme del revés!

—¡Mucho ganaría usted en que me lo propusiera y lo lograra, pues el *revés* de usted es el *derecho!* Pero no estamos en ese caso . . . ¿Qué tengo yo que ver en sus negocios?

—¡Trueno de Dios! ¡Pudo usted hacerse esa pregunta la tarde que se dejó fusilar por salvarme la vida! —exclamó don Jorge, con tanto ímpetu como si, en vez del agradecimiento, hubiese estallado en su corazón una bomba.

Angustias le miró muy contenta, y dijo con noble fogosidad:

—No estoy arrepentida de aquella acción; pues si mucho le admiré a usted al verlo batirse la tarde del 26 de marzo, más le he admirado al oírlo cantar, en medio de sus dolores, la jota aragonesa, para distraer y alegrar a mi pobre madre.

—¡Eso es! ¡Búrlese usted ahora de mi mala voz!

—¡Jesús, qué diantre de hombre! ¡Yo no me burlo de usted, ni el caso lo merece! ¡Yo he estado a punto de llorar, y he bendecido a usted desde lejos, cada vez que le he oído cantar aquellas coplas! . . .

—¡Lagrimitas! ¡Peor que peor! ¡Ah, señora doña Angustias! ¡Con usted hay que tener mucho cuidado! ¡Usted se ha propuesto hacerme decir ridiculeces y majaderías impropias de un hombre de carácter, para reírse luego de mí, y declararse vencedora! . . . ¡Afortunadamente, estoy sobre aviso, y tan luego como me vea próximo a caer en sus redes, echaré a correr, con la pierna rota y todo, y no pararé hasta Pekín! ¡Usted debe ser lo que llaman *una coqueta!*

—¡Y usted es un desventurado!

—¡Mejor para mí!

—Un hombre injusto, un salvaje, un necio . . .

—¡Apriete usted! ¡Apriete usted! ¡Así me gusta! ¡Al fin vamos a pelearnos una vez!

—¡Un desagradecido!

—¡Eso no, caramba! ¡Eso no!

—Pues bien: ¡guárdese usted su agradecimiento que yo, gracias a Dios, para nada lo necesito! Y, sobre todo, hágame el obsequio de no volver a sacarme estas conversaciones . . .

"Why not? Because I'm a coward?"

"No, sir, it's because you're a poor fellow with a very good heart, which you've put chains and a gag on, either from pride or from fear of your own sensitivity. . . . If you don't believe it, let someone ask my mother about it. . . ."

"Come now, come now! Let's change the subject! Keep your praises to yourself the way you're keeping your little ivory hands to yourself! This girl is determined to turn me inside out!"

"It would be a very good thing for you if I had determined to do that, and if I succeeded, because your 'wrong' side is your right side! But that simply isn't the case. . . . What have I to do with your affairs?"

"God's thunder! You could have asked yourself that on the afternoon you let yourself be shot at because you were saving my life!" Don Jorge exclaimed with as much forcefulness as if, instead of gratitude, a bomb had exploded in his heart.

Angustias looked at him with great satisfaction, and said with noble ardor:

"I don't regret having done that, because if I admired you greatly watching you fight on the afternoon of March 26, I admired you more hearing you sing Aragonese jotas to amuse my poor mother and cheer her up, while you were suffering such pain."

"That's it! Now make fun of my bad voice!"

"Jesus, what a devil of a man! I'm not making fun of you, and the subject doesn't warrant it! I nearly cried, and I blessed you from afar, each time I heard you sing those songs! . . ."

"Tears! All the worse! Oh, Miss Angustias, a man has to be very careful with you! You've made up your mind to make me talk nonsense and foolishness unsuitable to a man with character, so you can laugh at me afterward, and declare yourself the winner! . . . Fortunately, I'm on my guard, and any time I find myself about to fall into your trap, I'll start running, broken leg and all, and I won't stop till I reach Peking! You must be what they call a coquette!"

"And you're a cowardly wretch!"

"All the better for me!"

"An unjust man, a savage, a fool. . . ."

"Lay it on! Lay it on! This is what I like! Finally we're going to have a good fight!"

"An ungrateful person!"

"There you're wrong, damn it! There you're wrong!"

"All right, then: keep your gratitude to yourself, because, thank God, I haven't the least need of it! And, first and foremost, do me the favor of not leading me into such conversations anymore. . . ."

Tal dijo Angustias, volviéndole la espalda con verdadero enojo.

Y así quedaba siempre, de oscuro y embrollado, el importantísimo punto que, sin saberlo, discutían aquellos dos seres desde que se vieron por primera vez . . . , y que muy pronto iba a ponerse más claro que el agua.

V: Peripecia

El tan celebrado y jubiloso día en que se levantó el *Capitán Veneno* había de tener un fin asaz lúgubre y lamentable, cosa muy frecuente en la humana vida, según que más atrás, y por razones inversas a las de ahora, dijimos filosóficamente.

Estaba anocheciendo: el médico y el marqués acababan de retirarse, y Angustias y Rosa habían salido también, por consejo de la muy complacida guipuzcoana, a rezar una Salve a la Virgen del Buen Suceso, que aún tenía entonces su iglesia en la Puerta del Sol, cuando el capitán, a quien ya habían acostado de nuevo, oyó sonar la campanilla de la calle, y que doña Teresa abría el ventanillo y preguntaba: *"¿Quién es?"*; y que luego decía, abriendo la puerta: *"¡Cómo había yo de figurarme que viniese usted a estas horas! ¡Pase usted por aquí!"*; y que una voz de hombre exclamaba, alejándose hacia las habitaciones interiores: *"Siento mucho, señora . . ."*

El resto de la frase se perdió en la distancia, y así quedó todo por algunos minutos, hasta que sonaron otra vez pasos y oyóse al mismo hombre que decía, como despidiéndose: *"Celebraré que usted se mejore y tranquilice . . ."*, y a doña Teresa que contestaba: *"Pierda usted cuidado . . ."*; después de lo cual volvió a sentirse abrir y cerrar la puerta y reinó en la casa profundo silencio.

Conoció el capitán que algún desagrado había ocurrido a la viuda y hasta esperó que entrase a contárselo; pero al ver que no acontecía así, dedujo que el negocio sería del orden de los secretos domésticos, y abstúvose de interpelarla a voces, aunque le pareció oírla suspirar en el inmediato pasillo . . .

Volvieron a llamar en esto a la puerta de la calle e instantáneamente la abrió doña Teresa, lo cual demostraba que no había dado un paso desde que se marchó la visita, y entonces se oyeron estas exclamaciones de Angustias:

—¿Por qué nos aguardabas con el picaporte en la mano? ¡Mamá! ¿Qué tienes? ¿Por qué lloras? ¿Por qué no me respondes? ¡Estás mala! ¡Jesús, Dios mío! ¡Rosa! ¡Ve corriendo y llama al doctor

Thus spoke Angustias, turning her back on him in real pique.

And thus that very important point remained in the dark and muddled—the point which, without knowing it, those two people had been discussing ever since they first saw each other . . . a point that was soon to become as clear as day.

V: A Turn of Events

That day, so festive and jolly, on which Captain Poison was able to leave his bed was to end in much gloom and sadness, a very frequent occurrence in human life, as we stated philosophically earlier on, for reasons that were the inverse of the present ones.

Night was falling: the doctor and the marquis had just left, and Angustias and Rosa had gone out, too, on the advice of the very contented woman from Guipúzcoa, to pray a "Salve Regina" to Our Lady of Good Help, whose church, the Buen Suceso, was still in the Puerta del Sol at the time, when the captain, who had been sent back to bed, heard the doorbell ring. He then heard Doña Teresa open the peephole in the door and ask who was there, after which she opened the door, saying: "How was I to imagine you would come at this hour? Come this way!" Then a man's voice, moving off toward the inner rooms, exclaimed: "I'm very sorry, madam. . . ."

The rest of the sentence was lost in the distance, and nothing more could be heard for a few minutes, until there was another sound of steps, and the same man was heard saying, as if taking leave: "I'll be happy to hear that you feel better and calmer." To which Doña Teresa replied: "Don't worry about me. . . ." Then came the renewed sound of the door opening and shutting, after which deep silence reigned in the house.

The captain knew that the widow had had some unpleasant experience, and in fact he expected her to come in and tell him about it; but, seeing that that wasn't happening, he deduced that the matter was a family secret, and he refrained from calling out to her, though he thought he heard her sighing in the adjacent corridor. . . .

At that moment there was another ring at the door, which Doña Teresa opened immediately, showing that she hadn't moved away from the spot ever since her visitor left. Then he could hear Angustias exclaiming:

"Why were you waiting for us right at the door? Mamma! What's wrong? Why are you crying? Why don't you answer? You're ill! Jesus, my God! Rosa! Run and call Dr. Sánchez! My mother is dying! Come!

Sánchez! ¡Mi mamá se muere! ¡Ven! ¡Espera! ¡Ayúdame a llevarla al sofá de la sala . . . ¿No ves que se está cayendo? ¡Pobre madre mía! ¡Madre de mi alma! ¿Qué tienes, que no puedes andar?

Efectivamente; don Jorge, desde la alcoba, vio entrar en la sala a doña Teresa casi arrastrando, colgada del cuello de su hija y de la criada, y con la cabeza caída sobre el pecho.

Acordóse entonces Angustias de que el capitán estaba en el mundo y dio un grito furioso, encaróse con él, y le dijo:

—¿Qué le ha hecho usted a mi madre?

—¡No! ¡No! . . . ¡Pobrecito! ¡Él no sabe nada! . . . —se apresuró a decir la enferma con amoroso acento—. Me he puesto mala yo sola . . . Ya se me va pasando . . .

El capitán estaba rojo de indignación y de vergüenza.

—¡Ya lo está usted oyendo, señorita Angustias! —exclamó al fin en son muy amargo y triste—. ¡Me ha calumniado usted inhumanamente! Pero, ¡ah!, no . . . ¡Yo soy quien me he calumniado a mí mismo desde que estoy acá! ¡Merecida tengo esa injusticia de usted! ¡Doña Teresa! . . . ¡No haga usted caso de esa ingrata y dígame que ya está buena del todo o reviento aquí, donde me veo atado por el dolor y crucificado por mi enemiga!

A todo esto, la viuda había sido colocada en el sofá, y Rosa atravesaba la calle en busca del doctor.

—Perdóneme usted, capitán —dijo Angustias—. Considere que es mi madre y que me la he encontrado muriéndose lejos de usted, a cuyo lado la dejé hace quince minutos . . . ¿Es que ha venido alguien durante mi ausencia?

El capitán iba responder *que sí,* cuando doña Teresa había ya contestado apresuradamente:

—¡No! ¡Nadie! . . . ¿No es verdad que nadie, señor don Jorge? Éstas son cosas de nervios . . . , vapores . . . , ¡vejeces, y nada más que vejeces! Ya estoy bien, hija mía.

Llegado que hubo el médico, y tan pronto como pulsó a la viuda (a quien media hora antes dejó tan contenta y en casí regular estado), dijo que había que acostarla inmediatamente y que tendría que guardar cama algún tiempo, hasta que cesase la gran conmoción nerviosa que acababa de experimentar . . . En seguida manifestó en secreto a Angustias y a don Jorge que el mal de doña Teresa radicaba en el corazón, de lo cual tenía completa evidencia desde que la pulsó por primera vez la tarde del 26 de marzo, y que semejantes afecciones, aunque no eran fáciles de curar enteramente, podían conllevarse largo tiempo a fuerza de reposo, bienestar, alegría moderada,

Wait! Help me take her to the sofa in the parlor. . . . Can't you see she's falling? Poor mother! Dearest mother! What's wrong, why can't you walk?"

And, indeed, from his sleeping area Don Jorge saw Doña Teresa enter the parlor, nearly dragging herself, her arms around the necks of her daughter and the servant, and her head slumped onto her chest.

Then Angustias remembered the existence of the captain, and emitted a furious cry, confronting him with the words:

"What have you done to my mother?"

"No! No! . . . Poor man! He doesn't know a thing! . . ." the sick woman hastened to say in an affectionate tone. "I got sick all on my own. . . . I'm already getting over it. . . ."

The captain was red with indignation and shame.

"You've heard the truth, Miss Angustias!" he finally exclaimed, bitterly and sadly. "You've slandered me inhumanly! But, no—I'm the one who's been slandering myself ever since I got here! I've earned your unjust remark! Doña Teresa! . . . Pay no attention to that ungrateful girl and tell me you're perfectly all right again, or else I'll explode on the spot, seeing myself tied down by pain and crucified by my enemy!"

While all this was going on, the widow had been placed on the sofa, and Rosa was crossing the street to fetch the doctor.

"Forgive me, Captain," said Angustias. "Take into account that she's my mother, and that I found her dying at some distance from you, though I left her sitting beside you fifteen minutes ago. . . . Did someone come while I was out?"

The captain was about to reply in the affirmative, but was interrupted by Doña Teresa's hasty answer:

"No! No one! . . . Isn't that right, Don Jorge, that no one came? It's a matter of nerves . . . vapors . . . old age—nothing more than old age! I feel fine, daughter."

When the doctor came, no sooner had he taken the pulse of the widow (whom he had left so happy and feeling almost perfectly well a half-hour earlier) than he said she must be put to bed at once and would have to stay there for some time, until she got over the great nervous shock she had just undergone. . . . Right after that, he secretly informed Angustias and Don Jorge that Doña Teresa's trouble was with her heart; he had been fully convinced of that ever since first taking her pulse on the afternoon of March 26; though such ailments weren't easily cured completely, he said, they could be lived with for a long time with plenty of rest, comfort, moderate pleasures, good

buen trato y no sé cuántos otros prodigios . . . , cuya base principal era el *dinero*.

—¡El 26 de marzo! —murmuró el capitán—. ¡Es decir, que yo tengo la culpa de todo lo que ocurre!

—¡La tengo yo! —dijo Angustias, como hablando consigo misma.

—¡No busquen ustedes la causa de las causas! —expuso melancólicamente el doctor Sánchez—. Para que haya culpa tiene que preceder intención, y ustedes son incapaces de haber querido perjudicar a doña Teresa.

Los dos amnistiados se miraron con angelical asombro, al ver que la ciencia se devanaba los sesos para sacar deducciones tan obvias o tan impías; y fijando luego su consideración en lo que verdaderamente les importaba entonces, dijéronse a un mismo tiempo:

—¡Hay que salvarla!

Aquello era principiar a entenderse.

VI: Catástrofe

Así que se marchó el médico, y después de largo debate, se tomó el acuerdo de poner la cama de la viuda en el gabinete, que, como ya hemos dicho, estaba situado en un extremo de la sala, frente por frente de la alcoba ocupada por don Jorge.

—De esta manera —dijo la prudentísima Angustias— podréis veros y charlar los dos enfermicos, y nos será fácil a Rosa y a mí atender a ambos desde la sala, la noche que a cada una nos toque velaros.

Aquella noche se quedó Angustias y nada ocurrió de particular. Doña Teresa se sosegó mucho a la madrugada y dormitó cosa de una hora. El médico la encontró muy aliviada a la mañana siguiente; y, como pasó también el día cada vez más tranquila, la segunda noche se retiró Angustias a su cuarto después de las dos, cediendo a las tiernas súplicas de su madre y a las imperiosas órdenes del capitán, y Rosa se quedó de enfermera . . . en la misma butaca, en la misma postura y con los mismos ronquidos que veló a don Jorge la noche que lo hirieron.

Serían las tres y media de la mañana cuando nuestro caviloso héroe, que no dormía, oyó que doña Teresa respiraba muy trabajosamente y lo nombraba con voz entrecortada y sorda.

—Vecina, ¿me llama usted? —preguntó don Jorge, disimulando su inquietud.

treatment, and a few more miracles of the sort—all of them basically entailing the availability of *money*.

"March 26!" the captain murmured. "That is to say that I'm to blame for everything that's happening!"

"No, *I* am!" said Angustias, as if talking to herself.

"Don't seek the cause of the causes, you two!" Dr. Sánchez stated in a melancholy tone. "In order for there to be a blame, there must be a prior intention, and you two are incapable of having wanted to do Doña Teresa any harm."

The two pardoned criminals looked at each other with angelic surprise on finding that the man of science was racking his brains to come up with deductions that were so obvious or so impious. Then, turning their attention to what really mattered to them at the moment, they said to each other simultaneously:

"She must be saved!"

That marked a beginning in their getting along together.

VI: Catastrophe

As soon as the doctor left, after a long debate they agreed to place the widow's bed in the little private area that, as we've said, was located at the farthest end of the main room, just opposite the sleeping area occupied by Don Jorge.

"This way," said the very thoughtful Angustias, "you two patients will be able to see each other and chat, and it will be easy for Rosa and me to keep an eye on both of you from the parlor whenever it's our turn to sit up with you at night."

That night Angustias remained there, and nothing special happened. Doña Teresa became much calmer at daybreak and dozed for about an hour. The doctor found her greatly improved that morning; and, since she got through the day, as well, feeling more peaceful all the time, on the second night Angustias went to her own room after two, yielding to her mother's tender pleas and the captain's imperious orders, and Rosa stayed behind as nurse . . . in the same armchair, in the same posture, and with the same snores as when she had sat up with Don Jorge on the night after he had been wounded.

It was about three-thirty in the morning when our pensive hero, who wasn't asleep, heard Doña Teresa breathing with a great deal of difficulty and calling his name with a muffled, choppy voice.

"Neighbor, are you calling me?" asked Don Jorge, pretending not to be worried.

—Sí . . . , capitán . . . —respondió la enfermera—. Despierte usted con cuidado a Rosa, de modo que no lo oiga mi hija. Yo no puedo alzar más la voz . . .

—Pero ¿qué es eso? ¿Se siente usted mal?

—¡Muy mal! Y quiero hablar con usted a solas antes de morirme . . . Haga usted que Rosa lo coloque en el sillón de ruedas y lo traiga aquí . . . Pero procure que no despierte mi pobre Angustias . . .

El capitán ejecutó punto por punto lo que le decía doña Teresa, y al cabo de pocos instantes se hallaba a su lado.

La pobre viuda tenía una fiebre muy alta y se ahogaba de fatiga. En su lívido rostro se veía ya impresa la indeleble marca de la muerte.

El capitán estaba aterrado por la primera vez de su vida.

—¡Déjanos, Rosa . . . ; pero no despiertes a la señorita Angustias! . . . Dios querrá dejarme vivir hasta que amanezca, y entonces la llamaré para que nos despidamos . . . Oiga usted, capitán . . . ¡Me muero!

—¡Qué se ha de morir usted, señora! —respondió don Jorge, estrechando la ardiente mano de la enferma—. Ésta es una congoja como la de ayer tarde . . . ¡Y, además, yo no quiero que se muera usted!

—Me muero, capitán . . . Lo conozco . . . Inútil fuera llamar al médico . . . Llamaremos al confesor . . . , ¡eso sí! . . . , aunque se asuste mi pobre hija . . . Pero será cuando usted y yo acabemos de hablar . . . ¡Porque lo urgente ahora es que hablemos nosotros dos sin testigos!

—¡Pues ya estamos hablando! —respondió el capitán, atusándose los bigotes en señal de miedo—. ¡Pídame usted la poca y mala sangre con que entré en esta casa, y la mucha y muy rica que he criado en ella, y toda la derramaré con gusto! . . .

—Ya lo sé . . . Ya lo sé, amigo mío . . . Usted es muy honrado, y nos quiere . . . Pues bien, mi querido capitán; sépalo usted todo . . . Ayer tarde vino mi procurador y me dijo que el Gobierno había decretado en contra el expediente de mi viudedad.

—¡Demonio! ¿Y por esa friolera se apura usted? ¡Me ha denegado a mí el Gobierno tantas instancias!

—Ya no soy condesa ni generala . . . —continuó la viuda—. ¡Tenía usted mucha razón cuando me escatimaba estos títulos!

—¡Mejor que mejor! ¡Yo no soy tampoco general ni marqués, y mi abuelo era lo uno y lo otro! Estamos iguales.

—Bien; pero es el caso que yo . . . , yo . . . ¡estoy completamente arruinada! Mi padre y mi marido gastaron, defendiendo a don Carlos, todo lo que tenían . . . Hasta hoy he vivido con el producto de mis alhajas, y hace ocho días vendí la última . . . , una gargantilla de perlas

"Yes . . . Captain . . . ," the sick woman replied. "Wake up Rosa quietly, so my daughter doesn't hear. I can't speak any louder. . . ."

"But what is it? Are you feeling unwell?"

"Very unwell! And I want to speak to you in private before I die. . . . Have Rosa put you in the wheelchair and bring you here. . . . But try not to awaken my poor Angustias. . . ."

The captain carried out Doña Teresa's wishes in every detail, and a few minutes later he was at her side.

The poor widow had a very high fever and was suffocating with fatigue. Her livid face already showed the indelible stamp of death.

The captain was frightened for the first time in his life.

"Leave us, Rosa . . . but don't wake up Miss Angustias! . . . God will surely let me live till dawn, and then I'll call her so we can say goodbye. . . . Listen, Captain. . . . I'm dying!"

"Why talk about dying, ma'am?" Don Jorge replied, squeezing the sick woman's burning hand. "This is an attack like the one last evening. . . . Besides, I forbid you to die!"

"I'm dying, Captain. . . . I can tell. . . . It would be no use calling the doctor. . . . We'll call my confessor—that, yes!—even if my poor daughter gets scared. . . . But not until you and I have had our talk. . . . Because the urgent thing now is for us two to talk without witnesses! . . ."

"We're talking already!" the captain replied, stroking his mustache (a sign of fear). "Ask me for whatever little sick blood I had when I entered this house, and for all the plentiful healthy blood I've produced while in it, and I'll gladly spill it all! . . ."

"I know . . . I know, my friend. . . . You're very honorable, and you're fond of us. . . . Well, dear Captain, you ought to know everything. . . . Last evening my business agent came to tell me that the government had voted against granting me my widow's pension."

"Hell! And you're getting upset over that trifle? The government has turned down loads of my petitions!"

"I'm no longer a countess or the widow of an acknowledged general . . . ," she continued. "You were perfectly right when you refused to allow me those titles!"

"All to the good! I'm not a general or a marquis myself, though my grandfather was both. You and I are in the same boat."

"All right, but the situation is that I . . . I . . . am completely destitute! My father and my husband spent everything they had fighting for King Charles. . . . Up to now I've lived on what I could get for my jewels, and I sold the last one a week ago . . . a very beautiful pearl

muy hermosa . . . ¡Rubor me causa hablar a usted de estas miserias!
. . .

—¡Hable usted, señora! ¡Hable usted! ¡Todos hemos pasado
apuros! ¡Si supiera usted los atranques en que a mí me ha metido el
pícaro tute! . . .

—¡Pero es que mi atranque no tiene remedio! Todos mis recursos
y todo el porvenir de mi hija estaban cifrados en esa viudedad, que
con el tiempo hubiera sido la orfandad de Angustias . . . Y hoy . . . la
desgraciada no tiene porvenir, ni presente, ni dinero para enterrarme
. . . Porque ha de saber usted que el abogado que me asesoraba,
herido en su orgullo, de resultas de haberlo desdeñado la chica, o de-
seoso de aumentar nuestra desgracia, a fin de rendir la voluntad de
Angustias y obligarla a casarse con él . . . , me envió anteanoche la
cuenta de sus honorarios, al mismo tiempo que la fatal noticia . . . El
procurador traía también la relación de los suyos, y me habló un
lenguaje tan cruel, de parte del abogado, mezclando las palabras "desconfianza . . .", "insolvencia . . .", "ejecución", y yo no sé qué otras,
que cegué y no vi, tiré de la gaveta y le entregué todo lo que me pedía;
es decir, todo lo que me quedaba, lo que me habían dado por la gargantilla de perlas, mi último dinero, mi último pedazo de pan . . . Por
consiguiente, desde anteanoche es Angustias tan pobre como las infe-
lices que piden de puerta en puerta . . . ¡Y ella lo ignora! ¡Ella duerme
tranquila en este instante! . . . ¿Cómo, pues, no he de estar murién-
dome? . . . ¡Lo raro es que no me muriera anteanoche!

—¡Pues no se muera por tan poca cosa! —repuso el capitán con su-
dores de muerte, pero con la más noble efusión—. Ha hecho usted
muy bien en hablarme . . . ¡Yo me sacrificaré viviendo entre faldas,
como un despensero de monjas! ¡Estaría escrito! Cuando me ponga
bueno, en lugar de irme a mi casa traeré aquí mi ropa, mis armas
y mis perros, y viviremos todos juntos hasta la consumación de los
siglos . . .

—¡Juntos! —respondió lúgubremente la guipuzcoana—. ¿Pues no
oye usted que me estoy muriendo? ¿No lo ve usted? ¿Cree usted que
yo le hubiera hablado de mis apuros pecuniarios a no estar segura de
que dentro de pocas horas me habré muerto?

—Entonces, señora . . . , ¿qué es lo que quiere usted de mí? —preguntó horrorizado don Jorge de Córdoba—. Porque dicho se está que
para dispensarme el honor y el gusto de pedirme, o de encargarme
que la pida a mi primo ese pobre barro que se llama *dinero*, no estaría
usted pasando tanta fatiga, sabiendo lo mucho que estimamos a ustedes y conociéndonos, como creo que nos conoce . . . ¡Dinero no ha

necklace. . . . I'm embarrassed to talk to you about such wretched things! . . ."

"Go on, ma'am! Go on speaking! All of us have been through hard times! If you only knew what difficulties that damned bezique has gotten me into! . . ."

"But there's no way out of *my* difficulty! All my future resources, and my daughter's entire future, were tied up in that widow's pension, which in time would have become Angustias's orphan's pension. . . . And now . . . the poor girl has no future, no present, or even enough money for my funeral. . . . Because I must tell you that the lawyer who was handling my case, either because he was wounded in his pride by being rejected by the girl, or because he wants to make our situation worse so he can change Angustias's mind and make her marry him, . . . sent me a bill for his services night before last, together with the disastrous news. . . . My agent also brought a statement of his own services and spoke to me in such cruel terms on the part of the lawyer, throwing in words like 'loss of confidence,' 'insolvency,' 'distraint,' and even more, that I went blind and didn't see; I opened my drawer and handed him everything he was asking for—that is, everything I had left, the money I had received for the pearl necklace, my last cent, my last mouthful of food. . . . And so, since the night before last Angustias has been as poor as those unhappy people who beg from door to door. . . . And she doesn't know it! She's sleeping peacefully at this very moment! . . . So, why shouldn't I be dying? . . . The only strange thing is that I didn't die night before last!"

"Well, don't die over such a little thing!" the captain replied, sweating as if he were dying himself, but pouring forth his words with extreme nobility. "You were very right to talk to me. . . . I'll sacrifice myself and live among skirts, like a steward in a convent! It was probably my fate! When I get well, instead of going home, I'll have my clothes, weapons, and dogs brought here, and we'll all live together till the end of time. . . ."

"Together!" the lady of Guipúzcoa replied mournfully. "Don't you hear me tell you I'm dying? Can't you see it? Do you think I would have told you about my money worries if I weren't sure I'd be dead in a few hours?"

"In that case, ma'am . . . what is it you ask of me?" Don Jorge de Córdoba inquired, terror-stricken. "Because it's clear that if you merely wanted to deprive me of the honor and pleasure of being asked for that vile dirt known as money, or being requested to ask my cousin for it, you wouldn't be exhausting yourself this way, since you know how much we esteem your family, and since you know us as well

de faltarles a ustedes nunca mientras yo viva! Por tanto, otra cosa es lo
que usted quiere de mí, y le suplico que, antes de decir una palabra
más, piense en la solemnidad de las circunstancias y en otras consideraciones muy atendibles.

—No le comprendo a usted, ni yo misma sé lo que quiero . . .
—respondió doña Teresa con la sinceridad de una santa—. Pero pón-
gase usted en mi lugar. Soy madre . . . ; adoro a mi hija: voy a dejarla
sola en el mundo . . . ; no veo a mi lado en la hora de la muerte, ni
tengo sobre el haz de la tierra, persona alguna a quien encomendár-
sela, como no sea a usted, que, en medio de todo, le demuestra cariño . . . En verdad, yo no sé de qué modo podrá usted favorecerla . . .
¡El dinero *solo* es muy frío, muy repugnante, muy horrible! . . . ¡Pero
más horrible es todavía que mi pobre Angustias se vea obligada a
ganarse con sus manos el sustento, a ponerse a servir, a pedir limosna!
. . . ¡Justifícase, por consiguiente, que, al sentir que me muero, le haya
llamado a usted para despedirme, y que, con las manos cruzadas y
llorando por la última vez de mi vida, le diga a usted, desde el borde
del sepulcro: "¡Capitán: sea usted el tutor, sea usted el padre, sea
usted un hermano de mi pobre huérfana! . . . ¡Ampárela! ¡Ayúdela!
¡Defienda su vida y su honra! ¡Que no se muera de hambre ni de
tristeza! ¡Que no esté sola en el mundo! . . . ¡Figúrese usted que hoy
le nace una hija!"

—¡Gracias a Dios! —exclamó don Jorge dando palmotadas en los
brazos del sillón de ruedas—. ¡Haré por Angustias todo eso y mucho
más! ¡Pero he pasado un rato cruel, creyendo iba usted a pedirme que
me casara con la muchacha!

—¡Señor don Jorge de Córdoba! ¡Eso no lo pide ninguna madre!
¡Ni mi Angustias toleraría que yo dispusiese de su noble y valeroso
corazón! —dijo doña Teresa con tal dignidad que el capitán se quedó
yerto de espanto.

Recobróse al cabo el pobre hombre, y expuso con la humildad del
más cariñoso hijo, besando las manos de la moribunda:

—¡Perdón! ¡Perdón, señora! ¡Yo soy un insensato, un monstruo, un
hombre sin educación que no sabe explicarse! . . . Mi ánimo no ha sido
ofender a usted ni a Angustias . . . Lo que he querido advertir a usted
lealmente es que yo haría muy desgraciada a esa hermosa joven, modelo de virtudes, si llegase a casarme con ella, que yo no he nacido
para amar ni para que me amen, ni para vivir acompañado, ni para
tener hijos, ni para nada que sea dulce, tierno y afectuoso . . . Yo soy
independiente como un salvaje, como una fiera, y el yugo del matrimonio me humillaría, me desesperaría, me haría dar botes que

as I think you do. . . . You will never lack for money as long as I live! Therefore, it must be something else that you want of me, and I beseech you, before you say another word, to keep in mind the solemnity of the circumstances and other considerations deserving of your attention."

"I don't understand you, and I myself don't know what I want . . . ," Doña Teresa replied with saintly frankness. "But put yourself in my place. I'm a mother . . . I adore my daughter. I'm about to leave her alone in the world. . . . At the hour of death I don't find, either right beside me or anywhere on the face of the earth, anyone to entrust her to, except you, who have shown your fondness for her in spite of everything. . . . To tell the truth, I don't know in what way you can help her. . . . Money alone is very cold, very repellent, very horrible! . . . But it's more horrible yet for my poor Angustias to find herself compelled to earn her living with her own hands, to become a servant, to ask for alms! . . . And so it's only right that, feeling myself dying, I have called on you to see me on my way, and that, with clasped hands, and weeping for the last time in my life, I say to you from the brink of the grave: Captain, be a guardian, be a father, be a brother to my poor orphan! . . . Protect her! Help her! Defend her life and her honor! Don't let her die of hunger or sadness! Don't leave her alone in the world! . . . Act as if a daughter were born to you today!"

"Thank God!" exclaimed Don Jorge, slapping the arms of his wheelchair. "I'll do all that for Angustias and much more! But I've just gone through a rough moment, thinking you were going to ask me to marry the girl!"

"Don Jorge de Córdoba! No mother asks that! Nor would my Angustias stand for it if I bestowed her noble, brave heart on anyone!" Doña Teresa said with such dignity that the captain became rigid with shock.

Finally the poor fellow recovered and, as humble as the most loving son, he kissed the dying woman's hands and declared:

"Forgive me! Forgive me, ma'am! I'm thoughtless, a monster, a man without upbringing who can't speak his mind properly! . . . It wasn't my intention to insult you or Angustias. . . . What I wanted to point out to you, as a good friend, is that I would make that beautiful young lady, a model of every virtue, very unhappy if I married her, because it isn't my nature to love or to be loved, or to live together with anyone, or to have children, or to do anything gentle, tender, and affectionate. . . . I'm as independent as a savage or a wild animal, and the yoke of matrimony would humiliate me, would make me

llegaran al cielo. Por lo demás, ni ella me quiere, ni yo la merezco, ni hay para qué hablar de este asunto. En cambio, ¡hágame usted el favor de creer, por esta primera lágrima que derramo desde que soy hombre, y por estos primeros besos de mis labios, que todo lo que yo pueda agenciar en el mundo, y mis cuidados, y mi vigilancia, y mi sangre, serán para Angustias, a quien estimo, y quiero, y amo, y debo la vida . . . , y hasta quizás el alma! Lo juro por esta santa medalla que mi madre llevó siempre al cuello . . . Lo juro por . . . Pero ¡usted no me oye! . . . , ¡usted no me contesta!, ¡usted no me mira! ¡Señora! ¡Generala! ¡Doña Teresa! . . . ¿Se siente usted peor? ¡Ah, Dios mío! ¡Si me parece que se ha muerto! ¡Diablo y demonio! ¡Y yo sin poder moverme! ¡Rosa! ¡Rosa! ¡Agua! ¡Vinagre! ¡Un confesor! ¡Una cruz y yo le recomendaré el alma como pueda! . . . Pero aquí tengo mi medalla . . . ¡Virgen Santísima! ¡Recibe en tu seno a mi segunda madre! Pues señor, ¡estoy fresco! ¡Pobre Angustias! ¡Pobre de mí! ¡En buena me he metido por salir a cazar revolucionarios!

Todas aquellas exclamaciones estaban muy en su lugar. Doña Teresa había muerto al sentir en su mano los besos y las lágrimas del *Capitán Veneno*, y una sonrisa de suprema felicidad vagaba todavía por los entreabiertos labios del cadáver.

VII: Milagros del dolor

A los gritos del consternado huésped, seguidos de lastimeros ayes de la criada, despertó Angustias . . . Medio se vistió, llena de espanto y corrió hacia la habitación de su madre . . . Pero en la puerta halló atravesada la silla de ruedas de don Jorge, el cual, con los brazos abiertos y los ojos casi fuera de las órbitas, le cerraba el paso, diciendo:

—¡No entre usted, Angustias! ¡No entre usted, o me levanto, aunque me muera!

—¡Mi pobre mamá! ¡Mi madre de mi alma! ¡Déjeme usted ver a mi madre! . . . —gimió la infeliz, pugnando por entrar.

—¡Angustias! ¡En nombre de Dios, no entre ahora! Ya entraremos luego juntos . . . ¡Deje usted descansar un momento a la que tanto ha padecido!

—¡Mi madre ha muerto! —exclamó Angustias, cayendo de rodillas junto al sillón del capitán.

—¡Pobre hija mía! ¡Llora conmigo cuanto quieras! —respondió don Jorge, atrayendo hacia su corazón la cabeza de la pobre huérfana y

desperate, would make me jump into the air. Besides, she doesn't love me, and I don't deserve it, so there's no need to discuss that subject. On the other hand, do me the favor of believing, by virtue of this first tear that I've shed since growing up and these first kisses from my lips, that everything I can do in the world, my cares, my vigilance, and my blood will all be for Angustias, whom I esteem, like, and love, and to whom I owe my life . . . and perhaps even my soul! I swear it by this holy medallion that my mother always wore around her neck. . . . I swear by— But you don't hear me . . . you don't answer me . . . you aren't looking at me! Ma'am! Madam General! Doña Teresa! . . . Do you feel worse? Oh, God! I think she's dead! Hell and damnation! And here I am, unable to move! Rosa! Rosa! Water! Vinegar! A confessor! A cross, and I'll pray for her soul myself, as well as I can! . . . But here's my medallion. . . . Blessed Virgin! Receive my second mother in your bosom! Well, sir, am I in a fix! Poor Angustias! Poor me! I got myself in some situation when I went out hunting after revolutionaries!"

All those exclamations were perfectly appropriate. Doña Teresa had died when feeling Captain Poison's kisses and tears on her hand, and a smile of supreme happiness was still playing on her half-opened dead lips.

VII: Miracles of Grief

At the cries of the dismayed guest, followed by the pathetic laments of the servant, Angustias awoke. . . . Filled with fear, she put on a few clothes and ran to her mother's room. . . . But in the doorway she found Don Jorge's wheelchair obstructing her path, and he, with his arms extended to either side and his eyes almost popping out, blocked her way, saying:

"Don't come in, Angustias! Don't come in, or I'll stand up even if it kills me!"

"My poor mamma! My darling mother! Let me see my mother! . . ." the unhappy young woman moaned, struggling to get in.

"Angustias! In God's name, don't come in now! In a little while we'll go to her together. . . . Let her rest for a moment after all her suffering!"

"My mother is dead!" Angustias exclaimed, falling to her knees next to the captain's chair.

"My poor girl! Cry with me as much as you like!" Don Jorge replied, drawing the poor orphan's head to his heart and stroking her hair with

acariciándole el pelo con la otra mano—. ¡Llora con el que no había llorado nunca hasta hoy, que llora por ti . . . y por *ella!* . . .

Era tan extraordinaria y prodigiosa aquella emoción en un hombre como el *Capitán Veneno*, que Angustias, en medio de su horrible desgracia, no pudo menos de significarle aprecio y gratitud, poniéndole una mano sobre el corazón . . .

Y así estuvieron abrazados algunos instantes aquellos dos seres que la felicidad nunca hubiera hecho amigos.

PARTE CUARTA

DE POTENCIA A POTENCIA

I: De cómo el capitán llegó a hablar solo

Quince días después del entierro de doña Teresa Carrillo de Albornoz, a eso de las once de una espléndida mañana del mes de las flores, víspera o antevíspera de San Isidro, nuestro amigo el *Capitán Veneno* se paseaba muy de prisa por la sala principal de la casa mortuoria, apoyado en dos hermosas y desiguales muletas de ébano y plata, regalo del marqués de los Tomillares; y aunque el mimado convaleciente estaba allí solo, y no había nadie ni en el gabinete ni en la alcoba, hablaba de vez en cuando a media voz, con la rabia y desabrimiento de costumbre.

—¡Nada! ¡Nada! . . . ¡Está visto! —exclamó, por último, parándose en mitad de la habitación—. ¡La cosa no tiene remedio! ¡Ando perfectísimamente! ¡Y hasta creo que andaría mejor sin estos palitroques! Es decir, que ya puedo marcharme a mi casa . . .

Aquí lanzó un gran resoplido, como si suspirase a su manera, y murmuró, cambiando de tono:

—*¡Puedo!* ¡He dicho *puedo!* . . . ¿Y qué es *poder*? Antes pensaba yo que el hombre podía hacer todo lo que quería, y ahora veo que ni tan siquiera *puede querer* lo que le acomoda . . . ¡Pícaras mujeres! ¡Bien me lo había yo temido desde que nací! ¡Y bien me lo figuré en cuanto me vi rodeado de faldas la noche del 26 de marzo! ¡Inútil fue tu precaución, padre mío, de hacerme amamantar por una cabra! ¡Al cabo de los años mil, he venido a caer en manos de estas sayonas que te

his other hand. "Cry with the man who has never cried until today, but who's now crying for you . . . and for *her!* . . ."

That emotion in a man like Captain Poison was so extraordinary and miraculous that, despite her terrible misfortune, Angustias couldn't help showing him her appreciation and gratitude, by placing a hand over his heart. . . .

And thus they remained in embrace for a few moments, those two beings who could never have been made friends by happiness.

PART FOUR

DEALING ON EQUAL TERMS

I: How the Captain Came to Be Talking to Himself

Two weeks after the funeral of Doña Teresa Carrillo de Albornoz, at about eleven on one splendid morning in the month of flowers, on the eve of Saint Isidore's Day,[17] or the day before that, our friend Captain Poison was walking very quickly up and down the main parlor of the house of mourning, using two fine ebony and silver crutches of unequal length, a gift from the Marquis de los Tomillares. Though the pampered convalescent was alone there, and no one was in either of the small sitting and sleeping areas at the two ends of the room, he spoke in a low voice from time to time, with his customary rage and surliness.

"No way out! No way out! . . . It's completely clear!" he finally exclaimed, coming to a halt in the middle of the room. "There's no help for the matter! I can walk perfectly well! And I even think I'd walk better without these sticks! That is, I'm now able to leave for home. . . ."

At that point he gave a loud snort, as if that were his way of sighing, and, changing his tone, he murmured:

"'I'm able!' I said 'I'm able!' . . . But what does being able mean? I used to think that a man could do whatever he wanted to, but now I see that he can't even want what suits his purpose. . . . Damn all women! I was afraid of this all my life! And I foresaw it as soon as I found myself surrounded by skirts on the night of March 26! You took a vain precaution, my father, when you had me suckled by a goat! After all this time, I've fallen into the hands of those female

---

17. Saint Isidore the Farmer, the patron of Madrid; his day is May 15.

obligaron a suicidarte! . . . Pero, ¡ah!, ¡yo me escaparé, aunque me deje el corazón en sus uñas!

En seguida miró el reloj, suspiró de nuevo, y dijo muy quedamente, como reservándose de sí propio:

—¡Las once y cuarto y todavía no la he visto, aunque estoy levantado desde las seis! . . . ¡Qué tiempos aquellos en que me traía el chocolate y jugábamos al tute! Ahora, siempre que llamo, entra la gallega . . . ¡Reventada sea "tan digna servidora", que diría el necio de mi primo! Pero en cambio, luego darán las doce y me avisarán que está el almuerzo . . . Iré al comedor y me encontraré allí con una estatua vestida de luto que ni habla, ni ríe, ni llora, ni come, ni bebe, ni sabe nada de lo que ocurre, nada de lo que su madre me contó aquella noche, nada de lo que va a suceder, si Dios no lo remedia . . . ¡Cree la muy orgullosa que está en su casa, y todo su afán es que acabe de ponerme bueno y me marche para que mi compañía no la desdore de la opinión de la gente! ¡Infeliz! ¿Cómo sacarla de su error? ¿Cómo decirle que la tengo engañada; que su madre no me entregó ningún dinero; que, desde hace quince días, todo lo que se gasta acá sale de mi propio bolsillo? ¡Ah! ¡Eso nunca! ¡Primero me dejo matar que decirle tal cosa! Pero ¿qué hago? ¿Cómo no darle, antes o después, cuentas verdaderas o fingidas? ¿Cómo seguir así indefinidamente? ¡Ella no lo consentirá! ¡Ella me llamará a capítulo cuando gradúe que debe de habérseme acabado lo que suponga que poseía su madre, y entonces se armará en esta casa la de Dios es Cristo!

Por aquí iba en sus pensamientos don Jorge de Córdoba cuando sonaron unos golpecitos en la puerta principal de la sala, seguidos de estas palabras de Angustias:

—¿Se puede entrar?

—¡Entre usted, con cinco mil de a caballo! —gritó el capitán, loco de alegría, corriendo a abrir la puerta y olvidando todas sus alarmas y reflexiones—. ¡Ya era tiempo de que me hiciese usted una visita, como antiguamente! ¡Aquí tiene usted al oso enjaulado y aburrido, deseando tener con quien pelear! ¿Quiere usted que echemos una mano al tute? Pero . . . ¿qué pasa? ¿Por qué me mira usted con esos ojos?

—Sentémonos y hablemos, capitán . . . —dijo gravemente Angustias, cuyo hechicero rostro, pálido como la cera, expresaba la más honda emoción.

Don Jorge se retorció los bigotes, según hacía siempre que barruntaba tempestad, y sentóse en el filo de una butaca, mirando a un lado y otro con aire y desasosiego de reo en capilla.

executioners who compelled you to commit suicide! . . . But, oh, I'll escape, even if I have to leave my heart in their claws!"

Right after that, he looked at the clock, gave another sigh, and said very calmly, as if saving up his energy:

"Eleven fifteen and I haven't seen her yet, though I've been up since six! . . . What good times those were when she'd bring me my chocolate and we'd play bezique! Now, whenever I call, the Galician servant comes in. . . . That 'most worthy servant,' as my fool of a cousin would say, can go to blazes! But, on the other hand, it will soon be twelve, and they'll tell me lunch is ready. . . . I'll go to the dining room, where I'll find a statue dressed in mourning who doesn't talk, doesn't laugh, doesn't cry, doesn't eat, doesn't drink, and doesn't know anything of what's going on, anything of what her mother told me that night, anything of what's going to happen unless God helps us. . . . That proud girl thinks she's in her own home, and all she cares about is completing my cure so I can leave and my presence doesn't tarnish her reputation! Poor thing! How can I show her her error? How can I tell her I've deceived her, that her mother didn't entrust any money to me, that for two weeks now all expenses here have come out of my own pocket? Oh! I'd never do that! I'd let myself be killed before saying anything like that to her! But what am I to do? How can I avoid making a true or false accounting to her sooner or later? How can I go on like this indefinitely? She won't accept the situation! She'll call me to account when she figures out that the money she imagines her mother left me must have been used up by now; and then all hell will break loose in this house!"

That was the tenor of Don Jorge de Córdoba's thoughts when he heard a few soft knocks at the main door to the parlor, which were followed by these words from Angustias:

"May I come in?"

"Come in, and bring along five thousand cavalrymen!" shouted the captain, mad with joy, as he ran to open the door, forgetting all his alarms and reflections. "It was high time for you to pay me a visit, the way you used to! You see in me a caged bear who's bored and wants someone to fight with! Should we play a hand of bezique? But . . . what's wrong? Why are you looking at me that way?"

"Let's sit down and talk, Captain . . . ," Angustias said gravely, while her enchanting face, pale as wax, expressed the most profound emotion.

Don Jorge twisted his mustache, as he always did when he felt a storm coming, and he sat down on the edge of an armchair, looking off to all sides with the restless air of a criminal about to be executed.

La joven tomó asiento muy cerca de él; reflexionó unos instantes, o bien reunió fuerzas para la ya presentida borrasca, y expuso al fin con imponderable dulzura:

II: Batalla campal

—Señor de Córdoba: la mañana en que murió mi bendita madre, y cuando, cediendo a ruegos de usted, me retiraba a mi aposento, después de haberla amortajado, por haberse empeñado usted en quedarse solo a velarla, con una piedad y una veneración que no olvidaré jamás . . .

—¡Vamos, vamos, Angustias! ¿Quién dijo miedo? ¡Cara feroz al enemigo! ¡Tenga usted valor para sobreponerse a esas cosas!

—Sabe usted que no me ha faltado hasta hoy . . . —respondió la joven con mayor calma—. Pero no se trata ahora de esta pena, con la cual vivo y viviré perpetuamente en santa paz, y a cuyo dulce tormento no renunciaría por nada del mundo . . . Se trata de contrariedades de otra índole, en que, por fortuna, caben alteraciones, y que van a tener en seguida total remedio . . .

—¡Quiéralo Dios! —rezó el capitán, viendo cada vez más cerca el nublado.

—Decía . . . —continuó Angustias— que aquella mañana me habló usted, sobre poco más o menos, así: "Hija mía . . ."

—¡Hombre! ¡Qué cosas dice uno! ¡Yo la llamé a usted *"hija mía"!*

—Déjeme proseguir, señor don Jorge. "Hija mía . . ." —exclamó usted, con una voz que me llegó al alma—: "en nada tiene usted que pensar por ahora más que en llorar y en pedir a Dios por su madre . . . Sabe usted que he asistido a tan santa mujer en sus últimos momentos . . . Con este motivo, me ha enterado de todos sus asuntos y hecho entrega del dinero que poseía, para que yo corra con entierro, lutos y demás, como tutor de usted que me ha nombrado privadamente, y para librarla de cuidados en los primeros días de su dolor. Cuando se tranquilice usted, ajustaremos cuentas . . ."

—¿Y qué? —interrumpió el capitán, frunciendo muchísimo el entrecejo, como si, a fuerza de parecer terrible, quisiese cambiar la efectividad de las cosas—. ¿No he cumplido bien tales encargos? ¿He hecho alguna locura? ¿Cree usted que he despilfarrado su herencia? . . . ¿No era justo costear entierro mayor a aquella ilustre señora? O ¿acaso le ha referido a usted ya algún chismoso que le he puesto en la sepultura una gran lápida con sus títulos de *Generala* y de *Condesa*?

The young woman took a seat very close to him. She paused to reflect for a few moments, or else she was summoning up all her strength to face the squall that she foresaw; finally, with immeasurable sweetness she declared:

II: A Pitched Battle

"Mr. de Córdoba: on the morning when my blessed mother died and, in obedience to your request, I withdrew to my room after dressing her in her shroud, because you insisted on sitting up with her by yourself, with a piety and veneration I shall never forget. . . ."

"Come now, come now, Angustias! Have no fear! Show the enemy a bold front! Have the courage to overcome such things!"

"You know that I haven't lacked it until today . . . ," the young woman replied, more calmly. "But I'm not speaking now about that sorrow, with which I have lived and will always live in holy peace, and the sweet torment of which I wouldn't give up for anything in the world. . . . I'm talking about vexations of another sort, which fortunately admit of changes, and which will be set to rights immediately. . . ."

"May God be willing!" the captain said prayerfully, seeing the stormcloud getting closer and closer.

"As I was saying," Angustias continued, "that morning you spoke to me more or less as follows: 'My daughter—'"

"My, oh my! The things a man says! I called you 'my daughter'!?"

"Let me go on, Don Jorge. 'My daughter,' you exclaimed, in a tone that went straight to my heart, 'all you need to think about for now is weeping and praying to God for your mother. . . . You know I was with that saintly woman during her last moments. . . . On that occasion, she informed me of all her business dealings and turned over to me the money she had, so that I could pay for the funeral, mourning clothes, and the rest, as your guardian, which she privately appointed me to be, and in order to unburden you of cares during the first few days of your grief. When you are calmer, we'll settle accounts. . . .'"

"Well, what about it?" the captain interrupted, wrinkling his brow, as if by looking fearsome he could alter the reality of things. "Haven't I carried out those injunctions properly? Have I done anything foolish? Do you think I've squandered your inheritance? . . . Wasn't it right to pay for a first-class funeral for that remarkable lady? Or has some joker perhaps reported to you that I placed a big stone on her grave with her titles of general's wife and countess?

¡Pues lo de la lápida ha sido capricho mío personal, y tenía pensado rogar a usted que me permitiera pagarla de mi dinero! ¡No he podido resistir a la tentación de proporcionar a mi noble amiga el gusto y la gala de usar entre los muertos los dictados que no le permitieron llevar los vivos!

—Ignoraba lo de la lápida . . . —profirió Angustias con religiosa gratitud, cogiendo y estrechando una mano de don Jorge, a pesar de los esfuerzos que hizo éste por retirarla—. ¡Dios se lo pague a usted! ¡Acepto ese regalo, en nombre de mi pobre madre y en el mío! Pero, aun así y todo, ha hecho usted muy mal, sumamente mal, en engañarme respecto de otros puntos; y, si antes me hubiera enterado de ello, antes habría venido a pedirle a usted cuentas.

—¿Y podrá saberse, mi querida señorita, en qué la he engañado a usted? —se atrevió todavía a preguntar don Jorge, no concibiendo que Angustias supiese cosas que sólo a él, y momentos antes de expirar, había referido doña Teresa.

—Me engañó usted aquella triste mañana . . . —respondió severamente la joven—, al decirme que mi madre le había entregado no sé qué cantidad . . .

—¿Y en qué se funda vuestra señoría para desmentir con esa frescura a todo un capitán de Ejército, a un hombre honrado, a una persona mayor? —gritó con fingida vehemencia don Jorge, procurando meter la cosa a barato y armar camorra para salir de aquel mal negocio.

—Me fundo —respondió Angustias sosegadamente— en la seguridad, adquirida después, de que mi madre no tenía ningún dinero cuando cayó en cama.

—¿Cómo que no? ¡Estas chiquillas se lo quieren saber todo! ¿Pues ignora usted que doña Teresa acababa de enajenar una joya de muchísimo mérito? . . .

—Sí . . . , sí . . . , ¡ya sé! . . . Una gargantilla de perlas con broches de brillantes . . . por la cual le dieron quinientos duros . . .

—¡Justamente! ¡Una gargantilla de perlas . . . como nueces, de cuyo importe nos queda todavía mucho oro que ir gastando! . . . ¿Quiere usted que se lo entregue ahora mismo? ¿Desea usted encargarse ya de la administración de su hacienda? ¿Tan mal le va con mi tutoría?

—¡Qué bueno es usted, capitán! . . . Pero ¡qué imprudente a la vez! —repuso la joven—. Lea usted esta carta, que acabo de recibir, y verá dónde estaban los quinientos duros desde la tarde en que mi madre cayó herida de muerte . . .

El capitán se puso más colorado que una amapola; pero aún sacó fuerzas de flaqueza, y exclamó, echándola de muy furioso:

Well, that business with the stone was a personal whim of mine, and I was planning to ask you to let me pay for it with my own money! I couldn't resist the temptation to give my noble friend the pleasure and elegance of using among the dead the titles that the living wouldn't grant her!"

"I didn't know about the stone . . . ," Angustias broke out, with heartfelt gratitude, seizing and pressing one of Don Jorge's hands, despite his efforts to pull it away. "May God reward you for it! I accept that as a gift, in my poor mother's name and in mine! But, be that as it may, you did very wrong, terribly wrong, in deceiving me about other matters; and, if I had become aware of it earlier, I would have come to you earlier to ask for an accounting."

"And may I know, my dear young lady, in what way I've deceived you?" Don Jorge was still bold enough to ask, far from imagining that Angustias knew things which Doña Teresa had confided in him alone, and only minutes before she died.

"You deceived me on that sad morning," the young woman replied severely, "when you told me that my mother had turned over to you a certain sum of money. . . ."

"And what basis does Your Ladyship have to give the lie so impudently to an army captain, an honorable man, an older person?" Don Jorge shouted with feigned vehemence, trying to subdue her with bluster and to kick up a row in order to get out of that sticky situation.

"My basis," Angustias replied calmly, "is the certainty, which I obtained subsequently, that my mother had no money when she took to her bed."

"What do you mean, no money? These little kids think they know everything! Well, are you unaware that Doña Teresa had just sold a very valuable piece of jewelry? . . ."

"Yes . . . yes . . . I know! A pearl necklace with diamond clasps . . . for which she was given twenty-five hundred *pesetas*. . . ."

"Exactly! A necklace with pearls . . . as big as walnuts . . . from the proceeds of which we still have plenty of money to spend! . . . Do you want me to give it to you this minute? Do you want to take over the management of your property right now? Do you find my guardianship that bad?"

"How kind you are, Captain! . . . But also how thoughtless!" the young woman replied. "Read this letter that I've just received, and you'll see where that twenty-five hundred *pesetas* was, beginning on the evening that my mother received her death blow. . . ."

The captain turned redder than a poppy; but he still drew strength from weakness, and exclaimed, acting as if very furious:

—¡Conque, es decir; que yo miento! ¡Conque un papelucho merece más crédito que yo! ¡Conque de nada me sirve toda una vida de formalidad, en que he tenido palabra de rey!

—Le sirve a usted, señor don Jorge, para que yo le agradezca más y más el que por mí, y sólo por mí, haya faltado esta vez a esa buena costumbre . . .

—¡Veamos qué dice la carta! —replicó el capitán, por ver si hallaba en ella medio de cohonestar la situación—. ¡Probablemente será alguna pamplina!

La carta era del abogado o asesor de la difunta generala, y decía así:

"Señorita Dª Angustias Barbastro.

"Muy señora mía y estimada amiga:

"Acabo de recibir extraoficialmente la triste noticia del óbito de su señora madre (Q. S. G. H.), y acompaño a usted en su legítimo sentimiento, deseándole fuerzas físicas y morales para sufrir tan inapelable y rudo golpe de la superioridad que regula los destinos humanos.

"Dicho esto, que no es fórmula oratoria de cortesía, sino expresión del antiguo y alegado afecto que le profesa mi alma, tengo que cumplir con usted otro deber sagrado, cuyo tenor es el siguiente:

"El procurador o agente de negocios de su difunta madre, al notificarme hoy la penosa nueva, me ha dicho que, cuando, hace dos semanas, fue a poner en su conocimiento la desfavorable resolución del expediente de la viudedad y a presentarle las notas de nuestros honorarios, tuvo ocasión de comprender que la señora poseía apenas el dinero suficiente para satisfacerlos, como por desventura los satisfizo en el acto, con un apresuramiento en que creí ver nuevas señales del amargo desvío que ya me había usted demostrado con anterioridad . . .

"Ahora bien, mi querida Angustias: atorméntame mucho la idea de si estará usted pasando apuros y molestias en tan agravantes circunstancias por la exagerada presteza con que su mamá me hizo efectiva aquella suma (reducido precio de las seis solicitudes, cuyo borrador le escribí y hasta copié en limpio), y pido a usted su consentimiento previo para devolver el dinero, y aun para agregar todo lo demás que usted necesite y yo posea.

"No es culpa mía si no tengo personalidad suficiente ni otros títulos que un amor tan grande como sin correspondencia, al hacer a usted semejante ofrecimiento, que le suplico acepte, en debida forma, de su apasionado y buen amigo, atento y seguro servidor, que besa sus pies,

"TADEO JACINTO DE PAJARES."

"And so, you're calling me a liar! And so, a scrap of paper is more worthy of belief than I am! And so, I've gained nothing by being reliable all my life and keeping my word like a king!"

"What it has gained for you, Don Jorge, is that I thank you more and more for breaking that good habit this one time on my account, and for me alone. . . ."

"Let's see what the letter says!" the captain retorted, hoping to find something in it that would palliate the situation. "It's probably a piece of rubbish!"

The letter was from the lawyer who had handled the case of the late widow of the general, and it read:

"To Doña Angustias Barbastro.

"My dear lady and respected friend:

"I have just received unofficially the sad news of your mother's decease (may she rest in peace), and I sympathize with you in your unavoidable grief, wishing you the physical and mental strength to undergo this irrevocable and rude blow from the deity that governs human destinies.

"Having said this, which is no mere oratorical polite formula, but the expression of the longstanding deep affection in my heart for you, I must fulfill another sacred duty to you, as follows:

"Your late mother's business agent, on giving me the grievous news today, informed me that when, two weeks ago, he visited her, told her of the rejection of her petition for a widow's pension, and presented her with the bills for our fees, he had the occasion to learn that your mother possessed scarcely enough money to meet them, though she did unfortunately pay them on the spot, with a haste that I thought showed new signs of the bitter coldness that you had displayed to me on an earlier occasion. . . .

"Well, now, dear Angustias, I am in great torment when I think that you might be suffering hardships and unpleasantness in such difficult circumstances on account of the exaggerated promptness with which your mamma paid me that sum (a reduced fee for the six petitions of which I wrote rough copies and even made clean copies); and I am asking you for your prior consent to return the money, and even to add any other amount that you need and I possess.

"It isn't my fault if I don't have sufficient competence, or any other entitlement than a love that is as great as it is unrequited, for making you such an offer, which I beg you to accept, in due form, from your good, loving friend and loyal, firm servant, who kisses your feet,

"TADEO JACINTO DE PAJARES."

—¡Mire usted aquí un abogado a quien yo le voy a cortar el pescuezo! —exclamó don Jorge levantando la carta sobre su cabeza—. ¡Habrá infame! ¡Habrá judío! ¡Habrá canalla! . . . Asesina a la buena señora hablándole de *insolvencia* y de *ejecución* al pedirle los honorarios, para ver si la obligaba a darle la mano de usted, y ahora quiere comprar esa misma mano con el dinero que le sacó por haber perdido el asunto de la viudedad . . . ¡Nada, nada! ¡Corro en su busca! ¡A ver! ¡Alárgueme usted esas muletas! ¡Rosa! ¡Mi sombrero! . . . (Es decir: ve a mi casa y di que te lo den.) O si no, tráeme (que ahí estará en la alcoba) mi gorra de cuartel . . . , ¡y el sable! Pero no . . . , ¡no traigas el sable! ¡Con las muletas me basta y sobra para romperle la cabeza!

—Márchate, Rosa . . . y no hagas caso, que éstas son chanzas del señor don Jorge . . . —expuso Angustias, haciendo pedazos la carta—. Y usted, capitán, siéntese y óigame . . . , se lo suplico. Yo desprecio al señor abogado con todos sus mal adquiridos millones, y ni le he contestado ni le contestaré. ¡Cobarde y avaro, imaginó desde luego que podría hacer suya a una mujer como yo, sólo con defender de balde, en las oficinas nuestra mala causa! . . . No hablemos más, ni ahora ni nunca, del indigno viejo . . .

—¡Pues no hablemos tampoco de ninguna otra cosa! —añadió el ladino capitán, logrando alcanzar las muletas y comenzando a pasearse aceleradamente, cual si huyera de la interrumpida discusión.

—Pero, amigo mío . . . —observó con sentido acento la joven—, las cosas no pueden quedar así . . .

—¡Bien! ¡Bien! Ya hablaremos de eso. Lo que ahora interesa es almorzar, pues yo tengo muchísima hambre . . . ¡Y qué fuerte me ha dejado la pierna ese zorro viejo de doctor! ¡Ando como un gamo! Dígame usted, cara de cielo: ¿a cómo estamos hoy?

—¡Capitán! —exclamó Angustias con enojo—. ¡No me moveré de esta silla hasta que me oiga usted y resolvamos el asunto que aquí me ha traído!

—¿Qué asunto? ¡Vaya! . . . Déjeme usted a mí de canciones! . . . Y a propósito de canciones . . . ¡Juro a usted no volver a cantar en toda mi vida la jota aragonesa! ¡Pobre generala! ¡Cómo se reía al oírme!

—¡Señor de Córdoba! . . . —insistió Angustias con mayor acritud—. ¡Vuelvo a suplicar a usted que preste alguna atención a un caso en que están comprometidas mi honra y mi dignidad! . . .

—¡Para mí no tiene usted nada comprometido! —respondió don Jorge, tirando al florete con la más corta de las muletas—. ¡Para mí es usted la mujer más honrada y más digna que Dios ha criado!

—¡No basta serlo para usted! ¡Es necesario que opine lo mismo todo el mundo! Siéntese usted, pues, y escúcheme, o envío a llamar a

"Now there's a lawyer whose throat I'm going to slit!" exclaimed Don Jorge, holding the letter over his head. "The scoundrel! The Jew! The swine! . . . He murders the good lady with his talk of insolvency and distraint while dunning her for his fee, seeing if he could force her to give him your hand, and now he wants to buy that same hand with the money he took from her for *losing* the pension case. . . . No way! No way! I'm on my way to see him! Come on! Hand me those crutches! Rosa! My hat! . . . (That is, go to my home and ask for it.) Or else, bring me my army cap, which must be in the sleeping area there, and my saber! But no . . . don't bring the saber! The crutches are more than enough for me to break open his head with!"

"Leave the room, Rosa, and pay no attention, because Don Jorge is just joking," Angustias said, ripping up the letter. "And you, Captain, sit down and listen to me . . . I beg of you. I despise the lawyer with all his ill-gained millions; I haven't answered him and I don't intend to. He's a coward and a miser to believe so readily that he could win a woman like me merely by defending our weak case to no avail in government offices! . . . Let's not talk about that shameless old man, not now or ever again!"

"Then, let's not talk about anything else, either!" the wily captain added, finally getting hold of his crutches and starting to walk to and fro swiftly, as if fleeing the interrupted discussion.

"But, my friend," the young woman remarked in a heartfelt tone, "things can't go on this way. . . ."

"All right! All right! We have time to talk about that. The urgent thing now is to have lunch, because I'm terrifically hungry. . . . And what good shape that old fox of a doctor has put my leg in! I can skip around like a deer! Tell me, sweetface, what's the date today?"

"Captain!" Angustias exclaimed in vexation. "I'm not getting out of this chair until you hear me out and we settle the matter that brought me here!"

"What matter? Come now! . . . Don't give me any more of that song and dance! . . . And, speaking of songs . . . I swear to you that, as long as I live, I'll never again sing an Aragonese jota! Poor Madam General! How she used to laugh when she heard me!"

"Mr. de Córdoba! . . ." Angustias persisted, more sharply. "Again I beg you to pay a little attention to an affair in which my honor and dignity are compromised! . . ."

"To me, there's nothing compromised about you!" Don Jorge replied, brandishing the shorter crutch like a fencing foil. "To me, you're the most honorable and dignified woman in the world!"

"Being that in your eyes isn't enough! The whole world needs to share that opinion! So, sit down and listen to me, or I'll send for your

su señor primo, el cual, a fuer de hombre de conciencia, pondrá término a la vergonzosa situación en que me hallo.

—¡Le digo a usted que no me siento! Estoy harto de camas, de butacas y de sillas . . . Sin embargo, puede usted hablar cuanto guste . . . —replicó don Jorge, dejando de tirar al florete, pero quedándose en *primera guardia.*

—Poco será lo que le diga . . . —profirió Angustias volviendo a su grave entonación—, y ese poco . . . ya se le habrá ocurrido a usted desde el primer momento. Señor capitán: hace quince días que sostiene usted esta casa; usted pagó el entierro de mi madre; usted me ha costeado los lutos; usted me ha dado el pan que he comido . . . Hoy no puedo abonarle lo que lleva gastado, como se lo abonaré con el tiempo . . . ; pero sepa usted que desde ahora mismo . . .

—¡Rayos y culebrinas! ¡Pagarme usted a mí! ¡Pagarme *ella!* . . . —gritó el capitán con tanto dolor como furia, levantando en alto las muletas hasta llegar con la mayor al techo de la sala—. ¡Esta mujer se ha propuesto matarme! ¡Y para eso quiere que la oiga! . . . ¡Pues no la oigo a usted! ¡Se acabó la conferencia! ¡Rosa! ¡El almuerzo! Señorita, en el comedor la aguardo . . . Hágame el obsequio de no tardar mucho.

—¡Buen modo tiene usted de respetar la memoria de mi madre! ¡Bien cumple los encargos que le hizo en favor de esta pobre huérfana! ¡Vaya un interés que se toma por mi honor y por mi reposo! . . . —exclamó Angustias con tal majestad, que don Jorge se detuvo como el caballo a quien refrenan; contempló un momento a la joven; arrojó las muletas lejos de sí, volvió a sentarse en la butaca, y dijo, cruzándose de brazos:

—¡Hable usted hasta la consumación de los siglos!

—Decía . . . —continuó Angustias, así que se hubo serenado— que desde hoy cesará la absurda situación creada por la imprudente generosidad de usted. Ya está usted bueno y puede trasladarse a su casa . . .

—¡Bonito arreglo! —interrumpió don Jorge, tapándose luego la boca, como arrepentido de la interrupción.

—¡El único posible! —replicó Angustias.

—¿Y qué hará usted en seguida, alma de Dios? —gritó el capitán— . ¿Vivir del aire, como los camaleones?

—Yo . . . ¡figúrese usted! . . . Venderé casi todos los muebles y ropas de esta casa . . .

—¡Que valen cuatro cuartos! —volvió a interrumpir don Jorge, paseando una mirada despreciativa por las cuatro paredes de la habitación, no muy desmanteladas, a la verdad.

cousin, who, being a conscientious man, will put an end to the shameful position I'm in!"

"I tell you I won't sit down! I'm fed up with beds, armchairs, and straight chairs. . . . All the same, you can talk as much as you like . . . ," retorted Don Jorge, leaving off his brandishing of the "foil," but remaining *en garde.*

"I have only a little to say," Angustias declared, her tone becoming serious again, "and that little . . . must have entered your mind from the very first. Captain: for two weeks you've been maintaining this household; you paid for my mother's funeral; you laid out the money for my mourning clothes; you provided the food I've eaten. At the moment I can't repay you for your expenses, though I will in the course of time . . . but I want you to know that from this moment on—"

"Thunder and lightning! You, pay me back?! Pay me for what I spent for *her* sake?!" the captain shouted as much in sorrow as in anger, lifting up his crutches till the longer one touched the ceiling. "This woman is determined to kill me! That's why she wants me to listen to her! . . . But I won't listen to you! The meeting is ended! Rosa! Lunch! Miss, I'll be waiting for you in the dining room. . . . Do me the kindness of coming soon."

"A fine way you have of respecting my mother's memory! A fine way you're fulfilling the duties she entrusted to you to help out her poor orphan! That's the concern you have for my honor and my peace of mind! . . ." Angustias exclaimed so majestically that Don Jorge stopped short like a horse being reined in. He looked at the young woman for a moment; then he flung the crutches away, sat down in the armchair again, folded his arms, and said:

"Now go on talking till the end of time!"

"I was saying," Angustias went on when she had calmed down, "that, from today on, the absurd situation your unthinking generosity has created must come to an end. By now you're well and you can go home. . . ."

"A fine way to arrange things!" Don Jorge interrupted, after which he covered his mouth, as if sorry for the interruption.

"The only way possible!" Angustias retorted.

"And what will you do then, for heaven's sake?" the captain shouted. "Live on air, like a chameleon?"

"I . . . Stop and think! . . . I'll sell almost all the furniture and linens in this house—"

"Which are only worth a few cents!" Don Jorge interrupted again, his scornful glance lighting on all four walls of the room, which weren't really all that shabby.

—¡Valgan lo que valieren! —repuso la huérfana con mansedumbre—. Ello es que dejaré de vivir a costa de su bolsillo de usted, o de la caridad de su señor primo.

—¡Eso no! ¡Canastos! ¡Eso no! ¡Mi primo no ha pagado nada! —rugió el capitán con suma nobleza—. ¡Pues no faltaba más, estando yo en el mundo! Cierto es que el pobre Álvaro . . . , yo no quiero quitarle su mérito, en cuanto supo la fatal ocurrencia, se brindó a todo . . . ; es decir, ¡a muchísimo más de lo que usted puede figurarse! . . . Pero yo le contesté que la hija de la condesa de Santurce sólo podía admitir favores (o sea hacerlos ella misma, en el mero hecho de admitirlos) de su tutor, don Jorge de Córdoba, a cuyos cuidados la confió la difunta. El hombre conoció la razón, y entonces me reduje a pedirle prestados, nada más que prestados, algunos maravedíes, a cuenta del sueldo que gano en su contaduría. Por consiguiente, señorita Angustias, puede usted tranquilizarse en ese particular, aunque tenga más orgullo que don Rodrigo en la horca.

—Me es lo mismo . . . —balbuceó la joven—, supuesto que yo he de pagar al uno o al otro cuando . . .

—¿Cuando qué? ¡Ésa es toda la cuestión! Dígame usted cuándo.

—¡Hombre! . . . Cuando, a fuerza de trabajar, y con la ayuda de Dios misericordioso, me abra camino en esta vida . . .

—¡Caminos, canales y puertos! —voceó el capitán—. ¡Vamos, señora! ¡No diga usted simplezas! ¡Usted trabajar! ¡Trabajar con esas manos tan bonitas, que no me cansaba de mirar cuando jugábamos al tute! Pues ¿a qué estoy yo en el mundo, si la hija de doña Teresa Carrillo, ¡de mi única amiga!, ha de coger una aguja, o una plancha, o un demonio, para ganarse un pedazo de pan?

—Bien; dejemos todo eso a mi cuidado y al tiempo . . . —replicó Angustias, bajando los ojos—. Pero entretanto quedamos en que usted me dispensará el favor de marcharse hoy . . . ¿No es verdad que se marchará usted?

—¡Dale que dale! ¿Y por qué ha de ser verdad? ¿Por qué he de irme, si no me va mal aquí?

—Porque ya está usted bueno; ya puede andar por la calle, como anda por la casa, y no parece bien que sigamos viviendo juntos . . .

—¡Pues figúrese usted que esta casa fuera de huéspedes! . . . ¡Ea! ¡Ya

"Whatever they're worth!" the orphan replied gently. "What it means is that I will no longer be living at your expense, or off your cousin's charity."

"That's not true! Damn it all! That's not true! My cousin hasn't contributed a cent!" the captain roared with extreme nobility. "That would have been the last straw, seeing that I'm still around! It's true that poor Álvaro—I don't want to take any credit away from him—as soon as he heard of the awful event, offered to take care of everything—which amounts to a lot more than you can imagine! . . . But my answer to him was that the Countess of Santurce's daughter could accept favors (or, rather, do others a favor merely by accepting theirs) only from her guardian, Don Jorge de Córdoba, in whose care the deceased left her. The man realized I was right, and then persuaded me to ask him for the loan, just a loan, of a few pennies, to be debited against the salary I earn as his bookkeeper. And so, Miss Angustias, you can be calm on that particular subject, even though you're prouder than a peacock."[18]

"It comes to the same thing for me . . . ," the young woman stammered, "inasmuch as I have to repay one or the other of you when—"

"When what? That's the whole question! Tell me when."

"Goodness! . . . When, by working, and with merciful God's help, I make a pathway through life for myself. . . ."

"Pathways, canals, and ports!" the captain cried. "Come now, miss! Don't talk such nonsense! You, work?! Work with those pretty hands that I never got tired of looking at when we played bezique?! Then, what good am I to the world if the daughter of Doña Teresa Carrillo, who was my one and only friend, has to pick up a needle or a flatiron, or what the hell else, to earn a piece of bread?"

"All right, let's leave all that for me to worry about as time goes on," Angustias rejoined, lowering her eyes. "But in the meantime, let's agree that you'll do me the favor of leaving today. . . . You will leave, won't you?"

"Here we go again! Why must I? Why do I have to leave, if I feel comfortable here?"

"Because you've recovered. You can now walk in the street as you do in the house, and it doesn't look right that we go on living together. . . ."

"Well, then, just pretend this is a boardinghouse! . . . There! Now

---

18. Literally: "prouder than Don Rodrigo on the gallows" (which is usually taken to refer to Rodrigo Calderón, a favorite of King Philip III who was beheaded in the reign of his successor, Philip IV, in 1621—though the expression may really be even earlier than that).

lo tiene usted arreglado todo! ¡Así no hay que vender muebles ni nada!
Yo le pago a usted mi pupilaje; ustedes me cuidan . . . , ¡y en paz! Con
los dos sueldos que reúno hay de sobra para que todos lo pasemos muy
bien, puesto que en adelante no me formarán causas por desacato, ni
volveré a perder nada al tute, como no sea la paciencia . . . cuando me
gane usted muchos juegos seguidos . . . ¿Quedamos conformes?

—¡No delire usted, capitán! —profirió Angustias con voz melan-
cólica—. Usted no ha entrado en esta casa como pupilo, ni nadie
creería que estaba usted en ella en tal concepto, ni yo quiero que lo
esté . . . ¡No tengo yo edad ni condiciones para ama de huéspedes! . . .
Prefiero ganar un jornal cosiendo o bordando.

—¡Y yo prefiero que me ahorquen! —gritó el capitán.

—Es usted muy compasivo . . . —prosiguió la huérfana—, y le
agradezco con toda mi alma lo que padece al ver que en nada puede
ayudarme . . . Pero ésta es la vida, éste es el mundo, ésta es la ley de
la sociedad.

—¿Qué me importa a mí la sociedad?

—¡A mí me importa mucho! Entre otras razones, porque sus leyes
son un reflejo de la ley de Dios.

—¡Conque es ley de Dios que yo no pueda mantener a quien
quiera! . . .

—Lo es, señor capitán, en el mero hecho de estar la sociedad divi-
dida en familias . . .

—¡Yo no tengo familia, y, por consiguiente, puedo disponer libre-
mente de mi dinero!

—Pero yo no debo aceptarlo. La hija de un hombre de bien que se
apellidaba *Barbastro*, y de una mujer de bien que se apellidaba
Carrillo, no puede vivir a expensas de cualquiera . . .

—¡Luego yo soy para usted un *cualquiera!* . . .

—Y un cualquiera de los peores . . . para el caso de que se trata,
supuesto que es usted soltero, todavía joven, y nada santo . . . de
reputación.

—¡Mire usted, señorita —exclamó resueltamente el capitán, después de breve pausa, como quien va a epilogar y resumir una intrin-
cada controversia—. La noche que ayudé a bien morir a su madre de
usted, le dije honradamente, y con mi franqueza habitual (para que
aquella buena señora no se muriese en un error, sino a sabiendas de
lo que pasaba), que yo, el *Capitán Veneno*, pasaría por todo este
mundo menos por tener mujer e hijos. ¿Lo quiere usted más claro?

—¿Y a mí qué me cuenta usted? —respondió Angustias con tanta
dignidad como gracia—. ¿Cree usted, por ventura, que yo le estoy pi-
diendo indirectamente su blanca mano?

everything's settled! This way, you don't have to sell furniture or anything! I'll pay you my board; you and Rosa will look after me . . . and that's that! With my two combined salaries there's more than enough for all of us to be comfortable, since in the future I won't get charged with insubordination and I won't lose anything at bezique, except my patience . . . when you win a lot of games off me in a row. . . . Agreed?"

"Don't rave, Captain!" Angustias said in a melancholy tone. "You didn't enter this house as a boarder, and no one will believe you were staying here with that status; nor do I want you to. . . . I'm not of the right age or rank to be a boardinghouse keeper! . . . I'd rather work by the day at sewing or embroidering."

"And I'd rather be hanged!" the captain shouted.

"You're very compassionate . . . ," the orphan continued, "and I'm grateful with all my heart for your grief at seeing there's no way you can help me. . . . But such is life, such is the world, it's the law of society."

"What's society to me?"

"It matters a lot to *me!* Among other things, because its laws reflect God's law."

"And so, it's God's law that I can't support anyone I want! . . ."

"That's true, Captain, by the mere fact that society is composed of families. . . ."

"I have no family, and consequently I can spend my money just as I like!"

"But I mustn't accept it. The daughter of an honorable man who was named Barbastro, and of an honorable woman who was named Carrillo, can't live off just anybody. . . ."

"Which means that, to you, I'm just anybody! . . ."

"Yes, and an anybody of the worst kind . . . under the present circumstances . . . because you're a bachelor, still young, and in no way a saint . . . by reputation."

"Look here, miss," the captain exclaimed resolutely after a brief pause, like a man about to sum up and conclude an intricate controversy. "On the night when I helped your mother die in peace, I told her honorably, and with my usual frankness (so that the poor lady wouldn't die under a delusion, but in full knowledge of what was going on), that I, Captain Poison, would go through anything in this world except having a wife and children. Do you want me to make it clearer than that?"

"Why are you telling this to me?" Angustias answered, her dignity equaling her grace. "Do you perhaps think that I'm indirectly asking you for your dainty hand?"

—¡No, señora! —se apresuró a contestar don Jorge, ruborizándose hasta lo blanco de los ojos—. ¡La conozco a usted demasiado para suponer tal majadería! Además, ya hemos visto que usted desprecia novios millonarios, como el abogado de la famosa carta . . . ¿Qué digo? ¡La propia doña Teresa me dio la misma contestación que usted, cuando le revelé mi inquebrantable propósito de no casarme nunca! . . . Pero yo le hablo a usted de esto para que no extrañe ni lleve a mal el que, estimándola a usted como la estimo, y queriéndola como la quiero . . . (¡porque yo la quiero a usted muchísimo más de lo que se figura!), no corte por lo sano y diga: "¡Basta de requilorios, hija del alma! ¡Casémonos, y aquí paz y después gloria!"

—¡Es que no bastaría que usted lo dijese! . . . —contestó la joven con heroica frialdad—. Sería menester que usted me gustara.

—¿Estamos ahí ahora? —bramó el capitán, dando un brinco—. Pues ¿acaso no le gusto yo a usted?

—¿De dónde saca usted semejante probabilidad, caballero don Jorge? —repuso Angustias implacablemente.

—¡Déjeme usted a mí de probabilidades ni de latines! —tronó el pobre discípulo de Marte—. ¡Yo sé lo que me digo! ¡Lo que aquí pasa, hablando mal y pronto, es que no puedo casarme con usted, ni vivir de otro modo en su compañía, ni abandonarla a su triste suerte! . . . Pero créame usted, Angustias; ni usted es una extraña para mí, ni yo lo soy para usted . . . , ¡y el día que yo supiera que usted ganaba ese jornal que dice; que usted servía en una casa ajena; que usted trabajaba con sus manecitas de nácar . . . ; que usted tenía hambre . . . , o frío, o . . . (¡Jesús! ¡No quiero pensarlo!), le pegaba fuego a Madrid o me saltaba la tapa de los sesos. Transija usted, pues; y ya que no acepte el que vivamos juntos como dos hermanos (porque el mundo lo mancha todo con sus ruines pensamientos), consienta que le señale una pensión anual, como la señalan los reyes o los ricos a las personas dignas de protección y ayuda . . .

—Es que usted, señor don Jorge, no tiene nada de rico ni de rey.

—¡Bueno! Pero usted es para mí una reina y debo y quiero pagarle el tributo voluntario con que suelen sostener los buenos súbditos a los reyes proscritos . . .

—Basta de reyes y de reinas, mi capitán . . . —pronunció Angustias con el triste reposo de la desesperación—. Usted no es ni puede ser para mí otra cosa que un excelente amigo de los buenos tiempos, a quien siempre recordaré con gusto. Digámonos adiós, y déjeme siquiera la dignidad en la desgracia.

—¡Eso es! ¡Y yo, entre tanto, me bañaré en agua de rosas, con la idea de que la mujer que me salvó la vida exponiendo la suya está

"No, ma'am!" Don Jorge replied hastily, blushing to the whites of his eyes. "I know you too well to ascribe such folly to you! Besides, we've already seen that you scorn millionaire fiancés, like the lawyer who wrote that notable letter. . . . What am I saying? Doña Teresa herself gave me the same answer that you did when I informed her of my unshakable determination never to get married! . . . But I mention this to you so that you don't find it odd, or take it badly, that, esteeming you as I do, and fond of you as I am (because I'm much, much fonder of you than you imagine!), I nevertheless don't take drastic action and say: 'Enough beating around the bush, sweetheart! Let's get married, and that's final!'"

"The thing is that it wouldn't be enough for you to say it! . . ." the young woman replied with heroic coolness. "I would have to like you."

"Is that where we stand?" the captain bellowed, giving a jump. "Well, can it be that you don't like me?"

"What makes you think it's likely, Don Jorge, sir?" Angustias replied implacably.

"Don't talk to me about likelihood or fancy phrases!" thundered that unhappy disciple of Mars. "I know what I'm talking about! What's going on here, to make it short and sweet, is that I can't marry you, but neither can I live together with you any other way, or abandon you to your sad fate! . . . But, believe me, Angustias; you're not a stranger to me, and I'm not a stranger to you . . . and any day I learned that you were earning that day's pay you mentioned, that you were a servant in someone else's house, that you were doing labor with your little mother-of-pearl hands . . . that you were hungry . . . or cold, or . . . (Jesus, I don't even want to imagine it!), I'd set fire to Madrid or blow my brains out. And so, compromise. Now that you don't accept our living together like sister and brother (because people dirty everything in their rotten minds), allow me to offer you an annual income, just as kings or plutocrats do for those deserving of protection and aid. . . ."

"But you, Don Jorge, are in no way a king or a plutocrat."

"Fine! But you're a queen to me, and I must, and want to, pay you the voluntary contribution with which good subjects customarily support banished royalty. . . ."

"Enough of kings and queens, Captain . . . ," Angustias declared, with the sad calm of despair. "You aren't, and you can't be, anything to me but an excellent friend from the good old days, whom I shall always think of with pleasure. Let's say good-bye, and let me at least keep my dignity in my misfortune."

"That's just grand! And in the meantime I'll be bathing in rose water, knowing that the woman who saved my life at the risk of her

pasando las de Caín! ¡Yo tendré la satisfacción de pensar en que la única hija de Eva de quien he gustado, a quien he querido, a quien . . . adoro con toda mi alma, carece de lo más necesario, trabaja para alimentarse malamente, vive en una buhardilla y no recibe de mí ningún socorro, ningún consuelo! . . .

—¡Señor capitán! —interrumpió Angustias solemnemente—. Los hombres que no pueden casarse y que tienen la nobleza de reconocerlo y de proclamarlo, no deben hablar de adoración a las señoritas honradas. Conque lo dicho: mande usted por un carruaje, despidámonos como personas decentes, y ya sabrá usted de mí cuando me trate mejor la fortuna.

—¡Ay, Dios mío de mi alma! ¡Qué mujer ésta! —clamó el capitán, tapándose el rostro con las manos—. ¡Bien me lo temí todo desde que le eché la vista encima! ¡Por algo dejé de jugar al tute con ella! ¡Por algo he pasado tantas noches sin dormir! ¿Hase visto apuro semejante al mío? ¿Cómo la dejo desamparada y sola, si la quiero más que a mi vida? ¿Ni cómo me caso con ella, después de tanto como he declamado contra el matrimonio? ¿Qué dirían de mí en el casino? ¿Qué dirían los que me encontrasen en la calle con una mujer de bracete, o en casa, dándole la papilla a un rorro? ¡Niños a mí! ¡Yo bregar con muñecos! ¡Yo oírlos llorar! ¡Yo temer a todas horas que estén malos, que se mueran, que se los lleve el aire! Angustias . . . ¡créame usted, por Jesucristo vivo! ¡Yo no he nacido para esas cosas! ¡Viviría tan desesperado que, por no verme y oírme, pediría usted a voces el divorcio o quedarse viuda! . . . ¡Ah! ¡Tome usted mi consejo! ¡No se case conmigo, aunque yo quiera!

—Pero, hombre . . . —expuso la joven, retrepándose en su butaca con admirable serenidad—. ¡Usted se lo dice todo! ¿De dónde saca usted que yo deseo que nos casemos; que yo aceptaría su mano; que yo no prefiero vivir sola, aunque para ello tenga que trabajar día y noche, como trabajan otras muchas huérfanas?

—¡Que de dónde lo saco! —respondió el capitán con la mayor ingenuidad del mundo—. ¡De la naturaleza de las cosas! ¡De que los dos nos queremos! ¡De que los dos nos necesitamos! ¡De que no hay otro arreglo para que un hombre como yo y una mujer como usted vivan juntos! ¿Cree usted que yo no lo conozco; que no lo había pensado ya, que a mí me son indiferentes su honra y su nombre? Pero he hablado por hablar, por huir de mi propia convicción, por ver si escapaba al terrible dilema que me quita el sueño, y hallaba un modo de no casarme con usted . . . , como al cabo tendré que casarme, si se empeña en quedarse sola . . .

—¡Sola! ¡Sola! . . . —repitió donosamente Angustias—. ¿Y por qué no *mejor acompañada?* ¿Quién le dice a usted que no encontraré yo con el tiempo un hombre de mi gusto, que no tenga horror al matrimonio?

own is going through hell! I'll have the satisfaction of reflecting that the only daughter of Eve I ever liked, I ever loved, the one . . . I adore with all my heart, is lacking the barest necessities, is earning just enough for skimpy meals, is living in a garret, and receives no assistance, no advice from me! . . ."

"Captain!" Angustias interrupted solemnly. "Men who can't get married, and are noble enough to realize it and announce it, shouldn't say that they adore respectable young ladies. And so, as I said: send for a carriage, let's say good-bye like decent people, and I'll let you know how I am when my luck changes for the better."

"Oh, God in heaven! What a woman!" yelled the captain, covering his face with his hands. "I was afraid of all this from the moment I set eyes on her! It was no accident that I stopped playing bezique with her! It was no accident that I spent so many sleepless nights! Did anyone ever see a jam like the one I'm in? How can I leave her alone and unprotected when I love her more than my life? But how can I marry her after inveighing against marriage so often? What would they say about me at the club? What would people say meeting me in the street arm in arm with a woman, or at home feeding pap to an infant? I, with children! I, struggling with kids! I, hearing them cry! I, constantly afraid they'll get sick, or die, or just disappear on me! Angustias . . . believe me, for God's sake! I wasn't made for such things! My life would be so despairing that, to avoid seeing and hearing me, you'd wish out loud to be divorced or a widow! . . . Oh, take my advice! Don't marry me, even if I'm willing!"

"But, my good man . . . ," the young woman stated, leaning back in her armchair with admirable serenity, "all this is your imagination! Where do you see me wanting to marry you, and accepting your hand, instead of preferring to live alone, even if it means working night and day, as many another orphan does?"

"Where do I see it?!" the captain replied, as naïvely as possible. "From the nature of things! Because we love each other! Because we need each other! Because there's no other arrangement by which a man like me and a woman like you can live together! Do you think I don't realize it, that I hadn't thought about it before, that your honor and your name don't matter to me? But I was talking for the sake of talking, to evade my own convictions, to try to escape from the terrible dilemma that's robbing me of my sleep, and to find a way not to marry you . . . which I finally will have to do, if you insist on remaining alone. . . ."

"Alone! Alone! . . ." Angustias repeated wittily. "Why not say 'in better company'? How do you know I won't eventually find a man to my liking, who isn't terrified of marriage?"

—¡Angustias! ¡Doblemos esa hoja! —gritó el capitán, poniéndose de color de azufre.

—¿Por qué doblarla?

—¡Doblémosla, digo! . . . Y sepa usted desde ahora que me comeré el corazón del temerario que la pretenda . . . Pero hago muy mal en incomodarme sin fundamento alguno . . . ¡No soy tan tonto que ignore lo que nos sucede! . . . ¿Quiere usted saberlo? Pues es muy sencillo. ¡Los dos nos queremos! . . . Y no me diga usted que me equivoco, ¡porque eso sería faltar a la verdad! Y allá va la prueba. ¡Si usted no me quisiera a mí no la querría yo a usted! . . . ¡Lo que hago es *pagar!* ¡Y le debo a usted tanto! . . . ¡Usted, después de haberme salvado la vida, me ha asistido como una Hermana de la Caridad; usted ha sufrido con paciencia todas las barbaridades que, por librarme de su poder seductor, le he dicho durante cincuenta días; usted ha llorado en mis brazos cuando se murió su madre; usted me está aguantando hace una hora! . . . En fin . . . ¡Angustias! . . . Transijamos . . . Partamos la diferencia . . . ¡Diez años de plazo le pido a usted! Cuando yo cumpla el medio siglo, y sea ya otro hombre, enfermo, viejo y acostumbrado a la idea de la esclavitud, nos casaremos sin que nadie se entere, y nos iremos fuera de Madrid, al campo, donde no haya público, donde nadie pueda burlarse del antiguo *Capitán Veneno* . . . Pero, entre tanto, acepte usted, con la mayor reserva, sin que lo sepa alma viviente, la mitad de mis recursos . . . Usted vivirá aquí y yo en mi casa. Nos veremos . . . siempre delante de testigos, por ejemplo, en alguna tertulia formal. Todos los días nos escribiremos. Yo no pasaré jamás por esta calle, para que la maledicencia no murmure . . . , y, únicamente el día de Finados, iremos juntos al cementerio, con Rosa, a visitar a doña Teresa . . .

Angustias no pudo menos de sonreírse al oír este supremo discurso del buen capitán. Y no era burlona aquella sonrisa, sino gozosa, como un deseado albor de esperanza, como el primer reflejo del tardío astro de la felicidad, que ya iba acercándose a su horizonte . . . Pero mujer al cabo, aunque tan digna y sincera como la que más, supo reprimir su naciente alegría, y dijo con simulada desconfianza y con la entereza propia de un recato verdaderamente pudoroso:

—¡Hay que reírse de las extravagantes condiciones que pone usted a la concesión de su no solicitado anillo de boda! ¡Es usted cruel en regatear al menesteroso limosnas que tiene la altivez de no pedir, y que por nada de este mundo aceptaría! Pues añada usted que, en la presente ocasión, se trata de una joven . . . no fea ni desvergonzada, a quien está usted dando calabazas hace una hora, como si ella le hubiese requerido de amores. Terminemos, por consiguiente, tan odiosa conversación, no sin que antes lo perdone yo a usted, y hasta le dé las

"Angustias! Let's change the subject!" the captain shouted, turning sulphur-yellow.

"Why change it?"

"Let's change it, I say! . . . And I'll have you know right now that I'll eat the heart of any man foolhardy enough to court you. . . . But I'm very wrong to get upset without any real reason. . . . I'm not so dumb that I don't know what's going on with us! . . . Do you want to know? Well, it's very simple. We love each other! . . . And don't tell me I'm mistaken, because it wouldn't be the truth! Now, the proof. If you didn't love me, I wouldn't love you. . . . What I'm doing is paying you back! And I owe you so much! . . . After saving my life, you tended me like a hospital nurse; you patiently endured all the savage things I said to you for seven weeks in order to escape from the spell that you cast; you wept in my arms when your mother died; you've been putting up with me for an hour right now! . . . In short . . . Angustias! . . . Let's compromise. . . . Let's split the difference. . . . I ask you for a ten-year postponement! When I'm fifty, and already a different man, sickly, old, and used to the idea of being a slave, we'll get married without informing anybody, and we'll leave Madrid for the country, where there are no people around, where no one can make fun of the former Captain Poison. . . . But, meanwhile, in the greatest secrecy, without a living soul knowing about it, accept half of my income. . . . You'll live here and I'll live in my house. We'll see each other . . . but always in the presence of witnesses, let's say at some regular weekly social gathering. We'll write each other every day. I'll never walk down this street, so there will be no scandalous rumors . . . and, only on All Souls' Day, we'll go to the cemetery together, along with Rosa, to visit Doña Teresa. . . ."

Angustias couldn't help smiling when she heard that final speech from the good captain. And that smile wasn't mocking, but joyful, like a longed-for gleam of hope, like the first beam from the belated star of happiness, which was now approaching her horizon. . . . But, a woman to the last, though as worthy and sincere a woman as ever existed, she was able to suppress her growing joy, and, with a pretense of mistrust and a firmness proper to a truly modest reserve, she said:

"I have to laugh at the unusual conditions you attach to the granting of your wedding ring, which no one asked for! It's cruel of you to deny a needy person the charity that he's haughty enough not to ask for and wouldn't accept for anything in the world! And then, you add that, on the present occasion, the needy person is a young woman . . . who's neither ugly nor shameless, and one whom you've been rejecting for an hour, as if she had asked for your love. And so, let's end this obnoxious conversation, though, first, I'll forgive you and even thank

gracias por su buena, aunque mal expresada voluntad . . . . ¿Llamo ya a Rosa para que vaya por el coche?

—¡Todavía no, cabeza de hierro! ¡Todavía no! —respondió el capitán, levantándose con aire muy reflexivo, como si estuviese buscando forma a un pensamiento abstruso y delicado—. Ocúrreseme otro medio de transacción, que será el último . . . ; ¿entiende usted, señora aragonesa? ¡El último que este otro aragonés se permitirá indicarle! . . . Mas para ello necesito que antes me responda usted con lealtad a una pregunta . . . , después de haberme alargado las muletas, a fin de marcharme sin hablar más palabras, en el caso de que se niegue usted a lo que pienso proponerle . . .

—Pregunte usted y proponga . . . —dijo Angustias, alargándole las muletas con indescriptible donaire.

Don Jorge se apoyó, o, mejor dicho, se irguió sobre ellas, y, clavando en la joven una mirada pesquisidora, rígida, imponente, le interrogó con voz de magistrado:

—¿Le gusto a usted? ¿Le parezco aceptable, prescindiendo de estos palitroques, que tiraré muy pronto? ¿Tenemos base sobre qué tratar? ¿Se casaría usted conmigo inmediatamente, si yo me resolviera a pedirle su mano, bajo la anunciada condición que diré luego?

Angustias conoció que se jugaba el todo por el todo . . . Pero, aun así, púsose también de pie y dijo con su nunca desmentido valor:

—Señor don Jorge: esa pregunta es una indignidad, y ningún caballero la hace a las que considera señoras. ¡Basta ya de ridiculeces! . . . ¡Rosa! ¡Rosa! El señor de Córdoba te llama . . .

Y, hablando así, la magnánima joven se encaminó hacia la puerta principal de la habitación, después de hacer una fría reverencia al endiablado capitán.

Éste la atajó en mitad de su camino, gracias a la más larga de sus muletas, que extendió horizontalmente hasta la pared, como un gladiador que se va a fondo, y entonces exclamó con humildad inusitada:

—¡No se marche usted, por la memoria de aquella que nos ve desde el cielo! ¡Me resigno a que no conteste usted a mi pregunta y paso a proponerle la transacción! . . . ¡Estará escrito que no se haga más que lo que usted quiera! Pero tú, Rosita, ¡márchate con cinco mil demonios, que ninguna falta nos haces aquí!

Angustias, que pugnaba por apartar la valla interpuesta a su paso, se detuvo al oír la sentida invocación del capitán, y miróle fijamente a los ojos, sin volver hacia él más que la cabeza, y con un indefinible aire de imperio, de seducción y de impasibilidad. ¡Nunca la había visto don Jorge tan hermosa ni tan expresiva! ¡Entonces sí que parecía una reina!

—Angustias . . . —continuó diciendo, o más bien tartamudeando,

you for your kind, if badly expressed, intentions. . . . Shall I call Rosa
so she can go for a carriage?"

"Not yet, you hard-headed woman! Not yet!" the captain said,
standing up and looking very pensive, as if he were seeking for a way
to express a delicate, abstruse idea. "I've thought of a different way of
handling this, which will be the last way that I suggest—do you hear
that, stubborn Aragonese lady? The last suggestion that this other
stubborn person from Aragon will permit himself to make! . . . But, to
do so, I first need for you to answer one question honestly . . . after
handing me the crutches, so I can leave without saying any more, in
case you say no to what I intend to suggest. . . ."

"Ask your question and make your suggestion . . . ," said Angustias,
handing him the crutches with ineffable poise.

Don Jorge rested on them—or, rather, hoisted himself up on
them—and staring at the young woman in an inquiring, rigid, impos-
ing way, he asked her in a tone like a judge's:

"Do you like me? Do you find me acceptable, not counting these
sticks, which I'll throw away very soon? Do we have any basis for ne-
gotiations? Would you marry me at once if I determined to ask for
your hand, under the one condition which I will then state?"

Angustias realized that everything was now at stake. . . . But, even
so, she stood up, too, and said with the bravery that never deserted her:

"Don Jorge, that question is unworthy of you, and no gentleman
would ask it of someone he considered a lady. Enough of this nonsense! Rosa! Rosa! Mr. de Córdoba is calling you. . . ."

As she said this, the nobleminded young woman walked toward the
main door to the room, after making a cool curtsey to the frenzied captain.

He cut her off when she was halfway there, using the longer of his
two crutches, which he held out horizontally, reaching the wall with it,
like a gladiator going down. Then he exclaimed with unusual humility:

"Don't leave, by the memory of the woman who's watching us from
Heaven! I resign myself to your refusal to answer my question, and I
proceed to the offer of the deal! . . . It's inevitable that nothing will be
done unless you want it! But you, Rosita, get out and may the Devil
go with you, because you're of no use to us here!"

Angustias, who was struggling to push aside the barrier blocking
her path, stopped on hearing the captain's heartfelt plea, and looked
him right in the eyes, without turning more than her head in his direction; she wore an undefinable look of command, charm, and im-
passivity. Don Jorge had never seen her that beautiful or expressive!
Yes, she did look like a queen at that moment!

"Angustias . . . ," he went on, stammering rather than speaking,

aquel héroe de cien combates, de quien tanto se prendó la joven
madrileña al verlo revolverse como un león entre cientos de balas—.
¡Bajo una condición precisa, inmutable, cardinal, tengo el honor de
pedirle su mano, para que nos casemos cuando usted diga; mañana . . .
hoy . . . en cuanto arreglemos los papeles . . . , lo más pronto posible;
pues yo no puedo vivir ya sin usted! . . .

La joven dulcificó su mirada y comenzó a pagar a don Jorge aquel
verdadero heroísmo con una sonrisa tierna y deliciosa.

—¡Pero repito que es bajo una condición! . . . —se apresuró a
añadir el pobre hombre, conociendo que la mirada y la sonrisa de
Angustias empezaban a trastornarlo y derretirlo.

—¿Bajo qué condición? —preguntó la joven con hechicera calma,
volviéndose del todo hacia él y fascinándole con los torrentes de luz
de sus negros ojos.

—¡Bajo la condición —balbuceó el catecúmeno— de que si tenemos hijos . . . los echaremos a la Inclusa! ¡Oh! ¡Lo que es en esto
no cederé jamás! ¿Acepta usted? ¡Dígame que sí, por María
Santísima!

—Pues ¿no he de aceptar, señor *Capitán Veneno?* —respondió
Angustias soltando la carcajada—. ¡Usted mismo irá a echarlos! . . .
¿Qué digo? . . . ¡Iremos los dos juntos! ¡Y los echaremos sin besarlos
ni nada! ¡Jorge! . . . ¿Crees tú que los echaremos?

Tal dijo Angustias, mirando a don Jorge de Córdoba con angelical
arrobamiento.

El pobre capitán se sintió morir de ventura; un río de lágrimas
brotó de sus ojos, y exclamó, estrechando entre sus brazos a la gallarda
huérfana:

—¡Conque estoy perdido!

—¡Completísimamente perdido, señor *Capitán Veneno!* —replicó
Angustias— Así, pues, vamos a almorzar; luego jugaremos al tute; y, a
la tarde, cuando venga el marqués, le preguntaremos si quiere ser
padrino de nuestra boda, cosa que el buen señor está deseando, en mi
concepto, desde la primera vez que nos vio juntos.

III: *Etiamsi omnes*

Una mañana del mes de mayo de 1852, es decir, cuatro años después
de la escena que acabamos de reseñar, cierto amigo nuestro (el mismo

though he was the hero of a hundred battles, and the young woman of Madrid had been so taken with him when seeing him turning this way and that like a lion amid that shower of bullets. "Under one specific, unchangeable, fundamental condition, I have the honor to ask for your hand, so we can be married whenever you say . . . tomorrow . . . today . . . as soon as we get the paperwork done . . . as quickly as possible, because I can't live without you any longer! . . ."

The young woman made her gaze more tender, and began to reward Don Jorge for that truly heroic act with a delicious, loving smile.

"But, I repeat, it's under one condition! . . . ," the poor fellow hastened to add, realizing that Angustias's gaze and smile were beginning to unhinge him and melt him.

"Under what condition?" the young woman asked with bewitching calm, turning her whole body toward him and fascinating him with the floods of light from her dark eyes.

"Under the condition," the novice stammered, "that, if we have children . . . we'll put them in the foundling home! Oh, as to that, I'll never yield ground! Do you accept? Say yes, by the Blessed Virgin Mary!"

"Well, shouldn't I accept, Captain Poison?" Angustias replied, with a burst of laughter. "You'll go and bring them there yourself! . . . What am I saying? . . . We'll go together! And we'll leave them there without kissing them or anything! Jorge! . . . Do you really think we'll do it?"

Thus spoke Angustias, looking at Don Jorge de Córdoba in angelic rapture.

The poor captain thought he would die of joy; a river of tears gushed from his eyes, and, as he clasped the daring orphan in his arms, he exclaimed:

"So, I'm lost!"

"Totally lost, Captain Poison!" Angustias replied. "Well, now I think we can have lunch. Then we'll play bezique; and in the afternoon, when the marquis comes, we'll ask him whether he wants to be best man at our wedding—something the good man has been hoping for, as far as I can tell, ever since he first saw us together."

III: *Etiamsi omnes*[19]

One May morning in 1852, four years after the scene we have just described, a certain friend of ours (the same one who told us this story)

---

19. The remainder of this Latin phrase is . . . *ego non*. A colloquial translation might be: "That may be all very well for everyone else, but not for me."

que nos ha referido la presente historia) paró su caballo a la puerta de una antigua casa con honores de palacio, situada en la Carrera de San Francisco de la villa y corte; entregó las bridas al lacayo que lo acompañaba, y preguntó al levitón animado que le salió al encuentro en el portal:

—¿Está en su oficina don Jorge de Córdoba?

—El caballero —dijo en asturiano la interrogada pieza de paño— pregunta, a lo que imagino, por el excelentísimo señor marqués de los Tomillares . . .

—¿Cómo así? ¿Mi querido Jorge es ya marqués? —replicó el apeado jinete—. ¿Murió al fin el bueno de don Álvaro? ¡No extrañe usted que lo ignorase, pues anoche llegué a Madrid, después de año y medio de ausencia! . . .

—El señor marqués don Álvaro —dijo solemnemente el servidor, quitándose la galoneada tartera que llevaba por gorra— falleció hace ocho meses, dejando por único y universal heredero a su señor primo y antiguo contador de esta casa don Jorge de Córdoba, actual marqués de los Tomillares . . .

—Pues bien: hágame usted el favor de avisar que le pasen recado de que aquí está su amigo T . . .

—Suba el caballero . . . En la biblioteca lo encontrará. Su excelencia no gusta de que le anunciemos las visitas, sino de que dejemos entrar a todo el mundo como a Pedro por su casa.

—Afortunadamente . . . —exclamó para sí el visitante, subiendo la escalera—, yo me sé de memoria la casa, aunque no me llamo Pedro . . . ¡Conque en la biblioteca! . . . ¿eh? ¡Quién había de decir que el *Capitán Veneno* se metiese a sabio!

Recorrido que hubo aquella persona varias habitaciones, encontrando al paso a nuevos sirvientes que se limitaban a repetirle: *El señor está en la biblioteca . . .* , llegó al fin a la historiada puerta del tal aposento, la abrió de pronto, y quedó estupefacto al ver el grupo que se ofreció ante su vista.

En medio de la estancia hallábase un hombre puesto a cuatro pies sobre la alfombra: encima de él estaba montado un niño como de tres años, espoleándolo con los talones, y otro niño como de año y medio, colocado delante de su despeinada cabeza, le tiraba de la corbata, como de una ronza, diciéndole borrosamente:

—¡Arre, mula!

brought his horse to a halt at the door of an old ancestral home (which partook of the nature of a palace) located on the Carrera de San Francisco in the capital city. He handed the reins to the lackey who accompanied him, and asked the living and breathing frock coat that came out to greet him at the entrance:

"Is Don Jorge de Córdoba in his bookkeeper's office?"

"The gentleman," said the interrogated length of cloth, with an Asturian accent, "is inquiring, as I take it, after His Excellency the Marquis de los Tomillares. . . ."

"How's that? My dear Jorge is now a marquis?" replied the horseman who had dismounted. "Did that good Don Álvaro finally die? Don't be surprised that I didn't know it, because I got to Madrid just last night, after being away for a year and a half! . . ."

"The Marquis Don Álvaro," the servant said solemnly, taking off the sort of braid-trimmed baking pan that he wore for a cap, "passed away eight months ago, leaving as his sole heir his cousin, who was formerly the bookkeeper in this house, Don Jorge de Córdoba, who is now Marquis de los Tomillares. . . ."

"Very well, then, be so good as to have word sent to him that his friend T—— is here."

"Come up, sir. . . . You'll find him in the library. His Excellency doesn't wish us to announce guests; he wants us to let everyone in, as if they owned the place."[20]

"Fortunately . . . ," the visitor said to himself while going up the stairs, "I know the house by heart, though I don't 'own the place.' . . . So he's in the library! . . . Well! Who would have thought that Captain Poison would turn into a scholar?!"

After that person had traversed several rooms, meeting along the way more servants who merely repeated, "Milord is in the library," he finally reached the storied door of that room, opened it quickly, and was dumbfounded on seeing the group offered to his view.

In the middle of the room, a man was on all fours on the carpet. Riding on his back was a boy of about three who was spurring him with his heels, while another boy, about a year and a half old, stationed in front of his tousled head, was tugging at his tie, as if at a halter, and saying in his childish babble:

"Giddy-up, mule!"

---

20. Literally: "like Peter in his own house."

A CATALOG OF SELECTED
DOVER BOOKS
IN ALL FIELDS OF INTEREST

A CATALOG OF SELECTED DOVER
BOOKS IN ALL FIELDS OF INTEREST

CONCERNING THE SPIRITUAL IN ART, Wassily Kandinsky. Pioneering work by father of abstract art. Thoughts on color theory, nature of art. Analysis of earlier masters. 12 illustrations. 80pp. of text. 5⅜ x 8½. 23411-8

ANIMALS: 1,419 Copyright-Free Illustrations of Mammals, Birds, Fish, Insects, etc., Jim Harter (ed.). Clear wood engravings present, in extremely lifelike poses, over 1,000 species of animals. One of the most extensive pictorial sourcebooks of its kind. Captions. Index. 284pp. 9 x 12. 23766-4

CELTIC ART: The Methods of Construction, George Bain. Simple geometric techniques for making Celtic interlacements, spirals, Kells-type initials, animals, humans, etc. Over 500 illustrations. 160pp. 9 x 12. (Available in U.S. only.) 22923-8

AN ATLAS OF ANATOMY FOR ARTISTS, Fritz Schider. Most thorough reference work on art anatomy in the world. Hundreds of illustrations, including selections from works by Vesalius, Leonardo, Goya, Ingres, Michelangelo, others. 593 illustrations. 192pp. 7⅛ x 10¼. 20241-0

CELTIC HAND STROKE-BY-STROKE (Irish Half-Uncial from "The Book of Kells"): An Arthur Baker Calligraphy Manual, Arthur Baker. Complete guide to creating each letter of the alphabet in distinctive Celtic manner. Covers hand position, strokes, pens, inks, paper, more. Illustrated. 48pp. 8¼ x 11. 24336-2

EASY ORIGAMI, John Montroll. Charming collection of 32 projects (hat, cup, pelican, piano, swan, many more) specially designed for the novice origami hobbyist. Clearly illustrated easy-to-follow instructions insure that even beginning papercrafters will achieve successful results. 48pp. 8¼ x 11. 27298-2

THE COMPLETE BOOK OF BIRDHOUSE CONSTRUCTION FOR WOOD-WORKERS, Scott D. Campbell. Detailed instructions, illustrations, tables. Also data on bird habitat and instinct patterns. Bibliography. 3 tables. 63 illustrations in 15 figures. 48pp. 5¼ x 8½. 24407-5

BLOOMINGDALE'S ILLUSTRATED 1886 CATALOG: Fashions, Dry Goods and Housewares, Bloomingdale Brothers. Famed merchants' extremely rare catalog depicting about 1,700 products: clothing, housewares, firearms, dry goods, jewelry, more. Invaluable for dating, identifying vintage items. Also, copyright-free graphics for artists, designers. Co-published with Henry Ford Museum & Greenfield Village. 160pp. 8¼ x 11. 25780-0

HISTORIC COSTUME IN PICTURES, Braun & Schneider. Over 1,450 costumed figures in clearly detailed engravings–from dawn of civilization to end of 19th century. Captions. Many folk costumes. 256pp. 8⅜ x 11¾. 23150-X

STICKLEY CRAFTSMAN FURNITURE CATALOGS, Gustav Stickley and L. & J. G. Stickley. Beautiful, functional furniture in two authentic catalogs from 1910. 594 illustrations, including 277 photos, show settles, rockers, armchairs, reclining chairs, bookcases, desks, tables. 183pp. 6½ x 9¼. 23838-5

AMERICAN LOCOMOTIVES IN HISTORIC PHOTOGRAPHS: 1858 to 1949, Ron Ziel (ed.). A rare collection of 126 meticulously detailed official photographs, called "builder portraits," of American locomotives that majestically chronicle the rise of steam locomotive power in America. Introduction. Detailed captions. xi+ 129pp. 9 x 12. 27393-8

AMERICA'S LIGHTHOUSES: An Illustrated History, Francis Ross Holland, Jr. Delightfully written, profusely illustrated fact-filled survey of over 200 American lighthouses since 1716. History, anecdotes, technological advances, more. 240pp. 8 x 10¾. 25576-X

TOWARDS A NEW ARCHITECTURE, Le Corbusier. Pioneering manifesto by founder of "International School." Technical and aesthetic theories, views of industry, economics, relation of form to function, "mass-production split" and much more. Profusely illustrated. 320pp. 6⅛ x 9¼. (Available in U.S. only.) 25023-7

HOW THE OTHER HALF LIVES, Jacob Riis. Famous journalistic record, exposing poverty and degradation of New York slums around 1900, by major social reformer. 100 striking and influential photographs. 233pp. 10 x 7⅞. 22012-5

FRUIT KEY AND TWIG KEY TO TREES AND SHRUBS, William M. Harlow. One of the handiest and most widely used identification aids. Fruit key covers 120 deciduous and evergreen species; twig key 160 deciduous species. Easily used. Over 300 photographs. 126pp. 5⅜ x 8½. 20511-8

COMMON BIRD SONGS, Dr. Donald J. Borror. Songs of 60 most common U.S. birds: robins, sparrows, cardinals, bluejays, finches, more–arranged in order of increasing complexity. Up to 9 variations of songs of each species.
Cassette and manual 99911-4

ORCHIDS AS HOUSE PLANTS, Rebecca Tyson Northen. Grow cattleyas and many other kinds of orchids–in a window, in a case, or under artificial light. 63 illustrations. 148pp. 5⅜ x 8½. 23261-1

MONSTER MAZES, Dave Phillips. Masterful mazes at four levels of difficulty. Avoid deadly perils and evil creatures to find magical treasures. Solutions for all 32 exciting illustrated puzzles. 48pp. 8¼ x 11. 26005-4

MOZART'S DON GIOVANNI (DOVER OPERA LIBRETTO SERIES), Wolfgang Amadeus Mozart. Introduced and translated by Ellen H. Bleiler. Standard Italian libretto, with complete English translation. Convenient and thoroughly portable–an ideal companion for reading along with a recording or the performance itself. Introduction. List of characters. Plot summary. 121pp. 5¼ x 8½. 24944-1

TECHNICAL MANUAL AND DICTIONARY OF CLASSICAL BALLET, Gail Grant. Defines, explains, comments on steps, movements, poses and concepts. 15-page pictorial section. Basic book for student, viewer. 127pp. 5⅜ x 8½. 21843-0

THE CLARINET AND CLARINET PLAYING, David Pino. Lively, comprehensive work features suggestions about technique, musicianship, and musical interpretation, as well as guidelines for teaching, making your own reeds, and preparing for public performance. Includes an intriguing look at clarinet history. "A godsend," *The Clarinet,* Journal of the International Clarinet Society. Appendixes. 7 illus. 320pp. 5⅜ x 8½. 40270-3

HOLLYWOOD GLAMOR PORTRAITS, John Kobal (ed.). 145 photos from 1926-49. Harlow, Gable, Bogart, Bacall; 94 stars in all. Full background on photographers, technical aspects. 160pp. 8⅜ x 11¼. 23352-9

THE ANNOTATED CASEY AT THE BAT: A Collection of Ballads about the Mighty Casey/Third, Revised Edition, Martin Gardner (ed.). Amusing sequels and parodies of one of America's best-loved poems: Casey's Revenge, Why Casey Whiffed, Casey's Sister at the Bat, others. 256pp. 5⅜ x 8½. 28598-7

THE RAVEN AND OTHER FAVORITE POEMS, Edgar Allan Poe. Over 40 of the author's most memorable poems: "The Bells," "Ulalume," "Israfel," "To Helen," "The Conqueror Worm," "Eldorado," "Annabel Lee," many more. Alphabetic lists of titles and first lines. 64pp. 5$^{3}/_{16}$ x 8¼. 26685-0

PERSONAL MEMOIRS OF U. S. GRANT, Ulysses Simpson Grant. Intelligent, deeply moving firsthand account of Civil War campaigns, considered by many the finest military memoirs ever written. Includes letters, historic photographs, maps and more. 528pp. 6⅛ x 9¼. 28587-1

ANCIENT EGYPTIAN MATERIALS AND INDUSTRIES, A. Lucas and J. Harris. Fascinating, comprehensive, thoroughly documented text describes this ancient civilization's vast resources and the processes that incorporated them in daily life, including the use of animal products, building materials, cosmetics, perfumes and incense, fibers, glazed ware, glass and its manufacture, materials used in the mummification process, and much more. 544pp. 6⅛ x 9¼. (Available in U.S. only.) 40446-3

RUSSIAN STORIES/RUSSKIE RASSKAZY: A Dual-Language Book, edited by Gleb Struve. Twelve tales by such masters as Chekhov, Tolstoy, Dostoevsky, Pushkin, others. Excellent word-for-word English translations on facing pages, plus teaching and study aids, Russian/English vocabulary, biographical/critical introductions, more. 416pp. 5⅜ x 8½. 26244-8

PHILADELPHIA THEN AND NOW: 60 Sites Photographed in the Past and Present, Kenneth Finkel and Susan Oyama. Rare photographs of City Hall, Logan Square, Independence Hall, Betsy Ross House, other landmarks juxtaposed with contemporary views. Captures changing face of historic city. Introduction. Captions. 128pp. 8¼ x 11. 25790-8

AIA ARCHITECTURAL GUIDE TO NASSAU AND SUFFOLK COUNTIES, LONG ISLAND, The American Institute of Architects, Long Island Chapter, and the Society for the Preservation of Long Island Antiquities. Comprehensive, well-researched and generously illustrated volume brings to life over three centuries of Long Island's great architectural heritage. More than 240 photographs with authoritative, extensively detailed captions. 176pp. 8¼ x 11. 26946-9

NORTH AMERICAN INDIAN LIFE: Customs and Traditions of 23 Tribes, Elsie Clews Parsons (ed.). 27 fictionalized essays by noted anthropologists examine religion, customs, government, additional facets of life among the Winnebago, Crow, Zuni, Eskimo, other tribes. 480pp. 6⅛ x 9¼. 27377-6

FRANK LLOYD WRIGHT'S DANA HOUSE, Donald Hoffmann. Pictorial essay of residential masterpiece with over 160 interior and exterior photos, plans, elevations, sketches and studies. 128pp. 9¼ x 10¾. 29120-0

THE MALE AND FEMALE FIGURE IN MOTION: 60 Classic Photographic Sequences, Eadweard Muybridge. 60 true-action photographs of men and women walking, running, climbing, bending, turning, etc., reproduced from rare 19th-century masterpiece. vi + 121pp. 9 x 12. 24745-7

1001 QUESTIONS ANSWERED ABOUT THE SEASHORE, N. J. Berrill and Jacquelyn Berrill. Queries answered about dolphins, sea snails, sponges, starfish, fishes, shore birds, many others. Covers appearance, breeding, growth, feeding, much more. 305pp. 5¼ x 8¼. 23366-9

ATTRACTING BIRDS TO YOUR YARD, William J. Weber. Easy-to-follow guide offers advice on how to attract the greatest diversity of birds: birdhouses, feeders, water and waterers, much more. 96pp. 5³⁄₁₆ x 8¼. 28927-3

MEDICINAL AND OTHER USES OF NORTH AMERICAN PLANTS: A Historical Survey with Special Reference to the Eastern Indian Tribes, Charlotte Erichsen-Brown. Chronological historical citations document 500 years of usage of plants, trees, shrubs native to eastern Canada, northeastern U.S. Also complete identifying information. 343 illustrations. 544pp. 6½ x 9¼. 25951-X

STORYBOOK MAZES, Dave Phillips. 23 stories and mazes on two-page spreads: Wizard of Oz, Treasure Island, Robin Hood, etc. Solutions. 64pp. 8¼ x 11. 23628-5

AMERICAN NEGRO SONGS: 230 Folk Songs and Spirituals, Religious and Secular, John W. Work. This authoritative study traces the African influences of songs sung and played by black Americans at work, in church, and as entertainment. The author discusses the lyric significance of such songs as "Swing Low, Sweet Chariot," "John Henry," and others and offers the words and music for 230 songs. Bibliography. Index of Song Titles. 272pp. 6½ x 9¼. 40271-1

MOVIE-STAR PORTRAITS OF THE FORTIES, John Kobal (ed.). 163 glamor, studio photos of 106 stars of the 1940s: Rita Hayworth, Ava Gardner, Marlon Brando, Clark Gable, many more. 176pp. 8⅜ x 11¼. 23546-7

BENCHLEY LOST AND FOUND, Robert Benchley. Finest humor from early 30s, about pet peeves, child psychologists, post office and others. Mostly unavailable elsewhere. 73 illustrations by Peter Arno and others. 183pp. 5⅜ x 8½. 22410-4

YEKL and THE IMPORTED BRIDEGROOM AND OTHER STORIES OF YIDDISH NEW YORK, Abraham Cahan. Film Hester Street based on *Yekl* (1896). Novel, other stories among first about Jewish immigrants on N.Y.'s East Side. 240pp. 5⅜ x 8½. 22427-9

SELECTED POEMS, Walt Whitman. Generous sampling from *Leaves of Grass*. Twenty-four poems include "I Hear America Singing," "Song of the Open Road," "I Sing the Body Electric," "When Lilacs Last in the Dooryard Bloom'd," "O Captain! My Captain!"—all reprinted from an authoritative edition. Lists of titles and first lines. 128pp. 5³⁄₁₆ x 8¼. 26878-0

THE BEST TALES OF HOFFMANN, E. T. A. Hoffmann. 10 of Hoffmann's most important stories: "Nutcracker and the King of Mice," "The Golden Flowerpot," etc. 458pp. 5⅜ x 8½. 21793-0

FROM FETISH TO GOD IN ANCIENT EGYPT, E. A. Wallis Budge. Rich detailed survey of Egyptian conception of "God" and gods, magic, cult of animals, Osiris, more. Also, superb English translations of hymns and legends. 240 illustrations. 545pp. 5⅜ x 8½. 25803-3

FRENCH STORIES/CONTES FRANÇAIS: A Dual-Language Book, Wallace Fowlie. Ten stories by French masters, Voltaire to Camus: "Micromegas" by Voltaire; "The Atheist's Mass" by Balzac; "Minuet" by de Maupassant; "The Guest" by Camus, six more. Excellent English translations on facing pages. Also French-English vocabulary list, exercises, more. 352pp. 5⅜ x 8½. 26443-2

CHICAGO AT THE TURN OF THE CENTURY IN PHOTOGRAPHS: 122 Historic Views from the Collections of the Chicago Historical Society, Larry A. Viskochil. Rare large-format prints offer detailed views of City Hall, State Street, the Loop, Hull House, Union Station, many other landmarks, circa 1904-1913. Introduction. Captions. Maps. 144pp. 9⅜ x 12¼. 24656-6

OLD BROOKLYN IN EARLY PHOTOGRAPHS, 1865-1929, William Lee Younger. Luna Park, Gravesend race track, construction of Grand Army Plaza, moving of Hotel Brighton, etc. 157 previously unpublished photographs. 165pp. 8⅞ x 11¾. 23587-4

THE MYTHS OF THE NORTH AMERICAN INDIANS, Lewis Spence. Rich anthology of the myths and legends of the Algonquins, Iroquois, Pawnees and Sioux, prefaced by an extensive historical and ethnological commentary. 36 illustrations. 480pp. 5⅜ x 8½. 25967-6

AN ENCYCLOPEDIA OF BATTLES: Accounts of Over 1,560 Battles from 1479 B.C. to the Present, David Eggenberger. Essential details of every major battle in recorded history from the first battle of Megiddo in 1479 B.C. to Grenada in 1984. List of Battle Maps. New Appendix covering the years 1967-1984. Index. 99 illustrations. 544pp. 6½ x 9¼. 24913-1

SAILING ALONE AROUND THE WORLD, Captain Joshua Slocum. First man to sail around the world, alone, in small boat. One of great feats of seamanship told in delightful manner. 67 illustrations. 294pp. 5⅜ x 8½. 20326-3

ANARCHISM AND OTHER ESSAYS, Emma Goldman. Powerful, penetrating, prophetic essays on direct action, role of minorities, prison reform, puritan hypocrisy, violence, etc. 271pp. 5⅜ x 8½. 22484-8

MYTHS OF THE HINDUS AND BUDDHISTS, Ananda K. Coomaraswamy and Sister Nivedita. Great stories of the epics; deeds of Krishna, Shiva, taken from puranas, Vedas, folk tales; etc. 32 illustrations. 400pp. 5⅜ x 8½. 21759-0

THE TRAUMA OF BIRTH, Otto Rank. Rank's controversial thesis that anxiety neurosis is caused by profound psychological trauma which occurs at birth. 256pp. 5⅜ x 8½. 27974-X

A THEOLOGICO-POLITICAL TREATISE, Benedict Spinoza. Also contains unfinished Political Treatise. Great classic on religious liberty, theory of government on common consent. R. Elwes translation. Total of 421pp. 5⅜ x 8½. 20249-6

MY BONDAGE AND MY FREEDOM, Frederick Douglass. Born a slave, Douglass became outspoken force in antislavery movement. The best of Douglass' autobiographies. Graphic description of slave life. 464pp. 5⅜ x 8½.　　22457-0

FOLLOWING THE EQUATOR: A Journey Around the World, Mark Twain. Fascinating humorous account of 1897 voyage to Hawaii, Australia, India, New Zealand, etc. Ironic, bemused reports on peoples, customs, climate, flora and fauna, politics, much more. 197 illustrations. 720pp. 5⅜ x 8½.　　26113-1

THE PEOPLE CALLED SHAKERS, Edward D. Andrews. Definitive study of Shakers: origins, beliefs, practices, dances, social organization, furniture and crafts, etc. 33 illustrations. 351pp. 5⅜ x 8½.　　21081-2

THE MYTHS OF GREECE AND ROME, H. A. Guerber. A classic of mythology, generously illustrated, long prized for its simple, graphic, accurate retelling of the principal myths of Greece and Rome, and for its commentary on their origins and significance. With 64 illustrations by Michelangelo, Raphael, Titian, Rubens, Canova, Bernini and others. 480pp. 5⅜ x 8½.　　27584-1

PSYCHOLOGY OF MUSIC, Carl E. Seashore. Classic work discusses music as a medium from psychological viewpoint. Clear treatment of physical acoustics, auditory apparatus, sound perception, development of musical skills, nature of musical feeling, host of other topics. 88 figures. 408pp. 5⅜ x 8½.　　21851-1

THE PHILOSOPHY OF HISTORY, Georg W. Hegel. Great classic of Western thought develops concept that history is not chance but rational process, the evolution of freedom. 457pp. 5⅜ x 8½.　　20112-0

THE BOOK OF TEA, Kakuzo Okakura. Minor classic of the Orient: entertaining, charming explanation, interpretation of traditional Japanese culture in terms of tea ceremony. 94pp. 5⅜ x 8½.　　20070-1

LIFE IN ANCIENT EGYPT, Adolf Erman. Fullest, most thorough, detailed older account with much not in more recent books, domestic life, religion, magic, medicine, commerce, much more. Many illustrations reproduce tomb paintings, carvings, hieroglyphs, etc. 597pp. 5⅜ x 8½.　　22632-8

SUNDIALS, Their Theory and Construction, Albert Waugh. Far and away the best, most thorough coverage of ideas, mathematics concerned, types, construction, adjusting anywhere. Simple, nontechnical treatment allows even children to build several of these dials. Over 100 illustrations. 230pp. 5⅜ x 8½.　　22947-5

THEORETICAL HYDRODYNAMICS, L. M. Milne-Thomson. Classic exposition of the mathematical theory of fluid motion, applicable to both hydrodynamics and aerodynamics. Over 600 exercises. 768pp. 6⅛ x 9¼.　　68970-0

SONGS OF EXPERIENCE: Facsimile Reproduction with 26 Plates in Full Color, William Blake. 26 full-color plates from a rare 1826 edition. Includes "The Tyger," "London," "Holy Thursday," and other poems. Printed text of poems. 48pp. 5¼ x 7.　　24636-1

OLD-TIME VIGNETTES IN FULL COLOR, Carol Belanger Grafton (ed.). Over 390 charming, often sentimental illustrations, selected from archives of Victorian graphics—pretty women posing, children playing, food, flowers, kittens and puppies, smiling cherubs, birds and butterflies, much more. All copyright-free. 48pp. 9¼ x 12¼.　　27269-9

PERSPECTIVE FOR ARTISTS, Rex Vicat Cole. Depth, perspective of sky and sea, shadows, much more, not usually covered. 391 diagrams, 81 reproductions of drawings and paintings. 279pp. 5⅜ x 8½. 22487-2

DRAWING THE LIVING FIGURE, Joseph Sheppard. Innovative approach to artistic anatomy focuses on specifics of surface anatomy, rather than muscles and bones. Over 170 drawings of live models in front, back and side views, and in widely varying poses. Accompanying diagrams. 177 illustrations. Introduction. Index. 144pp. 8⅜ x11¼. 26723-7

GOTHIC AND OLD ENGLISH ALPHABETS: 100 Complete Fonts, Dan X. Solo. Add power, elegance to posters, signs, other graphics with 100 stunning copyright-free alphabets: Blackstone, Dolbey, Germania, 97 more–including many lower-case, numerals, punctuation marks. 104pp. 8⅛ x 11. 24695-7

HOW TO DO BEADWORK, Mary White. Fundamental book on craft from simple projects to five-bead chains and woven works. 106 illustrations. 142pp. 5⅜ x 8. 20697-1

THE BOOK OF WOOD CARVING, Charles Marshall Sayers. Finest book for beginners discusses fundamentals and offers 34 designs. "Absolutely first rate . . . well thought out and well executed."–E. J. Tangerman. 118pp. 7¾ x 10⅝. 23654-4

ILLUSTRATED CATALOG OF CIVIL WAR MILITARY GOODS: Union Army Weapons, Insignia, Uniform Accessories, and Other Equipment, Schuyler, Hartley, and Graham. Rare, profusely illustrated 1846 catalog includes Union Army uniform and dress regulations, arms and ammunition, coats, insignia, flags, swords, rifles, etc. 226 illustrations. 160pp. 9 x 12. 24939-5

WOMEN'S FASHIONS OF THE EARLY 1900s: An Unabridged Republication of "New York Fashions, 1909," National Cloak & Suit Co. Rare catalog of mail-order fashions documents women's and children's clothing styles shortly after the turn of the century. Captions offer full descriptions, prices. Invaluable resource for fashion, costume historians. Approximately 725 illustrations. 128pp. 8⅜ x 11¼. 27276-1

THE 1912 AND 1915 GUSTAV STICKLEY FURNITURE CATALOGS, Gustav Stickley. With over 200 detailed illustrations and descriptions, these two catalogs are essential reading and reference materials and identification guides for Stickley furniture. Captions cite materials, dimensions and prices. 112pp. 6½ x 9¼. 26676-1

EARLY AMERICAN LOCOMOTIVES, John H. White, Jr. Finest locomotive engravings from early 19th century: historical (1804–74), main-line (after 1870), special, foreign, etc. 147 plates. 142pp. 11⅜ x 8¼. 22772-3

THE TALL SHIPS OF TODAY IN PHOTOGRAPHS, Frank O. Braynard. Lavishly illustrated tribute to nearly 100 majestic contemporary sailing vessels: Amerigo Vespucci, Clearwater, Constitution, Eagle, Mayflower, Sea Cloud, Victory, many more. Authoritative captions provide statistics, background on each ship. 190 black-and-white photographs and illustrations. Introduction. 128pp. 8⅞ x 11¾. 27163-3

LITTLE BOOK OF EARLY AMERICAN CRAFTS AND TRADES, Peter Stockham (ed.). 1807 children's book explains crafts and trades: baker, hatter, cooper, potter, and many others. 23 copperplate illustrations. 140pp. 4⅝ x 6. 23336-7

VICTORIAN FASHIONS AND COSTUMES FROM HARPER'S BAZAR, 1867–1898, Stella Blum (ed.). Day costumes, evening wear, sports clothes, shoes, hats, other accessories in over 1,000 detailed engravings. 320pp. 9⅜ x 12¼. 22990-4

GUSTAV STICKLEY, THE CRAFTSMAN, Mary Ann Smith. Superb study surveys broad scope of Stickley's achievement, especially in architecture. Design philosophy, rise and fall of the Craftsman empire, descriptions and floor plans for many Craftsman houses, more. 86 black-and-white halftones. 31 line illustrations. Introduction 208pp. 6½ x 9¼. 27210-9

THE LONG ISLAND RAIL ROAD IN EARLY PHOTOGRAPHS, Ron Ziel. Over 220 rare photos, informative text document origin (1844) and development of rail service on Long Island. Vintage views of early trains, locomotives, stations, passengers, crews, much more. Captions. 8⅞ x 11¾. 26301-0

VOYAGE OF THE LIBERDADE, Joshua Slocum. Great 19th-century mariner's thrilling, first-hand account of the wreck of his ship off South America, the 35-foot boat he built from the wreckage, and its remarkable voyage home. 128pp. 5⅜ x 8½. 40022-0

TEN BOOKS ON ARCHITECTURE, Vitruvius. The most important book ever written on architecture. Early Roman aesthetics, technology, classical orders, site selection, all other aspects. Morgan translation. 331pp. 5⅜ x 8½. 20645-9

THE HUMAN FIGURE IN MOTION, Eadweard Muybridge. More than 4,500 stopped-action photos, in action series, showing undraped men, women, children jumping, lying down, throwing, sitting, wrestling, carrying, etc. 390pp. 7⅞ x 10⅝. 20204-6 Clothbd.

TREES OF THE EASTERN AND CENTRAL UNITED STATES AND CANADA, William M. Harlow. Best one-volume guide to 140 trees. Full descriptions, woodlore, range, etc. Over 600 illustrations. Handy size. 288pp. 4½ x 6⅜. 20395-6

SONGS OF WESTERN BIRDS, Dr. Donald J. Borror. Complete song and call repertoire of 60 western species, including flycatchers, juncoes, cactus wrens, many more–includes fully illustrated booklet. Cassette and manual 99913-0

GROWING AND USING HERBS AND SPICES, Milo Miloradovich. Versatile handbook provides all the information needed for cultivation and use of all the herbs and spices available in North America. 4 illustrations. Index. Glossary. 236pp. 5⅜ x 8½. 25058-X

BIG BOOK OF MAZES AND LABYRINTHS, Walter Shepherd. 50 mazes and labyrinths in all–classical, solid, ripple, and more–in one great volume. Perfect inexpensive puzzler for clever youngsters. Full solutions. 112pp. 8⅛ x 11. 22951-3

PIANO TUNING, J. Cree Fischer. Clearest, best book for beginner, amateur. Simple repairs, raising dropped notes, tuning by easy method of flattened fifths. No previous skills needed. 4 illustrations. 201pp. 5⅜ x 8½. 23267-0

HINTS TO SINGERS, Lillian Nordica. Selecting the right teacher, developing confidence, overcoming stage fright, and many other important skills receive thoughtful discussion in this indispensible guide, written by a world-famous diva of four decades' experience. 96pp. 5⅜ x 8½. 40094-8

THE COMPLETE NONSENSE OF EDWARD LEAR, Edward Lear. All nonsense limericks, zany alphabets, Owl and Pussycat, songs, nonsense botany, etc., illustrated by Lear. Total of 320pp. 5⅜ x 8½. (Available in U.S. only.) 20167-8

VICTORIAN PARLOUR POETRY: An Annotated Anthology, Michael R. Turner. 117 gems by Longfellow, Tennyson, Browning, many lesser-known poets. "The Village Blacksmith," "Curfew Must Not Ring Tonight," "Only a Baby Small," dozens more, often difficult to find elsewhere. Index of poets, titles, first lines. xxiii + 325pp. 5⅜ x 8¼. 27044-0

DUBLINERS, James Joyce. Fifteen stories offer vivid, tightly focused observations of the lives of Dublin's poorer classes. At least one, "The Dead," is considered a masterpiece. Reprinted complete and unabridged from standard edition. 160pp. 5³⁄₁₆ x 8¼. 26870-5

GREAT WEIRD TALES: 14 Stories by Lovecraft, Blackwood, Machen and Others, S. T. Joshi (ed.). 14 spellbinding tales, including "The Sin Eater," by Fiona McLeod, "The Eye Above the Mantel," by Frank Belknap Long, as well as renowned works by R. H. Barlow, Lord Dunsany, Arthur Machen, W. C. Morrow and eight other masters of the genre. 256pp. 5⅜ x 8½. (Available in U.S. only.) 40436-6

THE BOOK OF THE SACRED MAGIC OF ABRAMELIN THE MAGE, translated by S. MacGregor Mathers. Medieval manuscript of ceremonial magic. Basic document in Aleister Crowley, Golden Dawn groups. 268pp. 5⅜ x 8½. 23211-5

NEW RUSSIAN-ENGLISH AND ENGLISH-RUSSIAN DICTIONARY, M. A. O'Brien. This is a remarkably handy Russian dictionary, containing a surprising amount of information, including over 70,000 entries. 366pp. 4½ x 6⅛. 20208-9

HISTORIC HOMES OF THE AMERICAN PRESIDENTS, Second, Revised Edition, Irvin Haas. A traveler's guide to American Presidential homes, most open to the public, depicting and describing homes occupied by every American President from George Washington to George Bush. With visiting hours, admission charges, travel routes. 175 photographs. Index. 160pp. 8¼ x 11. 26751-2

NEW YORK IN THE FORTIES, Andreas Feininger. 162 brilliant photographs by the well-known photographer, formerly with *Life* magazine. Commuters, shoppers, Times Square at night, much else from city at its peak. Captions by John von Hartz. 181pp. 9¼ x 10¾. 23585-8

INDIAN SIGN LANGUAGE, William Tomkins. Over 525 signs developed by Sioux and other tribes. Written instructions and diagrams. Also 290 pictographs. 111pp. 6⅛ x 9¼. 22029-X

ANATOMY: A Complete Guide for Artists, Joseph Sheppard. A master of figure drawing shows artists how to render human anatomy convincingly. Over 460 illustrations. 224pp. 8⅜ x 11¼. 27279-6

MEDIEVAL CALLIGRAPHY: Its History and Technique, Marc Drogin. Spirited history, comprehensive instruction manual covers 13 styles (ca. 4th century through 15th). Excellent photographs; directions for duplicating medieval techniques with modern tools. 224pp. 8⅜ x 11¼. 26142-5

DRIED FLOWERS: How to Prepare Them, Sarah Whitlock and Martha Rankin. Complete instructions on how to use silica gel, meal and borax, perlite aggregate, sand and borax, glycerine and water to create attractive permanent flower arrangements. 12 illustrations. 32pp. 5⅜ x 8½. 21802-3

EASY-TO-MAKE BIRD FEEDERS FOR WOODWORKERS, Scott D. Campbell. Detailed, simple-to-use guide for designing, constructing, caring for and using feeders. Text, illustrations for 12 classic and contemporary designs. 96pp. 5⅜ x 8½. 25847-5

SCOTTISH WONDER TALES FROM MYTH AND LEGEND, Donald A. Mackenzie. 16 lively tales tell of giants rumbling down mountainsides, of a magic wand that turns stone pillars into warriors, of gods and goddesses, evil hags, powerful forces and more. 240pp. 5⅜ x 8½. 29677-6

THE HISTORY OF UNDERCLOTHES, C. Willett Cunnington and Phyllis Cunnington. Fascinating, well-documented survey covering six centuries of English undergarments, enhanced with over 100 illustrations: 12th-century laced-up bodice, footed long drawers (1795), 19th-century bustles, 19th-century corsets for men, Victorian "bust improvers," much more. 272pp. 5⅝ x 8¼. 27124-2

ARTS AND CRAFTS FURNITURE: The Complete Brooks Catalog of 1912, Brooks Manufacturing Co. Photos and detailed descriptions of more than 150 now very collectible furniture designs from the Arts and Crafts movement depict davenports, settees, buffets, desks, tables, chairs, bedsteads, dressers and more, all built of solid, quarter-sawed oak. Invaluable for students and enthusiasts of antiques, Americana and the decorative arts. 80pp. 6½ x 9¼. 27471-3

WILBUR AND ORVILLE: A Biography of the Wright Brothers, Fred Howard. Definitive, crisply written study tells the full story of the brothers' lives and work. A vividly written biography, unparalleled in scope and color, that also captures the spirit of an extraordinary era. 560pp. 6⅛ x 9¼. 40297-5

THE ARTS OF THE SAILOR: Knotting, Splicing and Ropework, Hervey Garrett Smith. Indispensable shipboard reference covers tools, basic knots and useful hitches; handsewing and canvas work, more. Over 100 illustrations. Delightful reading for sea lovers. 256pp. 5⅜ x 8½. 26440-8

FRANK LLOYD WRIGHT'S FALLINGWATER: The House and Its History, Second, Revised Edition, Donald Hoffmann. A total revision–both in text and illustrations–of the standard document on Fallingwater, the boldest, most personal architectural statement of Wright's mature years, updated with valuable new material from the recently opened Frank Lloyd Wright Archives. "Fascinating"–*The New York Times*. 116 illustrations. 128pp. 9¼ x 10¾. 27430-6

PHOTOGRAPHIC SKETCHBOOK OF THE CIVIL WAR, Alexander Gardner. 100 photos taken on field during the Civil War. Famous shots of Manassas Harper's Ferry, Lincoln, Richmond, slave pens, etc. 244pp. 10⅝ x 8¼. 22731-6

FIVE ACRES AND INDEPENDENCE, Maurice G. Kains. Great back-to-the-land classic explains basics of self-sufficient farming. The one book to get. 95 illustrations. 397pp. 5⅜ x 8½. 20974-1

SONGS OF EASTERN BIRDS, Dr. Donald J. Borror. Songs and calls of 60 species most common to eastern U.S.: warblers, woodpeckers, flycatchers, thrushes, larks, many more in high-quality recording. Cassette and manual 99912-2

A MODERN HERBAL, Margaret Grieve. Much the fullest, most exact, most useful compilation of herbal material. Gigantic alphabetical encyclopedia, from aconite to zedoary, gives botanical information, medical properties, folklore, economic uses, much else. Indispensable to serious reader. 161 illustrations. 888pp. 6½ x 9¼. 2-vol. set. (Available in U.S. only.) Vol. I: 22798-7
Vol. II: 22799-5

HIDDEN TREASURE MAZE BOOK, Dave Phillips. Solve 34 challenging mazes accompanied by heroic tales of adventure. Evil dragons, people-eating plants, blood-thirsty giants, many more dangerous adversaries lurk at every twist and turn. 34 mazes, stories, solutions. 48pp. 8¼ x 11. 24566-7

LETTERS OF W. A. MOZART, Wolfgang A. Mozart. Remarkable letters show bawdy wit, humor, imagination, musical insights, contemporary musical world; includes some letters from Leopold Mozart. 276pp. 5⅜ x 8½. 22859-2

BASIC PRINCIPLES OF CLASSICAL BALLET, Agrippina Vaganova. Great Russian theoretician, teacher explains methods for teaching classical ballet. 118 illustrations. 175pp. 5⅜ x 8½. 22036-2

THE JUMPING FROG, Mark Twain. Revenge edition. The original story of The Celebrated Jumping Frog of Calaveras County, a hapless French translation, and Twain's hilarious "retranslation" from the French. 12 illustrations. 66pp. 5⅜ x 8½. 22686-7

BEST REMEMBERED POEMS, Martin Gardner (ed.). The 126 poems in this superb collection of 19th- and 20th-century British and American verse range from Shelley's "To a Skylark" to the impassioned "Renascence" of Edna St. Vincent Millay and to Edward Lear's whimsical "The Owl and the Pussycat." 224pp. 5⅜ x 8½. 27165-X

COMPLETE SONNETS, William Shakespeare. Over 150 exquisite poems deal with love, friendship, the tyranny of time, beauty's evanescence, death and other themes in language of remarkable power, precision and beauty. Glossary of archaic terms. 80pp. 5³⁄₁₆ x 8¼. 26686-9

THE BATTLES THAT CHANGED HISTORY, Fletcher Pratt. Eminent historian profiles 16 crucial conflicts, ancient to modern, that changed the course of civilization. 352pp. 5⅜ x 8½. 41129-X

THE WIT AND HUMOR OF OSCAR WILDE, Alvin Redman (ed.). More than 1,000 ripostes, paradoxes, wisecracks: Work is the curse of the drinking classes; I can resist everything except temptation; etc. 258pp. 5⅜ x 8½. 20602-5

SHAKESPEARE LEXICON AND QUOTATION DICTIONARY, Alexander Schmidt. Full definitions, locations, shades of meaning in every word in plays and poems. More than 50,000 exact quotations. 1,485pp. 6½ x 9¼. 2-vol. set.
Vol. 1: 22726-X
Vol. 2: 22727-8

SELECTED POEMS, Emily Dickinson. Over 100 best-known, best-loved poems by one of America's foremost poets, reprinted from authoritative early editions. No comparable edition at this price. Index of first lines. 64pp. $5\frac{3}{16}$ x 8¼. 26466-1

THE INSIDIOUS DR. FU-MANCHU, Sax Rohmer. The first of the popular mystery series introduces a pair of English detectives to their archnemesis, the diabolical Dr. Fu-Manchu. Flavorful atmosphere, fast-paced action, and colorful characters enliven this classic of the genre. 208pp. $5\frac{3}{16}$ x 8¼. 29898-1

THE MALLEUS MALEFICARUM OF KRAMER AND SPRENGER, translated by Montague Summers. Full text of most important witchhunter's "bible," used by both Catholics and Protestants. 278pp. 6⅝ x 10. 22802-9

SPANISH STORIES/CUENTOS ESPAÑOLES: A Dual-Language Book, Angel Flores (ed.). Unique format offers 13 great stories in Spanish by Cervantes, Borges, others. Faithful English translations on facing pages. 352pp. 5⅜ x 8½. 25399-6

GARDEN CITY, LONG ISLAND, IN EARLY PHOTOGRAPHS, 1869–1919, Mildred H. Smith. Handsome treasury of 118 vintage pictures, accompanied by carefully researched captions, document the Garden City Hotel fire (1899), the Vanderbilt Cup Race (1908), the first airmail flight departing from the Nassau Boulevard Aerodrome (1911), and much more. 96pp. 8⅞ x 11¾. 40669-5

OLD QUEENS, N.Y., IN EARLY PHOTOGRAPHS, Vincent F. Seyfried and William Asadorian. Over 160 rare photographs of Maspeth, Jamaica, Jackson Heights, and other areas. Vintage views of DeWitt Clinton mansion, 1939 World's Fair and more. Captions. 192pp. 8⅞ x 11. 26358-4

CAPTURED BY THE INDIANS: 15 Firsthand Accounts, 1750-1870, Frederick Drimmer. Astounding true historical accounts of grisly torture, bloody conflicts, relentless pursuits, miraculous escapes and more, by people who lived to tell the tale. 384pp. 5⅜ x 8½. 24901-8

THE WORLD'S GREAT SPEECHES (Fourth Enlarged Edition), Lewis Copeland, Lawrence W. Lamm, and Stephen J. McKenna. Nearly 300 speeches provide public speakers with a wealth of updated quotes and inspiration–from Pericles' funeral oration and William Jennings Bryan's "Cross of Gold Speech" to Malcolm X's powerful words on the Black Revolution and Earl of Spenser's tribute to his sister, Diana, Princess of Wales. 944pp. 5⅜ x 8⅜. 40903-1

THE BOOK OF THE SWORD, Sir Richard F. Burton. Great Victorian scholar/adventurer's eloquent, erudite history of the "queen of weapons"–from prehistory to early Roman Empire. Evolution and development of early swords, variations (sabre, broadsword, cutlass, scimitar, etc.), much more. 336pp. 6⅛ x 9¼.
25434-8

CATALOG OF DOVER BOOKS

AUTOBIOGRAPHY: The Story of My Experiments with Truth, Mohandas K. Gandhi. Boyhood, legal studies, purification, the growth of the Satyagraha (nonviolent protest) movement. Critical, inspiring work of the man responsible for the freedom of India. 480pp. 5⅜ x 8½. (Available in U.S. only.) 24593-4

CELTIC MYTHS AND LEGENDS, T. W. Rolleston. Masterful retelling of Irish and Welsh stories and tales. Cuchulain, King Arthur, Deirdre, the Grail, many more. First paperback edition. 58 full-page illustrations. 512pp. 5⅜ x 8½. 26507-2

THE PRINCIPLES OF PSYCHOLOGY, William James. Famous long course complete, unabridged. Stream of thought, time perception, memory, experimental methods; great work decades ahead of its time. 94 figures. 1,391pp. 5⅜ x 8½. 2-vol. set. Vol. I: 20381-6 Vol. II: 20382-4

THE WORLD AS WILL AND REPRESENTATION, Arthur Schopenhauer. Definitive English translation of Schopenhauer's life work, correcting more than 1,000 errors, omissions in earlier translations. Translated by E. F. J. Payne. Total of 1,269pp. 5⅜ x 8½. 2-vol. set. Vol. 1: 21761-2 Vol. 2: 21762-0

MAGIC AND MYSTERY IN TIBET, Madame Alexandra David-Neel. Experiences among lamas, magicians, sages, sorcerers, Bonpa wizards. A true psychic discovery. 32 illustrations. 321pp. 5⅜ x 8½. (Available in U.S. only.) 22682-4

THE EGYPTIAN BOOK OF THE DEAD, E. A. Wallis Budge. Complete reproduction of Ani's papyrus, finest ever found. Full hieroglyphic text, interlinear transliteration, word-for-word translation, smooth translation. 533pp. 6½ x 9¼. 21866-X

MATHEMATICS FOR THE NONMATHEMATICIAN, Morris Kline. Detailed, college-level treatment of mathematics in cultural and historical context, with numerous exercises. Recommended Reading Lists. Tables. Numerous figures. 641pp. 5⅜ x 8½. 24823-2

PROBABILISTIC METHODS IN THE THEORY OF STRUCTURES, Isaac Elishakoff. Well-written introduction covers the elements of the theory of probability from two or more random variables, the reliability of such multivariable structures, the theory of random function, Monte Carlo methods of treating problems incapable of exact solution, and more. Examples. 502pp. 5⅜ x 8½. 40691-1

THE RIME OF THE ANCIENT MARINER, Gustave Doré, S. T. Coleridge. Doré's finest work; 34 plates capture moods, subtleties of poem. Flawless full-size reproductions printed on facing pages with authoritative text of poem. "Beautiful. Simply beautiful."–*Publisher's Weekly*. 77pp. 9¼ x 12. 22305-1

NORTH AMERICAN INDIAN DESIGNS FOR ARTISTS AND CRAFTSPEOPLE, Eva Wilson. Over 360 authentic copyright-free designs adapted from Navajo blankets, Hopi pottery, Sioux buffalo hides, more. Geometrics, symbolic figures, plant and animal motifs, etc. 128pp. 8⅜ x 11. (Not for sale in the United Kingdom.) 25341-4

SCULPTURE: Principles and Practice, Louis Slobodkin. Step-by-step approach to clay, plaster, metals, stone; classical and modern. 253 drawings, photos. 255pp. 8⅛ x 11. 22960-2

THE INFLUENCE OF SEA POWER UPON HISTORY, 1660–1783, A. T. Mahan. Influential classic of naval history and tactics still used as text in war colleges. First paperback edition. 4 maps. 24 battle plans. 640pp. 5⅜ x 8½. 25509-3

CATALOG OF DOVER BOOKS

THE STORY OF THE TITANIC AS TOLD BY ITS SURVIVORS, Jack Winocour (ed.). What it was really like. Panic, despair, shocking inefficiency, and a little heroism. More thrilling than any fictional account. 26 illustrations. 320pp. 5⅜ x 8½.
20610-6

FAIRY AND FOLK TALES OF THE IRISH PEASANTRY, William Butler Yeats (ed.). Treasury of 64 tales from the twilight world of Celtic myth and legend: "The Soul Cages," "The Kildare Pooka," "King O'Toole and his Goose," many more. Introduction and Notes by W. B. Yeats. 352pp. 5⅜ x 8½.
26941-8

BUDDHIST MAHAYANA TEXTS, E. B. Cowell and others (eds.). Superb, accurate translations of basic documents in Mahayana Buddhism, highly important in history of religions. The Buddha-karita of Asvaghosha, Larger Sukhavativyuha, more. 448pp. 5⅜ x 8½.
25552-2

ONE TWO THREE . . . INFINITY: Facts and Speculations of Science, George Gamow. Great physicist's fascinating, readable overview of contemporary science: number theory, relativity, fourth dimension, entropy, genes, atomic structure, much more. 128 illustrations. Index. 352pp. 5⅜ x 8½.
25664-2

EXPERIMENTATION AND MEASUREMENT, W. J. Youden. Introductory manual explains laws of measurement in simple terms and offers tips for achieving accuracy and minimizing errors. Mathematics of measurement, use of instruments, experimenting with machines. 1994 edition. Foreword. Preface. Introduction. Epilogue. Selected Readings. Glossary. Index. Tables and figures. 128pp. 5⅜ x 8½.
40451-X

DALÍ ON MODERN ART: The Cuckolds of Antiquated Modern Art, Salvador Dalí. Influential painter skewers modern art and its practitioners. Outrageous evaluations of Picasso, Cézanne, Turner, more. 15 renderings of paintings discussed. 44 calligraphic decorations by Dalí. 96pp. 5⅜ x 8½. (Available in U.S. only.)
29220-7

ANTIQUE PLAYING CARDS: A Pictorial History, Henry René D'Allemagne. Over 900 elaborate, decorative images from rare playing cards (14th–20th centuries): Bacchus, death, dancing dogs, hunting scenes, royal coats of arms, players cheating, much more. 96pp. 9¼ x 12¼.
29265-7

MAKING FURNITURE MASTERPIECES: 30 Projects with Measured Drawings, Franklin H. Gottshall. Step-by-step instructions, illustrations for constructing handsome, useful pieces, among them a Sheraton desk, Chippendale chair, Spanish desk, Queen Anne table and a William and Mary dressing mirror. 224pp. 8⅛ x 11¼.
29338-6

THE FOSSIL BOOK: A Record of Prehistoric Life, Patricia V. Rich et al. Profusely illustrated definitive guide covers everything from single-celled organisms and dinosaurs to birds and mammals and the interplay between climate and man. Over 1,500 illustrations. 760pp. 7½ x 10⅛.
29371-8

Paperbound unless otherwise indicated. Available at your book dealer, online at **www.doverpublications.com**, or by writing to Dept. GI, Dover Publications, Inc., 31 East 2nd Street, Mineola, NY 11501. For current price information or for free catalogues (please indicate field of interest), write to Dover Publications or log on to **www.doverpublications.com** and see every Dover book in print. Dover publishes more than 500 books each year on science, elementary and advanced mathematics, biology, music, art, literary history, social sciences, and other areas.